主编　李骞

云上文丛　04

侧面而视：
现代经验与反讽美学

孙金燕 ———— 著

中国社会科学出版社

图书在版编目（CIP）数据

侧面而视：现代经验与反讽美学/孙金燕著. —北京：中国社会科学
出版社，2018.8
ISBN 978 - 7 - 5203 - 2741 - 1

Ⅰ.①侧… Ⅱ.①孙… Ⅲ.①中国文学—现代文学—文学研究
②中国文学—当代文学—文学研究 Ⅳ.①I206.6

中国版本图书馆 CIP 数据核字（2018）第 146462 号

出 版 人　赵剑英
责任编辑　慈明亮
责任校对　郝阳洋
责任印制　戴　宽

出　　　版　中国社会科学出版社
社　　　址　北京鼓楼西大街甲 158 号
邮　　　编　100720
网　　　址　http://www.csspw.cn
发 行 部　010 - 84083685
门 市 部　010 - 84029450
经　　　销　新华书店及其他书店

印　　　刷　北京明恒达印务有限公司
装　　　订　廊坊市广阳区广增装订厂
版　　　次　2018 年 8 月第 1 版
印　　　次　2018 年 8 月第 1 次印刷

开　　　本　710 × 1000　1/16
印　　　张　18
插　　　页　2
字　　　数　260 千字
定　　　价　86.00 元

目　录

目 录

解题:侧面而视,现代经验,反讽美学

本雅明曾于《论歌德的〈亲合力〉》一文中,推荐过一种在理论上颇具能产性和颠覆性的做法:将某种文化内的最高精神产品,与普通的、平凡的、世俗的精神产品安放一处,进行并置解读。《亲合力》是歌德于1809 年发表的小说,书写资产阶级贵族的婚外恋情。歌德特别命名的德文"亲合力"(Die Wahlverwandtschaften) 一词,由"选择"(die Wahl) 和"亲缘关系"(die Verwandtschaft) 两个阴性名词组合成,字面上可以理解为"选择的亲缘关系"。他将这种"亲合力"解释为:非源自血亲,而是在精神和心灵方面的亲属。并且,由于在结合中某些元素的介入与离异,会产生新的亲合作用,新的结合体也就由此诞生①。

这种奇妙又贴切的组合方式,一百多年后在本雅明的评论文章里以同样的方式得到呼应。1924 年至 1925 年,本雅明针对歌德此篇小说在《新德意志评论》连载评论文章《论歌德的〈亲合力〉》,论文一开始即将小说对婚姻的表达,与莫扎特在《魔笛》中描绘的崇高爱情理想,以及莫扎特的同代人康德为婚姻所下的世俗定义作比照,意图在极大的悬殊对比中,揭示歌德写作此小说的本意。对于这种特别的做法,汉娜·阿伦特指认:"这篇论文无法跟现存文学的任何其他东西相比。本雅明所有著述的棘手之处是它们总是自成一体。"② 这句评语或可理解为,本雅明这篇批评作品除了其思想上的"尖锐性",即认为文艺批评需要通过剥

---

① [德]歌德:《亲合力》,杨武能、朱雁冰译,人民文学出版社 1991 年版,第 31—35 页。
② [美]汉娜·阿伦特编:《启迪:本雅明文选》,张旭东、王斑译,生活·读书·新知三联书店 2014 年版,第 23 页。

离遮蔽其上的所谓事实而"拯救"作品中的真理内容之外，更为重要的是，它还在方法上对当时惯用的批评方式进行了大的跨跳与超越。

本书所采用的方法与所要做的工作受其启发，与此不同却又极为相似。在结构上，它既讨论中国禅宗思想，又讨论武侠文化，还兼及当下各种文学案例。目的在于，在公认悬殊极大的两个对象中寻找共性，即从中国文学与文化中经常被视为"高阁"之雅与"敝屣"之俗的若干侧面出发，探讨它们是如何又为何同样始于"现代化经验"，而终于向"反讽美学"开掘的。

之所以称"侧面而视"，源于本书所讨论的关键对象在这百年文学与文化中的常态地位。

第一，关于现代禅诗，即禅思传统的现代接续与转化问题。

在中国诗歌史上，禅与古典诗有着深刻的融合。印度佛教通过庄玄的渗透内化为中国禅宗后，对中国士人阶层的生活情趣、人生理念产生相当大的影响，而且与中国诗学、美学有十分密切的关系。如冯友兰所言，"禅宗虽然是佛教的一个宗派，可是它对于中国哲学、文学、艺术的影响却是深远的"[①]，特别是唐宋以后，经由禅悟感受过渡到艺术创作的直觉思维，再到追求无言之美的诗境亦即禅境，成了中国古典诗学中非常重要的观念。所以，唐宋两代诗歌高峰刚过，元好问就在其《答俊书记学诗》中写下了"诗为禅客添花锦，禅是诗家切玉刀"，对诗与禅的关系做了一个历史性的总结。无论是以禅理入诗，还是以禅助诗、喻诗，都丰富了中国古典诗的内容，并促进了古代诗歌审美理想的形成。在此种意义上可以说，禅宗思想使得中国古典诗歌焕发出特有的韵致且妙音悠长。

以上种种关于禅与中国古典诗歌之间的联系，学术界很早就给予关注。[②] 而如果以 1917 年 2 月，胡适在《新青年》发表《白话诗八首》为

---

① 冯友兰：《中国哲学简史》，新世界出版社 2004 年版，第 198 页。
② 如李泽厚在《中国古代思想史》（人民出版社 1986 年版，第 211—212 页）讨论有禅味的诗"通过审美形式把某种宁静淡远的情感、意绪、心境引向去融合、触及或领悟宇宙目的、时间意义、永恒之谜"。后又在《华夏美学·美学四讲》（生活·读书·新知三联书店 2008 年版，第 166—180 页）讨论禅对"中国文化的形上性格"的加强作用，充满禅意的古典诗"充满机巧的智慧美"。

新诗现代化开始的标志,那么,百年新诗与禅思传统之间的沟通与关联,无论从思想上还是从语言运作上仍有其继续深入探讨的必要和可能。

从思想指向的一致性来考虑。佛教尤其是禅宗是一种关注于人文的思想,人心悲欢喜乐的对象时易境迁,但人心的悲欢喜乐本身以及应对它们的思考,却不会有太大差异,如同葛兆光先生所言:"主要不是对外在世界的分析,而是对内在心灵的体悟,主要不是对生存环境的适应,而是对生存意义的追问,主要不是为物质需求的满足,而是为精神状态的平衡。它所说的'安心',除去了外在的意味,剩下的就只是抚慰充满了焦虑、紧张、恐惧和困惑的心灵,古代人和现代人在这一点上,究竟有多少差异呢?"[1]

具体到新诗的发展来看,在现代化的汲汲需求下,新诗深受西方影响,它以强烈的现代意识与背离性创造,在努力实现西方诗歌的东方化过程中,一直忽视古典传统的现代化。当下,新诗在语言层面、思想层面的弊端,逐渐凸显。在此境况中重提禅思入诗,使其在自觉结合东方智慧与西方艺术的过程中,更好地向西方现代主义诗歌、中国古典诗歌参照系统双向开放,才能保证中国新诗向世界艺术潮流的成功汇入,以及个性的确立。

而事实上,这百年来,禅思传统在新诗中的现代接续与转化,从诗歌实践到理论倡导均显露出明显的断层:诗歌创作中以禅入诗者,自1917年至1949年大概只能找出废名一人,20世纪50年代之后断续有入台的周梦蝶、有"诗魔"之称的洛夫,内地的孔孚、梁建、沈奇等。而在理论上,提前进入后工业时代的中国台湾地区在20世纪60年代开始就陆续有关于禅诗现代化的提倡。如洛夫在《超现实主义与中国现代诗》一文中论述了超现实主义文学与中国禅思之间的深刻相似性[2]。中国内地则有陈仲义先生在20世纪末写作《打通"古典"与"现代"的一个奇妙出入口:禅思诗学》,倡导现代诗与禅思的融合[3]。沈奇先生在《口语、

---

① 葛兆光:《增订本中国禅思想史——从六世纪到十世纪》,上海古籍出版社2008年版,第20页。
② 洛夫:《超现实主义与中国现代诗》,《幼狮文艺》1969年诗专号,第6页。
③ 陈仲义:《打通"古典"与"现代"的一个奇妙出入口:禅思诗学》,《文艺理论研究》1996年第2期。

禅味与本土意识》一文中指认，在 20 世纪末之各路诗歌走向中，有两脉诗风或将成为 21 世纪诗运的主要流向：一是口语化风格的，二是现代禅诗①。

总体而言，现代禅诗实践者寥寥，且研究者虽倡导却少切实的理论深入。鉴于以上种种，本书第一辑将以古典禅诗的形式特征为背景，以上述尚属少数的现代禅诗实践为研究对象，以既有的理论探讨为前导者，以新诗与禅在语言层面、精神层面的共同的"反讽"追求为切入口，深入讨论当下已被"束之高阁"的禅思传统，与在现代化经验中继续深化的新诗相融合的可能性。

第二，关于武侠符号在 20 世纪中国写作、传播与接受的特殊性。

可以说，在想象中伸张正义是人类的共同需要，欧洲有骑士艺术，日本有剑侠小说，中国自司马迁《游侠列传》以来的侠客叙述也一直扮演着这样的角色，20 世纪的武侠文学与艺术也不例外。然而，与其在传播与接受中的如火如荼相比，对于它的研究则一直处于边缘地位：20 世纪 30—40 年代，文化精英们立足于启蒙立场，对侠文化及武侠小说进行批判与讨伐。如瞿秋白在《普洛大众文艺的现实问题》中明确指出"当前的斗争任务是：反对武侠主义，反对民族主义"，认为豪绅资产阶级的"大众文艺"建构的是使人们于幻想中忘却现实斗争的武侠剑仙式迷梦②；20 世纪 50—70 年代，蓬勃发展于港台地区，甚至借助李小龙功夫电影成为海外受众追捧的对象，却在内地销声匿迹；20 世纪 80—90 年代，以金庸被聘为北大教授作为标志，看似武侠正逐步得到知识分子与主流文化接纳，但事实上，校方表彰的是"新闻学家"金庸，金庸演讲的是"中国历史"。至于武侠小说，金庸认为其"不登大雅之堂"："大家希望听我讲小说，其实写小说并没有什么学问，大家喜欢看也就过去了。我对历史倒是有点兴趣。"③

以上足见，武侠符号的流变与中国之命运看似无甚关联，却每有若合符节之处。然而百年来，关于武侠符号的研究一直聚焦于它的"伸

---

① 沈奇：《沈奇诗学论集》卷一，中国社会科学出版社 2008 年版，第 8 页。
② 瞿秋白：《瞿秋白文集·文学编》第 1 卷，人民文学出版社 1985 年版，第 473 页。
③ 海宁市金庸学术研究会编：《金庸研究》创刊号，海宁市金庸学术研究会，1996 年 12 月。

张正义"，得出诸如"善恶分明"、"好侠尚义"、"英雄崇拜"等"关键词"，并未深入武侠符号与其他侠客叙述形式之间本来就必须分出的边界，本书拟还原 20 世纪中国武侠符号掩藏在"伸张正义"之下的本质，并借此真正理解"武侠"符号在 20 世纪中国的复杂命运及其流变规律。

由此，本书第二辑立足于武侠符号的幻想（fantacy）特性，并以武侠幻想的"退守"式元语言对现代化"进取"式元语言的逆反性为切入口，追溯武侠符号在 20 世纪中国发生、发展的文化逻辑，理解 20 世纪中国整个社会组织的表意符号系统。

正如科幻世界是解读美国精神的一个入口，武侠文化也可作为映照中国人精神的一面镜子。武侠作为 20 世纪中国文学与艺术中影响最大的幻想符号，它持久不衰的生命力，源于它能够作为发挥出欲望客体功能的实物，填补进符号接受者在幻想中提供的欲望图示结构所开拓出的空间，通过探讨它在现实世界的特定时刻、以特定模式、针对特定受众尤其是在中国社会中下层青年男性中得以广泛传播以至历久弥新的必然性，将有利于勘察武侠符号在"道"之善与"盗"之恶两套相互矛盾元语言的夹缝中，隐藏着怎样的生存逻辑；在征用现实世界的部分知识与无法通达向现实世界的幻想中，它建构了怎样的"真实的谎言"；侠客的仗剑行侠、笑傲江湖，如何寄托武侠符号发送者传统文人式的"建功立业"抱负以及对"自我"的形塑；因共同分享并参与构建"江湖"叙述的武侠小说连载、影视改编、批评等文本，是如何浓缩并表达一系列关于性别、家国等主题为中心的意识形态话语。以此，本辑的讨论，意图追问在"现代化"大语境下，某些被遗忘和忽视的非文学话语，是怎样通过一系列的运动和进程进入到武侠幻想中的。

再来谈谈本书副标题涉及的两个关键词："现代经验"和"反讽美学"，它们合二为一，与本书所讨论内容的相关性，既体现在整体性的精神层面，又体现在细节性的具体案例的选择与分析中。

其一，精神上，现代经验和反讽美学看似关联微弱，实则都指向一个共同的精神：否定。而无论现代禅诗的倡导还是武侠符号的流行，对于 20 世纪中国的文学及文化的指涉意义,都是在这个"否定"的层面上得以成立的。

以一个实例为证。崔卫平曾以 20 世纪 80 年代在中国上演过的电影《靡菲斯特》(Mephisto)为基础讨论《艺术家的抉择》。片中若干经典镜头都指向"抉择"这一主题,比如老眼昏花、打盹走神的老博士浮士德,面对允诺要带他去"大世界走一遭"的魔鬼靡菲斯特时问:"你是谁?""我是否定的精神!我是促使事物变化的车轮",魔鬼答道。崔卫平将这个自称"否定精神"的魔鬼,解读为某种"时代精神",即在新时代中有所作为的精神。①

与此相类,20 世纪现代中国在喧嚣的革命与战争之下,掩藏着的一直是这种"有所作为的精神",即如何实现现代化的主题。从 19 世纪下半叶的洋务运动开始,无论是中体西用还是西体中用,都体现了中国人的现代化努力。1897 年严复"译述"《天演论》,是通过选译、有意错译,用斯宾塞的一元解释冲散了赫胥黎的反社会达尔文主义的二元复合元语言,使其变成一场关于社会达尔文主义的宣传。在此后一个多世纪中,"物竞天择,适者生存"的进化观,逐渐进驻为中国人的主流思想意识。② 而进化,某种意义上即意味着否定。

同样,否定精神也一直闪现于反讽之中:比如,对于促使"反讽"概念由古典意义向现代意义转型的克尔凯郭尔而言,"反讽"不仅是一种言语的形式,它也是一种精神或存在的艺术,一种个性的特征。他认为,反讽的引入和使用标志着主体性的觉醒,"反讽是主体性的一个表征",它使"主体感到逍遥自在、现象不得对主体有任何实在性。在反讽之中,主体一步步往后退,否认任何现象具有实在性,以便拯救他自己,也就是说,以便超脱万物,保持自己的独立"③;此外,反讽是"无限的、绝对的否定性","反讽是道路;它不是真理,

① 崔卫平:《正义之前》,新星出版社 2005 年版,第 24 页。
② 赵毅衡:《符号学原理与推演》,南京大学出版社 2011 年版,第 400 页。
③ [丹麦]克尔凯郭尔:《论反讽概念》,汤晨溪译,中国社会科学出版社 2005 年版,第 221 页。

而是道路"①，所谓"苏格拉底与基督的相似之处恰恰在于其不相似之处"，相似在于二者都是行动的"受难者"而非思辨者，个体在绝对的否定中才能走向肯定②。

而这同一的否定性，在前文所提及的现代禅诗及武侠符号中，既是它们之所以存在的起因，又是它们的核心精神。

从"不可言说"到"不可说破"，禅诗的努力，是要在否定中明心见性。而其根植于禅宗教的不断否定而不断超越追求的诗写特性，于持续挑战诗歌常规的思/写，进而走向"反讽中心主义"的现代汉诗书写而言，既在精神上契合，又可在语言运作层面对其调整、反拨。

在急欲实现"现代化"的 20 世纪中国，对推动或紧追其步伐有无力感的中青年男性们，最终成了武侠文学以及其他武侠艺术的主要接受群体。无论是《史记·游侠列传》所说的"以中材而涉乱世之末流"因而寄希望于侠客的"赴士之厄困"，还是鲁迅所说的"揄扬勇侠，赞美粗豪"的侠义小说"为市井细民写心"③，对 20 世纪现代中国的这群读者来说，"武侠"符号的幻想性，赋予它们一种可以补足"现实"缺失的功能。这种补足功能的幻想性，不也是在否定的意义上，既伴随着中国的现代化大潮，同时又指向某种反讽的精神？

其二，基于"现代"与"反讽"二者在以上层面的同一与契合，本书还特意选取了十个代表性的文本案例，意图从各个角度进一步指认：在现代中国，文学写作或研究是如何既参与现代化建构，又"回跃"向一些老问题对其进行反思性思考的。

以此种种，本书希望并在尽力做的，是深入考察相反相成的文学侧面在中国的"历史"与"现实"、"真实"与"虚构"交错相关的寓言结构里所制造出的不驯意义，并借此理解中国文学的某些类型和中国文明的某些方面。

---

① ［丹麦］克尔凯郭尔：《论反讽概念》，汤晨溪译，中国社会科学出版社 2005 年版，第 284 页。

② 同上书，第 1 页。

③ 鲁迅：《鲁迅全集》第 9 卷，人民文学出版社 1973 年版，第 432 页。

上　篇

现代禅诗的发生

禅诗之现代：一个基于符号修辞的讨论

在中国诗歌史上，古典诗与禅有着深刻的融合。印度佛教通过庄玄渗透内化为中国禅宗后，对中国士人阶层的生活情趣、人生理念产生相当大的影响，而且与中国诗学、美学有十分密切的关系。特别是唐宋以后，经由禅悟感受过渡到艺术创作的直觉思维，再到追求无言之美的诗境亦即禅境，成了中国古典诗学中非常重要的观念。无论是以禅理入诗，还是以禅助诗、喻诗，都丰富了中国古典诗的内容，并促进了古代诗歌审美理想的形成。在此种意义上可以说，禅宗思想使得中国古典诗歌焕发出特有的韵致且妙音悠长。

对禅与中国古典诗歌上述千丝万缕的联系，学术界很早就给予了关注。那么，禅思传统与现代诗之间，是否还继续保持着沟通与关联，尤其是在"现代"文化语境下，禅与诗是否依然互为缠绕、血脉相通呢？这是个值得现代新诗研究者关注的问题。而禅诗一开始就在修辞格上呈现出的特质，即它必须穿梭于由"陌生化"与"平常语"这两个相背离的语言追求所构成的写作语境，或许正是深入这个问题的比较方便的法门。

一 诗歌语言的"陌生化"追求

陌生化理论作为俄国形式主义诗论的核心，将诗歌创作中的实践经验提升到理论高度。细察什克洛夫斯基所指认的"艺术之所以存在，就是为使人恢复对生活的感觉，就是为使人感受事物，使石头显出石头的质感。艺术的目的是要人感受到事物，而不仅仅知道事物。艺术的技巧就是使对象陌生化，使形式变得困难，增加感觉的难度和时间长度，因为感觉过程本身就是审美目的，必须设法延长。艺术是体验对象的艺术构成的一种方式；而对象本身并不重要"①。便不难发现其重点是对诗人艺术感受的强调：唯有诗人将独特艺术感知诉之于诗歌文本，才能使读者通过"主体间性"获得这种独特艺术感知成为可能。

这一理论追求诉之于语言实践，便要求诗的语言是必须"存心机"以"陌生化"的语言。所以后来的英美新批评理论家强调诗歌语言须从日常语言退出：它"从日常语言内部退出"，将日常语言推后为背景而使自己呈现出"前推"景象②；法国符号学家热奈特又强调：诗歌语言是对日常语言的非断裂式区隔："不是一种由特殊的偶然性决定的形式，而是一种状态，一种存在的程度，或强烈性的程度。可以说每个陈述都被引向这种状态，条件是在此陈述周围建立起一种'沉默的边缘'（marge de silence），把它与日常语言环境之间隔开，但却不形成断裂。无疑，用这种方法，容易将诗与其他风格分清，诗与其他风格只是在某些手段相似而已。风格是一种断裂，因为它用歧异，用独特性离开中立的语言。而诗的出发点不同，正确地说，诗是从日常语言内部退出，其方法是采取一种——无疑多半是幻想的——深化或反射行动。"③ 从以上理论强调可以看出，诗歌语言对日常语言所营造的规范标准背离的程度，与其语言中诗的可能性成正比。

二　禅的"平常语"追求

依照佛教本义，最高境界是不可思议、不可言传的。主张"以心应心"、直觉观照、一念顿悟即可成佛的禅宗（尤其是南宗禅），其基本语言观也是"不立文字"。它视语言、逻辑为纠缠禅理的葛藤与遮蔽本性的

---

① ［俄］维克托·什克洛夫斯基：《作为技巧的艺术》，《俄国形式主义文论选》，方珊等译，生活·读书·新知三联书店1989年版，第11页。
② ［捷］扬·穆卡洛夫斯基：《标准语言与诗歌语言》，赵毅衡编选《符号学文学论文集》，百花文艺出版社2004年版，第15—30页。
③ ［法］热拉尔·热奈特：《诗的语言，语言的诗学》，赵毅衡编选《符号学文学论文集》，百花文艺出版社2004年版，第543页。

理障，"本性自有般若之知，自用智慧观照，不假文字"①，一旦转换成语言，佛性就变成第二义，与其"悟第一义"的旨归相违背。然而为了续道接宗、指示门径，禅又不得不借助语言，由此陷入语言悖论。"不立文字"也不得不退守，"一切经书，因人说有"②，"既言'不用文字'，人不合言语；言语即是文字"③，只是经书的本源应该到人的"自性"中去寻找，而非相反。并且，语言文字的本性也是"性空"，因而既要"用"语言文字，又要除去语言文字之障，见月亡指，从言句上悟入，"不空迷自惑"。尽管由"不立文字"发展到"不离文字"，但禅宗的语言运用却别有深意。禅宗讲"自性迷，佛即众生；自性悟，众生即是佛"④，当下即是悟道。据《坛经》记载，南宗禅创始人慧能，家境贫寒且不识字，"请得一解书人"⑤ 题写偈子之后，才得弘忍密授衣法，而南宗禅传法主要在南部地区的山林，其文化水平普遍偏低难以阅读经典，慧能南宗禅一开始就具有世俗化与平民化的色彩。为吸引下层平民和农民僧众，禅宗语言必然与有义学倾向的佛经语言相疏离，走向与日常生活息息相关的平常语，如禅宗语录里随处可见禅师们信手拈来的日常语："老婆"、"阿谁"、"麻三斤"、"干屎橛"、"入泥入水"等。

然而，禅虽主张不立文字，禅诗却无文而不立，这便需要后者在语言运作上用"不存机心"的最平常语言入诗，"入"之以真感情且"出"之以客观书写，寄托深而措辞婉使诗人的主观意向不露迹，取直观之象形成澄澈透明的语境，情与景能穿透其中如在眼前无须机心转化，"意贵透彻，不可隔靴搔痒。语贵洒脱，不可拖泥带水"⑥，当下即是进入王国维所标举的诗词的"不隔"的"无我之境"。如同王维的《辛夷坞》："木末芙蓉花，山中发红萼。涧户寂无人，纷纷开且落"，二十字，遣词造句极其简单平俗不加修饰，却是禅诗极品。这是将隐深层"意"取平

---

① 郭朋：《坛经校释》，中华书局 1983 年版，第 54 页。

② 同上书，第 58 页。

③ 同上书，第 96 页。

④ 同上书，第 66 页。

⑤ 同上书，第 15 页。

⑥ （宋）严羽：《沧浪诗话》，（清）何文焕辑《历代诗话》，中华书局 1981 年版，第 694 页。

常"象"进行到极致，以对治、消解诗的"陌生化"追求而抵达禅意，将禅诗的解读导向元语言阐释漩涡的结果。因为禅与诗各有其元语言，"两种元语言同时起作用，这时就出现了冲突元语言集合造成的'阐释漩涡'：两套元语言组合互不退让，同时起作用，两种意义同样有效，永远无法确定：两种阐释悖论性地共存，但是并不相互取消"。① 如同黄庭坚评陶渊明诗之"拙"："若以法眼观，无俗不真；若以世眼观，无真不俗。"（《豫章黄先生文集》卷二六《题意可诗后》）被认为不欲着一字、渐可悟禅的《辛夷坞》，也在于它的简单平俗将不可说之"第一义"隐藏在澄明的、无须转译的平常语之下，"如空中之音，相中之色，水中之月，镜中之花，言有尽而意无穷"②，以于诗"反常"、于禅"合道"③ 的方式抵达禅味。

三 禅宗"平常语"中的个体性

禅宗"平常语"，本质上在强调一种非普遍性、非公众性的选择。如同赵毅衡所言："越是讲究而修饰的文学语言，实际上越是公众性的语言，因为这种精致语言要求职业性的或半职业性的，也就是受过极好的文化教养，了解语汇中的大量典故，也了解风格的历史文化指向的人。这样的语言反而抗拒个人化的阐释，也难以达到超越性的体悟。因此禅宗强调要用俗人的语言，甚至把文字之美看作对治对象，'邪言不正，其犹绮色'。"④

传统佛教一般要求通过学习经教、念佛、坐禅等各种修行仪式获得解脱。与这种在宗教教义中思辨、在与世隔绝的参禅中打坐冥想的修行方式相比，慧能禅反对以与世隔绝的打坐冥想进入"三昧"，主张悟道之契机遍于十方世界，所谓"青青翠竹皆是法身，郁郁黄花无非般若"，"森罗及万象，法法尽皆禅"，只需以一颗自在无碍、随缘

---

① 赵毅衡、陆正兰：《元语言冲突与阐释漩涡》，《文艺研究》2009 年第 3 期。
② （宋）严羽：《沧浪诗话》，（清）何文焕辑《历代诗话》，中华书局 1981 年版，第 688 页。
③ （宋）释惠洪：《冷斋夜话》卷五，中华书局 1988 年版，第 44 页。
④ 赵毅衡：《建立一种现代禅剧——高行健与中国实验戏剧》，尔雅出版社 1999 年版，第 210 页。

自得的心灵与万物冥合,进入寂照圆融的境界便可顿悟自性。所谓心性本净,佛性本有,觉悟不假外求,顿悟自性便能成佛,是对主体性的高度要求。

并且,慧能《坛经》很少提及"佛性",一般以"自性"称之,甚至偶尔以"自性"代替佛性:"若言归佛,佛在何处?若不见佛,即无所归;既无所归,言却是妄。……经中祇即言自归依佛,不言归依他佛;自性不归,无所依处。"①且《坛经》中对"自"的强调无以复加:"见自性自净,自修自作自性法身,自行佛行,自作自成佛道。"②"心中众生,各于自身自性自度"③,更为突出的是它一直强调"上根器"的人才能顿悟自性:"此是最上乘法,为大智上根人说"④;"汝师(神会)戒定慧,劝小根智人;吾(慧能)戒定慧,劝上人"⑤;"如付此法,须得上根智"。⑥这些都说明禅宗的"自性"是不仅凸显人的主体性,而且其所凸显出的主体性不是普遍性的、公众的,而是极端个体性的。只有具有"上根器"的主体性才能破人我与法我,识得自性。

四 禅宗"平常语"中绝对的否定性反思

禅宗"平常语"与"自性"的关联,与其悟道方式有关。它提倡心性本净,佛性本有,觉悟不假外求,顿悟自性能达到人佛不二。这种"自我"抵达"自性"的悟道方式通过绝对的否定来实现。

其一,是对宗教可以在理性思辨中客观认识、悟道可以依附于外在经教权威的否定。如禅宗语录中"问如何是第一义?师曰:我向你道是第二义"。⑦执着于所谓正确的语言文字或理论思辨,违背了悟自性的要义。纵观《坛经》,除从宗教实践的角度提出"识心见性"的要求之外,

① 郭朋:《坛经校释》,中华书局1983年版,第47页。
② 同上书,第38页。
③ 同上书,第44页。
④ 同上书,第54页。
⑤ 同上书,第79页。
⑥ 同上书,第114页。
⑦ (宋)普济:《五灯会元》,苏渊雷点校,中华书局1984年版,第563页。

凡是涉及自性，慧能均只说明自性"如何"或"怎么样"（how），从不说自性是"什么"（what）①。以及从慧能对神会"汝向去有把茆盖头，也只成个知解宗徒"的斥责，可以看出慧能禅是反对以知解悟道而提倡以行动悟道，将佛教信仰从理论教条转移到生活实践中。这也意味着禅宗的自性不是思辨的、理解的，而是行动的，它以行动使宗教理想在具体实践中付诸实施，同时在宗教实践中发现自性。这种"当下即是"，显示的是一种生存的、行动哲学，"自性"只在自己的生活中呈现，传统的、既成的观念权威不能提供发现"自性"的途径，所谓"既然'神通并妙用'的宗教实践体现在'运水及搬柴'上，那么，'神通并妙用'的语言也必然是运水搬柴人的语言"②。

其二，又是自我对自我的否定。所谓"心中众生，各于自身自性自度"③，它首先是一种自我意识，即"我把自身当作对象"，但这又是一种"我执"。要破除"我执"，即进入"我不把自身当作对象"否定"我把自身当作对象"，然后才能进入"我即是佛，佛即是我"终极状态。这是生存个体对理性思辨所支撑的对外在世界反思的一种重新反思，关系到个体内在的生存和体验，是个体的一种内在选择。并且，它在自我对自我的跨越中，以自我的生存实践确立生存的意义以及获得宗教意义上的肯定性——"自性"。

五 禅宗"平常语"中的反讽精神

库勒布鲁克（Claire Colebrook）在其《哲学著作中的反讽》中指出："苏格拉底的反讽不仅仅是一种言语的形式，它也是一种精神或存在的艺术，一种个性的特征，并且通过对反讽概念的界定而不断地扩展和提升。""苏格拉底的反讽功用并不是传达每天的日常生活知识，而是开启了一条通往'更高'真理的道路。"④ 而克尔凯郭尔在其《论反讽的概

---

① 洪修平：《禅宗思想的形成与发展》，江苏古籍出版社 2000 年版，第 291 页。
② 周裕锴：《禅宗语言》，浙江人民出版社 1999 年版，第 7 页。
③ 郭朋：《坛经校释》，中华书局 1983 年版，第 44 页。
④ Claire Colebrook, *Irony in the Work of Philosophy*, Nebraska: The University of Nebraska Press, 2002, pp. 36 – 37.

念》一书中主要从两个向度促使"反讽"概念由古典意义向现代意义转型：其一，反讽的引入和使用标志着主体的觉醒，"反讽是主体性的一个表征"，它使"主体感到逍遥自在、现象不得对主体有任何实在性。在反讽之中，主体一步步往后退，否认任何现象具有实在性，以便拯救他自己，也就是说，以便超脱万物，保持自己的独立"①。其二，反讽是"无限的、绝对的否定性"，"反讽是道路；它不是真理，而是道路"②，所谓"苏格拉底与基督的相似之处恰恰在于其不相似之处"③，相似在于二者都是行动的"受难者"而非思辨者，个体在绝对的否定性反思即反讽中获得宗教的肯定性。

"禅家语言不尚浮华，唯要朴实，直须似三家村里纳税汉及婴儿相似，始得相应。他又岂有许多般来此道？正要还淳返朴，不用聪明，不拘文字。今时人往往嗤笑禅家语言鄙野，所谓不笑不足以为道。"④ 所谓"禅家语言鄙野"是"道"，它呈现出禅宗的话语姿态，也蕴含着其特有的美学追求。"平常语"背后所隐藏的"当下即是"、顿悟"自性"宗教追求，从高度主体性以及绝对的否定性悟道方式这两个向度，共同指认出禅宗的"无限的绝对的否定性"的、不在结果而在过程的"反讽"符号学内涵。

对于讲究顿悟、以"自性"贯穿一切的南宗禅，"平常语"作为宗门语的本色，它不仅是一个文体选择，更是一个根本性的美学选择，指涉出禅宗的"反讽"符号学内涵。同样，由于宗教上的追求，禅诗写作通常以"平常语"入诗，反诗歌"陌生化"合禅宗顿悟"自性"之道，它呈现出"反讽"的修辞格特点。

六　禅思传统与新诗现代化在"反讽"精神项度的契合

在克尔凯郭尔促使西方"反讽"概念由古典意义向现代意义转型之

---

① ［丹麦］克尔凯郭尔：《论反讽概念》，汤晨溪译，中国社会科学出版社 2005 年版，第 221 页。

② 同上书，第 284 页。

③ 同上书，第 1 页。

④ 《嘉泰普灯录》卷二十五，蓝吉富主编《禅宗全书·史传部六》，文殊出版社 1988 年版，第 621 页。

后，"反讽"又被伊哈布·哈桑列为后现代主义的一个特殊表征①，新历史主义者海登·怀特也在借鉴诺·弗莱《批评的剖析》② 的主要思想下，将诗歌的研究看作"话语的转义"，从而区分出四种类型：隐喻、转喻、借喻、反讽，且这四种符号修辞格中，前三者幼稚地相信可以用比喻抓住事物的本质，而最后一种的主导精神是睿智地自我批评③。

　　新时期的中国现代诗，自 20 世纪 80 年代中期"诗到语言为止"，到 20 世纪 90 年代"拒绝隐喻"、"饿死诗人"几大口号的横空出世，再到 21 世纪以来"低诗歌"的崇低、审丑、反饰（语言的直白、直截与不假修饰）、粗陋玩世、以下犯上与平面挤荡、不拘形迹纵情抒写的言说狂欢④，"反讽"这个作为后现代主义特殊表征的修辞格，也成了中国现代诗写作的不二教义。"反讽"中能指以掩饰自己的在场而推迟出场，能指不再有确定的所指，只能通过其他的符号、其他的符号阐释、阐释中的阐释，滑向无穷无尽的意义链条之中，一环接一环地无限衍义下去⑤。以此方式，禅宗美学也以意义的归约抵制面向意义的归约，打开指涉的多向性，在绝对的否定中发现"自性"。禅宗这种与当下诗歌写作相契合的美学追求以及古典禅诗成功的操作实践，可以为禅诗写作的现代化提供契机与参考。

　　20 世纪末的大陆诗学家陈仲义的《打通"古典"与"现代"的一个奇妙出入口：禅思诗学》，倡导现代诗与禅思的融合，也有诗论者沈奇指认："在世纪末之各路诗歌走向中，有两脉诗风，或将成为新世纪诗运的主要流向：一是口语化风格的，一是现代禅诗。"⑥ 而相比于大陆，提前

---

　　① ［美］伊哈布·哈桑：《后现代概念试述》，《后现代的转向》，刘象愚译，时报文化出版企业股份有限公司 1993 年版，第 154 页。
　　② 弗莱在《批评的剖析》中提出四季时序隐喻，春天是传奇故事、狂热的赞美诗和狂想诗的原型，夏天是喜剧、牧歌和田园诗的原型，秋天是悲歌和挽歌的原型，讽刺作品则留给了冬天。
　　③ ［美］海登·怀特：《后现代历史叙事学》，陈永国等译，中国社会科学出版社 2003 年版，第 3 页。
　　④ 陈仲义：《"崇低"与"祛魅"——中国"低诗潮"分析》，《南方文坛》2008 年第 2 期。
　　⑤ Ernst Behler, *Irony and the Discourse of Modernity*, Washington：University of Washington Press, 1990, p. 6.
　　⑥ 沈奇：《沈奇诗学论集》卷一，中国社会科学出版社 2008 年版，第 8 页。

进入后工业时代的台湾地区，自 20 世纪 60 年代开始就陆续有关于禅诗现代化的提倡。有"诗魔"之称的洛夫在《石室之死亡》完成之后即提出超现实主义文学与禅有深刻的相似性：一是"禅宗的悟，也就是超现实主义所讲求的'想象的真实'和意象的'飞翔性'"；二是"超现实主义强调潜意识的功能，重视人的本性，反对一切现实世界中的表面现象及一切约定俗成的规范，尤其视逻辑知识是一切虚妄之根源。中国禅家主张人的觉性圆融，须直观自得，方成妙理"；三是"禅与超现实广义最相似之处是两者所用的表现。禅以习惯语言为阻挠登岸的'筏'，故主张'不说'而悟，而超现实主义以逻辑语言为掩蔽真我真诗三障，故力倡自动写作"①。尽管最早在台湾翻译《超现实主义之渊源》的洛夫，论述禅时以与超现实主义的比较为着眼点，但从相同的"反对一切现实世界中的表面现象及一切约定俗成的规范"、"以习惯语言为阻挠登岸的'筏'，故主张'不说'而悟"等，可以看出二者有着相同的"反讽"的现代品质。

七 禅思之现代的诗歌实践

在具体的诗歌实践中，台湾诗人周梦蝶的《还魂草》、羊令野的组诗 13 首《贝叶》等禅诗写作之外，洛夫早在 1974 年的《魔歌》诗集中，已有《金龙禅寺》、《随雨声入山而不见雨》等一些别具禅趣的现代诗，《魔歌》之后又陆续创作了不少"禅诗"之作，并指称"诗与禅的结合，绝对是一种革命性的东方智慧"②，及至 2003 年内含将近 70 首现代诗的《洛夫禅诗》出版，以及三千行长诗《漂木》的问世，融禅思于现代主义诗歌的成功实践为禅诗的现代化提供参考。

以他直接对"禅味"发言的诗为例，看现代"反讽"如何与禅之真味契合：

---

① 洛夫：《超现实主义与中国现代诗》，《幼狮文艺》1969 年诗专号，第 6 页。
② 诗探索编辑部：《洛夫访谈录》，《诗探索》，天津社会科学院出版社 2002 年版，第 281 页。

禅的味道如何

当然不是咖啡之香

不是辣椒之辛

蜂蜜之甜

也非苦瓜之苦

更不是红烧肉那么艳丽，性感

那么腻人

说是鸟语

它又过分沉默

说是花香

它又带点旧袈裟的腐朽味

或许近乎一杯薄酒

一杯淡茶

或许更像一杯清水

其实，那禅么

经常赤裸裸地藏身在

我那只

滴水不存的

杯子的

空空里①

　　不以"鸟语"说不可说的"第一义"，"沉默"与"藏身"貌似以精神至肉体的躲闪故作神秘，但它是"酒"、"茶"、"水"，很日常，并且"薄"、"淡"、"清"、"赤裸裸"，又是不修饰的不隔，何其矛盾。与"它"相对而言的，是"我"，主体性被标举出。禅的味道不是，不是，更不是，色（艳丽、性感）、声（鸟语）、香（咖啡之香、花香）、味（辛、甜、苦）、触（腻人）、法全不是，绝对否定。"其实，那禅么/经

_____

　　① 洛夫：《背向大海》，尔雅出版社2007年版，第42—43页。

常赤裸裸地藏身在/我那只/滴水不存的/杯子的/空空里"，绝对否定之后的"空"，不是真空，还有禅藏身在，当然只有"滴水不存"才能发现。

八　小结

禅诗写作，由命名所追溯到的宗教追求，决定了从不立文字的禅到无文而不立的禅诗写作，在语言运作上也需要用"不存机心"的最平常语言入诗，将不可说之"第一义"隐藏在澄明的、无须转译、简单平俗的平常语之下，并以对治、消解诗的"陌生化"追求而抵达禅意。其在语言上呈现出的"反讽"修辞格特点，也显示出"当下即是"、顿悟自性的禅宗对"平常语"的使用，在高度主体性以及绝对否定性悟道方式这两个向度，共同指认出禅宗的"无限的绝对的否定性"的、不在结果而在过程的"反讽"符号学内涵。对于这个作为后现代主义特殊表征的修辞格以及中国当代诗写作不二教义的"反讽"，与之相契合的禅宗在美学追求与古典禅诗成功的操作实践两方面，都可以为禅诗写作的现代化提供契机与参考。

诚如 2009 年南帆在《后现代主义、消极自由和负责的反讽》一文中所言："现代性历史导致了古典文学的衰落，现代性冲动是一大批文化观念的强大后援；同时，西方文化的反现代性和后现代主义支持另一批文化观念踊跃发言。有趣的是，古典文学的天人合一或者淡泊宁静可能依附于反现代性和后现代主义无声地复活。"[①] 禅宗美学的"反讽"以自由无羁来取代社会规范，试图将物的物性放回到虚空粉碎的原点，体悟它在不同语境中变幻不定的意义。它能以极大地扩展心象超越所在现实，也使禅宗美学并不只是从属于某个时空，如洛夫现代禅诗《禅味》所言，"禅"的强大的古典源头，让它总是在当下认知里"带点旧袈裟的腐朽味"，其实，它也"经常赤裸裸地藏身在"我们的"杯子"里，并随时准备着为当代诗的写作提供精神支撑与实践参考。

---

① 南帆：《后现代主义、消极自由和负责的反讽》，《文艺理论研究》2009 年第 2 期。

否定：一个禅宗诗学的核心命题

禅诗是一种艺术游戏，在将宗教性的语言当作艺术性的语言来体验时，它在通过语言触摸真理，更在进行意义的逗弄。因此，从禅的不立文字，到诗的无文而不立，禅诗不可规避地拥有刻意的品质：滔滔不绝，却又可以只被当作一个沉默的隐喻。

这种双重品格，致使关于禅诗是否应该坚持"诗意与禅意"双重守护的讨论，至今无法休止。然而其中一直纠葛不清的问题，也至今犹在：比如，是什么使禅与诗相撞成为可能？所谓"舍筏登岸"、"得鱼忘筌"，使用语言文字的禅诗又是如何将语言文字放置在意义之外？比之诸如"意境"、"禅味"等只能心求不可意解的雾里看花式探讨，禅诗的语言运作中是如何借语言之"筏"登岸的，才是关于禅诗之禅意或诗意的讨论，首先需要解决的问题。

一　语言的理据性

基于语言—世界二元对应的静态映射理论架构，语言是实在的复本，人类语言的结构可以在世界的结构那里找到理据。在意义理论上人们容易形成这样的看法：全部语言对应着世界，世界乃是事实的总体，事实的逻辑图像是思想图像，思想是有意义的命题，命题对应着事实，总体即是语言。于是，一个语词对应着一个对象，语词的意义在于其指称的对象①。这种理据性方便人类对世界进行概念化与语言化的认知。而符号

---

① 贺绍甲：《逻辑哲学论》，商务印书馆1996年版，第42—65页。

学诸家所注意到的语言符号与意义之间非任意武断的理据性之种种，则方便推断、论证语言乃至世界之有序与理性：乌尔曼指出语言除语音理据性、词形理据性外，还有语义理据性，体现在各种修辞性语言中①；梅里安则认为一旦语言"风格化"，即可获得理据性②；甚至有论者指出"理据性是语言常理而任意性是不得已而为之的解释退路"③；毕竟，符号任意性的荒谬原则"不加限制地使用，终将导致极度的复杂性"，而理据性则可使语言符号能指和所指之间的音义联系获得事实上论证，保障语言成为理性和有序的历时系统，使其可知④。

然而语言符号、指称对象、意义、世界的理据关系并非一眼即明。意义常常以"言语"为媒介诱使"物"卷入象征的坐标体系，使其为"言语"谎言所遮蔽：

> 意义永远是一种文化现象，一种文化产物。但是，在我们社会中，这种文化现象不断地被自然化，被言语恢复为自然，言语使我们相信物体的一种纯及物的情境。我们以为自己处于一种由物体、功能、物体的完全控制等等现象所共同组成的实用世界中，但在现实里我们也通过物体处于一种由意义、理由、借口所组成的世界中。⑤

二 禅之"不立文字"：破除语言理据性

佛教视语言为"障"。拈花微笑、心心相印、不立文字的传说，便强调了这种语言观。它也是自 5 世纪 70 年代中土达摩禅开始，禅宗一直坚持"不立文字"的缘故。尤其"一阐提皆有佛性"思想在 6—7 世纪的南北朝的普遍被承认，使佛教中的禅学在中土获得有利理论支持，更间接使"不

① Stephen Ullmann, *Semantica*, Oxford：Blackwell, 1962, p. 81.
② Stephen Merrim, "Cratylus' Kingdom", *Diactritics*, Spring, 1981, pp. 44 – 55.
③ G Lakoff, *Women, Fire, and Dangerous Things：What Categories Reveal about the Mind*, Chicago：The University of Chicago Press, 1987, p. 346.
④ ［瑞士］索绪尔：《普通语言学教程》，裴文译，江苏教育出版社 2001 年版，第 31—40 页。
⑤ ［法］罗兰·巴特：《符号学历险》，李幼蒸译，中国人民大学出版社 2008 年版，第 190 页。

立文字"语言观获得认可：人人皆有佛性，解脱自我可以凭借自觉而无须依赖外在，包括不必依赖外在的言语分析；安心的法门在"禅"，沉潜于幽冥的内心修行体验，不涉及义理、知识。"本性自有般若之知，自用智慧观照，不假文字"①，语言是纠缠禅理的葛藤与遮蔽本性的理障，虽能传递意义，却也能遮蔽意义，分析只能剥开思想的外壳，却不能触及真理的本原。这是对语言—世界二元理据架构的超越与否定。

禅宗"不立文字"源于要破除语言之"执"，与语言的遮蔽的、非自然有关。语言是拣择和分别，所以不能使人领悟至道。

如何是不拣择？禅宗语录有："天上地下，唯我独尊。"② 即要凸显自心的独断性，不拘泥于语言的规定性。杨乃乔借伽达默尔之思考，称"逻各斯"具有"思想"（thinking）与"言说"（speaking）两个层面的意义，其原初与主要意义却是"语言"——"language"，作为理性动物的人实质上是"拥有语言的动物"③。禅要证得自性，便需不迷信语言文字以免落入语言文字的窠臼。然而思想的传递毕竟需要语言，为续道接宗、指示门径，禅不得不从"不立文字"退守到"一切经书，因人说有"④。葛兆光将此解读为：所谓"不立文字"是不确立文字的真实性，而并不意味着禅放弃语言⑤。既要"用"语言文字，又要去除语言文字之障，不落空不渗漏、见月亡指，所谓"但参活句，莫参死句"⑥，禅宗的语言运作便从破除语言理据性开始，以相对思维和佯谬语言运作"于相而离相"、"于一切法上无住"、"不染万境而常自在"⑦，否定语言指称意义或世界的惯习与常识。

---

① 郭朋：《坛经校释》，中华书局1983年版，第54页。

② （宋）普济：《五灯会元·赵州从谂禅师》卷四，苏渊雷点校，中华书局1984年版，第203页。

③ 杨乃乔：《东西方比较诗学——悖立与整合》，文化艺术出版社2006年版，第84页。

④ 郭朋：《坛经校释》，中华书局1983年版，第58页。

⑤ 葛兆光：《增订本中国禅思想史——从六世纪到十世纪》，上海古籍出版社2008年版，第423页。

⑥ （宋）普济：《五灯会元·德山缘密禅师》卷十五，苏渊雷点校，中华书局1984年版，第935页。

⑦ 郭朋：《坛经校释》，中华书局1983年版，第39页。

一如，禅宗语录中处处可见的"非"、"非非"式语言双遣（又称复合否定①），在"来去相因"中破除语言"边见"。洞山良价禅师问弟子："有一人在千人万人中，不背一人，不向一人，你道此人具何面目？"② ——是对空间方位的质疑以及对指示这些概念的语言习惯的困惑，唯有无所谓正反的无面目，才能非向/背、非非向/背、破除常识性的可停驻固定视觉概念；《古尊宿语录》卷十三学人问禅时"问：'柏树子还有佛性也无？'师云：'有。'又问：'几时成佛？'答以'待虚空落地。'再问：'虚空几时落地？'师云：'待柏树子成佛'"③ ——是站在语言中间的兜圈子，使判断、推理、分析皆失效、落空。

再如，禅宗语录的诸多问答，在对象语与元语言之间跨跳④，突破语言所执之当下语境与常态系统分层。有人问赵州和尚："如何是佛？"答曰："殿里底"——从自觉、觉他、觉行圆满的大智慧者佛陀，跨跳向泥雕木塑的佛像；还有人问赵州和尚："如何是赵州桥"，答曰："度驴度马"——或是蕴含深奥道理的"超度"，也是日常生活中的"度过"？

以上被李泽厚分析为禅宗将"语言的多义性、不确定性、含混性作了充分的展开和运用，而且也使得禅宗的语言和传道非常主观任意，完全不符合日常的逻辑和一般的规范"⑤；陈仲义则称禅宗语言"是即时的、即兴的、直觉的、不可重复的，随灵感迸发，突如其来的，脱口而出的，随手而作的"，是"完全破坏常规世界语码的规约⑥，均是发现禅宗企图以"任意性"割断语言理据再现的透明感，在活泼无碍的想象中自觉自性。

---

① 胡易容、赵毅衡编：《符号学—传媒学词典》，南京大学出版社 2012 年版，第 189 页。

② （宋）普济：《五灯会元·洞山良价禅师》卷十三，苏渊雷点校，中华书局 1984 年版，第 781 页。

③ 痖弦：《禅趣诗人废名》，《废名诗集》，新视野出版公司 2007 年版，第 1 页。

④ 李子荣曾分析元语言有三大特性：层次性、相对性、自返性（参见李子荣《作为方法论原则的元语言理论》，黑龙江人民出版社 2006 年版）。笔者认为其中的自返性，可理解为语词在元语言与对象语之间进行了跨跳。

⑤ 李泽厚：《中国古代思想史论》，人民出版社 1985 年版，第 203 页。

⑥ 陈仲义：《禅思：模糊逻辑的运作》，《诗刊》（青年版）1993 年第 10 期。

三 无理而妙：诗与禅之契合

这为禅与诗的碰撞提供了可能。诗的语言同样是要消解语言理据性的，"禅道惟在妙悟，诗道亦在妙悟"①，尤其在以汉语为媒介之时。汉字本质上是规约性的。1919 年庞德代为发表《汉字作为诗歌媒介》（费诺罗萨）时，添加副标题"诗歌的艺术"；1934 年他又在《阅读入门》② 拟借鉴汉语为现代西方诗学发明"表意文字法"（Ideogrammic Method），将意与象的相应相合浇铸于视觉想象上，并强调这就是费氏所讲述的：如此书写的语言保持着本有的诗性。庞德以此为现代西方诗歌寻找路径是没问题的，但立论的基点却有误。事实上，汉语不存在这种"本有的诗性"即根据性，刘若愚在《中国诗艺》即以较大篇幅解说六书造字，指出西人无视汉字内有表音因素是其错误根源③。所以，铃木大拙称：汉语不拘语法，语词之间关系松散和自由，使语言富于暗示性、朦胧而恍惚，从中产生一种缥缈感，与禅恰恰吻合④。

于是，"这种吻合也正好使禅的语言转向了诗的语言"⑤，并最终促成了禅与诗的相交合流，造就了"没有表情的幽默"（expressionless humor）⑥。

四 禅诗之简朴：书写层面的"克制叙述"

禅诗虽常被划分为禅理诗、禅趣（禅意）诗，以及禅宗历代祖师大德的偈⑦，但无论哪种形式，禅诗总体风格均呈现出某种"简朴"。此一

---

① 郭绍虞：《沧浪诗话校释》，人民文学出版社 1961 年版，第 12 页。

② Ezra Pound, *ABC of Reading*, New York：New Directions, 2010, p. 46.

③ James Jo-yn Liu, *The Art of Chinese Poetry*, London：The University of Chicago Press, 1962, pp. 23 – 29.

④ 参见葛兆光《增订本中国禅思想史——从六世纪到十世纪》，上海古籍出版社 2008 年版，第 435 页。

⑤ 同上。

⑥ Jack Kerouac, *The Dharma Bums*, New York：New American Library, 1959, p. 163.

⑦ 南北朝至初唐期间，偈与中国古典诗合流，僧人写偈多采用五言、七言诗的格律。拾得即有诗云：我诗也是诗，有人唤作偈；诗偈总一般，读时须仔细。缓缓细披寻，不得生容易；依此学修行，大有可笑事。

观点，在东西方评论者对王维禅诗的评价中有过奇特的一致体现：汉学家宇文所安在将王维放入《全唐诗》进行讨论时，曾反复以"简朴的技巧"、"一种严谨的简朴"① 等语界定王维诗歌；向来坚称诗写要"拒绝隐喻"的于坚，更称王维诗的朴素是世界本身的朴素②。

而禅诗之简朴，与其克制叙述（understatement）有关，是其以克制叙述平衡禅之平常语与诗之陌生化的结果。这属于禅诗的书写问题。

禅宗之南宗禅对语言的使用，一直追求破除机心的"平常语"。一方面，南宗禅传法主要在南部地区的山林，其文化水平普遍难以阅读经典，为吸引下层平民和农民僧众，禅宗语言必然与有义学倾向的佛经语言相疏离，走向与日常生活息息相关的平常语。特别当禅思想走到"触处皆真"的洪州宗时代，所谓"青青翠竹皆是法身，郁郁黄花无非般若"，更要凸显所有世俗现象与日常生活的合理性，其语言便更追求平民化与世俗化。另一方面，"禅宗的平俗但流畅的语言，与儒家经典与主流文学冠冕而精致的语言相比，更是一种'不存心机'的表达方式"③。

然而，诗却是要刻意陌生化的，所谓石头不是石头才是诗。所以，杜甫要"语不惊人死不休"，释惠洪洋洋得意于"不易其意而造其语，谓之换骨法，窥入其意而形若之，谓之夺胎法"（《冷斋夜话》），均出于诗语必须"存心机"以"陌生化"。

禅要与诗合，平常语却与陌生化相悖，二者如能共存，便如同赵毅衡所言：

> 禅诗是双重解构，而且是从相反方向解构：禅诗因为是写出来的，必不是禅；禅因为拒绝被说出，因此不会进入禅诗。如果一定要形诸语言，禅要说得笨拙，诗要写得漂亮，完全是南辕北辙：禅

---

① ［美］宇文所安：《盛唐诗》，贾晋华译，生活·读书·新知三联书店2004年版，第32—62页。
② 于坚：《诗学随笔》，陕西师范大学出版社2010年版，第74—76页。
③ 赵毅衡：《建立一种现代禅剧——高行健与中国实验戏剧》，尔雅出版社1999年版，第210页。

诗如果可能，必定是吞噬自身的意义漩涡。①

于是，禅诗便呈现为以敛衬放、以隐藏衬凸显的克制叙述，将真意隐含于明白朴素的面具之后。

比如，王维的《终南别业》一诗：

> 中岁颇好道，晚家南山陲。
>
> 兴来每独往，胜事空自知。
>
> 行到水穷处，坐看云起时。
>
> 偶然值林叟，谈笑无还期。

率性而行，连最擅长的描写也免了，简单平俗不加修饰，形成一种非艺术的艺术，情感反应领域的抑制法则、认识领域的隐藏法则，统统转换成书写中的克制叙述。效果在于，解读者会认为"王维诗的简朴语言阻挠了一般读者对修辞技巧的兴趣，迫使他们寻找隐含于所呈现的结构中的更深刻意义"。② 所以，此类诗歌的克制叙述，也可理解为是对诗歌陌生化的"再度"陌生化，读者解读时往往不信任其表面形态，反要追述其意义的隐藏。此时之禅诗，隐深层"意"，取平常"象"，于禅，将不可说之"第一义"隐藏在澄明的、无须转译的平常语之下，于诗，将"陌生化"二度陌生化。禅与诗便在简朴的技巧中，匪夷所思地取得了和解。

五　禅诗之简朴：解读层面的符号自指的诗性功能

禅诗能以简朴取胜，还与诗歌语言符号自指诗性功能能够"翻过一层"的容忍平常语有关。这属于禅诗的解读问题。

---

① 赵毅衡：《看过日落后眼睛何用？——读沈奇〈天生丽质〉》，转引自沈奇《天生丽质》，文化艺术出版社 2012 年版，第 2 页。

② ［美］宇文所安：《盛唐诗》，贾晋华译，生活·读书·新知三联书店 2004 年版，第37 页。

诗之为诗,与其信息传达过程中的"诗性功能"有关。诗性功能是雅柯布森符号功能理论之一①,意为符号将解释者的注意力"引向信息自身"②,使信息本身的品质成为主导。任何言语行为都包含着对语言实体的选择与组合,诗歌语言在内部的动态运作——投射(project)运动中,呈现为一种非线性的破碎语言,语词在自足的"聚合"或"组合"中,不再指向客体世界与作为工具去证明或阐述世界实在,而是重新指向自身,指向自身的可能性,"通过将语词作为语词来感知,而不是作为指称物的再现或情绪的宣泄,通过各个语词和它们的组合、含义,以及外在、内在形式,获得自身的分量和价值而不是对现实的冷漠指涉"③。它表明两个方面的问题:第一,诗歌是通过符号的自我指涉,加深符号同指称对象之间的分裂,强调符号本身的意义;第二,日常语言偶尔也能具有"诗性",却未必能成为诗歌。

然而,诗文本为有机体。禅诗的平俗简朴,虽使其偏离诗语的陌生化,却并不能因此将其解读为"非诗",而是需要对它做"翻过一层"的解读,辨析其外表和真实的分离,如同有论者所言:"(禅诗)与生活中的沉思与妙悟有关,在表现手法上常用浅白而平和的文字,背后却有灵性。"④

试以庞蕴诗偈《呈石头和尚偈》为例:

日用事无别,
惟吾自偶偕。
头头非取舍,

---

① 雅柯布森提出著名的语言六要素和六功能说:所有的交际行为由说话者、受话者、语境、信息、接触手段和代码六个要素组成,它们分别对应情感功能、意动功能、指涉功能、诗性功能、交际功能和元语言功能六种功能。

② Roman Jakobson, "Linguistics and Poetics", in Roman Jakobson Selected, *Writings* III: *Poetry of Grammar and Grammar of Poetry*, Hague: Mouton, 1981, p. 25.

③ Roman Jakobson, "Two Aspects of Language and Two Types of Aphasic Disturbances", in Language in Literature, ed., *Krystyna Pomorska and Stephen Rudy*, Cambridge, Mass: University of Harvard Press, 1987, p. 378.

④ 钟玲:《中国禅与美国文学》,首都师范大学出版社 2009 年版,第 85 页。

处处勿张乖。
朱紫谁为号，
青山绝点埃。
神通并妙用，
运水及搬柴。

此诗表示要在细节中实践禅，用的是日常平实语言，写的是日常生活。所谓"日用事无别"、"运水及搬柴"的日常家话、庸常生活，此时也需要隔断它与它所指称的对象，解读出"日用"、"运水"、"搬柴"的诗性，比如其所写乃为歌吟世界与生俱来的事物，或人和世界不言自明的关系。

禅诗的克制叙述，无非是以平俗但流畅的语言，首先在表达方式上避开冠冕与精致的"机心"。所以，有论者指出有些诗僧写的诗偈和悟道诗是"'为禅不为诗'的耿直之作"、"直抒禅理或放言无忌的疏野之作"、"禅理彰然，却谈不上有什么'诗意'"，是恳切之语。然而，如其所示例解释的："比如宋代僧人汝风杲的《火筒》：'两头截断见心空，一窍能生万灶风。漫借渠侬伸口气，死柴口上也通红。'是借农家用的吹火筒讲生死截断的开悟和度化众生的心窍。……还有石庵禅师的《身世》：'身世悠悠不系舟，得随流外且随流。今朝有酒今朝醉，明日无钱明日愁。'后两句已经成了百姓的口头禅，说的是随缘任运的平常心，契合禅理却没有多少诗艺上的审美价值可言"[1]，如做"禅"与"诗"的联合解读，倒能翻转出一些诗意；若单从"诗"解，品出寡然无味，也是理所当然。

是以，以"不存机心"为体，以克制叙述为用，以诗性翻转为解读之要，于诗"反常"、于禅"合道"，诗禅在互否中抵达禅意。

六　禅诗悖论式语言的现代意义

从"不可言说"到"不可说破"，禅诗的努力，是要在否定中明心见性。而其根植于禅宗教的不断否定而不断超越追求的诗写特性，于现代

---

[1]　李春华：《关于现代禅诗审美的几个问题》，《文艺争鸣》2012年第2期。

汉诗书写,尤其是当下以文学及文化方式反思社会现状的先锋诗写,相契合且具有参考价值。

在语言运作层面,禅诗所言非所示,具有假相与真实的双重含义。这种语言运作方式,新批评理论主将布鲁克斯称之为悖论(paradox)①,时而也叫反讽(irony)②。它不仅是一种重要的修辞手段,同时也是一种思维方式。中国现代汉诗自 20 世纪 80 年代中期就以"诗到语言为止"、"拒绝隐喻"等逐渐开启了以诗写进行"反诗"的道路,企图以意义的归约抵制面向意义的归约,打开指涉的多向性,在绝对否定中发现"自性"。辗转到 21 世纪以来的"低诗歌"书写,追求反饰(语言的直白、直截与不假修饰)、粗陋玩世、不拘形迹纵情抒写的言说狂欢,已进入彻底为反讽是问的"反讽中心主义"。

> 真理就是一堆屎
>
> 我们还会拼命去拣
>
> 阳光压迫我们　我们还沾沾自喜
>
> ……在真理的浇灌下
>
> 我们茁壮成长
>
> 长得很臭很臭 (男爵《和京不特谈真理狗屎》)

借反讽为名,以腌臜之物入诗,解构传统积淀的诗观以及形而上学的理性。此种以平常物、日常语挑战诗歌常规思/写的方式,在"低诗歌"时期尤其显著。"走向'反讽中心主义'的诗歌话语意味着新的中心与秩序化的同时,也意味着对诗歌抒情本体的背离,从这个意义上讲,反讽写作的中心化和大众化的话语现状,构成了艺术话语与时代精神的双重悖论。"③ 而禅诗之否定式运作与现代先锋诗写的操作方式相合,或

---

① [美] 克利安思·布鲁克斯:《反讽——一种结构原则》,赵毅衡选编《新批评文集》,百花文艺出版社 2001 年版,第 112 页。

② 同上书,第 379—381 页。

③ 董迎春:《走向反讽叙事:20 世纪 80 年代诗歌的符号学研究》,苏州大学出版社 2013 年版,第 201 页。

许正意味着禅诗书写思想的方式有进行现代化转换的契机。

七　禅诗反讽式精神的现代意义

更为重要的，隐藏于禅诗否定式思维幕后的宗教追求，与先锋诗写的反叛精神异曲同工：都是企图以"当下即是"，破除对过去与未来的执着。

比如，对于坚而言，王维诗歌所能提供的感动，除了技巧的简朴，还有所书写世界的"基本"，以及因"基本"而带来的"永恒"：

> 就像我们头上的天空从来不仅仅是现代的天空，王维们的作品从来不是古典诗歌。"竹喧归浣女，莲动下渔舟"，今日看起来是多么诗意，多么遥不可及，当时却是庸常的现实。这个世界正在不惜代价地进步，王维诗歌中的世界，那些基本的事物一旦成为"古典"，世界之进步难道不是到地狱去么？我想，我们已经比王维们更清楚地看到了这一点。我永远怀念三十年前我在云南的流水高山中吟咏王维诗歌的日子，明月松间照，清泉石上流，是这些基本的东西，使我领悟了何谓世界，何谓永恒，何谓之诗歌，使我生活，热爱着。①

"那些基本的事物一旦成为'古典'，世界之进步难道不是到地狱去么？"于坚所认为的王维诗歌中的世界对"进步"的对抗可能，同样是当下先锋诗写在思考与企图完成的目标。而禅诗的"否定精神"使其可以向当下的"先锋"敞开，这绝不是一种巧合。符号学家赵毅衡称我们的时代，是"反讽时代，不是犬儒时代。恰恰相反，反讽最认真：承认彼此各有是非，却不借相对主义逃遁。欲在当代取得成熟的个人性与社会性存在，反讽是唯一方式"。② 正因能承认此一是非、彼一是非，以"否定"为主导精神的反讽，似乎也正在使我们的时代成为一个奇特的场域：现代性历史曾经导致古典文学的衰落；而当下，曾因相异的意识形态脉

---

① 于坚：《诗学随笔》，陕西师范大学出版社 2010 年版，第 74—77 页。
② 赵毅衡：《反讽时代：形式论与文化批评》，复旦大学出版社 2011 年版，第 280 页。

络而交锋的观念正在相互交织，古典禅的简单素朴、淡泊宁静，似乎正依附反现代性而无声复活。

八　小结

现代汉语先锋诗写以一种风格替代另一种风格，展现了逃避的技巧。在禅与诗的两极化追求中穿梭，禅诗的似是而非，同样也可理解为是挣脱那些已陷入泥沼的形式与声音，以及寻找到某个似错非错的真实。空洞之物才有安全感，禅诗能为当代中国先锋诗写提供何种参考，以及能在何种意义上进行现代化转换，仍是一个悬而未决的问题。事实上，它值得讨论者们反复面对。

诗之禅味与反讽

——古典禅诗几种语言运作方式的解析

引论 禅诗对语言运作的要求

"禅",梵文"禅那"(Dhyāna),本是印度教原有术语"静虑"之义①,汉传佛教习惯把禅与佛学三教之一的"定"(Samādhi,音译三昧)合称"禅定",指心注专一,观想特定对象而获得悟解。随着佛教在中国的发展,"禅"主要呈现两方面的含义,其一是延续印度 Yoga 和 Dhyāna以"定"为核心的修习方法,禅定或习禅之禅:"自古以来,dhyāna 和与其同义的 samādhi(三昧、集中)就作为术语使用于印度。众所周知,dhyana 和 samadhi 均出现于比佛教起源更早的《奥义书》中。独立语dhyāna 起源于动词词根 dhyai,其原本的意思是熟思,成熟反省,深思或冥想。佛教诞生之前,当时反对禁欲主义的倾向普遍存在,而 dhyāna 的含义似乎已经脱离了成熟反省或者深思,而转向一种近似于简单的集中力,或平定心思的感觉。"② 其二是因与中国固有的道家在宗旨与方法上契合,而逐渐老庄化特别是庄子化后的哲学范畴。"禅宗思想的形成,是以创造性翻译为前提,不断而又广泛地撷取庄、老思想,由道生、僧肇奠基,终至《坛经》而系统化、大众化的哲人之慧"③,佛教东进并在中

---

① "The word Zen is the Japanese equivalent of the Chinese Ch'an or Ch'an-na, derived form the SK. Dhyana, usually translated as 'meditation'", *Christmas Humphreys*: *A Popular Dictionary of Buddhism*, The Buddhist Society, London, 1984, p. 222.

② [日] 松本史郎:《"禅"的含义》,[美] 杰米·霍巴德等主编《修剪菩提树——"批判佛教"的风暴》,龚隽等译,上海古籍出版社 2004 年版,第 250 页。

③ 麻天祥:《中国禅宗思想史略》,中国人民大学出版社 2007 年版,第 2 页。

土不断发展壮大，并逐步被庄、玄渗透、融汇而演化追求一种现世中自我解脱的法门，成为禅与道庄合流后的共同理想。主张从具体的、世俗的日常生活中去寻求"大道"、参悟"佛性"，讲究"破对待，空物我，泯主客，齐生死，反认知，重解悟，亲自然，寻超脱"①，培养淡泊宁静而又超脱的人生态度。

问题是，后者成为讨论禅宗思想在文学中表现的主要观照点，且往往被一言以蔽之——"禅味"，这有点类似老庄哲学所称的"夫大道不称，大辩不言"②，"禅味"成了只能"心求"不可"意解"的代名词。这固然与内化后的禅宗"不诉诸理知的思索，不诉诸盲目的信仰，不去雄辩地论证色空有无，不去精细地讲求分析认识"③有关，然而，不立文字的禅对语言的使用，自有它宗教规约下的底线。

并且，诗毕竟是语言的艺术，它通过语言排列组合所造成的隐喻张力而生发意义。同时，这种隐喻的艺术也会将不协调因素带入诗中，因为"比喻并不存在于同一平面上，也并非边缘整齐地贴合。各种平面不断地倾倒，必然会有重迭、差异、矛盾"④。对于诗的解读，不仅要承认其生发的异质因素，而且要为这些异质因素的统一寻找原因。新批评派的布鲁克斯认为，"反讽"是诗综合性和有机性的唯一特征，他在《悖论语言》中表示："悖论正合诗的用途，并且是诗不可避免的语言。科学家的真理要求其语言消除悖论的一切痕迹；很明显，诗人要表达的真理只能用悖论语言"⑤，接着又在《反讽——一种结构原则》中认为："反讽作为对于语境压力的承认，存在于任何时期的诗、甚至简单的抒情诗里。"⑥尽管"反讽"与"悖论"经常被混用，但在修辞学意义上，一套符号代码两个意义层面（表达面/意图面），在语境的压力下对立并存，

---

① 李泽厚：《中国古代思想史论》，天津社会科学院出版社 2003 年版，第 202 页。

② 郭庆藩：《庄子集释》卷一，中华书局 1961 年版，第 83 页。

③ 李泽厚：《禅意盎然》，《求索》1986 年第 4 期。

④ ［美］克利安思·布鲁克斯：《悖论语言》，赵毅衡编选《新批评文集》，百花文艺出版社 2001 年版，第 361 页。

⑤ 同上书，第 354 页。

⑥ ［美］克利安思·布鲁克斯：《反讽——一种结构原则》，赵毅衡编选《新批评文集》，百花文艺出版社 2001 年版，第 390 页。

这个公式能够概括"反讽"的言与义的背反特点。

于是，诗的语言即使玄而又玄，但如何在这种背离中使语言书写生发禅意，便成为禅诗需要首先面对的问题，当然也自有解读它的途径。结合禅在传道授业过程中运用语言的特点，讨论禅诗的语言运作方式，以此厘清禅诗的"禅味"，或许将成为可能。本节将联系禅宗公案，对"诗佛"王维的诗中的"反讽"进行剖析，或可逐步揭开迷津。

一　语言跨层破"机心"

王维《酬张少府》："晚年惟好静，万事不关心。自顾无长策，空知返旧林。松风吹解带，山月照弹琴。君问穷通理，渔歌入浦深。"

禅宗语录中有大量以双关语破除学人执着的例子。"益州铁幢觉禅师，僧问：'十二时中如何履践？'师曰：'光剃头，净洗钵。'问：'如何是道？'师曰：'踏着。'曰：'如何是道中人？'师曰：'退后三步。'问：'诸佛出世，当为何事？'师曰：'截耳卧街。'"① "问：'如何是道？'师曰：'出门便见。'曰：'如何是道中人？'师曰：'担枷过状。'"② 僧众问的是抽象的"可道，非常道"的"道"，是对元语言的提问。祖师回答以脚下踏着的、出门就可以看见的——"当下即是"的具体的"道路"和道路上的人事。看似答非所问，却直接使对象语突然跳入元语言，形成了一个异层次的委婉语。同样，祖师的"退后三步"以及"出门便见"也是在运用元语言的跨层。其一，祖师已经回答了脚下踏着的即是"道"，僧徒又追问"如何是道中人"，执着其中无法自拔，祖师的"退后三步"，是让其从执着中拔出而不粘着于虚妄之相；其二，问的人"退后三步"，那问的人便是"道中人"，禅宗讲"自性迷，佛即众生；自性悟，众生即是佛"③，问的人当下即悟即道中人，不必外求。也就是说，"退后三步"从执着中拔出的人，便是有自性使其可以"退后三步"的道中人。"出门便见"，一说门外有路通向"道"，一说入了之后还须"出"，

① （宋）普济：《五灯会元·铁幢觉禅师》卷十五，中华书局1984年版，第963页。
② （宋）普济：《五灯会元·翠岩可真禅师》卷十二，中华书局1984年版，第729页。
③ 郭朋：《坛经校释》，中华书局1983年版，第66页。

才能见到"道",只入不出,执着其中便不能见"道"。通过语言的跨层,破虚空与我执,暗示出禅宗的"非常道"在"常道"之中的宗旨,又符合禅宗顿悟"第一义"而"不说破"的原则。

《酬张少府》的后两句类似于禅宗"话头"式的问与答:"张少府问:'如何是穷通理?'王维曰:'渔歌入浦深。'"问阻塞与通达、失意与得意的道理,答之以"渔歌入浦深",看似以答非所问使问题悬置,其实以语言跨层斩断话头破执着。其一,化用《楚辞·渔父》典故:"屈原既放,游于江潭,行吟泽畔,颜色憔悴,形容枯槁。渔父见而问之曰:'子非三闾大夫与?何故至于斯?'屈原曰:'举世皆浊我独清,众人皆醉我独醒,是以见放。'渔父曰:'圣人不凝滞于物,而能与世推移。世人皆浊,何不淈其泥而扬其波?众人皆醉,何不哺其糟而歠其醨?何故深思高举,自令放为?'屈原曰:'吾闻之,新沐者必弹冠,新浴者必振衣;安能以身之察察,受物之汶汶者乎?宁赴湘流,葬于江鱼之腹中。安能以皓皓之白,而蒙世俗之尘埃乎?'渔父莞尔而笑,鼓枻而去,乃歌曰:'沧浪之水清兮,可以濯吾缨;沧浪之水浊兮,可以濯吾足。'遂去,不复与言。"[①] 不凝滞于物,与世推移,随缘任运,便是"通"。其二,所谓"道不行,乘桴浮于海"[②],王维常用"渔父"自喻:"杏树坛边渔父,桃花源里人家。"(《辋川六言》)问的人执着于问题即穷,像王维一样放下问题,渔舟唱晚自在行走,"入浦"能"深",便是"通"。如同"僧问:'如何是解脱?'师曰:'谁缚汝!'问:'如何是净土?'师曰:'谁垢汝!'问:'如何是涅槃?'师曰:'谁将生死与汝!'"[③] 从典故"渔歌入浦"的随波逐浪的提示,跨入放下"穷通理"的当下即是,以简单逻辑,截断话头使人悟。

二 以语言间的"二道相因"破"边见"

王维《鸟鸣涧》:"人闲桂花落,夜静春山空。月出惊山鸟,时鸣春

---

① (宋)朱熹:《楚辞集注》,上海古籍出版社、安徽教育出版社2001年版,第113页。
② 杨伯峻:《论语译注·公冶长第五》,中华书局2006年版,第48页。
③ (宋)普济:《五灯会元·石头希迁禅师》卷五,中华书局1984年版,第256页。

涧中。"

　　禅宗"无情有性"①说的提出，让最平常事物既可能是对佛的神圣性的嘲讽，也可能是众生皆有佛性的隐喻，而被季羡林称为"已成为佛教的对立面，简直已经不是佛教了"②的"呵佛骂祖"，已将禅宗的破除"边见"的思想发展到极致，从而抵达宗教上的肯定性。在语言运作上，禅宗善于以"二道相因"的方式，使学人不执迷于"边见"而顿悟："说一切法，莫离自性。忽有人问汝法，出语尽双，皆取对法，来去相因"，"若有人问汝义，问有将无对，问无将有对，问凡以圣对。二道相因，生中道义"，由此"三十六对法，解用通一切经，出入即离两边"③。所谓"二道相因"，就是利用一切概念二元对立、相因的结构特点，破除偏执以超越理性、发现自性。如问什么是"暗"，就答"明没则暗"，使人在"来去相因"中"成中道义"，破除对"边见"的执着，断绝对生灭、有无、常断、染净、来去等更为抽象的"究竟二法"的考虑，达到"出入即离两边"的目的。

　　如《古尊宿语录》卷十二《衢州子湖山第一代神力禅师语录》："胜光锄断一条蚯蚓，问云：'某甲今日锄断一条蚯蚓，两头俱动，未审性命在那头？'师提起锄头向蚯蚓左头打一下，右头打一下，中心空处打一

────────────

　　① 据《景德传灯录》卷二八《南阳慧忠国师语》记载："僧问：'阿那个事佛心？'师曰：'墙壁瓦砾是。'僧曰：'与经大相违也。涅槃云：'离墙壁无情之物，故名佛性。'今云'是佛心'。未审心之与性，为别不别？'师曰：'迷即别，悟即不别。'"参见（宋）道原《景德传灯录译注》卷五，顾宏义译注，上海书店出版社2010年版，第2236页。

　　② 季羡林：《佛教十五题》，中华书局2007年版，第163页。

　　③ 郭朋：《坛经校释》，中华书局1983年版，第96页。"对。外境无情对有五：天与地对，日与月对，暗与明对，阴与阳对，水与火对。语与言对、法与相对有十二对：有为无为对，有色无色对，有相无相对，有漏无漏对，色与空对，动与静对，清与浊对，凡与圣对，僧与俗对，老与少对，长与短对，高与下对。自性居起用对有十九对：邪与正对，痴与慧对，愚与智对，乱与定对，戒与非对，直与曲对，实与虚对，崄与平对，烦恼与菩提对，慈与害对，喜与嗔对，舍与悭对，进与退对，生与灭对，常与无常对，法身与色身对，化身与报身对，体与用对，性与相对，有情与无亲对。言语与法相对有十二对，内外境有无五对，三身有三对，都合成三十六对法也。此三十六对法，能用通一切经，出入即离两边。如何自性起用三十六对？共人言语，出外於离相，入内於空离空。著空，则唯长无明；著相，唯邪见谤法。直言不用文字，既云不用文字，人不合言语，言语即是文字。自性上说空，正语言本性不空。迷自惑，语言除故。暗不自暗，以明故暗。暗不自暗，以明变暗。以暗显明，来去相因。三十六对，亦复如是。"

下，掷却锄头便归。"① 又如《五灯会元》所记载："沩一日指田问师：'这丘田那头高，这头低。'师曰：'却是这头高，那头低。'沩曰：'你若不信，向中间立，看两头。'师曰：'不必立中间，亦莫住两头。'沩曰：'若如是，着水看，水能平物。'师曰：'水亦无定，但高处高平，低处低平。'沩便休。"② "边见"互破而离，"中道"相合而生，这样也就形成了"于相离相，于空离空"的超然状态。

《鸟鸣涧》由"人闲"、"夜静"、"山空"与"花落"、"月出"、鸟鸣等几组意象，构成层层递进的隐喻，主要有以下三层：第一层，"人闲"，才能注意到"夜静"、"山空"、"花落"、"月出"及鸟鸣；第二层，"夜静"、"山空"，才能突出"花落"、"月出"与鸟鸣；第三层，"花落"、"月出"、鸟在鸣，才能反观"人闲"、"夜静"与"山空"。这三层意思反映出：没有"静"的意象——"人闲"、"夜静"、"山空"，便无从落实"动"的意象——"花落"、"月出"及鸟鸣，反之亦然。并且，二者并非对立，而是相辅相成，正如宗白华所说："禅是动中的极静，也是静中的极动，寂而常照，照而常寂，动静不二，直探生命的本质。"③ 所谓"万物自生听，太空恒寂寥。还从静中起，却向静中消"（韦应物《咏声》），人无我、法无我，不是空无与寂灭，而是"从静中起""向静中消"的不断消长，在极静中有活泼的生机在的寂照圆融。

三　隐"意"取"象"入"无我之境"

王维《辛夷坞》："木末芙蓉花，山中发红萼。涧户寂无人，纷纷开且落。"

《辛夷坞》是王维描绘辋川风物的田园组诗《辋川集》中之一首，遣词造句极其简单平俗不加修饰，甚至难以寻找出其中的"反讽"张力。后两句"涧户寂无人，纷纷开且落"，涧户流水与花开花落都会有声，

---

① （宋）赜藏主编集，萧萐父、吕有祥点校，《古尊宿语录·衢州子湖山第一代神力禅师语录》卷十二，中华书局 1994 年版，第 206 页。

② （宋）普济：《五灯会元·仰山慧寂禅师》卷九，中华书局 1984 年版，第 527—528 页。

③ 宗白华：《艺境》，北京大学出版社 1989 年版，第 164—165 页。

"寂"是因无人，"无人"，是对宇宙人生"所见者真，所知者深"，能以真感情深入其中的"以无厚入有间"①。

其一，"无厚"即达到六根清净无机心的状态。佛教称人的眼、耳、鼻、舌、身、意为六根，对应于客观世界的色、声、香、味、触、法六尘，而产生见、闻、嗅、味、觉、知作用，即眼识、耳识、鼻识、舌识、身识、意识六识。佛教认为，只要消除六根的垢惑污染使之清净，六根中的任何一根究能具他根之用。其二，入后要能出。禅师宗杲指出在日常生活中参禅的士大夫，比那些"终日鬼窟里打坐"的禅师要强得多时说："我出家儿，在外打入；士大夫在内打出。在外打入者，其力弱；在内打出者，其力强。"② 其三，不出不入寂照圆融。据《景德传灯录》卷六《江西道一禅师》："有一讲僧来问云：'未审禅宗传持何法？'师却问云：'坐主传持何法？'彼云：'忝讲得经论二十余本。'师云：'莫是师（狮）子儿否？'云：'不敢。'师作嘘嘘声，彼云：'此是法。'师云：'是什么法？'云：'师子出窟法。'师乃默然。彼云：'此亦是法。'师云：'是什么法？'云：'师子在窟法。'师云：'不出不入世什么法？'无对。"③ 凝然归一，泯却一切对待，"师子"本身已"无"，"不出不入"便无迹可寻，所谓"羚羊挂角，无迹可求"，"如空中之音，相中之色，水中之月，镜中之花，言有尽而意无穷"④。

写作成诗，以语言呈现这种无机心的清净状态，"入"之以真感情且"出"之以客观书写，寄托深而措辞婉使诗人的主观意向不露迹，即需要取直观之象形成澄澈透明的语境，情与景能穿透其中如在眼前不需机心转化，"意贵透彻，不可隔靴搔痒。语贵洒脱，不可拖泥带水"⑤，当下即是进入王国维所标举的诗词的"不隔"的"无我之境"。虽然禅宗并不主张以境示人，然舍境即构不成禅机，于是，所谓"太白五言绝自是天仙

---

① 郭庆藩：《庄子集释》卷二，中华书局 1961 年版，第 119 页。
② （明）瞿汝稷编撰：《指月录》，巴蜀书社 2005 年版，第 926 页。
③ （宋）道原：《景德传灯录译注》卷一，顾宏义译注，上海书店出版社 2010 年版，第 377 页。
④ （宋）严羽：《沧浪诗话》，（清）何文焕辑《历代诗话》，中华书局 1981 年版，第 688 页。
⑤ 同上书，第 694 页。

口语。右丞却入禅宗，如'人闲桂花落，夜静深山空。日出惊山鸟，时鸣春涧中'，'木末芙蓉花，山中发红萼。涧户寂无人，纷纷开且落'，读之身世两忘，万念皆寂，不谓声律之中，有此妙诠"①，便是因其进入禅诗之寂照圆融之境。

在诗解读中，禅诗极品的"无我之境"将隐"意"取"象"进行到极致，与诗语言的讲究"陌生化"之间的矛盾，也将对禅诗的解读导向元语言阐释漩涡。因为禅与诗各有其元语言，"两种元语言同时起作用，这时就出现了冲突元语言集合造成的'阐释漩涡'：两套元语言组合互不退让，同时起作用，两种意义同样有效，永远无法确定：两种阐释悖论性地共存，但是并不相互取消"。②黄庭坚评陶渊明诗之"拙"："若以法眼观，无俗不真；若以世眼观，无真不俗。"③四句二十字的《辛夷坞》，被认为不欲着一字、渐可悟禅，在其简单平俗，于诗是"反常"，于禅则是"合道"④。

四 小结

布鲁克斯称："诗篇中从来不包含抽象的陈述语。那就是说，诗篇中的任何'陈述语'都得承担语境的压力，它的意义都得受语境的修饰。"⑤也就是说，在叙述者公开表意与作者隐蔽意图之间的权衡，"语境的压力"是必须考虑的条件。是语境的介入让词义发生逆向改变成为可能，它开始旁敲侧击时，反讽才跃跃欲试着以潜藏的言外之意颠覆文本的表层含义。由此，从语句中的悖论到结构中的张力，乃至语境压力下的复义，反讽才使作品内部矛盾又整体和谐。

这对于意在追求寂照圆融、无我之境界的禅诗，也不例外。在雾锁长空、风生大野皆是摩诃般若的禅宗看来，学人应从日常境遇中顿悟自

---

① （明）胡应麟：《诗薮·近体下绝句》内编卷六，上海古籍出版社1958年版，第119页。
② 赵毅衡、陆正兰：《元语言冲突与阐释漩涡》，《文艺研究》2009年第3期。
③ （宋）黄庭坚：《豫章黄先生文集·题意可诗后》卷二六，商务印书馆四部丛刊本。
④ （宋）释惠洪：《冷斋夜话》卷五，中华书局1988年版，第44页。
⑤ ［美］克利安思·布鲁克斯：《反讽——一种结构原则》，赵毅衡编选《新批评文集》，百花文艺出版社2001年版，第379—381页。

性，不向外求。不悟是外慕徙业，舍近求远，悟则随缘即化，触处皆真，由此导向当下即是的日常"平常语"追求。而"艺术家永远是挑起事物暴动的祸首。事物抛弃自己的旧名字，以新的名字展现新颜，便在诗人那里暴动起来"。[①] 在这两种思维观照下的禅诗写作，其"反讽"张力的形成，首先要考量的"语境"便是诗的"陌生化"与禅的"平常语"之间的背离，即如何在这种背离中使语言书写生发禅意。为了破除机心、边见，诗通过语言自身在对象语与元语言的跨层，语言之间的"二道相因"，以及语言的极度隐"意"取"象"，进行了一场悄悄消解"陌生化"的运动，以抵达禅味。

也就是说，禅诗通过特殊的语言运作方式，在平衡禅的"平常语"与诗的"陌生化"中，甚至可以说是以其修辞上的"反讽"对这种背离的利用中，使诗语言见月亡指、到岸舍筏，抵达禅的境界。在禅诗的"禅味"与"反讽"中，了解了如何亡指与如何舍筏，不可说或不可说破的"禅味"，其实也就只是犹抱琵琶半遮面了。

---

① 〔俄〕维克托·什克洛夫斯基：《作为技巧的艺术》，《俄国形式主义文论选》，方珊等译，生活·读书·新知三联书店 1989 年版，第 19 页。

背离与整合:禅思①传统与中国现代主义诗歌

一　引论

禅思与统称为"现代主义"的各文学流派对中国诗歌的影响,一直以来,都有各自一脉极为深沉的流向。

冯友兰先生曾在《中国哲学简史》中指出:禅"是另一种形式的佛学,它已经与中国的思想结合,它是联系着中国的哲学传统发展起来的","禅宗虽然是佛教的一个宗派,可是它对于中国哲学、文学、艺术的影响却是深远的"。②在中国古典诗歌史上,诗与禅的融合是一个显著的现象。唐宋两代诗歌高峰刚过,元好问就在《答俊书记学诗》中写下了"诗为禅客添花锦,禅是诗家切玉刀",对诗与禅的关系做了一个历史性的总结。可以看出,对于有着千年诗歌传统的中国,禅的重要性非同一般。印度佛教与中国庄玄的碰撞、渗透、内化为中国禅宗的过程,是一个对中国士人阶层的人生哲学、生活情趣产生影响,并与中国诗学、诗歌艺术创作发生密切关系的过程。特别是唐宋以后,经由禅悟感受过渡到艺术创作的直觉思维,再到追求无言之美的诗境亦即禅境,成了中

---

① 前文已述,"禅"是梵文"禅那"(Dhyāna)的简称,意为"静虑"、"思维修",具有"静其思虑"、"静中思虑"双重含义,是各种"定"中的一种;"定"即"三摩地",又译"三昧",意译为"等持","禅那"是"等持"中的特称。佛教说"禅定"、"定",实即"等持"中的"禅那"。"禅"有两方面的内容,一是印度 Yoga 和 Dhyāna 以"定"为核心的修习方法,禅定或习禅之禅;二是已经开始老庄化,特别是庄子化的哲学范畴。本文中,"禅思"即包含这两个方面的意思:狭义上为禅定的思维方式,广义上为禅的思想、精神追求。

② 冯友兰:《中国哲学简史》,新世界出版社 2004 年版,第 198 页。

国古典诗学中非常重要的观念。无论是以禅理入诗，还是以禅思助诗、喻诗，都丰富了中国古典诗歌的内容，并促进了古代诗歌审美理想的形成，深化了人们对诗歌艺术的认识，使得中国古典诗歌焕发出特有的韵致且妙音悠长。

而世界文学在进入 20 世纪的一个突出趋势，就是从关注内容向关注形式的转向，中国新诗在融入世界文学潮流的一个显著特点，也在于其加强了诗歌形式上的自觉。中国新诗人在充分意识到白话入诗的局限之后，力求语言的诗意排列组合，用象征、暗示、比喻等手法，将感情凝结在深沉的意象里，完成对语言的超越。其中，中国现代主义诗歌对这一要求的实现最为突出。尽管其在中国新文学运动中的发展，一直未成为主流，并在 20 世纪 40—70 年代革命现实主义成为时代文学主潮时一度潜伏，但在经历了中国象征主义诗歌、现代诗派、中国新诗派，以及 20 世纪五六十年代台湾地区现代主义诗歌的充分发展之后，随着改革开放后西方现代主义以更大规模进入，中国新诗在"朦胧诗"之后，甚至出现以"后现代"的姿态来反对现代主义的趋势，也足见现代主义诗学已成为"中国新文学的一脉传统"①。在向西方现代主义诗歌、中国古典诗歌参照系统双向开放，并自觉结合东方智慧与西方艺术的过程中，中国现代主义诗歌以强烈的现代意识与背离性创造，实现了西方诗歌的东方化与古典传统的现代化，促成了中国新诗向世界艺术潮流的成功汇入以及个性的确立。

禅思传统与在深刻的文化断层中成长起来的现代主义诗歌之间，是否继续保持着沟通与关联，在现代文化语境下，诗与禅是否依然互相缠绕、血脉相通呢？由此，探讨禅与现代主义在思想追求上的异同，以及由此导致的各自思维方式上的特征，分析现代主义诗歌在其创作过程中的文法结构、意象运用等的独特之处，进而考量现代主义诗歌创作与禅思传统有着怎样的背离与整合，或许可以为当下的现代主义诗歌写作提供参考的可能。

---

① 朱寿桐：《中国现代主义文学史》上卷，江苏教育出版社 1998 年版，第 2 页。

二　禅思与现代主义在中国诗歌中的背离

如果说道家及儒家是中国人灵魂的两面，由此导致了"'直观外推'与'内向反思'的往复推衍是中华民族传统的思维方式"①，那么，在此往复推衍的思维方式的统照下，作为外来文明的禅与现代主义在中国诗歌中的接受，也就不可避免地具有了更为复杂的性质。

首先，探讨内化后的禅在精神追求上对中国诗歌的影响。

"禅宗思想的形成，是以创造性翻译为前提，不断而又广泛地撷取庄、老思想，由道生、僧肇奠基，终至《坛经》而系统化、大众化的哲人之慧。"② 佛教东进并在中土不断发展壮大，并逐步被庄、玄渗透、融汇而演化，尤其是经历了中国的老庄哲学中老学"无为而治"与庄学"坐忘"、"纯粹精神体验"的淘洗，追求一种现世中自我解脱的法门，成为印度佛学内化为中国的禅与道庄合流后的共同理想。主张从具体的、世俗的日常生活中去寻求"大道"、参悟"佛性"，讲究"破对待，空物我，泯主客，齐生死，反认知，重解悟，亲自然，寻超脱"③，培养淡泊宁静而又超脱的人生态度。

由此，受禅思影响的诗歌大多表现出因现实的触发而背对现世的出世情怀，以另一种视境来表达对世界的观照，使得感于哀乐、缘事而发，由于"过重人本主义和现世主义，不能向较高远的地方发空想，所以不能向高远处有所企求"④ 的中国诗歌，开始将目光转向无限的自然，主张在自然面前去"机心"而求"神遇"、摒功利而持静观，以达到"与天地精神相往来"的境界，成就了王维、韦应物、柳宗元、苏轼等将诗情与禅意交融、心融物外，诗风高简闲淡的一派诗人。

然而与此一体两面的是，佛禅所标榜的主客一如的"般若"之知、"三昧"之境，以及禅僧们"于外无数，于内无心，彼此寂灭，物我冥

---

① 葛兆光：《禅学与中国文化》，上海人民出版社 1986 年版，第 142 页。
② 麻天祥：《中国禅宗思想史略》，中国人民大学出版社 2007 年版，第 2 页。
③ 李泽厚：《中国古代思想史论》，天津社会科学院出版社 2003 年版，第 202 页。
④ 朱光潜：《诗论》，安徽教育出版社 2006 年版，第 69 页。

一气"的空灵无相，在宁静玄远中进入寂照圆融的境界，超尘出世中也蕴含着某种寂灭的思想。"诗佛"王维仰仗般若空观使其诗有空寂淡远之美，但更有些许遗世独立的落寞："木末芙蓉花，山中发红萼。涧户寂无人，纷纷开且落"（《辛夷坞》），写的是天地之一隅、造化的大规律，隐含的却有无人识的寂寞与无奈。多以机锋话头入诗的东坡居士，在他浸透了禅思的诗歌中，体味更多的是对人生无常的无奈："人生到处知何似？恰似飞鸿踏雪泥。泥上偶然留指爪，鸿飞那复计东西。老僧已死成新塔，坏壁无由见旧题。往日崎岖还知否？路长人困蹇驴嘶。"（《和子由渑池怀旧》）人生不过是由那些留存在不同空间、时间中的点点事件组成的，标点之多与消逝之快，是同样的令人惊愕，就像一种盲目的力量支配着的运动，是一个倏忽而生、倏忽而灭、无法得到证明的空虚的过程。

总体来说，佛、庄、玄来源于因现实的无常而思入定，因痛苦而求超脱的大致相同的心理体验。内化后的禅学追求的"三昧"境，使自身的寂寞在物我双遗的美感体验中得到润化的心理历程，却也是一个渴望超越现世而自我解脱的消极避世的过程。

其次，西方现代主义在精神追求上对中国诗歌同样有复杂的影响。

现代主义一般指19世纪末以来的一场针对工业文明急剧现代化而发生的标明现代感受性的文学艺术运动，以主观主义和摧毁偶像的姿态，企图在创作活动中再创立现实的关系，主要呈现为对现实主义的反动。西方的现代主义即使普遍有厌世倾向，但终究不避世，在选择以特立独行的姿态来反叛现实，竭力探索人的拯救之途，以及艺术上锐意进取等方面，都有着积极的现世追求。

由于中国现代主义发展的经济文化背景的差异性，以及中国文化传统中内在的忧患意识、历史使命感与由此形成的新文学的导向及接受基础的独特性，使得现代主义在中国的存在和发展，很难越过中国的苦难现实，去做纯粹理性的终极关怀，和纯粹诗性的艺术本体的探索，而主要呈现为以现实主义、浪漫主义来消解现代主义，在不同层面上补充现实主义、浪漫主义诗学对社会及人生表现的不足。如此也导致中国前期现代主义诗歌，大都较少西方现代主义形而上的生命意义的玄思，更为关注与个体生存、民族生存相关的一系列现实问题。即使是在表现周围世界的荒诞、冷漠、不可理喻，以及人置身其中的孤独、陌生、焦虑、痛苦的情绪体验时，中国的现代主义诗歌中也没有沉沦、颓唐气息，而呈现为一种韧性和不屈不挠的"求生意志"，要在"火的疼痛里，／求得'虔诚'的最后的安息"，"在寂寞的咬噬里，／求得'生命'最严肃的意义"（郑敏《寂寞》）。

改革开放后文艺观念的变化、对艺术审美价值的呼唤，必然产生对文艺新观念、新技法探求的渴望。然而正如高行健指出的："中国当代文学中出现的所谓'现代派'，一般说来，同西方的现代主义其实有很大的不同。对这个在中国现实土壤和传统文化背景上诞生的'现代派'需要做具体的分析。"[1] 以"今天"为代表的"朦胧诗"使现代主义诗歌在20世纪后期的中国找到了内在的呼应，并且其初期创作都带有较浓厚的意识形态的中心话语特征，大多有强烈的与民族同甘苦、共患难的忧患意识，既烙印着个性色彩，又雕刻着现实与历史的面影。尽管随后的"非非主义"、"莽汉主义"、"他们"等诗群，提出"反英雄"、"反崇高"、"反意象"，甚至有"反诗"或"非诗"的要求，体现出对文化和价值的彻底的虚无主义精神，然而，综观"朦胧诗"及其之后的中国现代主义诗歌的发展，依然有一脉相承的特点：一种自由态度的表达，却并未丧失其现实性。

总之，同为外来文化的禅与现代主义，因其自身理念上的差异以及中国接受的土壤及现实语境的影响，对中国文化包括诗歌在精神追求上的影响，呈现出极大的背离。如果说道家及儒家确是中国人灵魂的两面，那么，中国对禅与现代主义的接受，以及禅与现代主义对中国诗歌的影响可能正好与此暗合。

三 中国现代主义诗歌与禅思在背离中整合的可能

以"静"超脱现实的禅与以"动"反叛现实的现代主义，精神追求

---

① 高行健：《迟到了的现代主义与当今中国文学》，《文学评论》1988 年第 3 期。

呈现出极大的背离。但是，也正是它们的背离，使得在思维方式以及具体的创作实践，呈现出某些可以整合的因素。

第一，体现在实现精神追求的途径——对理性的背离上的一致。

理性是人认识、掌握世界的概念网络，它建立在将主观和客观一分为二的基础上，一切事物、概念也构成了既矛盾对立又相互联系依赖的关系，任何事物只有处于二元对立之中，符合理性、功利原则才是"合理"的。但是，理性也有自身的局限。一是如康德所指明的，当理性企图脱离现象认识本体时就必然陷入"二律背反"，使同样可以用理性论证的两个命题既可成立又互相矛盾与排斥；二是如庄子哲学所表明的，它不可能充分说明某种绝对的精神自由体验。同时，它还会造成对理性万能的迷恋，使人超限度地运用理性，以不知为知、不能为能，使目的和手段相背离。基于此，禅与现代主义在实现其各自精神追求的途径上形成一致。

禅以破除理性羁绊而顿悟自性。葛兆光总结禅学三大特点：首先，它有一个关于"梵我合一"精致周密的世界观理论；其次，它有一套自心觉悟的解脱方式；再次，它有一套以心传心的直观认识方法。[①] 可见，禅它正是以直观、顿悟的方式破除理性的羁绊，获得"自性"与超脱。

大乘佛教诸经论讲究"六根互用"，认为只要消除六根的污染，使其清净，六根中的任何一根都能具他根之用。六根互用，无著、无我、"于相而离相"、"于念而不念"、"于一切法上无住"，便能进入寂照圆融的境界，顿悟自性，达到心能映照万物而不执着于万物，对万物不即不离、处之超然。正如后来的学者所解释的："神会的'知'并不是我们平常所了解的'知识'、'理智'或'知解'，而是超越一切二元对立的绝对智慧。"[②]

印度文化酝酿下的佛文化对瑜伽状态的体验具有直接感受的性质，它从这些感受出发，通过思辨建构理论体系，求得更为实在的解脱。发展到中国文化包孕下的禅宗，又进入到破除理性思辨偏执的生命体验、

---

① 葛兆光：《禅学与中国文化》，上海人民出版社 1986 年版，第 7—9 页。

② 傅伟勋：《从西方哲学到禅佛教》，生活·读书·新知三联书店 1989 年版，第 307 页。

超然本性、顿悟成佛的思维方式，主张以"定、戒、慧"破除"贪、嗔、执"，以破除思维上的以逻辑思维为特征的对世界的理性解释，来破除执着于现世现实，揭示出无理性、无功利、无二元对立的另一种理解人生与世界的方式。

现代主义以非理性传达对存在的怀疑。20世纪初的欧洲，经济高度发展引起传统社会的解体，两次世界大战的发生，更使得人与社会、人与人、人与自然、人与自我的矛盾日益尖锐和复杂化。在这样的背景下，各种现代主义哲学思潮和社会思潮应运而生。在文学批评上，当卢卡契在《理性的毁灭》中用"非理性"和"颓废"两个相关概念攻击现代主义文艺之后，"非理性"成为20世纪对现代主义批判非常重要的理论模式之一。一般认为西方现代非理性思想主要包括：其一，孔德、马赫的把感觉经验看作纯主观的"感觉复合"的实证主义；其二，叔本华的生命意志论、尼采的权力意志论、柏格森的认为世界的存在是生命冲动和创作的绵延过程的直觉意志论；其三，弗洛伊德等的主张无意识本能是生命活动的基础和根本力量的精神分析学；其四，萨特等人的认为客观世界和人类历史都是偶然的、荒诞的存在主义。

"具有现代性精神的人，按照自身的内在性（inwardness）来对外在世界做出判断，而不是按照超验原则或传统的规范来行事。"① 而审美现代性，简单说来，"既包含着对主体性的捍卫，又包含着对理性化的反抗"。② 它们以对西方理性主义传统的反动，来保证自我本性的淋漓挥发以及精神灵魂的全然开放，并更为深刻地表达对资本主义文化的危机意识以至对人类生存的怀疑。

第二，体现在实现理性背离的途径——消解语言上的一致。

著名学者杨乃乔从词源学上追溯过"逻各斯"并对其具体意义做了非常明晰的解释：从拉丁文的词源追溯来看，"逻各斯"、"Logos"有"ratio"与"oratio"两个层面的意义。"ratio"的意义是指"理性"、"reason"，也是指内在的思想的自身，即"思"、"denken（thinking）"；"oratio"的意义

---

① 张辉：《审美现代性批判》，北京大学出版社1999年版，第4页。
② 同上书，第5页。

是指"言说"、"sprechen（speaking）"，也是指内在的思想的表达。换言之，"逻各斯"具有"思想"（thinking）与"言说"（speaking）两个层面的意义，并且二者是不可分离地融为一体的。因此，对"逻各斯"的追问只有回到语言中才可能捕获它的踪迹①。同样，对以"逻各斯"为基础的理性的背离，首先要从对语言的背离开始。禅与现代主义对理性的背离，又以对语言的消解达成一致。

王德春在其《神经语言学》中将人类的语言生成表述为三个阶段："表述动机、词汇选择、语音实现"②，意即语言是在表述动机的驱使下进行选择性遣词造句而形成的，那么在对以消解语言来背离理性为旨归的禅与现代主义的讨论中，考察它们各自选择性遣词造句的特点便尤为重要。

按照传说，禅诞生于"世尊拈花，迦叶微笑"的"顿悟"中，并且世尊付法给摩诃迦叶时说"不立文字"。既然成佛只需"刹那"的顿悟，那么禅宗要求直觉观照世界、"以心应心"、"不出文论"、"一默如雷"也便在情理之中了。然而为了传达体验，续道接宗，指示门径，禅又不得不借助语言，由此陷入语言悖论。为了不执着黏滞于文字以致落入文字的窠臼，它创造了一套相应的传达渠道，主要表现为"对法相因"说及其演变出的机锋式偈语。

所谓"对法相因"，就是利用理性概念对立、相因的关系，采取你说东我说西的办法，在瞬间造成理性的失落，复归"自性"。如问什么是"暗"，就答"明没则暗"，使人在"来去相因"中"成中道义"（《坛经》兴圣寺本），"边见"互破而离，"中道"相合而生，断绝对生灭、有无、染净、来去等更为抽象的"究竟二法"的考虑，不合逻辑，却导致了超越理性的体验，以此发现自性。而所谓"机锋"，是禅宗发展到后来从"对法相因"中演变出来的，以不落迹象的语言迅捷问答，悬置概念术语，制造大量语言迷宫。如有关学人问禅有这么一段："问：'柏树子还有佛性也无？'师云：'有。'又问：'几时成佛？'答以'待虚空落

---

① 杨乃乔：《东西方比较诗学——悖立与整合》，文化艺术出版社 2006 年版，第 84—89 页。
② 王德春：《语言学概论》，上海外语教育出版社 1997 年版，第 70 页。

地.'再问:'虚空几时落地?'师云:'待柏树子成佛'。"(《赵州语录》第301条)像这种看似兜圈子、站在语言中间的语言,其实就是要消解语言,进而要求在活泼无碍的想象中自觉参禅悟佛。而无论是拈花指月、戏言反语,还是机锋棒喝,都使得禅思语言呈现出既活泼生动又扑朔迷离的模棱两可的特点,进而又完成了对语言的除故更新。

而如果说现代主义诗学是对以"逻各斯"为基础的理性的背离来反叛现实,那么如何用"逻各斯"式的语言来反叛以"逻各斯"为基础的理性,便成为现代主义诗学必须解决的问题。

瓦雷里曾将诗比喻为摆动在由语言所组成的"声音"与"思想"、"形式"与"内容"、"存在"与"非存在"之间的钟摆。一首诗的意义往往伴随着诗的音韵、节奏、色彩变化而来,意义不能脱离外形,在于它是完全濡浸和溶解在形体里面的[1]。这个比喻形象说明了现代诗歌是一种形式与内容有同样意义的语言。于是,对"逻各斯"语言的背离,在现代主义诗歌创作中最直接莫过于其形式上的改革。

诗歌的形式构成或可表述为:非意象性成分对意象的一个启承转合式的接纳或推拒的过程。是意象的选取与文法结构的过程,现代主义诗歌对形式的突进,主要表现在这两方面的对传统诗歌创作的背离。

文法结构上的急剧跨跳。艾略特曾声称:"就我们文明目前的状况而言,诗人很可能不得不变得艰涩。我们的文明涵容着如此巨大的多样性和复杂性,而这种多样性和复杂性,作用于精细的感受力,必然会产生多样而复杂的结果。诗人必然会变得越来越涵容性、暗示性和间接性,以便强使——如果需要可以打乱——语言以适合自己的意思。"[2] 对于诗歌,"打乱语言"也就意味着文法结构上的急剧跨跳,从而以能指、所指的不明确,语义的晦涩及情绪的跨越来造成诗文的张力。如他的《荒原》一诗就使用了包括梵文在内的多种语言,引用大量典故,在意象的跳跃和叠加中使物象扭曲、变形,造成通感、暗示、象征等,重新设置了一

---

① [法]瓦雷里:《诗》,杨匡汉、刘福春编《西方现代诗论》,花城出版社1988年版,第209—210页。

② T. S. Eliot, *Selected Essays*, New York: Harcourt, Brace, and World, 1960, p. 248.

个看来毫无逻辑、理性和秩序的荒诞世界。

更有许多现代主义诗歌利用指代关系的不明确及结构的复杂，造成晦涩的诗境。如普拉斯具有代表性的《申请人》诗中设置了两个叙述人，两种性别，以其相互之间转换的不确定性和模糊性，引发诗歌张力。而美国女诗人爱米丽·迪金森为了实现内心体验和想象性经验等强烈的现代感兴，运用了多种现代技巧："最触目的一点是她扔掉了大部分标点符号，代之以短破折号'—'……但迪金森的短破折号不是个纯'形式'问题，标点是正常句法的标志，她是在时时提醒我们她扔掉了正常句法。"① 她的诗总以这样的形式呈现："*It was too late for Man—/But early, yet for God—*"（爱米丽·迪金森《对人类而言太晚》）

因对传统语法主谓宾结构的打乱突破，人称指代的不明确造成能指所指的晦涩，以对语言解读的难度扩大了诗歌的张力场，成为现代主义诗歌写作的一大特色。

意象选取的独特。按照威尔斯（H. W. Wells）对诗歌隐喻性意象的分类标准②，现代主义诗歌的意象大多属于潜沉意象、基本意象、扩张意象等。韦勒克在他的《文学理论》中又将其设定为具有特别的文学性（即反对图像式的视觉化）、内在性（即隐喻式思维）和比喻各方浑然一体的融合（具有旺盛的繁殖能力结合）③。从而达到隐喻、象征等目的。较为准确地传达诗人复杂的内心情感和现代人的生存处境，如艾略特（T. S. Eliot）的《荒原》中"荒原"这个"意象"也构成"象征"和"隐喻"，自然界的"荒原"景象便扩张为第一次世界大战前后，因失去了宗教信仰而表现出人们精神和信仰空虚的欧洲。又如他在 1917 年发表的《普鲁弗洛克的情歌》（The Love Song of J. Alfred Prufrock）中的诗句：

---

① 赵毅衡：《爱米丽·迪金森作品的现代派诗人特征》，《外国文学研究》1980 年第 4 期。

② 1924 年，威尔斯在《诗歌意象》一书中将意象分为 7 种：装饰性意象（Decorative）、潜沉意象（Sunken）、强合（或浮夸）意象（Violent or Fustianl）、基本意象（Radical）、精致意象（Intensive）、扩张意象（Expansive）、繁富意象（Exuberant）。

③ ［美］韦勒克、沃伦：《文学理论》，刘象愚等译，生活·读书·新知三联书店 1984 年版，第 219 页。

Let us go then, you and I,

When the evening is spread out against the sky

Like a patient etherized upon a table

诗人使用了主体意象词语"evening"(傍晚，黄昏)，并通过潜在的创造性联想，将黄昏的"昏暗、朦胧、沉闷"的特点和"麻醉在手术台上的病人"的"神志不清"的状态相联系，既表现出主人公普鲁弗洛克在求爱途中敏感、压抑、胆怯、自卑等错综复杂的矛盾心理，又象征着一战时期陷入情感危机且精神极度空虚的普鲁弗洛克或现代西方人，在处于半生半死麻醉状态的现代西方社会的精神状态。可以说，现代主义诗歌意象运用的精致和技巧，在此得到了鲜明的表现。

综上所述，在精神追求上存在背离的禅思与现代主义诗歌，依然存在着可以整合的诸多要素，如禅破除理性羁绊以直觉顿悟自性，与现代主义诗歌以突入非理性领域达到对理性的反叛出现"耦合"；现代主义诗歌的语言运作在以意象选取的独特及文法结构的急剧跳转方面弃置理性逻辑，与禅的语言运作方式有异曲同工之妙，这都可以为禅思与现代主义诗歌在背离中整合提供有力的依据。

四　中国现代主义诗歌与禅思在背离中整合的意义

禅思与现代主义诗歌以自由无羁来取代社会规范，其美学指向正是试图将物的物性放回到虚空粉碎的原点上，去体悟它在不同语境中变幻不定的意义，以极大地扩展心象的范围，潜意识里是想超越所在的现实，但现代主义终究还是只能以现实为依托，这与禅的不住一切相而追求超越的境界有着极为明显的差异。然而，禅与现代主义诗歌实现其各自精神追求的途径却呈现出极大的一致，如禅为了传达体验、指示门径，不得不借助虚妄的语言，但其语言方式在本质上是反叛的，语言文字不过是一种"因指见月"、"到岸舍筏"的随缘就遇式的表述，它所创造的一套权宜的语言策略，或用公案、机锋、棒喝，或悖谬常规逻辑，制造大量无理而妙的语言迷宫。这种对语言彻底"忘言"、"除故"

的方式，与现代主义诗歌为了表达复杂的生存体验和暧昧的人性真相，用语繁复、芜杂、"支离破碎"的语言追求不能说没有相当程度的默契，或可说现代主义诗歌与禅在思维方式上其实早就达成了秘响旁通的一致。

并且，二者之间的耦合也早为西方现代主义倡导者所意识到。"19世纪的哲学，从叔本华到尼采这一派悲观哲学，导源于佛学，脉络非常鲜明。"① 美国哲学家巴雷特透露过：海德格尔读了铃木大拙介绍的禅学后曾表示，要是他没有理解错的话，这正是他的全部著作所要说的东西。② 这个课题也曾引起人们强烈的兴趣，如20世纪70年代末，傅伟勋教授就在美国宾州天普（Temple）大学开设"道家、禅宗与海德格尔"的博士研究生课程。同时，更有许多现代主义诗歌自觉或不自觉地以禅思入诗从而完善他们的现代主义诗歌创作。钱锺书在《谈艺录》中指出，西方19世纪象征派诸诗人说诗已近于严羽的以禅说诗："有径比马拉美及时流篇什于禅家'公案'或'文字瑜伽者'；有称里尔克晚作与禅宗文学宗旨可相拍合者；有谓法国新结构主义文评巨子（指德里达，引者注）潜合佛说，知文字为空相，破指事状物之轮回，得大解脱者。"③ 那么，禅思与现代主义诗歌这种整合，能为当下的中国现代主义诗歌创作提供什么样的参考呢？

率先翻译《超现实主义之渊源》并写作《超现实主义与中国现代诗》的当代台湾诗人洛夫④，以创作和理论的双重探求，不仅发现了西方最为"现代"的超现实主义文学，而且发现了这最为"现代"的超现实主义文学和中国"传统"的禅学中的一种"家族相似性"，以及两者相互补充的可能性和优越性。在创作《石室之死亡》时期，洛夫就已注意到超现实主义文学与禅学的联系，他指出："超现实主义的诗进一步势必发展为纯诗。纯诗乃在发掘不可言说的隐秘，故纯诗发展至最后阶段即成为

① 曹聚仁：《鲁迅评传》，新文化出版社1961年版，第137页。
② 参见李泽厚《漫述庄禅》，《中国社会科学》1985年第1期。
③ 周振甫编：《谈艺录读本》，上海教育出版社1992年版，第339页。
④ 早在其1974年的《魔歌》诗集中，已有《金龙禅寺》、《随雨声入山而不见雨》等一些别具禅趣的小诗。2003年《洛夫禅诗》出版，终于让读者得以集约而观其70多首现代禅诗。

'禅',真正达到不落言筌、不着纤尘的空灵境界,其精神又恰与虚无境界合为一个面貌,难分彼此。"①

　　然而,对于洛夫这样一个具有强烈主体意识和创造精神的诗人来说,他寻求禅学与超现实主义文学的视野融合,既在于发现两者的同一性,又在于寻求两者的互补性。他发现:"超现实主义者犯了一个严重的错误,即过于依赖潜意识,过于依赖'自我的绝对性,致形成有我无物的乖谬'。把自我高举而超过了现实,势必使'我'陷于绝境。"② 在此体认下,他力求将自我割成碎片,而糅入一切事物之中的主体与客体融合的诗境,既不等同于超现实主义文学中的那种"有我无物"的诗境,也不完全等同于禅诗的那种"无我"的诗境,而是两者的有机融合。《巨石之变》中,诗人以巨石自况,为了寻求生命的蜕变,个体生命忍受着巨大的苦难:"我仍静坐,在为自己制造力量","我是火成岩,我焚自己取乐","我在血中苦待一种惨痛的蜕变"。《裸奔》中,诗人首先剥弃的是缠绕个体肉身的"帽子"、"衣裳"、"鞋子"等,接着是"床铺"、"书籍"、"照片"、"信件"、"诗稿"、"酒壶"等日常生活中的牵扯物,于是肉体便可以回归自然了:"手脚还给森林/骨骼还给泥土/毛发还给草叶/脂肪还给火焰/血水还给河川/眼睛还给天空。"最终,当诗人将肉体交还给自然之时,也摆脱了"欢欣"、"愠怒"、"悲郁"、"抑郁"、"仇恨"、"茫然"等情感的牵扯,精神整个的化入自然之中:"山一般裸着松一般/水一般裸着鱼一般/风一般裸着烟一般/星一般裸着夜一般/雾一般裸着仙一般。"于是,人即山水,二者融为一体,而个体的生命则是在这种主客体融为一体的原初世界中自由自在地来往于天地之中,从而体验到了一种生命自由拓展的快感和意义。这或许可以启发我们:将禅思引入现代主义诗歌思以达到寂照圆融时,何妨由直觉而直接进入事物本身,或可获得亲临世界的另一种"法门"。

　　在对超现实主义文学与禅学关系的探寻与揭示中,洛夫寻找到跨文化群体中的人们可以相互沟通的共同话题。而洛夫的融禅思于现代主义

---

　　① 洛夫:《诗人之镜》,《创世纪》1964 年第 21 期。

　　② 洛夫:《诗魔之歌》,花城出版社 1990 年版,第 149 页。

诗歌写作对当下"非诗化"写作也是一个非常有价值的反拨，并可为其诗歌探索提供某种借鉴。

新时期的中国现代主义诗歌，自 20 世纪 80 年代中期第三代诗歌群体的代表人物韩东宣称："我们关心的是诗歌本身，是诗歌成其为诗歌，是这种由语言和语言的运动所产生美感的生命形式。我们关心的是作为个人深入到这个世界中去的感受、体会和经验"①，主张诗歌返回诗本与人本之后，诗歌风貌虽然日渐个性化、多样化，但这种切断主客对话、个人与群体互动的诗歌写作倾向，也使得很多诗人陷入新的二元对立思维，无法自拔。由此，与现代主义诗歌都同样呈现为以反叛"逻各斯"语言为手段的对理性的背离的禅思，或许可以重新唤醒现代诗人对直觉、神秘体验、灵感、悟性、超感觉、潜意识、随机思维的启用和深层开发，使诗歌思维永远保持最自由活泼的状态，从而有利于现代主义诗歌通灵开悟、进一步解放自身的想象力，以寂照圆融的全方位的心性方式审视世界，开拓更为自由广阔的诗境。

五 小结

我们并不是说：一首诗只要是用现代汉语写成，便足以证明它的中国身份②，又或者，只要是个中国人，说着中国话，传统就会天然地生发，像血液一样流淌在身上③，但是，对中国古典诗学的建构产生了相当大的影响的禅思，它把握世界本体、宇宙自性的一整套思维观照方式，同样也将对中国的现代诗歌创作产生深刻影响，而考虑到禅思与现代主义的种种契合，它对中国现代主义诗歌创作的影响可能将更为深沉。

---

① 韩东执笔：《艺术自释》，《他们》1986 年第 3 期。
② 奚密：《现代汉诗的文化政治》，《学术思想评论》1999 年第 5 期。
③ 韩东：《从我的阅读开始》，万之编《沟通：面对世界的中国文学（中国作家研讨会文集）》，乌拉夫·帕尔梅国际中心 1997 年版，第 36 页。

现代禅诗的发生与反讽美学

新时期的中国现代诗，自 20 世纪 80 年代中期"诗到语言为止"，到 20 世纪 90 年代"拒绝隐喻"、"饿死诗人"几大口号的号令与总结，当代诗歌陷入反讽狂欢而对诗意与诗艺追求不得要领，充斥在各诗歌刊物上的口语加个人日常琐碎生活经验式的所谓诗歌，不仅对诗歌的本体建构缺少必要的关心，在意象的选取以及文法结构上呈现出极大的随意，使得"今天的诗歌从本质上说，是散文"①，使得它们既不能在精神上提供给读者有关历史的想象，也不能提供有关现实的想象，尽管它们总是在絮叨着现实。诚如洛夫所言："现代主义诗坛，尤其是年轻诗群，我发现有两种极端的偏锋，一是解构的后现代，一是叙事的后现代，前者风行于台湾，后者流行于内地。"② 艺术追求的嬗变必与社会文化的嬗变互为表里，在此认知下，梳理当下诗歌写作反讽狂欢的脉络以洞察其社会文化症候，或许是不得不通过的路径。

一

修辞学意义上，两个意义层面对立并存于一套符号代码，构成言义悖反的反讽。西方思想界，从阿里斯托芬的喜剧里那个总在自以为高明的对手面前说着貌似傻话实则真理的喜感角色，到柏拉图笔下往往使对话方在貌似平白无奇的请教和追问下露出破绽的苏格拉底，成就了其文艺强大的反讽源头。而反讽的关键问题，在于"语境"压迫这一套符号

① 丁宗皓：《在碎片上》，《当代作家评论》2009 年第 1 期。
② 洛夫：《雨想说的（后记）》，花城出版社 2006 年版，第 146 页。

编码的两个意义层面究竟何者为主导。前文已述，新批评的布鲁克斯将反讽定义为："语境对于一个陈述语的明显歪曲，我们称之为反讽。"① 他认为，"诗篇中从来不包含抽象的陈述语。那就是说，诗篇中的任何'陈述语'都得承担语境的压力，它的意义都得受语境的修饰。换句话说，所作的陈述语——包括那些看来像哲学概念似的陈述语——必须作为一出戏中的台词来念。它们的关联，它们的合适性，它们的修辞力量，甚至它们的意义都离不开它们所植基的语境"②。也就是说，在反讽修辞中，是语境压力下的复义使作品内部矛盾又整体和谐。

"能够将意义掩藏在一个令人误解的符号中，这是语言的独特权力，正如我们将愤怒或憎恨掩藏在微笑背后一样。"③ 而新的问题也就此产生，在新批评这里，语境不再是传统认知中的关于某一文本的上下文之间的关系，它涸散为一个带有拼贴和对比性质的讲究互文效果的语汇，与被解读对象相关的一切共时性与历时性的事件及因果条件都必须考量其中。能指与所指间的任意联结，一个词意义的自涉悖反终会牵连文本整体的不确定性复义。新批评的这种语境与陈述语的关系又多少类似于历史与文本的关系，只是它被新批评圈定在诗学中，却终究被解构主义者在更辽远的美学范畴中捕获。"一个要素无论是呈言说还是呈书写的话语秩序，都不能作为一个不指涉另一要素的符号来发生作用，而被指涉的要素本身却并非简单地在场。这种交织的结果便是每一要素（语音素或文字素）都在自身内部被建立的符号链或系统的其他要素的踪迹活动基础上。这种交织和交织物，便是于另一文本的转化中生成的文本。"④ 符号系统中声音差异和观念差异交织，可以使能指以掩饰自己的在场而推迟出场，作者也满足于延迟揭示真相而取得与读者的交流。一套符号编码

---

① ［美］布鲁克斯：《反讽——一种结构原则》，赵毅衡选编《新批评文集》，百花文艺出版社 2001 年版，第 112 页。

② 同上书，第 379—381 页。

③ ［美］保尔·德曼：《盲视与洞见》，《当代西方文艺理论》，华东师范大学出版社 2005 年版，第 313 页。

④ ［英］拉曼·塞尔登编：《文学批评理论——从柏拉图到现在》，刘象愚、陈永国等译，北京大学出版社 2003 年版，第 390 页。

中的两个意义层面，受语境的压力，悬置了推理的可能性，延宕了真相的到来，从而打开了指涉的多向性，一环接一环地无限衍义下去甚至是走向相反的方向，"意义的归约也就可能抵制面向意义的归约"①，反讽引起对反讽的反讽，德里达的"延异"也正是在这个基础上，通过差异和踪迹的无处不在否决了终极意义的获得可能。

反讽丧失了存在的终极依据，历史即刻转入后现代主义（或者称后期现代主义更为准确），反讽也同时穿戴上失望的外衣，且这个修辞因为承担了后期现代主义的文化表征而倍受关注。赵毅衡称"当代文化正在经历一个前所未有的转向，进入反讽社会。社会中个人与集团之间的意见冲突不可避免，而且随着人的利益自觉，只会越来越加重。要取得社会共识，只有把所谓的'公共领域'变成一个反讽表达的场地。矛盾表意不可能消灭，也不可能调和，只能用相互矫正的解读来取得妥协。妥协也只能是暂时的，意见冲突又会在新的地方出现"②。在弗莱的四季时序隐喻里，春天是传奇故事、狂热的赞美诗和狂想诗的原型，夏天是喜剧、牧歌和田园诗的原型，秋天是悲歌和挽歌的原型，留给讽刺作品的则是冬天。③ 新历史主义者海登·怀特借鉴诺·弗莱《批评的剖析》的主要思想，认为隐喻、转喻、借喻、反讽四种符号修辞格"不但是诗歌和语言的基础，也是任何一种历史思维方式的基础，因此是洞察某一特定时期历史想象之深层结构的有效工具"④，或许它也同样适用于洞察当下诗歌写作反讽狂欢的社会文化症候。

二

20世纪70年代，随着"告诉你吧，世界／我——不——相——信！

---

① ［英］拉曼·塞尔登编：《文学批评理论——从柏拉图到现在》，刘象愚、陈永国等译，北京大学出版社2003年版，第400页。

② 赵毅衡：《符号学原理与推演》，南京大学出版社2011年版，第222页。

③ ［加］诺思罗普·弗莱：《批评的剖析》，陈慧、袁宪军、吴伟仁译，百花文艺出版社1998年版，第185—277页。

④ ［美］海登·怀特：《后现代历史叙事学》，陈永国、张万娟译，中国社会科学出版社2003年版，第8页。

纵使你脚下有一千名挑战者，/那就把我算作第一千零一名"（北岛《回答》）的呼声，朦胧诗人们将那个关于乌托邦的想象，从一个"无限生机"的集体浪漫主义的手中，召唤回意气风发、正待挥斥方遒的个人或者说诗人的手中。可是想象依然只是想象，且更短暂。而那声"我不相信"却成为某种隐喻，为诗歌反讽时代的到来储备了足够的力量。

　　之后以韩东、于坚、欧阳江河、周伦佑、李亚伟等诗人为中坚的第三代诗歌，无论在诗歌理论还是在创作实践上，都明显流露出与西方后现代主义全面接轨的意图。20世纪80年代，韩东提出"诗到语言为止"，让诗歌回归到语言本身，而于坚的"拒绝隐喻"及经此修缮的"从隐喻后退"，表面看针对的也是诗歌的语言："几千年来一直是那两万左右的汉字循环反复地负载着各时代的所指、意义、隐喻、象征。……能指早已被文化所遮蔽，它远离存在。……所指外延的无限扩张，导致能指的被遮蔽，成为无指。"① 但往深一步探讨，则与对诗歌的词与物的能指与所指相关的，是这一代诗人对于历史与日常人生的认知："历史的方向是形而上的，而生活则遵循着形而下的方向前进，生活是无意义的，但是历史总是去粗存精。只择取那些所谓本质的部分，来构成我们的意识形态和知识结构，历史的形而上的方向遮蔽着人们对活生生的生活的意识。"② 对词语的能指及生活的鲜活意识的去蔽的渴望，引发诗人们向日常生活及日常生活中的口语寻求新鲜的生命力与创造的自由，"汉语的柔软的一面通过口语得以保持"③，诗人如是说的同时，也给出了一个巨大的指示符号，诗歌需从民间，从日常，从口语中寻找，以此解构那个虚幻的本质所构成的事物。世界中的确定的合理次序消失，世界"通过就像'世界的中心'的诗歌的中心而被撕裂成碎片"④，当历史旁若无人地以形而上脂粉道貌岸然地妆扮自己时，有什么方法是比反讽能更畅快淋漓地让它卸妆的呢？在诗人们开始不再相信与信仰那些打着"进步"、

----

① 于坚：《从隐喻后退》，陈超编选《最新先锋诗论选》，河北教育出版社2003年版，第392页。
② 于坚：《于坚集》卷二，云南人民出版社2004年版，第52页。
③ 于坚：《于坚诗学随笔》，陕西师范大学出版社2010年版，第38页。
④ ［法］让·波德里亚：《完美的罪行》，王为民译，商务印书馆2000年版，第146页。

"自由"等旗号的虚幻的历史宏大叙事的时候,他们获得了一种面对存在的反讽姿态。

如果说,这一代诗人摧毁依靠一定文化语境的隐喻生成的神话,骨子里依然具有英雄殉道式的情结,尽管这一直是为他们所企图抛弃的,那么,"非非"、"莽汉"之后,涌现出一批包括"空房子写作"、"下半身写作"、"垃圾写作"、"后政治写作"、"废话写作"、"灌水写作"、"民间说唱"、"民本诗歌"、"放肆派"、"军火库",甚至打工诗歌等在内的"低诗潮"诗歌写作,则是真正地准备使诗歌"反讽""至死"以"饿死诗人"(伊沙语)了。

对"低诗潮"做了理论深化的张嘉谚认为,"崇低,是低诗歌的精神信念,审丑,是低诗歌的价值取向;反饰(语言的直白、直截与不假修饰),是低诗歌的文体格调;粗陋玩世主义,是低诗歌的基本创作方法;以下犯上与平面挤荡,是低诗歌兴起的运动路线;'后政治'、'反讽'、'冷叙事'、'诗性政治'等等,是低诗人与诗评家注重并倡导的话语策略;不拘形迹纵情抒写的言说狂欢,是低诗人的节日庆典"。① 并且,他们企图在为中国新诗的发展与走向提供思路中为自己张目,他们设定:诗歌主潮以高低两极对立的模式递进循环发展着。从文本的主体性角度看,中国新诗的主角形象走的是一条不断向下的路线:从神话英雄(凤凰、天狗)—现实英雄(吹号者)—正统模范(雷锋之歌)到社会人—个体人—肉性人(残缺为下半身)—垃圾人(非人)的不断演进路线,正好图解了诗歌周期律,在中国新诗发展过程中高低嬗变的动态历史,它大致标示了近百年来中国诗歌主潮一步一步向下迈进的足迹,符合"高低周期理论"②。

尽管一直竭力将反讽与民间狂欢衔接起来的巴赫金,认为讽刺的最古老形式即是"民间节庆中的讥笑和秽语形式","笑在这里与死亡形象、与自然生命力的复苏形象联系在一起"。③ 并从讥笑具有的对话性、模仿

① 转引自陈仲义《"崇低"与"祛魅"——中国低诗潮分析》,《南方文坛》2008 年第 2 期。

② 丁友星:《中国新诗的发展与走向——低诗歌论·前言》,《阜阳师范学院学报》(社会科学版)2006 年第 5 期。

③ [苏]巴赫金:《巴赫金全集》第 4 卷,白春仁等译,河北教育出版社 1998 年版,第 23 页。

滑稽性、广泛性及与物质躯体生殖本性、弃旧图新以及自发的辩证性来强调反讽与民间狂欢的勾连，但这种狂欢的获得，却并非通过如"低诗潮"写作者所追求的"把一切崇高的、精神性的、理想的和抽象的东西转移到整个不可分割的物质和肉体层次"① 来达到。而他们对中国新诗的发展与走向的设定，表面看来似乎与弗莱的四季时序隐喻或海登·怀特的四种"话语转义"有些类似，但是，在弗莱的四季循环结构中，他提出拯救反讽的可能是当代诗人在反讽之后重建"神话"，如艾略特的《荒原》、庞德的《诗章》、乔伊斯的《尤利西斯》，诗人最终会"回向贵族情趣"。但有"低诗潮"写作者认为"崇低"是"人类的常态之一"："对于事物而言，垃圾主要的并不是作为死亡或腐朽的标志而存在，垃圾主要的是作为事物具有生命活力的标志而存在。占中国思想史统治地位的从来都是崇高思想。在中国，此前不可能存在真正意义上的非崇高思想。中国的精神世界将因崇低思想的出现而变得完整。崇低思想既是作为崇高思想的对立而存在，同时与崇高思想也是互为统一的。"② 于是，弗莱的仿佛秋收冬藏后的又一季春种夏忙，实现着表意方式自我更新的新一轮文化循环的重建神话的思路，应该又与"低诗潮"的写作者们的写作本意不符。

由韩东、于坚、伊沙、"莽汉"、"非非"到"低诗潮"一路走来的拒绝隐喻、崇低、去魅，带着游戏娱乐的心理机制来为诗歌清场，其成果是使诗歌获得了对世界的巨大反讽，却也由此将诗人们导向了历史的深渊。因为，"反讽是主观性的一种规定。在反讽之中，主体是消极自由的；能够给予他内容的现实还不存在，而他却挣脱了既存现实对主体的束缚，可他是消极自由的"。③ 反讽主义者这个消极自由的主体，可以轻轻松松、毫无牵挂地摧毁既存现实，尽情地去享受无限的可能性，却也因没有任何东西支撑而"飘浮不定"且"虚弱无力"，只能成为悲剧性的英雄："通过使历史现实飘浮起来，反讽成功地超越了历史现实，但在这

---

① ［苏］巴赫金：《巴赫金文论选》，中国社会科学出版社1996年版，第118页。
② 皮旦：《垃圾派纪要》，《东方伯乐》2004年11月5日。
③ ［丹麦］克尔凯郭尔：《论反讽概念》，汤晨溪译，中国社会科学出版社2005年版，第226页。

个过程中，反讽本身也飘浮了起来。它的现实只不过是可能性而已。一个行动的个体为了有能力完成实现现实任务，他必须感到自己是一个大事业的一部分，必须感到责任的沉重，感到并尊重每一个合乎情理的后果。反讽却不受这些东西的约束。它知道自己具有随心所欲地从头开始的力量；每一个先在的东西都不是具有约束力的先在的东西。在理论方面，反讽具有无限的自由，享受批判的快乐，同样，在实践方面，它享受一种相似的神圣自由，这种自由不顾任何羁绊、锁链，而是肆无忌惮、无忧无虑地游戏，仿佛海中的大鱼上下翻腾。的确，反讽是自由的，没有现实的忧虑，但也没有现实的欢乐，没有现实的祝福。由于没有比它自己更高的东西，所以它不能接收任何祝福，因为从来都是位分大的给位分小的祝福。"①

既存的现实对反讽主义者丧失了有效性，反讽是无限绝对的否定，即否定之中绝不做出任何肯定。在解放思想的同时，反讽也准备了强大的虚无，且在现代传媒发达的当下，一经产生便无孔不入、肆无忌惮。然而问题的关键不在于解构什么，而在于解构的同时能够建构什么，类似于摧毁一套元语言的同时，必须携带一套崭新的元语言而来，否则解构便虚弱无力且毫无意义。尽管"反讽一旦出现，它就会带来道路"②，但克尔凯郭尔也说了："它不是真理，而是道路"，且仅仅只是道路，反讽将引导诗人们去向何处，就连反讽自己也不知道。反讽"除否定之外，一无所为"③，在诗人与"世界"以反讽为桥梁的博弈中，鹿死谁手，谁都没有十足的把握，而一场声势浩大的反讽狂欢之后，人们可以各回各家、各找各妈，诗歌却要被独自留下、彷徨无依，甚至在诗人们以狂欢的方式反讽着的时候，阴云已经覆盖在诗歌的上空了。

随便摘取几首网络上炒得比较热的小诗：

---

① ［丹麦］克尔凯郭尔：《论反讽概念》，汤晨溪译，中国社会科学出版社2005年版，第242页。

② 同上书，第284页。

③ 同上书，第225页。

已经是厚厚的一层

并且仍然在下（赵丽华《廊坊下雪了》）

毫无疑问

我做的馅饼

是全天下

最好吃的（赵丽华《一个人来到田纳西》）

我在路上走着

想着我的爱人

我坐下来吃饭

想着我的爱人

我睡觉

想着我的爱人

我想我的爱人是世界上最好的爱人

他肯定是最好的爱人

一来他本身就是最好的

二来他对我是最好的

我这么想着想着

就睡着了（赵丽华《想着我的爱人》）

赵丽华有写得好的诗，但都不出名，而这些不像诗的诗之所以出名，其实已经是诗之外的事情。再来看另外几首：

我发现人们总是先结婚后恋爱

先罚款后随地吐痰

先受到表扬再去救落水儿童

先壮烈牺牲再被追认为党员

或者荣获五一劳动奖章

先写好回忆录

然后再去参加革命工作

先对干部进行严肃的批评教育

再去大搞贪污腐化……（徐乡愁《我倒立》）

无非罗列购物清单一样指出现实种种以讽刺社会虚妄，一场热闹之后便无甚心得。而同样面对后期现代主义思潮影响的台湾诗歌亦不够高明，如黄智溶的《〈品鸽协会〉——招生简章》：

一　创会宗旨

为了满足人类爱好和平的欲望，

以及体会自由的滋味，不惜投下巨资，成立此会。

二　选鸽标准

本会选鸽标准一向严格，为国际自由人士津津

乐道，运用大批的机关、枪弹，网罗而来，并

深入蛮荒、丛林等未开化地区，以象牙、犀角、

鳄鱼、鲸骨等，无关乎血肉的代价

换来。

三　报名办法

每人自备食具一副，因为在洁白的

餐桌上，只

有握住刀、叉的人，才能品尝到真正的佳肴。

以貌似高贵地品尝象征和平、自由的鸽子反讽人类好战、喋血的本性，与同样持此之道的于坚的《0档案》相比，在诗艺上其实已相去甚远。诗歌仿佛成了只知道偶尔分行的平庸不堪的文字。尽管按照芝加哥的新亚里士多德派关于体裁是解读任何文本的第一要素的理论，诗人写诗也等于与文化签订下契约，于是在众多文字样态中，分行的文字，就决定了必须以诗歌的阅读经验来对待。这在诗歌只剩下分行的当下，或

许可以解决批评的许多麻烦，成为抵挡诸多质疑当下诗歌是否依然是诗的盾牌，然而这除了自欺欺人，并不是可以负责的解答。

"在这种对'真实'的急于认领中，当代诗歌暂时付出了诸如精致、典雅、静穆、高远等传统诗美质量欠缺的代价。"① 既然是"暂时"，那"暂时"之后呢？

三

《圣经》有言："你们要从窄门进去，因为宽门和大路导入丧亡；但有许多的人从那进去。"（《马太福音》7：13）反讽狂欢之中，诗歌必须寻一条窄门而入，这恐怕也正是近年来诗人与诗论者力倡新诗与禅思的整合，以此反拨当代诗歌反讽狂欢的良苦用意。

2009 年，南帆的《后现代主义、消极自由和负责的反讽》一文提出"负责的反讽"，旨在强调破除后现代反讽狂欢的虚无的同时，又以解放的思想始终面对现实世界，指出："提出'负责的反讽'力图表明，这个修辞并非撤离历史之前的一个令人不快的告辞。作家不愿意从这些旧辙退出，一个隐蔽的判断仍然得到认同：这个世界温度犹存，修复这个世界的缺陷和破损仍然是一个富有吸引力的工程。"② 文章提及后现代语境中佛禅与中国文学文化的关联："中国古典文学之中，失意文人的自我慰藉常常是寄情田园，放浪山水，甚至青灯古佛，六根清净。相对于儒家修齐治平的普遍理想，'独善其身'的出世姿态可以视为某种特殊的反讽"，"现代性历史导致了古典文学的衰落，现代性冲动是一大批文化观念的强大后援；同时，西方文化的反现代性和后现代主义支持另一批文化观念踊跃发言。有趣的是，古典文学的天人合一或者淡泊宁静可能依附于反现代性和后现代主义无声地复活"。③ 这或许正可说明古典禅诗可以借由后现代主义的反讽思潮现代化，如此，便既可以接通汉

---

① 沈奇：《从"先锋"到"常态"——先锋诗歌 20 年之反思与前瞻》，《文艺争鸣》2006 年第 6 期。

② 南帆：《后现代主义、消极自由和负责的反讽》，《文艺理论研究》2009 年第 2 期。

③ 同上。

语传统和古典诗质的脉息，同时又可以消解西方意识形态、语言形式和表现策略。

众所周知，禅对中国社会生活的各个方面都产生过深刻影响，古典诗歌也不例外。据《梁传》、《高僧传》记载，曹子建曾在鱼山闻梵天之赞而作梵呗和之。无论是借才高八斗的曹植的名声来弘扬佛德，还是借精妙的梵音来形容曹植的诗篇，这一传说将魏晋文人与佛禅联系起来。东晋时期，时尚的玄学将儒、道、佛三教糅合，并兴起了高蹈清谈之风，促进僧侣与文人交往的同时，为禅与诗的结合提供了温床。发展至社会风气自由、胸襟豁达、思想活跃的唐朝，佛教在与中国儒道文化的碰撞与融合中内化为禅宗，此后，中国社会生活及文学艺术各个方面都受其不同程度地影响，诚如胡适先生曾在《中国文学过去与来路》的演讲中所指出的印度佛教对我们的影响："我们中国不受他的影响，也许会有小说、诗歌、戏曲，但没有他，决不能给我们以绝大之力量的进展，吾人相信受他的影响，比自身当有五六百倍之大。"[①] 而综观中国古典诗歌发展史，魏晋以前，诗大抵是"经夫妇、厚人伦，美教化、移风俗"的工具，以抒写诗人在社会人际中的喜怒哀乐之情，"情动于中而形于言"，"感于哀乐，缘事而发"。这当然与当时在社会上占统治地位的是偏重人事、重视社会群体秩序的儒家思想有关，但也导致了诗"过重人本主义和现世主义，不能向较高远的地方发空想，所以不能向高远处有所企求"[②]。自魏晋以后，包括佛禅、道家思想的玄学打破了儒家一统的局面，指出社会群体的有限，而将人们的目光引向无限的自然，主张人在自然面前去"机心"而求"神遇"、摒功利而持静观，以达到"与天地精神相往来"的境界，使诗人们以相当自觉的审美观念来缘情体物。由此，六朝以来，中国古典诗歌除坚持正统儒家思想、"诗言志"的入世派外，受玄学影响、追求山水田园之趣的出世或隐逸派也一直长盛不衰，更有以禅家的妙谛来论述作诗的道理，从东晋深通禅学的慧远在

① 胡适：《中国文学过去与来路》，《胡适文集》第 12 册，北京大学出版社 1998 年版，第 28 页。

② 朱光潜：《诗论》，安徽教育出版社 2006 年版，第 69 页。

《念佛三昧诗集序》中，将"专思寂想"视为念佛与作诗的"三昧"，之后涌现出了不少以禅论诗的诗学著作。中唐皎然在《诗式》中进一步地把诗与禅联系起来，认为只有"通内典"，"精之于释"，"彻空王之奥"，写起诗来才能得到"空王之助"，从而达到出神入化的境界。随后，从司空图"韵味说"往下，严羽的"妙悟说"，王渔洋的"神韵说"，到袁枚的"性灵说"，无不借禅来品评诗，对中国诗歌发展产生重要影响。

对禅与中国古典诗歌之间千丝万缕的联系，学术界很早就给予了关注。而禅思传统与在深刻的文化断层中成长起来的现代主义诗歌，在现代文化语境下依然有着深沉的沟通与关联，笔者认为这种沟通能对当代诗歌的反讽狂欢实现反拨，且为诗歌的发展提供技艺上的参考。

（一）禅的静、寂追求可使诗歌创作由"耗尽式"反讽狂欢而趋沉静、内敛

佛教东渡经老庄哲学内化为中国禅宗，与道家合流的禅对事物的认知观念，使受其影响的诗歌更得神韵。自六朝而后，中国艺术的理想境界转向澄怀观道，在拈花微笑的直觉观照中领悟静空的禅境之美，所谓"句中有余味，篇中有余意"，"含不尽之意见于言外"，"言有尽而意无穷"，"象外之象"，"韵外之致"，无不得其个中真味。苏轼有诗《送参寥诗》："欲令诗语妙，无厌空且静。静故了群动，空故纳万境。"王国维根据心灵是否能静观，把意境分为"有我之境"与"无我之境"，且认为"无我"高于"有我"。① 即使是经历了现代洗礼的美学研究者，也这样论述艺术的空灵与充实："艺术心灵的诞生，在人生忘我的一刹那，即美学所谓的'静照'。静照的起点在于空诸一切，心无挂碍，和世务暂时绝缘，这时一点觉心，静观万象，万象如在镜中，光明莹洁，而各得其所，呈现着它们各自的充实、内在、自由的生命，所谓万物静观皆自得。这自得、自由的各个生命在静默里吐露光辉。"②

中国的现代诗写作，自北岛的"我不相信"（《回答》）之后，现实

---

① 王国维：《人间词话》，吉林文史出版社 2004 年版，第 5 页。
② 宗白华：《艺境》，北京大学出版社 1989 年版，第 75 页。

荒谬以及对乌托邦神话的怀疑和反抗，使诗人们以对抗者姿态自处边缘，以所谓狂欢体（巴赫金）的感受与写作特点，打破既有的等级秩序，挑战各种现成的艺术规范及其严肃性、确定性、神圣性，与一切现成的、完成性的、妄想具有不可动摇性和永恒性的东西相敌对，让各种惯例、规则、语言禁忌在狂欢体写作中统统取消。巴赫金认为狂欢节上的笑常和阴间幻象联系在一起①，当下的现代诗写作却使反讽由黑暗中的笑声转为面目模糊的手舞足蹈，诗学追求上主张取消原罪、取消仁、取消道；反美、反和谐、反对称、反完整、反真实；超越逻辑、超越理性、超越语法，反语言、反文化，甚至是反诗，以横战的姿态睥睨、反讽着一切，把"一切崇高的、精神性的、理想化的和形而上的东西，降低到下体部位和垃圾层面，形而下地建造一个世俗的平民世界"②，不惜将艺术的"酒神"狂欢扭曲为"垃圾"狂欢，诗歌也逐渐为后现代式反讽狂欢所"耗尽"。

诚如洛夫曾对自己的写作做过的反思："过于依赖自我的绝对性，以致形成有我无物的乖谬"③，当下这种比"有我无物"有过之而无不及的"垃圾"狂欢式诗歌书写，已经开始成为阻挠诗人们观看世界的屏障。而历史提供给我们的经验是，诗还可以有另一种写法，即使是要表达反讽的情绪："南朝四百八十寺，多少楼台烟雨中"、"旧时王谢堂前燕，飞入寻常百姓家"，用词简单、直白，感情却内敛而复杂，诗歌无须在叫叫嚷嚷中铺陈，仅一虚一实，也能造成极好的反讽效果。

"或许召唤只有一声——/最嘹亮的，恰恰是寂静"④，以禅的静、寂追求沉潜与精神失落背靠背的反讽狂欢的游戏心态，并且可以收紧当下越放越宽的诗歌衣带，对诗人而言，这一次毫无宗教色彩的皈依，或可使诗歌在沉静、内敛中重获生机。

（二）禅的悖论式语言运作方式可增强诗歌的反讽（或悖论）张力

尽管"反讽"与"悖论"在批评中经常被混用，被维塞尔誉为反讽

---

① ［苏］巴赫金：《文本对话与人文》，白春仁等译，河北教育出版社1998年版，第55页。

② 张嘉谚：《粗陋玩世主义》，转引自陈仲义《"崇低"与"祛魅"——中国低诗潮论》，《南方文坛》2008年第2期。

③ 洛夫：《我的诗观与诗法》，《诗魔之歌》，花城出版社1990年版，第150页。

④ 杨炼：《诺日朗》，《中国新时期争鸣诗精选》，时代文艺出版社1996年版，第183页。

理论开创者的施勒格尔（K. W. F. Solger）这样陈述"反讽"："反讽就是悖论的形式"①，而新批评派布鲁克斯认为诗歌是"悖论语言"，似乎悖论包括了反讽，但在他的《反讽——一种结构原则》中又认为反讽是所有诗歌语言的特点。不可否认的是，二者的核心都是符号代码内涵指向不统一，呈现矛盾。洛夫曾这样解释这种矛盾语法："所谓矛盾语法就是一种似非而实是的说法。老子说：'祸兮福所倚，福兮祸所伏'，就是最佳例子。……矛盾语法确能使诗产生'此中有真意，欲辨已忘言'的效果，从荒谬的情境中现出真境，从矛盾中发现和谐。"②

陈仲义在《打通"古典"与"现代"的一个奇妙出入口：禅思诗学》中曾细致地分析了禅与现代诗的关联："禅与现代诗的关联，并不亚于古典诗歌，至少在三个方面具有相当的一致性：其一，禅强调自性本心，把心性推举到无以复加的极致，与作为充分心灵化主观化的现代诗有着本然的一致；其二，禅的悟性方式是一种非功利、非理性、非分析、直觉体悟方式，与全面突入非理性领域，对大量非理性心理图式进行开发的现代诗旁通；其三，禅的非立文字非不立文字，创造了一套相应的传达渠道，或者以形象直入启悟，或者采用公案机锋棒喝，或者悖谬常规逻辑，或者悬置一切概念术语，制造大量'无理'的语言迷宫，与绝对突破公用话语系统，拒绝常规订法语态，在跳脱、断裂、含混、空白中制造语言的弹性张力的现代诗写作又有异曲同工之妙。"③ 强调的是"禅思诗学汲取古代禅宗在宇宙、自然人生诸方面的营养启悟，相对思维和佯谬语言运作，为现代主义诗歌观照世界提供别一种天地"。④ 尽管笔者认为佛禅的讲究自性本心，最终归于"无我"，与现代诗的充分主观化，在在显现"有我"，二者存在巨大差异，且禅的非理性是超越理性，

---

① ［德］施勒格尔：《雅典娜神殿断片集》，李伯杰译，生活·读书·新知三联书店1996年版，第26页。

② 洛夫：《试论周梦蝶的诗境》，《诗的探险》，黎明文化事业公司1979年版，第230—231页。

③ 陈仲义：《打通"古典"与"现代"的一个奇妙出入口：禅思诗学》，《文艺理论研究》1996年第2期。

④ 陈仲义：《多元分流中的差异和生成——中国现代主义诗歌学建构的困扰与对策》，《文艺理论研究》2000年第2期。

不在二元对立中寻求自性，现代诗的非理性是以某种纠结挣扎的姿态反抗理性的虚无，此非非彼非，二者依然背离，但禅与现代诗在运用语言的策略上确实显现出某种殊途同归，这可以为现代诗写作提供参考。

禅宗用以心应心、不立文字的方式顿悟自性，而一旦转换成语言，佛性就变成第二义了，与其本意相违背。为了传达体验，续道接宗，指示门径，禅又不得不借助语言，由此陷入语言悖论："非离言语，非不离言语"。而为了不执着黏滞于文字、迷信文字以致落入文字的窠臼，它运用"对法相因"式语言及其演变出的机锋式偈语来传道授业。所谓"对法相因"，就是利用理性概念对立、相因的关系，采取你说东我说西的办法，造成理性的失落，让人在瞬间体验到无理性的心境，复归"自性"。如问什么是"暗"，就答"明没则暗"，使人在"来去相因"中"成中道义"（《坛经》兴圣寺本），"边见"互破而离，"中道"相合而生，断绝了对生灭、有无、常断、染净、来去等更为抽象的"究竟二法"的考虑，不合逻辑，却导致了超越理性的体验。因而，解开了理性背离体验、手段背离目的的纽结，在肯定自性即佛性的前提下，找到了复归自性的办法。而所谓"机锋"，便是此种利用理性概念二元对立、相因的关系，悬置一切概念术语，制造大量"无理"语言迷宫的问答迅捷、不落迹象、含有深长意义的语言。《古尊宿语录》卷十三有关学人问禅有这么一段："问：'柏树子还有佛性也无?'师云：'有。'又问：'几时成佛?'答以'待虚空落地。'再问：'虚空几时落地?'师云：'待柏树子成佛。'"像这种看似兜圈子、站在语言中间的语言，其实就是要消解语言，进而要求在活泼无碍的想象中自觉参禅悟佛。而无论是拈花指月，戏言反语，曲喻留白，还是机锋棒喝，都使得禅思语言呈现出既活泼生动又扑朔迷离的模棱两可的特点，进而又完成了对语言的除故更新。

从第三代诗人明确提出诗歌"拒绝隐喻"，到之后的一反再反，慢慢打开了潘多拉的盒子，在这种语境下，似乎任何人都可以把他拒绝或者反对的一切统统以不假思索、不加修饰地将文字变成诗，且断定那种否定性东西注定要通过否定之否定来克服，而它之所以非常受欢迎，取得一呼百应的成就，却恰恰要归功于这种随意、邋遢地摧毁一切所造成的空白性和可操作性。举一首"堪称低诗歌代表作"[①] 的诗歌为例——《错落的时代》（黄土）：

> 一个农民说：这时代真他妈的刁！
>
> 俺们刚吃上肉你们又吃菜了
>
> 俺们刚娶上媳妇你们又独身了
>
> 俺们刚吃上糖你们又糖尿了
>
> 俺们刚拿白纸擦屁股你们又用它擦嘴了
>
> 俺们刚存点钱你们又买保险了
>
> 俺们的娃子春节回家你们又开始出门旅游了
>
> 俺们刚能歇会儿不用擦汗你们又去健身房、桑拿房流汗了
>
> 俺们刚学会打电话，你们就说要宽带上网了
>
> 俺们刚能在电影院约会你们又改网恋了
>
> 俺们刚吃饱穿暖你们又减肥挂肚兜露脐了
>
> 俺们刚把茅房改称厕所你们又把厕所改称洗手间了
>
> 俺们刚把白条换成人民币你们又把人民币换美元了
>
> 俺们刚把青菜上的害虫灭掉你们又爱吃虫啃过的青菜了
>
> 俺们刚结束喝河水而喝自来水你们又改喝农夫山泉了
>
> 俺们刚把破内裤扔掉你们又开始在裤子上剪洞了
>
> 俺们刚能坐公汽你们又开始打的了
>
> 俺们刚开始学会打麻将你们又开始赌球了
>
> 俺们刚能抽点烟喝点酒你们又开始吃摇头丸了
>
> 俺们刚养了很多的王八你们又喜欢吃大闸蟹了
>
> 俺们刚能吹风扇你们就又用空调了
>
> 俺们刚有点钞票你们就倒腾股票了
>
> 俺们刚买了股票你们又说股票里有水分了

---

① 陈仲义：《"崇低"与"祛魅"——中国"低诗潮"分析》，《南方文坛》2008 年第 2 期。

俺们刚股票斩仓你们又说恢复性行情开始了

俺们的乡镇企业正挣扎呢你们又玩借壳上市了

俺们的民工进城了你们又开始下岗了

…………

谁能告诉我，这到底是为什么呀！！！

中国古典诗歌讲究起承转合，似乎前面的万般风情都为了那一转身的结尾，以急遽的跳转来完成诗意的升华。这首诗以一系列悖谬性事实展现当下的贫富差距，读来确实让人觉得憋屈。然而憋屈的不只是国人的生存现状，且有诗歌的写作现状。"俺们刚买了股票你们又说股票里有水分了/俺们刚股票斩仓你们又说恢复性行情开始了/俺们的乡镇企业正挣扎呢你们又玩借壳上市了"，当诗歌贫乏到以类似统计的方式拉拉杂杂地摆龙门阵，或者直接画上两列 N 行的图表往里填充文字的时候，它除了文字还剩下什么？

而同样是在意象的矛盾对比中展开的洛夫的《剔牙》：

中午

全世界的人都在剔牙

以洁白的牙签

安详地在

剔他们

洁白的牙齿

依索匹亚的一群兀鹰

从一堆尸体中

飞起

排排蹲在

疏朗的枯树上

也在剔牙

以一根根瘦小的

肋骨①

　　将人的剔牙与兀鹰的剔牙并存：人剔牙正常，兀鹰剔牙却奇特；人在饭后以洁白的牙签（正常）剔他们洁白的牙齿（安定、富足的表征），兀鹰却从尸堆飞起，蹲在枯树上以死亡儿童的瘦小的肋骨剔它们的牙（死亡、贫穷的表述）。同样是洞见正常中的反常、于反常的"正常"中窥见真实，洛夫的《剔牙》却有如机锋棒喝，让人醍醐顿开。

　　禅运用语言或以形象直入启悟，或用公案、机锋、棒喝，或悖谬常规逻辑，或悬置概念术语，制造大量"无理"的语言迷宫，都可为诗歌增强其语言的悖谬张力所参考，如孔孚的宛如话头参究的小诗《定心石小坐》："文殊问我：/如何？/我回答/以脚。"禅宗所谓"脚"含义是十分丰富的，既指善待自己当下的现实生活，也指一步更进一步的修持悟道。孔孚由心的参究想到脚的践行，并不是答非所问，恰恰是应接机锋、直指要害。毕竟，认取了归家路，还需脚下辛勤跋涉，才能一朝"少小离家老大回"。这种即兴的、简约的、"不按牌理出牌"的作诗方式，逼迫重新思考语言真意，与此同时也加强了诗歌的悖论张力。

四

　　总之，与中国古典诗歌相契合的禅思，它的静、寂追求或许可以沉潜当下诗歌写作反讽狂欢的游戏心态，并且可以重新唤醒现代诗人对直觉、神秘体验、灵感、悟性、超感觉、潜意识、随机思维的启用和深层开发，使诗歌思维永远保持最自由活泼的状态，从而有利于现代主义诗歌通灵开悟、进一步解放自身的想象力，以寂照圆融的全方位的心性方式审视世界，开拓更为自由广阔的诗境。"光秃的垂柳/是修枯禅的老僧/对面山坡上的侧柏/是穿盛装的僧侣/一个低眉/一个昂首/整整一个冬天/他们相互对峙"（沈浩波《两棵树》），其实他们如果多做交流，或许可以使自己更快开悟、发现自性，进入更高境界，此或正与禅思和现代主义诗歌写作的状况相同。

---

　　① 洛夫：《洛夫禅诗》，天使学园网路有限公司 2003 年版，第 111 页。

洛夫的《背向大海》与现代禅诗

一

20 世纪 70 年代初（1974），洛夫出版了他的代表性诗集《魔歌》，其中，除《长恨歌》、《巨石之变》等名作外，引发人们特别关注的，是《金龙禅寺》、《随雨声入山而不见雨》等一些别具禅趣的小诗、短诗，由此得识，"诗魔"原来还有另一面风貌。实则诗人素有"禅心"。在洛夫这里，"魔"即"禅"，"禅"即"魔"，"禅""魔"互证，方是洛夫诗歌美学的核心。

《魔歌》之后，诗人也陆续创作了不少"禅诗"之作，并最终指称"诗与禅的结合，绝对是一种革命性的东方智慧"①。及至 2003 年《洛夫禅诗》出版，终于让读者得以集约性地全貌而观。而继三千行的长诗《漂木》于 21 世纪伊始破空问世后，诗人如今又抛出这首现代禅诗力作《背向大海》，在我们惊叹诗人旷日持久的创作力的同时，又欣喜于诗人再次为近年渐次展露的现代禅诗诗学研究，提供了一个典型的个案，并越来越凸显出他在现代禅诗一路的特殊价值和重要地位。

二

洛夫的这首新作共一百四十行，六小节，题为《背向大海》。大陆诗人海子于 1989 年写过一首《面朝大海，春暖花开》的抒情名篇，以此表达诗人想象自己可以面朝大海，背对尘世，倾听远离尘嚣的美丽回音，

---

① 诗探索编辑部：《洛夫访谈录》，《诗探索》，天津社会科学院出版社 2002 年版，第 281 页。

获得逍遥无待的精神自由。而洛夫在"背向大海"的过程中看到了什么，并且又在此中冥思了一些什么呢？

且看长诗的第一句："一袭宽大而空寂的袈裟/高高扬起/把整个和南寺罩住"。①宽大而空寂的袈裟，说的可是和南寺本身升腾出来的佛意禅气？又说它高高扬起，似乎又在随风翻卷，那么，是云，还是雾，因了久久盘踞在和南寺的上空，也沾染了些许禅，由此与和南寺融为一体？而袈裟是僧人用以遮挡红尘的外衣，云雾缭绕着的和南寺，是在超度这云这雾霭，还是在意图遮挡住红尘外的什么？此时一切都还说不好，只知道被袈裟罩住的和南寺，氤氲、静谧而透着某种不可言说的神秘。紧接着，诗人看到："在不太远的前方/大面积的海，奋不顾身地/向灰瓦色的天空倾斜"。此时诗人的眼里，一是静的和南寺，一是动的海，究竟是动能制静，还是以不动能应万动，暂时也还看不出。唯见大面积汹涌的海、翻卷的乌云、瓦灰色的天空，呈现一派苍茫而壮阔的景象，与静谧的寺院紧密相连却又遥遥相对，此时此地，此情此景，总能开启人某种领悟吧？而此时"木鱼喋喋，钟声/夹杂着潮音破空而来"。木鱼喋喋，如老僧的家常话；破空而来的钟声，却又如当头棒喝。一个"来"字，似已显出海与和南寺所争夺的并非那一方云雾缭绕的天空，而是诗人这还不明朗的心。由于木鱼声、钟声及潮音的"破空而来"，诗人又生出这样的幻象："似乎看到大街上/许多张猛然回首的脸"。这些脸为什么猛然回首，猛然回首想要看的是什么？诗人未必想知道。只是这样的情景难免让人错愕，正犹如诗人猛然察觉海与和南寺相争的目标是自己时的感觉。

诗人必须在二者中做出抉择了：

面向大海
残阳把我的背脊
髹漆成一座山的阴影
眼，耳，鼻，舌，发肤，双手双脚

---

①　洛夫：《背向大海》，尔雅出版社2007年版。本文引诗，皆出自此版本。

以及所谓的受想行识

全都没了

消灭于一阵阵深蓝色的涛声

我之不存在

正因为我已存在过了

我单调得如一滴水

却又深知体内某处藏有一个海

前七句是实写也是虚写，残阳下诗人的影子像山的阴影，黑漆漆的，哪还分得清"眼，耳，鼻，舌，发肤，双手双脚"，而"所谓的受想行识"，也都消灭于深蓝色的涛声中，一切都不存在了、没了，而诗人却仍在说。虽难以言说，又必须言说——"我之不存在/正因为我已存在过了"。看似无理，却暗含机锋。这是一句偈语，存在与不存在是所谓的空与色；空是因为色，色终究要空。诗人此刻似乎是在胡言乱语，却更加接近禅的本质。"我单调得如一滴水/却又深知体内某处藏有一个海"。这体内的某处是在心中，心是一切感知的生发点，万物唯心造、心生则各种法生，万事万物都在心灵庞大的感应与幻化中——诗人此刻面对的已不是一片大海，而是自己深不可测的内心了。一个"藏"字，表明海是宁静的，让诗人也认为自己已经看破红尘、"单调得如一滴水"，却又偶尔奔涌不止，让诗人于是深知心中仍有红尘万丈。面向大海，诗人也很矛盾：

而当我别过脸去

背向大海

这才发现全身湿透的我

正从芒刺般的钟声中走出

一个硕大的身影

仓皇上了岸

身后传来千百只海龟爬行的沙沙声

紧跟着的是

一滴好大的

蓝色的泪

回头我一把抓住落日说

我好想和你一块儿下沉

苦海无涯，回头是岸，岸上是和南寺。此时钟声如芒刺，不再浑厚圆润，是因为听钟的人失去了平常心，还是钟声在暮色中的召唤已失去了耐心？从"面向大海"到"背向大海"，从自许如山的屹立到"仓皇的上岸"，转身而去时，海成泪，原来面对的那一片海果然是苦海。此刻在岸上，看那千百只海龟仍在爬行，爬向被袈裟罩住的和南寺。巨大的怜悯之心已经让诗人不忍再停留，"回头我一把抓住落日说／我好想和你一块儿下沉"。

但是"沙滩上／那双芒鞋犹在／彳亍，彳亍，彳亍，彳亍……／走到无尽的天涯 直到／走出自己的影子"。走出自己的影子，便走出了日和夜，走出大千世界，直到无生无灭。那只芒鞋固执地彳亍，也见证了数不清的刹那，由"欲望"、"惊愕"而"缄默"、"悔憾"，直至"遗忘"，最终成就"一个在时间中走失的自己"，义无反顾地走入永恒。由色入空，人生似乎都要有这样的历程。最后的空是一种"走失"，是无意识的，水到渠成的，也是混沌的，不着文字的。诗人在夕阳下的刹那悟到了永恒。此时：

远方的钟声

再次从骨头里溢出

回荡在

更远更冷的

一盏深不可测的灯火里

不知何时

发现岩石暗藏一卷经书

那是整个海也浇不熄的

智慧的火焰

仓促中酝酿着一种焚城的美

灯是青灯，卷是黄卷。钟声从骨头里溢出，表明钟声原本就是住在骨头里的，肉身本早已归向禅，但是又再次溢出，蕴含着爆破的力量，且回荡在一盏深不可测的灯火里。想象那灯火要么是无处不在的，要么就是达到了极限，而钟声无论是萦绕在它四周还是回荡在其中，似乎无拘无束，又都无路可去，如此虚空，却不知虚空从何而来——这是一种什么样的情绪？还好有经书一卷，酝酿着足以焚城的"整个海也浇不熄的/智慧的火焰"，而火在石中，不叫不醒，正如佛在心中，不修不显。

这时的诗人还在"面向大海"与"背向大海"中衡量。"背向大海"，他倾听到"和南寺的木鱼吐出沉郁的泡沫"；将木鱼被敲出的声音说成是鱼吐出的泡沫，能看见它生成，也能看见它幻灭，好是恰切。而"季风拂过/掀起了大海满脸的皱纹"，让人想到禅有"如风过水，自然成纹"的比喻。背向大海，背后不只是海，还有喧嚣。选择是个难题，诗人索性"把自己躺平在一块巨岩上/然后从胸口掏出/大把大把的蓝/涂抹天空"。胸口掏出的是心，心里藏着一个海，海有"大把大把的蓝"，"涂抹天空"，是为了除去翻腾在空中的云雾，还是要消解掉那倾斜到天空的汹涌的海，可能两种意图都有，因为诗人觉得"我和鱼群/除了一身鳞/便再也没有什么可剃度的了"。至此，才明白木鱼声何以沉郁，"除了一身鳞/便再也没有什么可剃度的了"，却还要被不停地敲击，正如诗人认为自己已经"不存在"，已经空了，却还要在"面向大海"与"背向大海"中抉择，于是更有"孤独"、"忧郁"及"海蓝透了之后的绝望"。

诗人最终还是选择了背向大海的喧嚣而面向和南寺。全诗由此进入第四小节：

背向大海

我刚别过脸去

落日便穿过沉沉的木鱼声

向一个听不到回响的未来坠落

明天是幸福是灾祸

怕连那块突然站在我们面前的墓碑

也未必知晓。这且不说

重要的是

木鱼会被敲破吗？

木鱼破了

是一种敲

不破也是一种敲

敲与不敲

反正都得破

破了不一定空了

而空又何须破

　　诗中又给出一个机锋：敲还是不敲？破还是不破？类似于"空还是色"的千古公案。其实敲与不敲只在一念之间，破与不破何尝不是刹那间的事？既然如此，何必在这里叩问不休？试图说服别人，到最后连自己也不能说服，反堕入妄言的迷障。原来人就是在不断叩问、不断自我否定中走向空寂、走向"破"的。问题还在于是否只有破了之后，才可以心安理得地放下？于是诗人说："空又何须破"，像是个反问句，又是个否定陈述句，无须回答，答案都已了然于心：

海空着

蓝也跟着空

云和雾一出生便是空的

夕阳是今天最后的空

　　空是最终的呈现，众生皆无欲无求，谁也无须抓住它，和它一起下沉。而"我的眼睛/原是史前文化遗留下的/一座空空的坟/其中埋葬一个/无知却是先知的海/一头温驯的兽"。眼睛是空的坟，这一切空都能被埋葬，不论是原本喧嚣终会成空的海，还是原本暴躁现在却温驯的兽。而这埋葬的过程，便是诗人浴火重生的过程。

而浴火重生后，诗人已能更加坚定地背对大海，走向和南寺了。尽管还会"暗地窥伺它的平静/却又无动于衷它的蠢蠢欲动"，也明确了是"星光在镂刻我的透明/而海，只会使我想起搁浅的船以及/被月光搂抱得口干舌燥的甲板与缆绳"，而"沉卧水底的指南针，仍在/东/西/南/北/乱指一通"，却已经诱惑不了诗人重返喧嚣的大海了。而海自己也已经"空着"了："海的平静见证了/暴风雨的荒诞，彩虹的虚幻/也见证了它自己成熟之前的叛逆"。

可是诗人又在说：

> 但海仍有其宿命，我有我的无奈
>
> 无奈之极于是我发现
>
> 一粒盐开始在波涛中寻找
>
> 成为碱之前的苦涩
>
> 存在先于本质
>
> 苦涩永远先于一滴泪
>
> 泪
>
> 先于眼睛

盐寻找碱的苦涩，而苦涩先于泪，泪先于眼睛，是所谓的存在先于本质，却由于因果关系的倒置，使得无奈、苦涩等情绪获得了更加强烈的效果。但是诗人已然"色"过而"空"了，为何又有这许多无奈，并且盐又为何非要寻找它自己成为碱之前的苦涩呢？是否如五祖法演和尚说过的那样：譬如水牯牛过窗棂，头、角、蹄都过去了，尾巴过不去。仔细考量，实非如此。

禅于诗人洛夫而言，只是换一种方式观照人生，审视世界，其潜在的精神底蕴，仍是现代人的生存体验与生命意识，不似传统禅思的追求"悟入"、"空出"、"不即不离，不住不着"，求解脱，得逍遥，不但失却人生应有的关切与担当，且以弱化生命意识为代价，堕入寡情幽栖之个体心智的禅意游戏。① 诗人的思辨与挣扎，才更能凸显其心理体验和个在的审美追求，这似乎也是洛夫的禅诗有别于其他新禅诗的根本所在。

长诗最后说：

> 背向大海
> 和南寺的钟声再度响起……

此时，诗人依然只是背向大海，而非远离大海。

三

纵观全诗六节，是诗人在"面向大海"的世俗和"背向大海"的禅境之间，所进行的一场徘徊，一场思辨，甚至是一场挣扎。

由色而空，空即是色，而海和木鱼声与钟声是贯穿始终的意象。有意味的是，一个是蓝的"色"，一个是沉沉的"声"；一个是时而平静如处子，时而澎湃如猛兽，充满动力，蕴含风浪的色块；一个是永远不疾不徐娓娓道来的"滞声"，似乎不论何时，你都可以转过身来，归依它的境界。

洛夫在诗集《背向大海》的自序中说道："每一个海浪都使我心情激动，而落日余晖的微温又让我安静下来，和南寺的诵经之声沉淀出一片亘古的宁静，与背后大海无休无止的骚动，在我内心形成一种微妙的平衡，一种失去时空感的永恒，是一种物我两忘的美，和物我都不存在的空，这，也许就是诗与禅的妙悟的境界。"②

面向大海是一种审视和观望，背向大海则是遗忘和决绝。

而这场挣扎还将继续下去。因为，在诗人的眼里心中，还有一滴苦涩的泪。

---

① 沈奇：《沈奇诗学论集》，中国社会科学出版社 2005 年版，第 38 页。
② 洛夫：《背向大海》，尔雅出版社 2007 年版，第 2 页。

秘响旁通:现代禅诗的反讽突围

——《天生丽质》组诗的文本意图

一

"没有比现在更暧昧的时刻"(《晚钟》)①。沈奇如是书写时是否已意识到,"现在"将是他诗歌生涯中一个充满隐喻的戏剧性转折:放逐意义的苍白与逻辑的铁青,《天生丽质》的实验,无论是回归于汉字本身诗性的发现,还是昭示出对古典诗词灵敏乐感的倾心②,皆在召唤关于某些形式的记忆,这记忆保存着包括禅思传统在内的各种古老的传统③,是对我们"习以为常"的先锋诗歌规范的背叛。悖论在于,它出自一个追随当代中国先锋诗歌理论、批评尤其是创作近三十年的诗人之手,无疑是"怪异的"、"陌生的"与"自相矛盾的",或许还会被纳入属于违反了先锋写作的"正确或是错误的命题"范畴。

事实证明,艺术上的先锋派们,从来就是对"当下"不可克服的憎恨者,以及语言上的暴力狂欢者。对于先锋诗歌而言,内容超载,往往导致"语言在重负之下损伤、迸裂,有时甚至破碎"④。而作为走向寂静、孤独及空无的进程,诗歌其实是一种倒退和回归的行动。它可以只回归

---

① 本文引用诸诗,均来自沈奇《天生丽质》,文化艺术出版社 2012 年版。

② 沈奇自称:"我是将《天生丽质》作为相当于古典诗歌中的'词'的感觉来写的。"参见沈奇《天生丽质》,文化艺术出版社 2012 年版,第 8 页。

③ 不仅沈奇自称《天生丽质》的写作"有机引进现代禅诗的运思维度",众多评家也将"禅思"视作《天生丽质》的主要特色。参见沈奇《我写〈天生丽质〉》,赵毅衡《看过日落后眼睛何用?——读沈奇〈天生丽质〉》,胡亮《被抛弃的自由——沈奇〈天生丽质〉散论》等。

④ 〔英〕T. S. 艾略特:《四个四重奏》,裘小龙译,漓江出版社 1985 年版。

到某种较早的诗歌——语言的回归，或通过某种原始活动而回归。因此，百年新诗史中，珍视汉语文学传统，"以现代视角回眸传统"而求"古典理想的现代重构"者，非沈奇一人；而在现代化语境下，视禅思为打通"古典"与"现代"的奇妙出入口，坚持发掘禅思传统与现代诗的内在关联，同样非沈奇的一时偶发奇想。

问题是，禅宗美学于现代汉诗的意义为何能被赋予？禅思的以习惯语言为阻挠登岸的"筏"，主张"不说"而悟，与先锋诗歌的"拒绝隐喻"（于坚语）等，是否能够秘响旁通？沈奇《天生丽质》业已做出的探索，或许能提供答案。

二

《天生丽质》以诗言说，说"——总是别说破"（《太虚》），说"——或许如此"（《如焉》），悬疑处理所企图勘破的，既是语言的故弄玄虚，也是意义的非此非彼。而在"破"与"不破"之间，是当下禅诗写作以双重形式想象，却只被认作单一形式的尴尬。究其根底，源自禅诗美学追求的悖论：即禅诗写作，必须穿梭于由禅的"平常语"追求与诗的"陌生化"追求相互否定的矛盾语境中。诗之语言要陌生化，禅不立文字，续道接宗、指示门径，"用"语言文字，又要去除语言文字之障，见月亡指，"不空迷自惑"。因此，禅宗语言以平俗但流畅的语言避开冠冕与精致的"机心"。

是以，无文而不立的禅诗写作，在语言运作上也大多采用"不存机心"的平常语。其中深意，赵毅衡在为沈奇诗歌写的评语中有言：

> 禅诗是双重解构，而且是从相反方向解构：禅诗因为是写出来的，必不是禅；禅因为拒绝被说出，因此不会进入禅诗。如果一定要形诸语言，禅要说得笨拙，诗要写得漂亮，完全是南辕北辙：禅诗如果可能，必定是吞噬自身的意义漩涡。[①]

---

① 赵毅衡：《看过日落后眼睛何用？——读沈奇〈天生丽质〉》，沈奇《天生丽质》，文化艺术出版社 2012 年版，第 2 页。

取平常"象"隐深层"意"，于诗"反常"、于禅"合道"，是以诗禅互否才能抵达禅意。

三

许多迹象表明，《天生丽质》确然渗透着禅诗"否定"的艺术：

野渡
无人
舟　自横

……那人兀自涉水而去

身后的长亭
尚留一缕茶烟
微温（《茶渡》）

——暗示孤独和逃亡，同时包含肯定和否定的双重意义。

焉知不是一种雪意

深
浅
浓
淡
以及，卸妆后的那一指
薄寒……

揽镜自问：假如
真有一杯长生酒

喝　还是不喝

凤仙花开过五月
可以——睡了（《胭脂》）

——疑问和对疑问的惊兀，最终落回对期待的阻挠。

绝峰一草庐
老僧半间
云　半间

僧闲
云闲
屋子也闲

只有山下的风忙
忙它的万紫千红

或许　明日
云做了僧僧做了云
云再随了风去
做了另一番
万紫千红
　　——总是别说破（《太虚》）

　　——以"绝峰"、"山下"向读者示意"比拟"，却又阻断读者对比拟的理解。

五十而知天命

睡觉之前，不再

想"明天"这个词

且按时吃药

也不再做梦

这是个好习惯

它使你早晨醒来时

有一些些

比较真实的

感动，而且

一转眼就是黄昏　（《开悟》）

——平直陈述的完整意思里，隐藏着一种奇特的不确定性。

《天生丽质》共 5 辑 64 首诗，充盈着对于"抑制"的坚守。生老病死间的普遍情感，"行到水穷处"（《光荫》）、"大漠孤烟直"（《大漠》）的诗句之前文本联系，都向读者表明，在诗歌平静的表面下，隐含着某种更深刻的意义或更强烈的情感。然而，诗人却总将真意隐含于似是而非的面具之下，所说出来的不再一定是所要表达的，如同《浮梦》："接近于透明的/水膜/一碰就破//鱼，从荆棘中游过/吐一串梦的泡泡/说：也算一种活"，诗中形象完整却意绪不明，看似陈述却隐藏诘问，不过是浮生若梦，不碰不破。

此间，情感的抑制，在诗歌形式上外化为刻意绚烂之后的素朴，在《天生丽质》中处处可见自相矛盾的技巧，呈现为试图战胜技巧的技巧，简朴的技巧：或者并置那些相互漠视和对立的文言与现代汉语：

薄暮月初升

能饮一杯否

尴尬在于——

无论人事还是季节

都不会　因你

心情的变化　而

改变它们的流程　(《杯影》)

或者不避俗语"牛粪边开满鲜花/岩石上锈出图画"(《静好》),它们因诗句并置比照时所产生的不确定的联系,而同样能将此类诗歌从素朴向新奇做压迫解读。

尤其在诗句的结尾。某种程度上,所有的文学样式都会在结尾上下功夫,诗歌也不例外。《天生丽质》大多数诗篇的结尾往往提供一种表述:"天按时黑了"(《杯影》);一个问题:"谁　是卷帘人"(《羽梵》),"谁　是清醒过的人?"(《月义》);一种意象:"白云安适/天心如梦"(《野逸》),偶尔极其简单,偶尔很不完全,以意义的隐藏,迫使读者从中寻找关于诗意的重要期待。这种形式的成功,完全依靠于诗体期待;而对期待的控制,是以可以诱惑读者寻找简朴面具后面的深意。

四

社会价值的"外在风景"与个人内在自由之间的冲突,所谓"欲望和对欲望的控制"(《云心》),在《天生丽质》这里,是更大的抛弃模式的一部分。并且在这个抛弃模式中,占上风的运动依然是"否定",而非"对立",是"从……自由",而非"对……自由"。

高处不胜寒

是身寒

还是心寒?

——从梦的侧面

问完这个问题

那块顽石

伸出最后一只

感性之手

把秋阳抓个满怀

不再理睬

外在的风景

玉心尽弃

岁月静好（《微妙》）

　　"不再理睬/外在的风景"，方法是"玉心尽弃"，目标是一种寂静无为的形态：是将自己与现实世界分隔，而不是放任行为以显示对世俗的蔑弃。因此，诗中会采取一种类似象征抛弃人类社会、结束社交活动的姿势：或者"前世的浪子如约归来"（《虹影》），或者"天心回家"。

你霍然立定

微笑并沉默

仅以目光凝视

一抹残阳

自远山的云隙

破身而出

悟，或不悟

一月独明

天心回家（《晚钟》）

　　自由的获得，是通过归来抑或回家，而非沉浸其中，它指示对向往未来、控制未来的意愿的否定。某种形式上，它还与自我的否定有关：

"粲然一笑/你同自己握别后/便去了一个/不确定的远方"(《听云》),自由来自"不确定",来自先"握别自己"。

与任何文学形式一样,诗歌无法让作者消失。叙述是将时间人格化的过程:对过去的记忆,对未来的期望,以及对当下的描摹,都与叙事的身份有关。因此,无论是王国维的"有我之境"、"无我之境",还是结构主义者将语言限定为能指的自我指涉体系,指认语言只对自己言说,无非是指示作者的虚拟不在场。因此,在《天生丽质》的大多数诗中,如《野逸》、《灭度》、《太虚》、《大漠》、《归暮》等,叙述的诗人只是一只眼睛,扫视过风景和孤立的重要成分,将强烈的结构意识设置在视觉世界和表象世界之间,借以消解自我:

……午后

没有鸟的天空
没有梦的眠床

鸟变成树
树变成池塘
池塘变成水的意象

梦呢

梦变成鸟
鸟变成树树变成池塘
池塘变成
水的意象

意象不是诗
是存在的空茫

午后……（《印若》）

《印若》一诗，叙述留下一个充满意义联系的简单形式和要素世界，抵制时间的社会结构：时间上，无"午后"之前，无"午后"之后，一切都是变动和"存在的空茫"的"当下"；意象上，声色诱惑的空幻事物，回环吞噬，不仅制造谜语阻挠读者寻找简单意义的冲动，也意在驱除意义重重叠叠的烙印，还原一个本真的澄明之境。

是以，抛弃"外在风景"以及诗歌的复杂性，《天生丽质》这种基本的否定姿态，使其更像一场文化的突围。

五

禅诗写作的"否定"艺术，以平常语消解诗歌的陌生化，又因诗体期待压迫平常语的诗意解读向新奇求。所言非所示，一套符号代码两个意义层面对立并存，具有假相与真实的双重含义。这种语言运作方式，新批评理论主将布鲁克斯称之为悖论（paradox），也时而叫反讽（irony）[①]。它作为一种重要的修辞手段，同时是一种思维方式和人生态度，是观照和看待世界的独特方式。

众多事实告知我们，世界的完整表象来自意义的组织，如果没有意义的进驻，世界乏善可陈。然而，许多时候，"物"并不单纯为"物"，意义迫使"物"卷入象征的坐标体系，纳入另一个符号体系，服从另一种编码秩序。于是，人们在消费其使用价值时，偶尔也被其符号价值所消遣。罗兰·巴特即如此解析"物体语义"，他指出物如何从使用价值转换为符号，是"一种重要的意识形态现象"：

> 意义永远是一种文化现象，一种文化产物。但是，在我们社会中，这种文化现象不断地被自然化，被言语恢复为自然，言语使我们相信物体的一种纯及物的情境。我们以为自己处于一种由物体、

---

① ［美］克利安思·布鲁克斯：《反讽——一种结构原则》，赵毅衡编《新批评文集》，百花文艺出版社 2001 年版，第 112、379—381 页。

功能、物体的完全控制等等现象所共同组成的实用世界中，但在现实里我们也通过物体处于一种由意义、理由、借口所组成的世界中：功能产生了记号，但是这个记号又恢复为一种功能的戏剧化表现。我相信，正是向伪自然的这种转换，定义了我们社会的意识形态。①

意识形态往往不动声色地进行意义植入。然而，任意利用意义重组这个世界，是否会过于遮蔽纯粹的自然与过于冷漠？要想与世界坦诚相见，"否定"便成为必然。

因此，中国现代汉诗自20世纪80年代中期至今，三十多年的众声喧哗，终究不过一场"反讽"尝试：以意义的归约抵制面向意义的归约，打开指涉的多向性，在绝对否定中发现"自性"。而也正是在这种绝对否定的"反讽"意义上，禅诗写作与当下诗歌写作相契合的美学追求，可以为禅诗的现代化提供契机，沈奇的《天生丽质》便是这个契机的产物。

反讽使我们的时代成为一个奇特的场域：现代性历史曾经导致古典文学的衰落，而当下，曾因相异的意识形态脉络而交锋的观念正在相互交织，古典禅的淡泊宁静似乎正依附反现代性而无声复活。

沈奇在20世纪末即撰文倡导以禅入现代诗②除此而外，禅宗反讽美学追求以自由无羁取代社会规范，将物的物性放回到虚空粉碎的原点，它与先锋诗的精神契合，对于越来越疲劳的中国现代汉诗写作而言，将能打开另一些可供拓展的空间。

现代禅诗，无疑将是一个意义深远的重大命题。

---

① ［法］罗兰·巴特：《符号学历险》，李幼蒸译，中国人民大学出版社2008年版，第190页。

② 沈奇：《口语、禅味与本土意识——展望二十一世纪中国诗歌》，《作家》1999年第3期。

中　篇

现实的倒影　江湖之幻象

武侠符号与20世纪文化元语言的动制分源

一 引论

在想象中伸张正义是人类的共同需要，欧洲有骑士艺术，日本有剑侠小说，中国自司马迁《游侠列传》以来的侠客叙述，也一直扮演着这样的角色，20世纪的"武侠"文学与艺术也不例外。然而与骑士艺术的主流地位相比，中国"武侠"文学与艺术的发生发展，有着独特与复杂的社会文化语境。"武侠"的流变与中国之命运看似无甚关联，却每有若合符节之处。

1905年定一称《水浒》"为中国小说中铮铮者，遗武侠之模范"①，1921年平襟亚主编的《武侠世界》月刊创刊，1922年包天笑主编的《星期》周刊开辟"武侠号"，如此一路走来，"武侠"兴起已百年有余。百年来，武侠文学与艺术不仅在叙述模式上坚持非常明确的"正必克邪"道德架构，而且关于"武侠"符号的研究也一直聚焦于它的"伸张正义"、"善恶分明"、"好侠尚义"、"英雄崇拜"等"关键词"。

然而值得探讨的是，正是诉求"伸张正义"的"武侠"叙述，在20世纪中国的阅读接受中历经一波三折：30—40年代，经历了文化精英们在启蒙主义立场上对侠文化及武侠小说的批判与讨伐；50—70年代，蓬勃发展于港台地区，却在中国大陆销声匿迹；70年代以李小龙功夫电影形式，成为海外受众追捧的对象；80—90年代，武侠重新进入大陆并逐

---

① 定一：《小说丛话·水浒》，《新小说》1905年第15期。

步得到知识分子与主流文化接纳，"金庸武侠"跻身经典之列，并且不断被改编为影视剧、动漫以及网游；进入 21 世纪，"武侠"甚至作为中国形象，走向世界。

关于这一问题的探讨，必须重新回到对武侠符号本质的解读之中。只有突破将武侠符号与其他"侠客"叙述视为一体的"显见性"预定，重新准确划定"武侠"与其他侠客叙述形式之间本来就必须分出的边界，还原 20 世纪中国武侠符号掩藏在"伸张正义"之下的本质，才能真正理解"武侠"符号在 20 世纪中国的复杂命运及其流变规律，进而达到认识现代中国的目的。

二　武侠符号：被遮蔽的幻想性

"武侠"本质上是幻想符号。关于"武侠"符号的理解，首先要从它在 20 世纪中国的始发形式即武侠小说谈起。

小说是文学性的虚构叙述艺术。它虚构的世界（fictional world）是与我们的生存世界即真实世界（real world）有差异又有叠合的可能世界（possible worlds）①，"虚构"的程度与"叠合"的程度密切相关。现实主义小说虚构的世界里，可能世界与真实世界叠合点多，拟真程度强，故有"现实主义"之称；相比之下，幻想小说虚构的世界拟真程度低，往往显得"荒诞不经"。

20 世纪中国武侠小说所构造的世界，与现实世界的叠合点非常之少。可以说，侠客"神话"注定只能在现代中国才能实现，因为"侠客"在"现实"中已不再可能。这从以下若干重要形式要素即可看出：

其一，半民间半官方的江湖世界的幻设。

_____

① "可能世界"（possible world）的概念最早由 17 世纪德国哲学家莱布尼茨（G. W. Leibniz）提出。他认为有无穷多的"世界"作为上帝的思维而存在，现实世界是其中被上帝选中的最丰富与完美的一个，其余是"可能被选中而行得通的世界"（ways that the actual world might be but not）。在此基础上，20 世纪逻辑学家卡尔纳普（Rudolf Carnap）、克里普克（S. A. Kripke）等由此深化而建立了可能世界语义学，以此测验"反事实陈述的真值"。自 70 年代以来，可能世界语义学逐渐又为文学理论所改造借用，主要用以探讨叙述虚构问题，如虚构世界与现实世界之间的关系问题等。

刘若愚 1967 年出版的《中国之侠》（*The Chinese Knight-Errant*）早已阐明这个观点。尽管他将"侠"译为"Knight-Errant"（游荡的骑士），但即使同为侠义叙述，中西方之"侠"也存在巨大差异：欧洲骑士（Knight）形成了一个特定的阶层，且是社会的支柱，更有宗教约束；而中国之侠（Knight-Errant）来自不同的社会阶层，无任何宗教信仰，是社会的破坏力量①。正因为中国始终没有形成叫作"侠客"的稳定社会阶层或集团，所以中国武侠小说与此前的侠客叙述都可以虚设一个"江湖世界"，供文人武官、和尚道士、皇亲贵族以至聂隐娘、红线、练霓裳等女中豪杰浪迹其中充任侠客。

其二，非近代的古典中国时空圈定。

20 世纪前的中国文化文类等级森严，史书是中国文化的最高文本类型，文类等级低的小说叙述均有"慕史"倾向②。侠义小说叙述更是模拟史书，多做出忠实记录实人实事之状；武侠小说叙述则首先将时间设定于"非当下"，表明它的"江湖"幻设意图。

唐传奇中的侠客题材作品如《虬髯客》、《聂隐娘》、《红线》、《昆仑奴》、《谢小娥传》等，莫不有明确的时间标志，表明是唐人写唐事。晚清小说《儿女英雄传》是满洲镶红旗费莫氏文康描写的康雍盛世八旗故事。《施公案》写的是康熙年间的清官施世纶，其《序》云："采其实事数十条，表而出之，使天下后世知施公之为人，且使为官者知以施公为法也。"③

20 世纪武侠小说固然有平江不肖生《近代侠义英雄传》、文公直《碧血丹心大侠传》、梁羽生《龙虎斗京华》与《草莽龙蛇传》等记录"实事"的作品，但大多数将时间确定在中国的"现代"之前，却又是避开"当时现实"的"伪历史小说"。金庸小说的武侠世界，几乎全部定位在 17 世纪之前的中国，大部分在明清，部分在宋元。台湾除独孤红之外，小说背景大多设在明清，卧龙生、诸葛青云、上官鼎则刻意模糊了

---

① ［美］刘若愚：《中国之侠》，周清霖、唐发铙译，上海三联书店 1991 年版，第 193—208 页。
② 赵毅衡：《苦恼的叙述者：中国小说的叙述形式与中国文化》，北京十月文艺出版社1994 年版，第 224—225 页。
③ 佚名：《施公案》，宝文堂书店 1982 年版，第 2 页。

所写故事发生的年代。"求新求变求突破"之后的古龙，故事时间更可以是现代之前的任何某月某日。在 21 世纪，这种历史时间的处理方式更进一步发展成为"架空历史"①。这样，一来如同有学者所言："武侠小说如果要写历史，必然是'戏说历史'，与其戏说，还不如从具体的历史中超脱出来，表现一种更为抽象的历史意识，亦即对民族传统文化的回顾与反思"②；二来不说时代，罔顾历史，便可以尽情幻设。

其三，非热兵器的可修得神功设想。

20 世纪前的侠义小说中侠客都使用"当时"兵器，武侠小说却只能避开 20 世纪兵器。

侠义小说热衷于能够展现个人能量与英雄气的冷兵器，欧洲骑士小说、英国罗宾汉故事、美国牛仔小说、日本剑侠小说莫不如此。中国的唐传奇、宋元豪侠话本、明清侠义公案小说等，都是在冷兵器时代写冷兵器故事，即使《七剑十三侠》、《仙侠五花剑》中的仙佛式侠客所用的杀人千里之外的法术，也都靠飞剑法宝来完成。

20 世纪的热兵器提供远距离优势，好比用"暗器"，毕竟算不得英雄，个体的格斗能力也难以体现。武侠小说只能避开 20 世纪的现代文明，在"非现实"的刀剑世界落脚。20—40 年代的旧武侠小说自不必说，"二战"后出现的新武侠小说亦是如此。金庸小说里固然常写到炸药，但用法简单，相当于土炮。《笑傲江湖》中带定时装置的炸药，最后没有用上；而写到西洋大炮的《鹿鼎记》，却是金庸"反武侠"的封笔之作。古龙 70 多部武侠小说，武器最有名的莫过于"小李飞刀"；唯一一部写大都市黑帮与枪手的动作小说《绝不低头》，其主人公黑豹的兵器却是一串可以用作飞镖的钥匙。尽管有些冷兵器大多具有类似于热兵器的能力，如段誉"六脉神剑"的威力似乎不亚于现代激光，但其形式依然是避开 20 世纪"现实"的冷兵器。

其四，非官方的暴力正义伸张的热望。

---

① 韩云波：《文明架空历史的"大幻想"展示：以燕垒生奇幻武侠文学为例》，《重庆三峡学院学报》2009 年第 1 期。

② 吕进、韩云波：《金庸"反武侠"与武侠小说的文类命运》，《文艺研究》2002 年第 2 期。

20 世纪前的侠客小说，"江湖"依然笼罩在"庙堂"之下，暴力权力未"下放"至民间。明清侠义公案小说，终归统摄、服务于"一大僚"，民间的个人英雄气质难以彰显，如展昭的并不满意被封"御猫"一事："兄台再休提那封职。小弟其实不愿意。似乎你我兄弟疏散惯了，寻山觅水，何等的潇洒。今一旦为官羁绊，反觉心中不能畅快，实实出于不得已也。"（《七侠五义》第二十九回　丁兆蕙茶铺偷郑新　展熊飞湖亭会周老）金圣叹删去原《水浒》七十一回以后的章节，变第一回为楔子，成为七十回本，且另造了一个"惊噩梦"的结局，即卢俊义梦见知州"嵇叔夜"击溃梁山队伍，并杀绝起义者一百〇八人，被鲁迅评价为："单是截去《水浒》的后小半，梦想有一个'嵇叔夜'来杀尽宋江们，也就昏庸得可以。虽说因为痛恨流寇的缘故，但他是究竟近于官绅的。"① 所以侠客叙述在 20 世纪前的中国，仍然难脱现实。

20 世纪的武侠小说，推重个人英雄，组织私人社团，实行民间正义，与"庙堂"渐行渐远。在武侠小说从不避开的"复仇"叙述模式里，江湖的恩怨仇杀，家国意识淡化，民间色彩上升。且不说"是本分，是侠之小者"式的行侠仗义、济人困厄，即使涉及"反清复明"、夷夏之争、反抗异族侵略等主题，捍卫民族大义的"为国为民，侠之大者"也大多出于纯民间的个人自发行为，金庸《射雕英雄传》中守襄阳之役，当时襄阳有最高长官吕文德，郭靖助守襄阳，非受朝廷委托，身处幕后却是真正的主角。在喜欢将历史背景引入武侠小说的朱贞木、梁羽生等人笔下，也都莫不如此。于是，不难理解何以当侠客企图与现实并轨的时候，也就是侠客开始落落寡合于平庸人间的开始。早先有《儒林外史》以伪侠张铁臂以及凤四老爹（以侠客甘凤池为原型）、萧云仙等"现实"中不得志的侠客，解构了其中明清侠义小说中的诗性叙事。

综上所述，20 世纪武侠小说的核心形式因素——半政治半民间的江湖世界的幻设，历史时空设定，武器使用的非"现实"，暴力权力民间化的实现——定位了武侠小说的幻想性质。"侠客"在 20 世纪的中国"现

---

① 鲁迅：《南腔北调集》，人民文学出版社 1973 年版，第 94 页。

实"即现代文明中，已经没有现实的社会活动空间，符号对象不在场，便可以天马行空地幻想，以此充分展示侠客神话。由此反观，也可以解释下述现象：1923 年，平江不肖生旨在以近在眼前的"事实"表现爱国主义精神的新型武侠小说《近代侠义英雄传》，并未受到应有的欢迎。反倒是《江湖奇侠传》将时间抛向"反清复明"，方便了武侠民间性和江湖化回归的进行，才掀起了武侠小说阅读的狂潮，成为平江不肖生武侠小说的代表作，这便不是一个简单的意外了。

　　返回上文的问题，事实上，武侠小说的不在场幻想，始终贯穿于包括武侠影视、动漫以及角色扮演类游戏等在内的诸"武侠"符号中。而正是"武侠"的这种幻想性，决定了它要在 20 世纪的现代中国经历艰难抉择。

三　武侠幻想与"现代化"的元语言动制分源

　　"武侠"叙述的符号发送者从各种可能世界（possible worlds）与真实世界（real world）的关联中选择了其中一种，组成"武侠"幻想世界，其选择必然卷入一种"因果—伦理"解释，可以通过对武侠的意义解释来推动历史。

　　历史中的人们往往通过意义解释来推动历史，形成"符号动因"。同时，历史的进程超出任何单一原因，文化的某些部分提供动力，另一部分却会提供制约，即使两种元语言相反而形成"阐释漩涡"，合起来依然形成有效解释，赵毅衡将这种元语言"阐释漩涡"历史表意局面称为"动制分源"①。

　　丹尼尔·贝尔在《资本主义文化矛盾》中明确指出："社会不是统一的，而是分裂的。它的不同领域各有不同模式，按照不同的节奏变化，并且由不同的，甚至相反方向的轴心原则加以调节。"他将"现代社会"分成三个服从于不同轴心原则的"特殊领域"：经济—技术、政治、文化。经济—技术领域"轴心原则是功能理性"，"其中含义是进步"。而文

---

①　赵毅衡：《符号学原理与推演》，南京大学出版社 2011 年版，第 398 页。

化领域则不同，丹尼尔·贝尔同意卡西尔的定义，文化是"符号领域"，谈不上"进步"，文化"始终有一种回跃，不断回到人类生存痛苦的老问题上去"。政治领域则调节二者之间的冲突。社会是"经济—文化复合体系"，但经济和文化"没有相互锁合的必要"①。这表明，社会生产活动作为符号表意，对象是经济，解释项是文化。在生产力持续推进，尤其是在现代化继续发展之时，必定会存在着两套元语言对社会生产进行解读。

20 世纪中国随着资本主义价值的输入，开始了现代化的起飞。动力价值来自国外，本民族"传统主义"却在起着制动作用。侠客叙述转变为以幻想为本质的"武侠"叙述，与 20 世纪中国文化中的元语言"动制分源"密切相关。

武侠小说研究者韩云波教授在论及武侠小说发展的"动力机制"时说："20 世纪中国武侠小说取得重大成就的内部动力机制，我称之为'反武侠'，它以不断自我否定的辩证运动，构成了对武侠核心元素社会功能与人文意义的不断调整，以新的武侠人文内涵与向着现代性靠近的形式因素，共同构成了'一场静悄悄的文学革命'。"② 他将武侠小说在 20 世纪中国取得的重大成就归因于不断向"现代性"靠拢的"反武侠"运动。正如我们所了解的，"现代性"体现为两种潮流：一种是启蒙主义经过工业革命所表现出的政治、经济等层面的"理性化"过程；另一种是伴随工业文明的发展而产生的一种新的反叛的美学经验与理想。二者共同构建现代文化，而后者是对前者的反动。那么，武侠小说在 20 世纪中国的成就，何以取决于其向"现代性"的靠拢？

20 世纪现代中国在喧嚣的革命与战争之下，掩藏着的一直是现代化的主题。从 19 世纪下半期的洋务运动开始，无论是中体西用还是西体中用，都体现了中国人的现代化努力。急欲实现"现代化"的 20 世

---

① ［美］丹尼尔·贝尔：《资本主义文化矛盾》，赵一凡、蒲隆、任晓晋译，上海三联书店 1989 年版，第 56—60 页。

② 韩云波：《"反武侠"与百年武侠小说的文学史思考》，《山西大学学报》（哲学社会科学版）2004 年第 1 期。

纪中国，精英知识分子固然可以或推动或紧追其步伐，但无疑也还存在着一群被"现代化"序列抛下的人，没有社会地位，没有经济基础，也缺乏文化知识。这些活动于社会下层的中青年男性，最终成了武侠文学以及其他武侠艺术的主要接受群体。无论是《史记·游侠列传》所说的"以中材而涉乱世之末流"因而寄希望于侠客的"赴士之厄困"，还是鲁迅所说的"揄扬勇侠，赞美粗豪"的侠义小说"为市井细民写心"①，对 20 世纪现代中国的这群读者来说，又当别有新意。因为"武侠"符号的幻想性，赋予这群读者的是一种可以补足"现实"缺失的符号行为。

相比于欧洲中世纪骑士文学的主流地位，重在幻想中体现暴力权力民间化的武侠叙述，它建构的是一个秩序之外的"江湖"世界：以"武"之个体性能力支配他者，以"侠"之社会性能量使他者臣服。可以说，武侠叙述在更大程度上是在为中国青年男性提供一个幻想世界，性别立场明确，受众意图清晰，这从大多数武侠文学与艺术的命名或者创作者笔名即可窥见一斑。更进一步说，这个专为男性打造的幻想艺术，使他们得到精神上的自我想象性抚慰，其言说方式提供的是一个"中国式"侠客不断寻觅与确定命名的过程。

具体而言，"武侠"的这场幻想盛宴，一直在提供着与 20 世纪中国"现代化"元语言背道而驰的另一套元语言，二者至少在下述十个方面相对立，如表 1 所示：

表1　　　　　　"武侠"与"现代化"的元语言"动制分源"

序号	"现代化"元语言	"武侠"幻想元语言
1	注重物质	标举精神
2	信赖科技	依靠神功
3	发展热兵器	坚守冷兵器
4	推举集团与阶级	任随个人
5	形成政党	私人社团

---

① 鲁迅：《鲁迅全集》第 9 卷，人民文学出版社 1973 年版，第 432 页。

序号	"现代化"元语言	"武侠"幻想元语言
6	儒家内圣外王	实行民间正义
7	法律约束下的成功	可以佛道超越
8	重视效率	讲究人际公正
9	解决现实问题	不切实际的幻想
10	实现"前进"需求	满足下层"反动"需要

诚如赵毅衡从金庸武侠小说中解析出中国人的三大"民族共识",即"以不为为至境"、"以容忍为善择"、"以适度为标准"[①],三者都旨归于"退一步"。尽管"江湖世界"编织的还是重返等级秩序的阶梯,却更渲染种种逃避,显示出这是一种"被动的确认"。幸福就是从庙堂退到江湖,再从江湖退到江湖之外,过简单的生活。"退"而得超度的世俗结果,是抚慰所有平庸的人,因为他们正享受着这种"自觉"的幸福。

20世纪急于走向"现代化"的中国,随着资本主义价值输入而带来的动力价值,引起本民族传统的制动作用。"现代化"元语言的"急起直追"式符号推动作用,遭遇"精武救国"式武侠元语言在退守中的牵制,这使得满足幻想的"武侠"与解决现实问题的"现代化"要求之间,形成强烈的"动制分源"。这种"动制分源",正是武侠文学与艺术在20世纪中国发展一波三折的根本原因。

也就是说,解析"武侠"幻想符号与20世纪"现代化"要求的"动制分源",关于武侠文学与艺术百年流变的许多复杂讨论,就可以迎刃而解。由此,本文意图立足于"武侠"符号鲜有人在意的、在"现代化"语境下的"反动"(即逆现代化动力性潮流)精神,探讨这现代中国最大的幻想符号发生发展的内涵,借此揭开覆盖在"武侠"符号之上的属于现代中国的隐秘。

四　动制分源的两套元语言笼罩下的20世纪武侠符号批评史

综观20世纪关于"武侠"符号的批评与研究,其核心大多都与武侠

---

① 赵毅衡:《意不尽言——文学的形式—文化论》,南京大学出版社2009年版,第157页。

符号的"幻想"特性，以及武侠幻想的"退守"式元语言对现代化"进取"式元语言的"反动"（即逆现代化潮流而动）有关。但迄今为止的大量研究，始终局限于史料的整理与描述，未有对这一至关重要的文化现象进行文化的剖析。

自 30 年代启蒙精英对"武侠"的批评开始，精英意识以及与"现代化"相关的一系列关键词，就总是隐现于各种现象演绎与理论归纳之中。1931 年，瞿秋白在《吉诃德的时代》中指出"中国人的脑筋里是剑仙在统治着"，并认为这是由"武侠小说连环图画满天飞"所致①；他又在《普洛大众文艺的现实问题》中指出"当前的斗争任务是：反对武侠主义，反对民族主义"，认为豪绅资产阶级的"大众文艺"建构的是使人们于幻想中忘却现实斗争的武侠剑仙式迷梦，不利于阶级斗争和抗日局势的发展②；1932 年，他更借批评茅盾小说《三人行》中做着虚幻可笑侠客梦的没落贵族子弟，指出在当时中国"的确有些妨碍着群众的阶级的动员和斗争，在群众之中散布一些等待主义——等待英雄好汉。这是应当暴露的"③。

1932 年，郑振铎在《论武侠小说》中指出，武侠小说的流行"这种现象实在不是小事件。大一点说，关系我们民族的运命；近一点说，关系无量数第二代青年们的思想的轨辙……更充分的足以麻醉了无数的最可爱的青年们的头脑"，"宽慰了自己无希望的反抗的心理"，认为"扫荡了一切倒流的谬误的武侠思想便是这个新的启蒙运动所要第一件努力的事"④。

1933 年，茅盾的《封建的小市民文艺》一文再次将批判矛头指向 30 年代的武侠热，将这种"非科学的神怪的武技"定性为"封建的小市民文艺"，使其"从书页上和银幕上得到了'过屠门而大嚼'的满足"⑤。徐国桢的《还珠楼主论》也写道："许多人对还珠楼主表示憎恨，因为他

---

① 瞿秋白：《瞿秋白文集：文学编》第 1 卷，人民文学出版社 1985 年版，第 376—377 页。
② 同上书，第 473 页。
③ 同上书，第 449 页。
④ 郑振铎：《中国文学研究》下册，人民文学出版社 2000 年版，第 333—337 页。
⑤ 茅盾：《封建的小市民文艺》，《东方杂志》1933 年第 30 卷第 3 号。

以写神怪小说为'绝技',而神怪小说,据许多人说,是有毒的。"① 事实上,启蒙知识分子对武侠小说、电影、漫画的批评,可归结于"非科学"、"无希望的反抗"、"等待主义"等显见的关键词,立意于倡导与此相对的、符合启蒙、行动与现实的新文艺。这场批评的热潮,始终围绕武侠幻想与"现代化"这两套动制分源的元语言而展开。

而在"武侠"类文学与艺术被查禁十多年后的20世纪70年代末,港台武侠小说开始进入内地。此时"急进"的"现代化"行为已开始引起文化界的反思,武侠小说与"现代化"背道而驰的幻想性抚慰式符号功能,使其再次进入知识分子的阅读与批评视野。

1994年北京大学授予武侠小说家金庸名誉教授称号,北京大学严家炎教授发表贺词《一场静悄悄的文学革命》,指认金庸武侠小说"这是另一场文学革命,是一场静悄悄地进行着的革命"②。自此,对武侠小说的全面"翻牌"正式开始,其中包括对30年代武侠小说批评的反思,如韩云波认为不能"简单地以'封建小市民'来否认其价值",以免"陷入另一种偏激"③ 等。与此同时,坚持精英立场的反对的声音亦同时在场,一向对武侠小说持否定态度的袁良骏即认为:"让五四新文学与'鸳鸯蝴蝶派的旧武侠、旧言情小说'比翼双飞,纯粹是异想天开,也是对五四新文学极大的亵渎。"④

有趣的是,各执一词的研究者却能在相反的一端相互呼应。在范伯群主编的《中国近现代通俗文学史》中,有这样的表述:"将放弃把武侠小说纳入现实主义价值体系的任何尝试……武侠小说这一类型与现实主义的批评体系在根本上就是抵触的。"⑤ 谢桃坊认为:武侠小说"幻想以个人或团伙的暴力方式与社会、国家、民族和群众对立起来,蔑视和否

① 徐国桢:《还珠楼主论》,正气书局1949年版,第32页。
② 严家炎:《金庸小说论稿》,北京大学出版社1999年版,第213页。
③ 韩云波:《改良主题·浪漫情怀·人性切关——中国现代通俗小说主潮演进论》,《江汉论坛》2002年第10期。
④ 袁良骏:《民国武侠小说的泛滥与〈武侠党会编〉的误评误导》,《齐鲁学刊》2003年第6期。
⑤ 范伯群主编:《中国近现代通俗文学史》上册,江苏教育出版社1999年版,第443—444页。

定现代文明，错误地指出一条抗争的歧途，反映了现代中国人尚缺乏现代意识而沉溺于荒唐怪诞的梦幻之中"①，武侠小说幻想是对20世纪的"现实"即"现代文明"的反动。

从以上可以大致看出，自30年代开始的对武侠小说的文化属性及社会功能批评，由此延伸至20世纪末，或关于武侠小说与"现实主义"问题的讨论，或基于"雅俗"立场对武侠小说的热捧与批判，究其根底，始终是武侠与"现代化"这两套元语言的"动制分源"所致。

五　小结

解析武侠小说与20世纪"现代化"要求的"动制分源"，关于武侠小说百年流变的许多复杂讨论，就可以迎刃而解了。

"为市井细民写心"的幻想文学——武侠小说，提供了对现代化的背离式语言，这个背离从幻想性的武侠小说在20世纪中国的现代发生之时就开始了，只是一百多年来，无论是否定还是肯定，学界始终漠视这种背离的历史意义以及对立双方互相的角色平衡。2006年，陶东风批判从武侠小说发展而来的玄幻小说为"装神弄鬼"，或许正是对此提出警醒。该文深究玄幻小说流行的文化原因为："以犬儒主义和虚无主义为内核的一种想象力的畸形发挥，是人类的创造能量在现实中不可能得到实现、同时也没有正确的价值观引导的情况下的一种疯疯癫癫状态。……在一个现实溃烂，未来渺茫的时代，在人们因为长期失望而干脆不抱希望的时代，在一个因为价值世界长期颠倒以至于人们干脆不知道什么是正确的价值，彻底丧失了价值缺失的痛苦的时代，犬儒主义就会以一种装神弄鬼的方式表现出来。让我们严肃地思考一下吧：我们已经进入了这样的时代么？"②

---

① 谢桃坊：《蒙昧的幻想与抗争的歧途——评现代武侠小说》，《社会科学研究》1997年第3期。
② 陶东风：《中国文学已经进入装神弄鬼时代？——由"玄幻小说"引发的一点联想》，《当代文坛》2006年第5期。

　　这个关于已经进入什么样的时代的提问，或许是我们都无法逃避的问题：作为一种边缘文类、与"现代化"元语言相背离的武侠小说，在20 世纪中国历经坎坷乃至在 20 世纪 90 年代升温到"文学经典"的高度，是否昭示着中国叙事艺术越来越脱离现实的幻想化？

出版机制、阅读伦理与武侠发行神话

所有符号文本，都是文本与伴随文本的结合体。武侠小说及其相关影视，一直拥有非常高的市场号召力①，其"伴随文本"功不可没。

赵毅衡认为，伴随文本是文本与文化签订的阅读契约的记号：它们呈现在文本外，如书名、电影名；或隐现于文本内，如体裁。为将其讨论清晰，他更进一步对整个伴随文本现象重新分类和命名为包括副文本（书名、作者名、出版社）和型文本（体裁、同一出版社）的显性伴随文本，包括前文本（引文、典故）、同时文本（如《杜伊诺哀歌》十年写作中的众多影响因素）的生成性伴随文本，以及元文本（评论、新闻）、链文本（如由电影《梅兰芳》链接到《莫扎特》）、先后文本（影视改编、恶搞、戏仿）在内的解释性伴随文本。② 而这三种伴随文本，均与武侠体裁的"发行"神话过从甚密：

其一，从显性伴随文本而言，武侠小说及影视的接受者，往往受作者名字、出版社、演员、导演等影响。

台湾地区武侠小说出版，是由专门的出版社运作，真善美、春秋、大美、四维、海光、明祥—新星、清华—新台及南琪店"八大书系"是

---

① 郑逸梅描述民国的武侠阅读市场："近年来小说更如雨后春笋，陆续出版，读者们大都喜欢读武侠小说，据友人熟知图书馆情形的说，那个付诸劫灰的东方图书馆中，备有不肖生的江湖奇侠传，阅的人多，不久便书页破烂，字迹模糊，不能再阅了，由馆中再备一部，但是不久又破烂模糊了。所以直到'一二·八'之役，这部书已购到十有四次。武侠小说的吸引力，多么可惊咧。"（参见郑逸梅《武侠小说的通病》，芮和师、范伯群编《鸳鸯蝴蝶派文学资料》上册，福建人民出版社1984年版，第135页）

② 赵毅衡：《符号学原理与推演》，南京大学出版社2011年版，第141—150页。

其中最为著名的。而真善美出版社，不仅是台湾最早的专业武侠出版社，对武侠作品的印刷、装订以及作品质量向来为武侠受众认可，而且台湾最负盛名的武侠小说家司马翎、古龙、上官鼎等，皆由真善美一手栽培出来。此外还有专门性的武侠杂志《武艺》、《武侠世界》、《武侠春秋》、《历史与武侠》等基本上都是在香港创刊。在武侠小说的受众看来，这些出版社与杂志推出的武侠作品在质量上是有保证的。

而影视作品中，著名的武打明星李小龙、成龙、李连杰与甄子丹；著名的动作片导演张彻、楚原、吴宇森、李安、张纪中；著名的武指袁和平、元奎、程小东等，他们提供将影视中的角色式虚构事件与现实生活中明星"半真实"事件，进行相互转换的能力，极大地影响着武侠影视的票房。

其二，就生成性伴随文本而言，中国的侠文化是武侠小说、影视的前文本。对侠的英雄主义崇拜，使其易于接受各种形式的武侠叙述。

其三，就解释性伴随文本而言，小说与影视、漫画之间的改编，可以制造武侠作品的阅读热潮。

以下即针对武侠小说、影视伴随文本，对武侠小说、影视的出版发行的影响，做深入分析。

一 "非武侠不收，非武侠不刊"：型文本的"笑傲江湖"

20世纪20年代的中国通俗文学写作者，一边写作着通俗小说，一边也在发现着通俗小说。在写作通俗小说的时候，写作者意识到这是一种会被众多受众阅读的文字；正因此认知，写作者又会竭力去追逐：当下的受众究竟需要何种样式的通俗作品。如此便迎来了关于武侠小说问世的一次大胆尝试。细心检阅通俗作家兼文学编辑包天笑在《钏影楼回忆录》，在其中一段叙述中不难有如上发现：

> 《留东外史》……出版后，销数大佳，于是海上同文，知有平江不肖生其人……我要他在《星期》上写文字，他就答应写了一个《留东外史补》，还有一种《猎人偶记》。……后来为世界书局的老板

沈子方所知道了，他问我道："你从何处掘出了这个宝藏者。"于是他极力去挖取向恺然给世界书局写小说，稿资特别丰厚。但是他不要像《留东外史》那种材料。而要他写剑仙侠士之类的一流传奇小说，这不能不说是一种生意眼。那个时候，上海的所谓言情小说、恋爱小说，人家已经看得腻了，势必要换换口味……以向君的多才多艺，于是《江湖奇侠传》一集、二集……层出不穷，开上海武侠小说的先河。①

　　这段文字不仅揭开向恺然从写社会小说转向写武侠小说的缘由，也暗示了后来武侠小说的写作者趋之若鹜的物质原因：出版商的"生意眼"一直是其中的关键点。

　　如此挑弄 20 世纪武侠小说的发轫，似乎难免有几分尴尬。但在 20 世纪 20—40 年代上海、天津等出版业的巨大关系网络中，武侠小说的倏忽起落确实与整个阅读市场有紧密关联。在 20 世纪 30 年代对武侠小说的批判中，就有论者曾指认其"作者—读者—出版者"都受制于"生意经"的三角循环律②。此一时期，据郑逸梅称：书商"非武侠不收，非武侠不刊"③。职业作者大多需要依靠小说写作转化为直接生活资料，对书商为代表的读者阅读口味极为倚重。即使是言情小说名家，诸如写作《賈玉怨》、《香闺春梦》、《茜窗泪影》的李定夷，也闯荡江湖写起《僧道奇侠》、《尘海英雄》；化名梅倩女史写言情的顾明道，"自向恺然《江湖奇侠传》引起轰动之后，报刊编者和出版商均热心于武侠一途，顾明道为适应这一潮流，便也改弦易辙，于 1923 至 1924 年在《侦探世界》杂志发表武侠小说"④；而言情小说大家张恨水的《啼笑因缘》更遭遇被迫添角事件："报社方面根据一贯的作风，怕我这里面没有豪侠人物，会对读

---

① 包天笑：《钏影楼回忆录》，中国大百科全书出版社 2009 年版，第 139 页。
② 说话人：《说话（九）》，《珊瑚》1933 年第 21 号。
③ 郑逸梅：《武侠小说的通病》，芮和师、范伯群编《鸳鸯蝴蝶派文学资料》上册，福建人民出版社 1984 年版，第 135 页。
④ 张赣生：《民国通俗小说论稿》，重庆出版社 1991 年版，第 147 页。

者减少吸引力，再三地请我写两位侠客。"① 此种诱惑，推动了武侠小说这个类型文本的"笑傲江湖"。

尽管我们没有权利因质量"鄙俗低劣"的武侠小说的流行，对中国小说甚至文学的未来发展做某些估量，但反观这一景况，我们可以肯定的是，在平江不肖生、还珠楼主、顾明道、宫白羽、王度庐那里产生过动人力量的武侠修辞，之所以动人，必定因为它们有着和它们相互冲撞出强烈张力的语境。

比如，不同类型的文学声场在文学场中的"占位"之争。此一时期，不同的文学力量都在为维护或改变资本分配的现状，从而维护或改变自身的位置而斗争。根据皮埃尔·布迪厄的社会学分析："相对自主的文学场，让位给一种颠倒的经济，这种经济以它特有的逻辑，建立在象征性财富的本质上，象征性财富是具有两面性即商品和意义的现实，其特有的象征价值和商品价值是相对独立的。专业化导致一种专门供市场之用的文化产品的出现，且导致了一种作为对立面的、供象征性的据为己有之用的'纯'作品的出现。"② 在这个专业化过程中，作为文化生产机构的生产者们会根据市场明确的或潜在的客观和主观需要，在象征性财富的两条界限之间进行分配。朱光潜所指认的："在现代中国，一个有势力的文学刊物比一个大学的影响还要更广大，更深长"③，即根源于此。

20世纪20年代之前，新文学和通俗文学二者的运作方式有很大不同：一方主要在学院内，一方在出版界。自1921年，《小说月报》被茅盾大刀阔斧的革新，以及与文学研究会的联合，便将新文学与通俗文学同时纳入报刊媒介这一关系网络中，带来多维关系的互动，影响着20世纪20年代及之后的文坛。在新文学积累象征资本的同时，为突围新文学带来的压力、市场经济商业利润和市民消闲文化需求的

---

① 张恨水：《写作生涯回忆》，《新闻与传播研究》1981年第1期。

② ［法］皮埃尔·布迪厄：《艺术的法则》，刘晖译，中央编译出版社2001年版，第174—175页。

③ 朱光潜：《我与文学及其他》，安徽教育出版社1996年版，第91页。

共同作用下，消闲文学充分利用它所身处的现实基础。当时许多大出版社都推出杂志①，消费群体锚定城市市民。读者面广销售量大的武侠小说体裁，自平江不肖生《江湖奇侠传》的热销之后，成为各种通俗报纸杂志争抢的文学体裁。

此上所述，或许可以一言以蔽之曰，刊物之力也。

二　出版机制、阅读伦理与金庸小说的"经典化"

进入金庸武侠小说"经典化"这个20世纪文化的独特论题，金庸小说从流行乃至被推上"经典"这一时期的阅读境况以及出版机制，不能不谈。

对经典的规范，标准各异却有其公约性。或 T. S. 艾略特的"成熟"标准，或博尔赫斯的"读者"标准，或布鲁姆的"重读"标准，或卡尔维诺的"记忆"标准，基本都将"经典"锚定在两个元素：普遍性与无法耗尽性。综观金庸武侠的"发行"与研究状况，它或许可被视为"准经典"：不仅被翻译成多国语言，15部作品被反复改编成影视剧、动漫以及各种电脑游戏，而且关于金庸武侠的研究一度掀起热潮，曾经有"金学研究"② 之称。《鹿鼎记》的英文译者闵福德（John Minford）甚至从译者的角度对《鹿鼎记》和《红楼梦》做出比较，他认为，翻译《鹿鼎记》比他曾参与的《红楼梦》的翻译工作更困难，因为《红楼梦》具有全球性，而《鹿鼎记》却"植根于中国传统"。③ 按照艾略特所指的第二

---

① 当时，上海福州路书局不下20家，纷纷推出自己的杂志，如商务印书馆推出《小说月报》、中华书局推出《中华小说界》、扫叶山房推出《文艺杂志》、世界书局推出《红杂志》等等。

② 1980年，台湾远景出版社取得金庸小说版权后，出版了一系列由沈登恩主编的"金学研究丛书"，由旗下著名作家分别评论金庸小说，分别有五集《诸子百家看金庸》（三毛、董千里、罗龙治、林燕妮、翁灵文、杜南发等）、杨兴安的《漫谈金庸笔下世界》及《续谈金庸笔下世界》，温瑞安的《谈笑傲江湖》、《析雪山飞狐与鸳鸯刀》和《天龙八部欣赏举隅》以及《情之探索与神雕侠侣》（陈沛然）、《读金庸偶得》（舒国治）、《金庸的武侠世界》（苏墱基）、《话说金庸》（潘国森）及《通宵达旦读金庸》（薛兴国）等，其中倪匡写的《我看金庸小说》大受欢迎，"一看"、"再看"直到"五看"才告一段落。

③ ［法］闵福德：《功夫的翻译，翻译的功夫》（The Question of Reception：Martial Arts Fiction in English Translation），《英译武侠小说：读者反应与回响》，香港岭南学院文学与翻译研究中心1997年版，第1—40页。《鹿鼎记》英文名 *The Deer and the Cauldron*，牛津大学出版社于1997年和2000年分别出版第一部、第二部。

种经典作品（"那种相对于本国语言中其他文学而言的经典作品"①）的标准，如果允许夸张一点来理解闵福德的对比，那么《鹿鼎记》在中国传统语言或思维的操作上，甚至有超过《红楼梦》之嫌。

而返回到金庸武侠的出版与阅读境况，将呈现一个有意味的现象。金庸武侠在 20 世纪 70 年代末的统战背景中进入大陆，主要通过两种"出版"途径流行：

其一，盗版。金庸在"三联版"序中写道："出版的过程很奇怪，不论在香港、台湾、海外地区，还是中国大陆，都是先出各种各样翻版盗印本，然后再出版经我校订、授权的正版本。在中国大陆，在这次'三联版'出版之前，只有天津百花文艺出版社一家，是经我授权而出版了《书剑恩仇录》。"② 金庸武侠的盗版在 1985 年达到高峰，15 部皆得以和大陆读者见面，而且多部作品同时有多个版本。

其二，地方报纸和杂志连载。金庸的《射雕英雄传》在 1980 年之初由广州《武林》杂志开始连载，这是武侠小说首次正式进入内地，但这次连载仅在第四回便中途夭折，原因正在于"盗版书籍后来居上，读者可以一气呵成尽览《射雕英雄传》"③。

尽管"捍卫经典已经不能由中心体制的力量来强制执行了，也不能由必修课来延续"④，但经典的形成却无法与"体制"无关。上述金庸武侠的流行方式，使它在民间成为阅读"神话"，但在文化中心，它依然处于一种匿名或无名的状态。因此，具体到金庸武侠准经典地位的界定，研究者一般会以文化中心体制对金庸武侠的关注为讨论基点。比如学院化认同⑤，比如权威出版社的青睐。其中，生活·读书·新知三联书店在

---

① ［英］T. S. 艾略特：《艾略特诗学文集》，王恩衷编译，国际文化出版公司 1989 年版，第 186 页。

② 金庸：《金庸作品集"三联版"序》，《读书》1994 年第 3 期。

③ 宋伟杰：《从娱乐行为到乌托邦冲动：金庸小说再解读》，江苏人民出版社 1999 年版，第 35 页。

④ Frank Kermode, *Forms of Attention*, Chicago：U of Chicago, 1985, p. 19.

⑤ 20 世纪 90 年代北京大学成为金庸武侠研究的重镇。1994 年王一川的"颠覆教科书"尝试：主编《二十世纪中国文学大师文库·小说卷》时，将金庸列于鲁迅、沈从文、巴金之后，老舍、郁达夫、张爱玲之前，而茅盾则落选。而谢冕和钱理群主编《中国百年文学经典》，则将金庸的《射雕英雄传》录入"经典"之中。

1994 年隆重推出 36 册"金庸作品全集",是金庸被奉为文学大师的可计量条件之一:"在诸多作品畅销中国大陆近 10 年之久,培养起众多武侠小说爱好者之后,金庸在这一年修得正果,被奉为文学大师。1994 年,连续发生的三件事标志着金庸登堂入室,成为殿堂级人物……三是三联书店隆重推出《金庸作品集》。"①

作为"消闲"文学,武侠小说的发表主要为报刊连载,即使出版也集中在几家专门的出版社,民国时期大陆武侠的出版集中于中原书局、世界书局等小出版社,港台地区对武侠小说的出版也相对集中,专门性的武侠杂志《武艺》、《武侠世界》、《武侠春秋》、《历史与武侠》等基本上都是在香港创刊的,台湾地区以真善美、春秋、大美、四维、海光、明祥—新星、清华—新台及南琪店等最为有名。因此,生活·读书·新知三联书店的出手,成为"武侠界"的一件"大事"。

生活·读书·新知三联书店是由 1932 年创办的生活书店、1936 年创办的读书出版社、1935 年创办的新知书店三家进步书店于 1948 年合并而成的。生活·读书·新知三联书店与上海三联、香港三联呈三足鼎立状态,它以出版人文社科图书为主,产品向来锚定中等以上文化水平的知识分子阅读群体,选题定位于"思想、文化、品位","除了显而易见的重视文化积累的特色外,另一个有别于他人的是在装帧形式上的典雅精致"②,其出版物代表着品质与品位。三联版的金庸武侠尽管定价高昂,却依然成为当时的畅销书,一版再版,两年后印数超过 50 万套。可以说,三联书店对金庸武侠的"垂青",象征着金庸武侠的价值转型,"即它已经由单纯阅读和消费价值变成经典文本才具有的收藏价值"③

在金庸武侠漫长的流行发展、解读接受,乃至"经典化"道路中,"精英"出版社生活·读书·新知三联书店的一次身体力行,成为成就金庸武侠之"名"的符号行为。

---

①　《1994 金庸武侠大师登堂入室》,《南方人物周刊》2006 年第 12 期。

②　汪耀华:《三联书店出书特色剖析》,《中国出版》1991 年第 5 期。

③　宋伟杰:《从娱乐行为到乌托邦冲动——金庸小说再解读》,江苏人民出版社 1999 年版,第 50 页。

三 谁成就了《卧虎藏龙》：小说、影视改编的"先/后文本"分析

从商业标准来衡量，《卧虎藏龙》小说和电影都是异常成功的。1996年，由哥伦比亚公司制作、李安执导的《卧虎藏龙》上映后轰动全球，不仅获得多项奥斯卡大奖，而且以小制作却在美国获得了高票房（成本一千七百万美元，总票房两亿一千三百万美元。其中，美国票房：一亿两千八百余万美元，占总票房60%；美国以外票房：八千五百余万美元，占总票房40%）。随后群众出版社向王度庐家属买下版权，出版《王度庐武侠言情小说集》（《卧虎藏龙》已出版），大陆、港、台多家出版社未经授权也相继推出经过精心包装的《卧虎藏龙》。以单部武侠小说作品而论，作为20世纪30年代武侠小说家王度庐"鹤—铁"五部曲（《鹤惊昆仑》、《宝剑金钗》、《剑气珠光》、《卧虎藏龙》、《铁骑银瓶》）中的第四部，它的知名度可与金庸武侠相提并论。2005年，选入人民教育出版社全日制高中《语文读本》的武侠小说，一部是金庸的《天龙八部》，另一部便是《卧虎藏龙》。

但事实上，小说《卧虎藏龙》起初只拥有有限范围内为数不多的读者。最初以《卧虎藏龙传》之名，1941年3月16日至1942年3月6日连载于《青岛新民报》时，因战争频发、交通阻塞，它并未产生大的影响。抗战胜利后，上海励力书局1948年开始大量印行王度庐小说①，《卧虎藏龙》不在其列。1949年后武侠小说被销禁，《卧虎藏龙》也遭遇尘封。长久以来，虽然徐斯年、叶洪生在内的多位研究者对其给予较多关注，但普通读者对《卧虎藏龙》却知之甚少。

《卧虎藏龙》流行的转折点，便是李安电影《卧虎藏龙》的成功。而"玉娇龙"故事的升温，却要早20年。早在1983年，《今古传奇》杂志在第三辑开始刊载一部名为《玉娇龙》的"长篇大书"，一问世便受到广

---

① 1948年10月1949年4月，上海励力书局出版王度庐多部小说，包括：《绣带银镖》、《冷剑凄芳》、《绮市芳葩》、《寒波玉蕊》、《宝刀飞》、《燕市侠伶》、《粉墨婵娟》、《霞梦离魂》、《灵魂之锁》、《暴雨惊鸳》、《洛阳豪客》、《洛阳豪客（续）》、《风尘四杰》、《香山女侠》、《金刚玉宝剑》。

大读者的热烈欢迎，《今古传奇》的发行量也从 41 万册飙升到 273 万册。小说标题后署"聂云岚改写"，却没有注明改写自哪部作品、原作者是谁。随后，中国文联出版社印行《玉娇龙》单行本，聂云岚名利双收。其间王度庐夫人曾与之有过书信交涉，因聂云岚的积极配合而未将此事公之于众。1998 年，四川红都公司向聂云岚的子女购买了《玉娇龙》和《春雪瓶》的影视改编权；2001 年 4 月湖北人民出版社出版署"聂云岚编著"的《玉娇龙》，这引起王度庐亲属的不满，他们认为此行为严重侵犯了自己作为《卧虎藏龙》著作权继承人的合法权益，将湖北人民出版社和新华书店图书批销中心告上了法庭。

在这一时期，《卧虎藏龙》反复成为公众关注的话题，如聂云岚之子聂嘉陵所指出的："《玉娇龙》让《卧虎藏龙》的故事传得更好，影响更大。"[①] 这些文本都可视为小说《卧虎藏龙》的附加物产品。如果说，20 世纪 30 年代的小说《卧虎藏龙传》连载单纯是一个文学现象，而到了 20 世纪 80 年代的改编官司，以及 20 世纪末李安从王度庐的小说改编成同名电影，它已经成为从多重关系中产生的合成物。然而，如果认为这些附加物只是单纯地扩展了"卧虎藏龙"文本，而没有同时重组这一文本系列并调整其中单个文本的意指功能和价值，那就错了。

通过不同的文本形式，"卧虎藏龙"被卷入不同范围的意识形态和文化行为，"玉娇龙"、"李慕白"等侠客作为形象，漂浮于文本之间并将它们连接成相互关联的文本系列的部分，目前对不同范围的意识形态和文化行为的分析，便是依据这些形象的符指作用的变化而获得。比如协调以阶级性、民族性、性别等主题为中心的一系列相互交叉的问题：或认为"20 世纪 80 年代聂云岚'改写'的小说《玉娇龙》，用'阶级观点'把刘泰保加以'拔高'"[②]；或将电影《卧虎藏龙》的获奖与传媒巨头的游戏联系起来，"《卧虎藏龙》今次成功跻身奥斯卡殿堂，据了解其实是美国电影公司的苦心经营。对美国电影公司来说，《卧虎藏龙》是好莱坞

---

① 《〈卧虎藏龙〉引发版权纠纷　王度庐家人不同意改编》，《羊城晚报》2000 年 8 月 14 日。
② 徐斯年：《生命力的飞跃和突进——评王度庐的小说〈卧虎藏龙〉》，《西南师范大学学报》2006 年第 3 期。

打入中国市场的试金石。好莱坞此次刻意经营《卧虎藏龙》，希望可以打开庞大的中国市场。因为随着中国加入世贸，中国的电影市场亦要对外开放，对他们来说这是一个机遇"①；或指出"《卧虎藏龙》充分体现了中国电影人在学习西方文化的热情中对自己传统文化的一往情深"。② 历经几十年，留有不同语境刻记的"卧虎藏龙"文本，又以不同的途径被文化地激活，复合地成就了《卧虎藏龙》。

总体来说，伴随文本可以使武侠符号意指明确化。过往的研究仅仅将标题、笔名、插图以及书评/影评，当作支撑"主要文本"分析的补充证据而援引，但事实上，在"主要文本"来到解读者面前之前，漂浮在这些伴随文本中的意义域，已经提前暗示了该如何去接近每一个这样的文本。

---

① 《〈卧虎藏龙〉是美国片商对中国市场的试金石》，中国新闻网，2001 年 3 月 27 日。
② 曾平：《现代情感的东方式演绎》，《西南民族学院学报》2001 年第 9 期。

起而行侠与坐而论侠：二十世纪
武侠小说隐含作者论

主以娱乐，杂以劝惩，是通俗小说一贯的品格。但武侠小说在 20 世纪基本进入文人独立创作阶段①，与此前侠义小说大多是文人根据说书艺人底本加工而成已有很大不同。并且，随着平江不肖生在《江湖奇侠传》（1923 年）中虚构一个自足的"江湖"世界开始，20 世纪的武侠小说主要在世事之外叩问生存的哲理，又返身成为对世相与人情的一个象征。它甚至可以被理解为：凭借个人力量，拯救这个"世界"的暴力喜好与暴力恐惧并存的乌托邦式幻想。通过将一种关于自我与世界之间关系的思辨，简化与放大为一场"内圣"与"外王"之间的纠葛，这些独立创作的武侠小说文本显示出一种准自我品格，使接收者从中拼贴出与"平民"不相重合的面孔，显示武侠小说的文本身份具有某种超越性。

一 引论：以"隐含作者"讨论武侠小说文本身份的必要性

由于受制于文体地位、市场定位等因素，武侠小说的作者个性之实，常常会有在写作中消失的错觉。从平江不肖生的《江湖奇侠传》到被誉为"武侠界最后一个大师"温瑞安的"四大名捕"系列，以及从还珠楼

---

① 赵焕亭《大侠殷一官轶事》（第 1 回）有："因作者腹稿儿虽然在这里，只是一支秃颖，也须一字字写来请教呀！诸公但欲快耳，那管作者腕折。"王度庐《卧虎藏龙》（第 5 回）中写道："著者为使头绪清楚起见，不得不将笔折回，要从三十多年以前说起。"朱贞木则直接在《虎啸龙吟》中以夫子自居，讲解起做文章的诀窍："可是在下把艾天翮历史从二十五回起，一直写到三十二回才写完。话又说回来，不是这么写，千手观音同逵地神仙早年的轶事，诸位怎会明白呢？这便是做小说的挖天扑月法。"诸如此类，已清晰指示武侠小说作者的个体身份的"充分性"，而非"整理者"式的集合人格。

主、宫白羽、王度庐，到梁羽生、金庸、古龙等的一脉演进，众多的武侠作品呈现出惊人的相似，它们仿佛出自同一作者之手。如果依从福柯的结构主义基本视野来观察武侠小说的作者现象，认为支配写作的不是与所指内容有关的作者思想，而是能指游戏的规则；作者只是此一游戏的参与者，他的行为受游戏规则的制约①，那么，我们确实有理由相信，武侠小说的作者主体，在从作品内部调动话语规则来完成他的构想，以及透过密集的事实叙述赋予其作品以意义等方面，是受制于武侠写作的"游戏规则"而被动的。

然而，现实生活中的作者之实就真的不会影响他的写作？他的性情癖好、才学思想、社会立场，就真的不会进入他的作品构成？以金庸对其武侠小说的反复修改为例讨论这个问题，或许可以得到不同于福柯的答案。金庸于 1994 年被北京大学授予名誉教授头衔，严家炎称其为"一场静悄悄的文学革命"②，看到的是武侠小说地位的攀升；而校方表彰的是"新闻学家"金庸，金庸演讲的是"中国历史"。至于武侠小说，金庸认为其"不登大雅之堂"："大家希望听我讲小说，其实写小说并没有什么学问，大家喜欢看也就过去了。我对历史倒是有点兴趣。"③ 但是，自 20 世纪 70 年代《鹿鼎记》连载时期至 21 世纪初，金庸一直在对其武侠小说进行反复修改，产生了刊本、"定本"以及新修定本等差异性金庸武侠版本④。既然武侠小说有其写作的"游戏规则"，修改依然需要遵从这

---

① ［法］福柯：《作者是什么?》，王逢振等编《最新西方文论选》，逄真译，漓江出版社 1991 年版，第 458 页。

② 严家炎：《金庸小说论稿》，北京大学出版社 2007 年版，第 172 页。

③ 金庸：《金庸研究》（创刊号），海宁市金庸学术研究会，1996 年 12 月。

④ 金庸武侠小说的大修改共进行了两次，形成三版：第一个版本，为 1955 年至 1972 年，在各报连载的"报纸版"，林保淳称为"刊本"，包括倪匡等人的代笔。报刊连载后有单行本出版，但未见作者表示进行过大修改。第二个版本，为 1970 年至 1980 年的第一次全面修改版，1975—1981 年香港明河出版社陆续出版的"金庸作品集"和 1980 年台湾远流出版社出版的"金庸作品集"，以及 1994 年大陆"三联版"，据研究过金庸武侠版本的高玉称："本人曾对照过这三个版本的部分作品，除了封面、插图等有所不同以外，没有发现三者在内容上的差异"（参见高玉《金庸武侠小说版本考论》，《武汉理工大学学报》2010 年第 1 期），因此三版即同是第一次修改版。第三个版本，为 1999 年至 2006 年的第二次修改版，即广州出版社和花城出版社联合署名出版的"新修版金庸作品集"。

个规则，那么，反复修改意欲何为？

2005 年，韦恩·布思曾以索尔·贝娄对作品的修改来讨论"文学面具"："数十年前，索尔·贝娄精彩而生动地证明了作者戴面具的重要性。我问他：'你近来在干什么？'他回答说：'哦，我每天花四个小时修改一部小说，它将被命名为'赫尔索格'。''为何要这么做，每天花四个小时修改一部小说？''哦，我只是在抹去我不喜欢的我的自我中的那些部分。'"① 作者修改自己的小说，是为了完善作品中的"自我"。金庸武侠小说不同版本之间的叙述罅隙，可以反观作者的生存境遇、个人身份等发生变化后，作者"自我"界定的变化。或许可以说，金庸所进行的反复修改，对于向来被认为是"一次性消费"的武侠小说而言，是以对武侠作品中"自我"的完善，来镜照相对高贵的作者"自我"的一种野心。

也就是说，即使武侠小说在文体地位、市场定位等方面，有其不得不遵循的游戏规则，但它依然有一套自己的意义和价值，并通过作品中作者的拟人格"自我"即"隐含作者"（implied author），得以彰显。

韦恩·布思自 1961 年的《小说修辞学》首次提出"隐含作者"概念始，就一直坚持"隐含作者"与真实作者的瞬间自我可以重合，隐含作者具有特定时空中的、暂时的主体性。在"真实作者—隐含作者—（叙述者）—（受述者）—隐含读者—真实读者"这个循环体系中，他侧重于"隐含作者"与两个端口即真实作者及真实读者的关系探讨。他认为，一方面，隐含作者是真实读者以文本为依托，而"推导"出来的形象，它的实现需要在真实读者的解读中完成；另一方面，它具有真实作者的"第二自我"的拟主体性，真实作者的自我是它的源头，"写作时，他不是创造一个理想的、非个性的'一般人'，而是一个'他自己'的隐含的替身，不同于我们在其他人的作品中遇到的那些隐含的作者"。②

更为重要的是，隐含作者是文本之所以如是的动因。符号文本的隐含作者，固然需要真实读者从全部文本元素中推导与归纳，但真实读者

---

① ［美］韦恩·C. 布思：《隐含作者的复活》，《江西社会科学》2007 年第 5 期。

② ［美］W. C. 布思：《小说修辞学》，华明等译，北京大学出版社 1987 年版，第 80 页。

如何从文本中归纳出隐含作者，则属于一种"直觉理解"，其方式是"用他的信息弹性进行重构，从而可以使自己更靠近文本世界"①，其依据则是隐含作者为了让读者理解而选用的一切手段。作为作者的"第二自我"，隐含作者对语言的形式机制以及特殊符号进行"选择"，标明他发出的文本有其独特性，进而使接收者愿意以其要求的方式来理解。也就是说，读者对隐含作者的建构，受隐含作者的"选择"的影响："'隐含作者'有意或无意地选择我们会读到的东西；我们把它看作真人的一个理想的、文学的、创造出来的替身；他是他自己选择的东西的总和。"②申丹在《何为"隐含作者"？》一文中也强调："隐含作者"概念可以帮助我们将注意力更好地聚焦于"隐含作者"在具体文本中的"选择"③。而叙事修辞理论家詹姆斯·费伦对"隐含作者"概念进行深化时，同样将其看作是"真实作者的一个版本"，是"作品成为这个样子而不是那个样子的多重选择的动因"④，他认为："隐含作者是叙述交流的大指挥家，是那个努力让所有资源都一起运作的人。"⑤

"隐含作者"，作为作者的"第二自我"，可从文本中推导出来，却并非单纯是文本的产物，更是建构文本的动因，这赋予了"隐含作者"更多的主体性。正因如此，以"隐含作者"探讨 20 世纪武侠小说的整体文本身份，有其独特优势。通过隐含作者在武侠文本这个特定时空中对自我、对世界的选择性叙述，有利于探知它在武侠文本中拟建构的人格形象，以及负责控制文本的真实作者的意图，进而勘察武侠小说文本身份的超越性。

---

① ［苏］尤里·W. 洛特曼：《文本运动过程——从作者到读者，从作者到文本》，《符号与传媒》2011 年第 3 辑。

② ［美］W. C. 布思：《小说修辞学》，华明等译，北京大学出版社 1987 年版，第 83—84 页。

③ 申丹：《何为"隐含作者"？》，《北京大学学报》2008 年第 2 期。

④ James Phelan, "The Implied Author, Deficient Narration, and Nonfiction Narrative: Or, What's Off-Kilter in The Year of Magical Thinking and The Diving Bell and the Butterfly?", *Style* 45.1 (Spring 2011), p. 119.

⑤ James Phelan, "Rhetoric, Ethics, and Narrative Communication: Or, from Story and Discourse to Authors, Resources, and Audiences", *Soundings: An Interdisciplinary Journal* 94.1 – 2 (Spring/Summer 2011), p. 71.

二 内圣而外王："虚构中的"自我"实现与超越逻辑

武侠小说类型，其叙述基本在"武"、"侠"、"江湖"三个关键词的协同作业下完成。它们的操作虽各有路数，但几乎都呈现了对"自我"完善的本能选择。

首先，体现于关于"江湖"的虚构幻设。从唐传奇到清侠义小说，"江湖"笼罩在"庙堂"之下，暴力权力未"下放"至民间。及至 20 世纪的武侠小说，同样推重个人英雄，组织私人社团，实行民间正义，与"庙堂"渐行渐远。复杂的社会矛盾简化成单纯的恩怨仇杀，家国意识淡化，民间色彩上升，从而使虚构的"江湖"更纯粹地成为一个彰显"自我"的所在。

其次，表现为关于"侠"的建构。侠客是武侠小说的灵魂承载者，武侠小说对侠客的塑造，以具备独立的人格为前提。所以，"侠"往往呈现出一种气度与魄力，无论是救人困厄的"侠之小者"，还是为国为民的"侠之大者"，重要的是能够"自我"发现与超越，进而能够寻求、实践和完善"江湖"秩序与道德理想。古龙《三少爷的剑》中，谢晓峰为神剑山庄的少主人，少年得志，但当他发现"自我"萎缩于家族荣耀的压力之下时，毅然选择离开山庄，成为活动于最底层的"没用的阿吉"，企图在普通人的挑粪喂马中找回"自我"，最后终于再次成为"天下第一剑"。

或者可从一个反面的例子来考察这一要求：武侠小说中白衣秀士难以笑傲江湖，书生的形象大多伴随着迂腐不堪，但往往那些在武侠小说中"被选中"的豪侠，又大都天资卓越，兼具武功与智识。《江湖奇侠传》中首先出现的柳迟，"(《论语》) 只教一遍，即能背诵出来……并且教过一遍的，隔了十天半月问他，仍然背的一字不差!"(《江湖奇侠传》第 1 回) 天造英才却无心求学，终在方外成为一个不世出的英雄。《卧虎藏龙》中玉娇龙的师父高朗秋，"写字、作画、抚琴、读书。他所读的书最是复杂，不仅是古文经史，上至天文地理，下至医卜星相，他无不研习。并且还通兵书、精剑法"(《卧虎藏龙》第 5 回)。他不仅教玉娇龙文章，还教兵法和剑术，立志让她成为集才女班昭、女将秦良玉、女侠红线于一身的奇女子。

从王度庐到金庸、梁羽生都曾努力刻画名士型侠客，其中不乏得意之笔。如还珠楼主所言："值康、雍之间，满人入关未久，孑遗之民怀念旧君，目睹新廷暴虐，忍受压榨，敢怒而不敢言；庸懦一流，自然把一切都委之运数；具有国家种族思想、又富有聪明才智之士，既不愿委身异族，为仇敌的鹰犬，又不忍若干万亡国同胞俯首受人宰割，于是群趋剑侠一流，以诛奸杀恶为己任，冀略快意一时，虽然明知劫运难回，光复故业暂时无望，总想在除暴安良之中，种一点兴灭继绝的根子。"① 据此可看出，不是书生不能笑傲江湖，而是腐儒难得风流倜傥，穷不能独善其身，达不能兼济天下，难以实现"自我"的觉醒与超越，与武侠小说的旨趣不合，难以跻身其中。

再次，隐含在"武"的自我彰显之中。"侠"是目的，"武"则是实现"侠"的必须手段。武侠小说关于"武"的叙述，显示出对"自我"与万物不可分的"统一性"的理解。

对"武"的叙述，简单而言，一般会体现在对身体甚至物质世界束缚的超越中。如果允许轻度夸张，那么侠客的飞檐走壁、悄无声息地移动、千里传音等等，都显示出看似超乎常人的力量。这种力量来自侠客对万物本质上的统一性和自然法则的理解，其中包括对"自我"与万物不可分的"统一性"的理解，进而通过对无差异的物质的操控和利用，达到超越物质世界的目的。武侠叙述对内功的重视，同样源出于此。内功是武功的根基，那些无须内功支撑的武功，要么是花架子，要么阴毒至极，如《侠客行》中石破天的"五毒掌"。外为形体，内为气息和意念。炼内，可以精足气旺神髓，脏腑坚实强壮，气运通灵。武侠小说中关于内功的叙述，总与穴道、行气、小周天、打坐、闭关等描写联系在一起，依靠身体内部的运动，集中精神进入冥想状态，是侠客修习内功的普遍方式。如同重阳宫被烧后，丘处机教训郭靖之言："你十余年来勤

---

① 还珠楼主：《青城十九侠·前引》，山西人民出版社1998年版，第1页。

修内功,难道这一点还勘不破么?"(《神雕侠侣》第4回)这种方式,同样植根于对待自我和自我与周遭世界的感性关系的态度中。

更为重要的是,重内、运气,由内及外、因气生智,是修身之本,也是东方文化的一大特征。"格物而后知至,知至而后意诚,意诚而后心正,心正而后身修,身修而后家齐,家齐而后国治,国治而后天下平"(《礼记·大学》),这是儒家哲学对君子的要求,恐怕也是相比于外功的力、勇以及招式之"术",武侠叙述更为看重内功的原因。自1923年平江不肖生的《江湖奇侠传》开始,分裂江湖成两大派的崆峒与昆仑,分属剑气两派。练气派讲究以气御剑,练剑派追求招式精妙,这可视为内力外功之分的最初描写,并且关于内功的重视,一直延续至当下的武侠叙述。"练气派人,常自夸义侠,能救困扶危,不侵害良善"(平江不肖生《江湖奇侠传》第12回),"内修"被选择作为"侠义"当之无愧的承担者,表露出武侠小说正借一种文化理念来提供关于生命的神话,侠客超越"自我"养浩然之气,就可以实现修身与"平天下"。

只有超越"自我",才能超越他人,这是武侠叙述的内在逻辑。与此同时,武侠叙述会进行对"自我"膨胀的抗拒。

《神雕侠侣》中有一段,颇能代表这种观念:"'过儿,你今日立此大功,天下扬名固不待言,合城军民,无不重感恩德。'杨过心中感动……忽然想起:'二十余年之前,郭伯伯也这般携着我的手,送我上终南山重阳宫去投师学艺。他对我一片至诚,从没半点差异,可是我狂妄胡闹,叛师反教,闯下了多大的祸事!倘若我终于误入歧途,哪有今天和他携手入城的一日?'想到此处,不由得汗流浃背,暗自心惊。"(《神雕侠侣》第39回)

为何要"汗流浃背"、"暗自心惊"?不正说明,即使是在虚构的"江湖"中,侠客纯粹的放纵"自我"也是歧路,只有在"自我"超越的基础上完成"外王"的事业,才是正途。

不难想象,侠客们自然的和超自然的优势,总是伴随着某种令人不安的优越感。故侠客成名后,大多选择远离江湖,隐姓埋名地生活,也与对"自我"的维护有关。毕竟,自我需要一个他者作为反思的镜子。

"'我是谁'这个问题必须放到'我与谁的关系'网络中来考察。……这是回到自我与他者的邻近性中反观自我的独特性。"① 包括前文所述的《三少爷的剑》中的谢晓峰，即使后来不得已重出江湖，但最终还是自己斩断双手拇指而归隐，彻底不能握剑，也就彻底与"天下第一剑"的过去之"我"决裂。如此，一方面是要避免孤立地成为"那一个"，尽最大可能地将"自我"膨胀的可能性降低到最低程度；另一方面，是避免为名所累，为维护"侠名"而不得不成为"他人"企图塑造成的"侠"，反失去"自我"。

综合而论，武侠小说对侠客的塑造有着异乎寻常的一致，他们总是要在"功成"与"身退"之间，对侠的两种人格要求进行平衡性抉择，使"自我"合理化。侠客"仗剑行侠"、"笑傲江湖"，为的是以武而"经世致用"，侠客都有着对"事业"的渴望与执着，总是不失时机地进入"江湖"的厮杀；而所有的杀戮，都是为了成就"侠"名，在虚构的江湖秩序中实现"自我"的价值。身退，是要从秩序的约束中逃避出来，避免使"自我"或过分膨胀，或为"他人"所奴役。如此，便既能实现人生价值，又不妨碍个体生命的自由，20世纪武侠小说隐含作者便兼具了"内圣"与"外王"的气质。

三 书生气与商品味：一个矛盾与一种刻意的调适

金庸的《连城诀》中，连城剑法每一招的名称都是一句唐诗，而大宗宝藏埋藏处的谜底正是以这些剑法诗句为依据，隐藏在一本《唐诗三百首》中。这无疑是对20世纪武侠小说一个隐喻，也意味着它的叙述，总要在"铜臭"与"书香"之间寻找到一种平衡。

武侠小说很难摆脱市场的束缚，因此它总是处处显示出一种"消闲"与"娱乐"的影子。然而，也总有一些耐人寻味的东西出现在"武"或"侠"的叙述中，以寻求对它的一次性消费命运的抵制，陈平原将它称为"文化的味道"②。这种"味道"在以下两个方面，尤为突出：

---

① 文一著：《评〈符号自我〉》，《符号与传媒》2011年第1辑。
② 陈平原：《千古文人侠客梦》（增订本），北京大学出版社2010年版，第61页。

其一，是对谈佛论道的热衷。

唐传奇中，红线夜行时"额上书太乙神名"（《红线》），虬髯客善望气故不与真天子李世民争位（《虬髯客传》），两者都与道术有关。但自此至晚清的《儿女英雄传》、《七侠五义》等，虽有打斗的和尚道士，却无念经参禅的僧道，除了僧衣道袍，实与佛道扯不上多大关系。

20世纪的武侠小说，却在逐渐深入地将佛道观真正融入武侠叙述中，并成为其无法割舍的一部分。陈平原即称："佛家的轮回、报应、赎罪、皈依等思想，道教的符咒、剑镜、望气、药物等法宝，都是武侠小说的基本根基……可以这样说，没有佛道，英雄传奇、风月传奇、历史演义、公案小说照样可以发展，而武侠小说则将寸步难行。"①

这种尝试自平江不肖生的《江湖奇侠传》开始，以其中智远师父与解清扬的短暂一见与三段语句为例。解清扬以为师父智远和尚圆寂，跪地正要大哭，智远和尚说道："你要学道：第一当用慧力，斩断情丝"；随后，智远和尚将解清扬托付给清虚道人时，清虚道人说的是："同本度人之旨，师兄只自努力，后会有期"；当解清扬追问何以智远坐在龛子里入定，得到的解释是："你今后能潜心向道，则此中因果，不难澈悟；不是于今向你口说的事"。此三段语句深入阐明了学道的几大要素：其一，"用慧力，斩断情丝"，要以"定戒慧"破除"贪嗔痴"，"见自性自净，自修自作自性法身，自行佛行，自作自成佛道"②；其二，"同本度人之旨"，说明要不执于外在的门户之见，遵循内在的同一；其三，"不是于今向你口说的事"，则是要否定在理性思辨中认识"道"以及破除依附外在权威而悟道，如禅宗语录中"问如何是第一义？师曰：我向你道是第二义"。③ 执着于所谓正确的语言文字或理论思辨，就违背了悟自性的要义。在这短短几句中，即可发现《江湖奇侠传》中的和尚道士们，明显有根基与有道行得多。

而到还珠楼主的《蜀山剑侠传》，已明显开始将儒释道三家思想融为

---

① 陈平原：《千古文人侠客梦》（增订本），北京大学出版社2010年版，第66页。
② 郭朋：《坛经校释》，中华书局1983年版，第38页。
③ （宋）释惠洪：《冷斋夜话》卷五，中华书局1988年版，第563页。

一体，最显在的是对道家修道成仙与佛家众生平等观念的演绎。在它的武侠小说叙述中，万物都可以修道成仙，内"凝炼元神"，外"行善积德"，修炼到一定的程度便成为散仙；即使是各种非人类生物如植物（芝人芝马）、飞禽（神雕佛奴钢羽、独角神鹰）、走兽（母猿袁星、猿长老）等等，也都可以修道飞仙，形成独特的"仙""怪"景观。

佛道思想在金庸武侠小说中，不仅有诸多佛经经文被引入[1]，以及众多武功都与佛教概念有关[2]，而且佛道思想已上升为一种思想支柱。《天龙八部》中吐蕃圣僧鸠摩智的经历，就是一个"悟道"的启示录：鸠摩智以精通佛典名于世，他说出的偈言，即使佛国大理王子段誉也不解其中之意，说明他是一个"上根器"；但他却未必真正了悟佛理，一旦修成绝世武功，便开始了"贪嗔痴"，甚至想称霸天下；最终于无意中落入井底，被段誉以北冥神功吸去全部内力，才大彻大悟，立地成佛。与其相对的虚竹，正好就是"无求而得"的典范。不执着于"武"，所以逍遥子传他武功时，可以少费许多手脚；不执着于清规戒律，所以可以"被骗"吃酒肉，"被诱"与女人睡觉；与人相处随意，所以总是福至心灵。这两个和尚一正一反的形态，以及金庸武侠最终"江湖豪杰尽归隐"，都是为了说明唯有破除法执、我执，才能得大空明境界的人生哲理。

从只知打斗的和尚道士到谈玄的高僧圣道，从朴素的文化符号，到将佛道观念内化为小说的具体叙述以至整体构思，20世纪的武侠小说以此显现出对生存哲理的思考，因此，陈平原称："这（佛道观念——引者注）无疑是二十世纪武侠小说中最突出的'书卷气'。"[3]

其二，是对"剑"中之"书"的张扬。

① 如《天龙八部》中的《法华经·提婆达多品》；《射雕英雄传》中的《大庄严论经》；《神雕侠侣》中的《佛说母鹿经》；《倚天屠龙记》中的《金刚经》、《楞伽经》；《笑傲江湖》中的《妙法莲华经》等等。又如《射雕英雄传》中，周伯通自创七十二手空明拳，其理念源自一个房屋，有了中间的空间才能有人住的道理，类似《老子》中"埏埴以为器，当其无，有器之用。凿户牖以为室，当其无，有室之用"。

② 如"大慈大悲千叶手"、"小无相功"、"少林擒拿十八打"、"般若金刚指"、"佛光普照"、"达摩剑法"、"金刚伏魔功"、"金刚拳"、"拈花指"、"四象步"、"无妄神功"、"破衲功"等等。

③ 陈平原：《千古文人侠客梦》（增订本），北京大学出版社2010年版，第65页。

　　"（韩铁芳）忽见那个卖花的人又在巷口立着，篮子里的嫣红的桃花正如飘零无主的妓女，榆叶梅的红衣裳绿袄儿却是又如新婚妇人似的，丁香的深紫浅白，又带有一种闺阁气派，不！确实如同一个才脱风尘，未减娇艳，可是态度已足很正经了的女子。"（王度庐《铁骑银瓶》第3回）在渲染暴力美学的武侠小说叙述中，出现此类的"文艺腔"，或许会显得不搭调，但20世纪的武侠小说，似乎总是尽可能地让"书"、"剑"一体，即使在武术技击叙述中，也不例外。

　　唐传奇中写侠客之武艺，神奇近乎"仙魔"，却未免单调。红线为薛嵩夜访魏博节度使，"额上书太乙神名"，能夜行千里，"一更登途，二更复命"（《红线》）；聂隐娘"白日刺其人于都市，人莫能见"；妙手空空儿之神术，"人莫能窥其用，鬼莫得蹑其踪。能从空虚而入冥，善无形而灭影"（《聂隐娘传》）；"磨勒遂持匕首，飞出高垣，瞥若翅翎，疾同鹰隼，攒矢如雨，莫能中之。顷刻之间，不知所向"（《昆仑奴》）。

　　而武术技击在20世纪的武侠小说中，是作为文化的部分传达者来被操作的。注重对打斗过程的渲染，要于一招一式渗透文化的意味，琴棋书画之中，皆可融入武功。朱贞木的《七杀碑》中，以琵琶之音显露杀伐之意："三姑娘一喊出窗外有人，琵琶上弹出的声音，立时改了调门，几根弦上，铮铮锵锵，起了杀伐之音。细听去，有填填的鼓音，镗镗的金声，还夹着风声、雨声、人声、马声，突然手法如雨，百音齐汇，便象两军肉搏、万马奔腾的惨壮场面，也从音节中传达出来。"（第19章）

　　"寓文化于技击，使武功打斗学养化、艺术化"①，是金庸武侠小说的常态。《书剑恩仇录》中，陈家洛从《庄子·庖丁解牛》中悟得一套"庖丁解牛掌"，要领是"合于音乐节拍，举动就如跳舞一般"，终在余鱼同的金笛之音的配合下，打败强敌张召重；《射雕英雄传》中，黄药师与欧阳锋以吹箫、弹筝相斗，洪七公发啸加入，三方各出妙音，缠斗得难分难解；《倚天屠龙记》中，张三丰更从王羲之的《丧乱帖》中悟出武学

────────────

　　① 严家炎：《金庸小说论稿》，北京大学出版社2007年版，第29页。

妙谛，以书法的形式将"武林至尊，宝刀屠龙。号令天下，莫敢不从。倚天不出，谁与争锋"二十四字，演绎成绝世武功："每一字包含数招，便有数招变化。'龙'字和'锋'字笔划甚多，'刀'字和'下'字笔划甚少，但笔划多的不觉其繁，笔划少的不见其陋，其缩也凝重，似尺蠖之屈，其纵也险劲，如狡兔之脱，淋漓酣畅，雄浑刚健，俊逸处如风飘，如雪舞，厚重处如虎蹲，如象步。"（第4章）在武艺之中化用舞蹈、音乐、书法等多种艺术，不仅增添打斗的文化意味，更彰显侠客的人格魅力。

与金庸武侠小说中以诗句为剑法相比[①]，古龙简直把武侠小说当诗来写，试看他在《天涯·明月·刀》的"楔子"中，对"天涯"、"明月"、"刀"的题解：

> "天涯远不远？"
>
> "不远！"
>
> "人就在天涯，天涯怎么会远？"
>
> "明月是什么颜色的？"
>
> "是蓝的，就象海一样蓝，一样深，一样忧郁。"
>
> "明月在哪里？"
>
> "就在他心里，他的心就是明月。"
>
> "刀呢？"
>
> "刀就在他手里。"
>
> "那是柄什么样的刀？"
>
> "他的刀如天涯般辽阔寂寞，如明月般皎洁忧郁，有时一刀挥出，又仿佛是空的！"[②]

语言空灵、诗化，使"武侠"有"一刀挥出"的凶猛，也有"辽阔

---

① 金庸《连城诀》中的"唐诗剑法"，其武功招式以一句句唐诗名句来命名："落日照大旗，马鸣风萧萧"、"孤鸿海上来，池潢不敢顾"、"俯听闻惊风，连山若波涛"等；《神雕侠侣》中，古墓派的"美女拳法"，也都以描绘女人姿态的诗句为根据而创，皆使武功诗化。

②. 古龙：《天涯·明月·刀》，人民文学出版社1988年版，第1页。

寂寞"而"空"的意境。古龙的武侠小说中,大多是以此类简洁的短句,利落分行,在一种散文诗的格调中,书写武侠之"寂寞感"。

如此一来,"书"、"剑"同步,既缓解武侠"莫名"却又必须有的暴力血腥,又稀释武侠小说的商品味,武侠小说隐含作者在"江湖气"之余,又平添"书香气"。

四 "起而行侠"与"坐而论侠":武侠小说的隐含作者与作者

隐含作者是文本之所以如是的动因。武侠小说文本对"自我"的重视与彰显,对佛道精神、书香味的追逐,至少能提供给读者这样的隐含作者:一个有节操、有修为的身怀绝技、无敌于天下者。

但20世纪武侠小说的真实作者,大多是被抛入社会底层、"为五斗米折腰"的文人①。向恺然(平江不肖生)写作《留东外史》后,被世界书局的老板沈子方极力挖取,给世界书局写小说,稿酬特别丰厚。但他不要像《留东外史》那种材料,而要剑仙侠士之类的一类传奇小说②,由此民国第一部武侠小说《江湖奇侠传》诞生。诸如此类,在20世纪20—40年代上海、天津等出版业的巨大关系网络中,武侠小说的倏忽起落与整个阅读市场有紧密关联。武侠小说的作者们依靠小说的写作与发表,使其转化为直接生活资料。所以,宫白羽在自传《话柄》中写道:"一个人所已经做或正在做的事,未必就是他愿意做的事,这就是环境。环境与饭碗联合起来,逼迫我写了些无聊文字。而这些无聊文字竟能出

① 平江不肖生1906年因参与公葬陈天华的政治风潮被长沙高等实业学堂开除,随后自费赴日留学。1915年回国参加反袁活动,袁世凯去世后,他移居上海以撰写小说谋生。还珠楼主出生书香世家,父亡后随母赴苏州投亲,为家境所迫北上天津谋生,曾任傅作义幕中中文秘书;赵焕亭无其他谋生手段,唯一的办法就是"卖文"。姚民哀出生于说书艺人家庭,1916年袁世凯僭位,参加过反袁活动的姚民哀逃亡回上海避难,重操说书旧业以及在报刊发表文章谋生。顾明道一生贫病交加,抗战爆发后,由苏州迁居上海,一边写作一边办补习学校,病重时生活无着落,全靠朋友周济。宫白羽、郑证因、王度庐等一直都是清贫的笔耕生涯。金庸同样表示过,他写作武侠是为了《明报》的生存。

② 张赣生:《民国通俗小说论稿》,重庆出版社1991年版,第113页。

版，竟有了畅销，这是今日华北文坛的耻辱。"①

于是，他们将对作者的形象修复，渗入到武侠小说的文本操作中，甚至会在各种伴随文本②中努力申说其"文以载道"的创作意图。如赵焕亭称："爰排比所闻轶事，以成斯编，俾知真大英雄，必富道德，岂仅侠之一途为然哉！呜呼！应时势之英雄，可以知所取法矣！"（《〈大侠殷一官轶事〉自序》）文公直则表示："志欲昌明忠侠，挽颓唐之文艺，救民族之危亡。且正当世对武侠之谬解，更为民族英雄吐怨气。"（《〈碧血丹心大侠传〉序》）宫白羽在《十二金钱镖》卷一初版"自叙"中写道："雕虫小技，壮夫不为；词赋尚尔，况丛残小语？叙游侠以传奇，托体愈卑；杂俚谚以谐俗，等之平话……疗贫无方，再为冯妇；书成自记，掷笔喟然！"③ 还珠楼主在《云海争奇记》开篇反复申说，言明自己志不在此："明知巴里之言，难为《实报》增重。……行李孔艰，蜡屐何从，以供同嗜，其视此为卧游之资乎！"④ 赵焕亭小说《姑妄言之》开头一首打油诗，即表示出这种生存的境况："托体休嫌稗史卑，首存劝惩亦堪思。疗饥煮字书生策，叹绝文章掷地时。"⑤

即使必须仰武侠所背靠的商品市场的鼻息，这些文人还是企图在个体利害得失与对整个社会的深厚关怀之间寻找平衡。而他们对于"文以载道"的感情，往往都被他们放在小说的最前面，好像就此可以在故事的开始或还未开始，通过说服读者来劝慰自己，或通过劝慰自己来说服读者，借此消弭有缺陷的真实作者与完美的隐含作者之间的"区别"。

如果依据赵毅衡提出的"凡是在进入解释的伴随文本，都是文本的一部分"的"全文本"（omni－text）概念⑥，那么通过作者们上述"文

---

① 宫白羽：《话柄·自序》，天津正华书局1939年版，第1页。
② "伴随文本"概念，指文本所携带的大量附加因素，积极参与文本意义的构成，严重影响意义解释。如作者、出版社等副文本；同一出版社、体裁等型文本；引文、典故等前文本；评论等元文本；参考文本、网络链接等链文本；电视、电影改编等先后文本。参见赵毅衡《符号学原理与推演》，南京大学出版社2011年版，第141—158页。
③ 宫白羽：《十二金钱镖》，联经出版事业有限公司1984年版，第897页。
④ 还珠楼主：《云海争奇记》，北岳文艺出版社1998年版，第2页。
⑤ 赵焕亭：《姑妄言之》，《北洋画报》1932年第16卷第756期。
⑥ 赵毅衡：《"全文本"与普遍隐含作者》，《甘肃社会科学》2012年第6期。

以载道待后发"的申述，更可反观武侠小说文本在 20 世纪之所以如是，导因于作者在个人生存与乌托邦理想的矛盾之间，依然隐藏着落寞文人的自我文化形象期许。

儒、侠一体两面，自王阳明以来就已成为某种共识。因此，章太炎说："世有大儒，固举侠士而并包之。徒以感慨奋厉，矜一节以自雄，其称名有异于儒焉耳。"（《检论·儒侠》）也因此，陈平原写作《千古文人侠客梦》，将中国文化中最有特色的两个群体："文人"和"侠客"，进行并举式分析。

如此，在要么生活/要么虚构的两难抉择中，文人伴随着武侠小说走过了一个世纪。而自武侠小说书写的一开始，就透露出的种种"文人"品性，也反向证明了 20 世纪的武侠"奇葩"——金庸武侠的出现不是一个意外，甚至它在 20 世纪末被选择进入学院，同样不是一种偶然。武侠小说与"文人小说"的巨大传统，有着割舍不去的巨大关联。

纪实与求虚:武侠文本中分裂的符号自我

一 纪实与虚构：文本意向性与叙述体裁分类

文本表意总有其意向性。文本叙述对他人发挥影响的意向，是符号发送者希望符号接收者回应的方式，是贯穿说话者—话语—接收者的一种态度。这种品格超出文本，是说者与接收者之间的一种意向性交流：说者用某种方式标明他发出的文本有某种特性，而接收者愿意以其要求的方式来理解。班维尼斯特（Emile Benvesniste）对这种文本品格做过说明："说话者一方面挪用（appropriates）语言的形式机制，用特殊的符号，另一方面使用第二性的程序（secondary procedure）说出他作为说话者的站位。……任何讲述（enunciation），或隐或显地是一种言语行为，它点明了接收者。"① 也就是说，纪实性文本与虚构性文本的区别，不仅表现在文本"话语"本身，还暗含在作为"说话人"的表意意图，以及作为"接收者"的站位。

文学文本作为一种虚构化行为，虽然进入文学文本的客观现实，必然超越被摹写的原型而不必分享客观事物的真实性，但文本话语对客观现实的不同锚定程度，将会从体裁分类、表意指向以及解读方式等方面对其进行不同的定位。汉民族的文学，以宏伟的史传叙事文学，代替了史诗。理念上的重实际而黜玄想，形式上的春秋笔法、纪传体模式，都直接影响了小说的叙事形态，即使在幻想虚构中获得自由的武侠小说，

① Emile Benvesniste, "The Formal Apparatus of Enunciation", *Problems in General Linguistics*, Coral Gable: University of Miami Press, 1971, pp. 82, 91.

也不能例外。而对"虚构性"与"历史性"微妙平衡的寻找，则使武侠小说叙述往往呈现出某种矛盾或写作的困窘。

1923 年 1 月，《红杂志》第 22 期隆重推出不肖生的《江湖奇侠传》第 1 回，且随文附录施济群的评论。这是现代中国第一部武侠小说的第一次亮相，断断续续连载至 1926 年 7 月的第 86 回（即今传本 106 回），随后改由赵苕狂续写。值得注意的是，小说的叙述与施济群的回后评，在共同支撑一个"事实"：这部小说在"纪实性"地为群侠立传。这种叙述方式，在其后的武侠小说写作中持续得到回应，同时让厘清某些武侠小说究竟是幻想小说，还是历史小说，成为武侠小说研究者们经常需要面对的尴尬处境①。

而既然文本意向是一种贯穿说话者—话语—接收者的态度，那么也就是说，可以根据文本话语中的分裂元素，解读说话者之意图以及说话者对于接受者的功能性期待。诚如现象学关于此一问题的看法：叙述文本背后的主体关注，不是单方面的，而是一种"主体间"的关联方式。胡塞尔即将"交互主体性"解释为："我们可以利用那些在本己意识中被认识到的东西来解释陌生意识，利用那些在陌生意识中借助交往而被认识到的东西来为我们自己解释本己意识……我们可以研究意识用什么方

---

① 这种界定的尴尬，主要呈现为三种形态：其一，武侠小说对历史的引入，旨在形成一种非具体的抽象历史意识。参见吕进、韩云波《金庸"反武侠"与武侠小说的文类命运》，《文艺研究》2002 年第 2 期。"武侠小说如果要写历史，必然是'戏说历史'，与其戏说，还不如从具体的历史中超脱出来，表现一种更为抽象的历史意识，亦即对民族传统文化的回顾与反思。"

其二，武侠小说对历史细节的倾心，是导引对虚构故事的解读向真实无限靠拢的主要诱因。参见张新军《可能世界叙事学》，苏州大学出版社 2011 年版，第 80 页。"金庸的小说经常以具体的历史时代为背景，甚至穿插历史人物乃至引用历史文献，憨厚的主人公总是一下掌握其他高手一生也无法参透的武功，并为数名美女所追求。我们如何计算作者和读者中这种普遍流行的幻想程度？难道这种故事比《窦娥冤》（有超自然因素，即物理不可能世界）更接近历史现实？"

其三，武侠小说，还是历史小说，难以取舍。如倪匡非常推崇张大春《城邦暴力团》，他的说辞非常有意味："他写到武侠小说的部分，是完全根据正宗武侠的小说手法来写。……《城邦暴力团》是非常成熟的，他以前的作品没这个风格的！"这等于说《城邦暴力团》"部分"是"武侠小说"，且整体是对武侠风格的革新，体现在"它是武侠小说嘛，它主要的情境，人物关系，全部纠缠在近代史上……你一定要接受他这种，又有幻想，又有现实！"陈思和也认为："作者用这样一部'江湖即现实'的小说，演出了庙堂与江湖之长达几十年的一部恩怨史或者血腥史，来重新书写本世纪以来的中华民族风雨史。"

式借助交往关系而对他人意识发挥影响,精神是以什么方式进行纯粹意识的相互作用。"①

由此,关于武侠小说是幻想小说还是历史小说之困惑的厘清,可以从其始作俑者以及对于中国现代武侠小说文体类型的定型化具有文学基因性质②的《江湖奇侠传》的剖析开始,讨论 20 世纪武侠小说在虚构与"求实"中的艰难抉择,或许可以有效洞察隐藏在武侠小说文本中分裂的符号"自我",以及其"分裂"的产生机制与功能性影响。

二 《江湖奇侠传》:"侠客"谱系悖论

小说虚构的世界,是由我们的生存世界即真实世界、可能世界,甚至不可能世界在"叠合"与差异中编织而成。通过时素、地素、人素的"叠合",叙述文本符号系统编码一个现实与虚拟的叠加态世界,经验现实材料隐现于想象材料中,使可能世界真,或者非真但拟真。因此,"虚构"的程度由"叠合"的程度决定,根据现实与虚拟之间的相对距离,可以对文学虚构世界做出诗意的类型学判断与描绘:现实主义小说的虚构世界里,可能世界与真实世界叠合点多,拟真程度强,故有"现实主义"之称;相比之下,幻想小说虚构的世界拟真程度低,往往显得"荒诞不经"。

《江湖奇侠传》在时素、地素的设定中,挑拣了现实世界的部分要素,却显然又与"当时"、"当地"刻意地拉开了距离。

小说写于已经开始现代化进程的 20 世纪 20 年代中国。而在其叙述中,时间设定在前现代的清朝,有柳迟父亲柳大成的考秀才而不得,有"朱复"等侠客的"反清复明",有"张纹祥刺马"。地素设定上,从"第一回目"的"长沙小吴门"开始,煞有介事地明确以湖南为核心而辐散。然而与"长沙小吴门"相隔不远的,有了一座"隐居山"。并且

---

① 〔德〕胡塞尔:《胡塞尔文集》,上海三联书店 1997 年版,第 858—859 页。
② 韩云波:《平江不肖生与现代中国武侠小说的内在纠结》,《西南大学学报》2011 年第 6 期。并且,此文中已对"从平江不肖生开始,现代武侠的'江湖'和'历史'两大基本元素就已经开始奠基",稍有提示。

"山巅上一棵白果树,十二个人牵手包围,还差二尺来宽不能相接;粗枝密叶,树下可摆二十桌酒席,席上的人,不至有一个被太阳晒。因为这树的位置,在山巅最高处;所以在五六十里以外的人,都能看见它和伞扒一般,遮蔽了那山顶。"(第1回)这棵白果树,类似于《庄子·逍遥游》中的大樗,可以"彷徨乎无为其侧,逍遥乎寝卧其下"。绝妙之处在于,它让"隐居山",从此与"无何有之乡,广莫之野"有了某种想象中的勾连。

对于"人素"的处理成为问题的重点,《江湖奇侠传》的叙述一直处于幻想与"立传"的摇摆状态,直到终以"写实"而证明了在幻想中"立传"的虚妄。

可以说,这种摇摆是由书写者与评论者共同造成的。施济群称:"余初疑为诞,叩之向君,向君言此书取材,大率湘湖事实,非尽向壁虚构者也。然则茫茫天壤,何奇弗有?管蠡之见,安能谬测天下恢奇事哉?"(第3回后)所谓"非尽向壁虚构",倒是揭示了所有艺术文本会征用部分现实世界知识的特征,而向恺然即不肖生所言"此书取材,大率湘湖事实",却是将"征用现实世界的部分知识",推进为与现实世界中"湖湘事实"基本叠合的"写实",目的为显示这是一部有本事、可考证的史传作品。

直到即将结束连载的小结中,不肖生再次强调:"在下这部义侠传,委实和施耐庵写《水浒传》、曹雪芹写《石头记》的情形不同。《石头记》的范围只在荣、宁二府,《水浒传》的范围只在梁山泊,都是从一条总干线写下来。所以不致有抛荒正传、久写旁文的弊病。这部义侠传却是以义侠为范围,凡是在下认为义侠的,都得为他写传。从头至尾。表面上虽也似乎是连贯一气的。但是那连贯的情节,只不过和一条穿多宝串的丝绳一样罢了。"(106回)再反观施济群的回后评:"作者欲写许多奇侠,正如一部廿四史","写柳迟状貌十分丑陋,而性质又极聪颖;其种种举动,已是一篇奇人小传"(第1回后);"下半回在甘瘤子传中,忽尔夹写桂武小传,乃作者行文变化处"(第9回后)。在同一连载文本中,写者与评者俨然意欲联合将这部小说,打造成一个有本可察的侠之"合传"。

于是，与此前的侠客叙述相比，20 世纪的武侠小说叙述正式开始了"列传"式的侠客身世谱系建构，侠客自此同时携带宗法亲缘关系与师承关系，成为可供辨认的坐标。同时，这些坐标从亲缘或师门中继承来的爱恨情仇与使命，网织出一个元素饱满的"江湖"世界。它的谱系结构，又反向证明侠客类似于现实世界中的人群一样，"真实地活过"。

如此叙述的目标，或许是诱导读者们相信，武侠小说也是"记史"的一种体裁。但是，最终却出现了意外状态："不过在下写到这里，已不高兴再延长下去了，暂且与看官们告别了。以中国之大，写不尽的奇人奇事，正不知有多少人？等到一时兴起，或者再写几部出来看官们消遣。"（106 回）"不高兴"究竟为何？雄心壮志搭建出的谱系，究竟是什么让这个"在下"闹起了脾气？或许，需要重新从《江湖奇侠传》的结构谈起。

一般认为在《江湖奇侠传》160 回中，前 106 回为不肖生所作①。前 54 回，为昆仑和崆峒两派的各自奇侠做传；66 回至 106 回，引入方绍德、张纹祥等现实中的人物故事；中间 12 回过渡，如在第 66 回中："吕宜良与柳迟明年八月十五日子时在岳麓山云麓宫门外之约，并是这部义侠传的前后一个开合大关键。"在叙述完"张纹祥刺马"之后，转而为火烧红莲寺一案草草收了尾，随后即出现了"不高兴"云云。

"张纹祥刺马"对于整部小说叙述的意义，小说做出如下解释：

> 讲到张汶祥的事，因为有刺杀马心仪那桩惊天动地的大案，前人笔记上很有不少的记载，并有编为小说的，更有编为戏剧的。不过那案在当时，因有许多忌讳，不但做笔记、编小说戏剧的得不着

---

① 叶洪生在其所编《近代中国武侠小说名著大系·总编序》（联经出版事业有限公司 1984 年版）中，认为不肖生写到 106 回。但在随后的《平江不肖生小传及分卷说明》中指出，"据近人一般记载，平江不肖生拟写本书只到第一〇六回"，"编者经过细勘全书一百五十回之后，经略得知：至少在一一〇回以前，实出于平江不肖生之手"。然而张赣生所著《民国通俗小说论稿》（重庆出版社 1991 年版，第 118 页）依然坚持："自一百零七回起即为赵氏所续"；韩云波在《论平江不肖生的"奇侠"路向》中也表示："其后的连载本 87 回至 104 回加上后续作品（今传本 107 至 160 回）皆为他人续作，小说叙述风格亦明显不同。"

实情，就得着了实情，也不敢照实做出来、编出来。便是当时奉旨同审理张汶祥的人，除了刑部尚书郑敦谨而外，所知道的供词情节，也都是曾国藩一手遮天捏造出来的，与事实完全不对。在下因调查红莲寺的来由出处，找着郑敦谨的女婿，为当日在屏风后窃听张汶祥供词的人，才探得了一个究竟，这种情节不照实记出来，一则湮没了可惜，二则在下这部义侠传，非有这一段情凶加进去，荒唐诡怪的红莲寺，未免太没来由。因此尽管是妇孺皆知的张汶祥刺马故事，也得不惮词费，依据在下所探得的，从头至尾写出来，替屈死专制淫威下的英雄出一出气。①

"这十几回书中所写的人物，虽间有不侠的，却没有不奇的，因此不能嫌累赘不写出来。"（106 回）可见，即使奇而不侠是"张纹祥刺马"的特点，依然值得为其抛荒正传，从奇侠谱系中生出枝蔓，甚至是调转笔锋，主导因素在于"求实"。

于是，这使得关于"张纹祥刺马"的叙述，产生了奇特的效力：这一案件"惊天动地"，从政坛到民间都有据可查，是真正的"取材大率湖湘事实"。但张纹祥不是奇侠，他逸出了"江湖奇侠传"的侠客谱系。这样一个由现实世界延伸至小说虚构世界的人物，曾经真正地活过，而关于他的叙述越"真实"，越不得不写进小说以证小说"求实"，也就越反击了各位"奇侠小传"谱系的不靠谱，以至产生未曾"活过"的不真实感。

"不高兴再延长下去了"，是因为纪实最终摧毁了幻想中的"立传"，这或许是作者一开始未曾预料到的。但它恰恰为武侠小说提供了另一种假想："真实"的人物与事件，虽然反证了"立传"以求实的荒诞，但它作为奇侠江湖的一个枝节，显示了《江湖奇侠传》在更大的范围内以幻想收编史实的企图：如果武侠小说的幻想世界，是由各人物、事件谱系构成的无数个"可能世界"组成，那史实所在的"可能世界"便是其中之一。这个企图在接下来其他的武侠小说写作者的虚构中，仍在继续。

---

① 平江不肖生：《江湖奇侠传》，联经出版事业有限公司 1984 年版，第 1143 页。

三 20世纪武侠小说:"纪实"的隐性逻辑

在《江湖奇侠传》中显现的两种"写实"的叙述形式,在后继的武侠小说中继续得到延伸。而不论是建立侠客谱系,还是以幻想收编史实,都与武侠小说在中国叙述艺术的史传传统压力下,完成虚构中"纪实"的假想有关。

首先,体现在侠客谱系的延续中。

《江湖奇侠传》中,昆仑派与崆峒派诸侠客"小传"穿插进行,形成彼此维系而巩固的结构性力量。随后,这种系谱结构一直延续至今。

作家往往在多部作品中共同建构一套谱系。还珠楼主以《蜀山剑侠传》、《青城十九侠》、《长眉真人传》、《武当异人传》等构成的"蜀山剑侠"谱系;郑证因以《鹰爪王》、《天南逸叟》、《子母离魂圈》、《五凤朝阳》、《淮上风云》等构成的是"鹰爪王"谱系;王度庐以《鹤惊昆仑》、《宝剑金钗》、《剑气珠光》、《卧虎藏龙》、《铁骑银瓶》构成江南鹤、李慕白、玉娇龙、春雪瓶为核心的江湖悲剧侠情谱系。

侠客们依然通过三套关系,串联承继而成谱系:

其一,师承教养关系。除正式的拜师入派之外,还有诸如以某个人物为串联的隐性师承关系,如金庸武侠中"独孤求败"一脉,独孤求败在《笑傲江湖》中,曾教授风清扬"独孤九剑",后由风清扬传授令狐冲;在《神雕侠侣》中,独孤求败的大雕伙伴,耳濡目染独孤求败的习武经历,依次教授杨过,使其武功循序渐进,杨过又间接成为独孤求败的传人。而"独孤求败"这个从未正式露面的"奇侠",使令狐冲所处的"江湖"与杨过所处的"江湖",勾连成为了一个谱系。

其二,血缘伦理承继,如王度庐的《藏龙卧虎》与《铁骑银瓶》,前者以玉娇龙、罗小虎之间的爱情纠葛为线,后者始于玉娇龙、罗小虎分手十月后,其子韩铁芳出生之时,小说以韩铁芳寻母,罗小虎寻妻为线,两部小说以江湖中侠客的亲缘仇恨而构成谱系。

其三,侠的"然诺"与武的境界构成,包括了侠客的情感盟约以及理想抱负。如任我行所称"江湖中最佩服之人有三个半"、百晓生的"兵器谱"等，往往以绰号和排名的方式来实现对侠客之"武"与"侠"的认同。它与师承与血缘伦理中的承继过来的"报恩仇"关系，是构成江湖谱系的重要元素，三者一起绵密地打造出侠客系谱。

更为重要的是，多位作家的多部作品往往尝试共用一套侠客谱系。如昆仑、崆峒、丐帮等平江不肖生的谱系结构节点，以后又重现于金庸等作家的多部武侠小说中；武当、青城等还珠楼主的谱系结构节点，日后重现于王度庐、宫白羽的多部武侠小说中。甚至金庸的《射雕英雄传》以及《神雕侠侣》中，还接收了不肖生《江湖奇侠传》金罗汉吕宣良两肩上的一对大鹰，使之变成两只白雕，同样可以自长空急堕，分进合击敌手。这使得"江湖"在彼此的叙述呼应中，成为一个系统的"大历史"。

其次，体现在对史实元素的收编中。

范烟桥将"武侠小说"以文类特征，分为三种：除去向壁虚构的剑仙斗法一类之外，"一种是结合史事或民间传说，专写拳棒技击的，叙述较合理，不涉怪力乱神，多是敷陈些双方战斗之事，或各派武术家之间因意气之争，而引起的私斗，或官府、镖师与绿林的矛盾等故事；第二种虽也结合一些史事，专写武术，不掺杂神仙飞剑无稽之谈，但所写的武技内容，不尽合理，出现了掌风可以伤人、咳唾可以制敌等超人的神技，以及宝刀宝剑之类的神奇，故事的背景虽仍是人世社会，但已逐渐失去现实的色彩"。①

1923 年，不肖生的另一部武侠小说《近代侠义英雄传》在《侦探世界》连载。该书以写安维略弹劾朝廷大员李鸿章，"戊戌六君子"之一谭嗣同"血谏"为始，以宣统元年（1909）霍元甲去世为终，号称"这部书本是为近二十年来的侠义英雄写照"。以至于近 90 年后，研究者也不得不宣称："不肖生是要以霍家的'迷踪拳'作为他渲染的主干，带出清末武林各门派之看家特色，为武林留下一代英豪的列传。"②

---

① 魏绍昌编：《鸳鸯蝴蝶派研究资料》上卷，上海文艺出版社 1984 年版，第 313 页。
② 范伯群：《论民国武侠小说奠基作〈近代侠义英雄传〉》，《西南大学学报》2011 年第 1 期。

同时期,赵焕亭《奇侠精忠传》的《自序》称:"取有清乾嘉间苗乱、教匪乱、回乱各事迹,以两杨侯、刘方伯等为之干,而附以当时草泽之奇人剑客,事非无稽,言皆有物。"但其中千年灵芝幻化人形,服之可增进功力的描写,以及众多女英雄的叱咤江湖,如白莲教女首领田红英等描写,恰恰说明这部小说着重的不是"言皆有物",而是"事近无稽"。姚民哀写"会党"武侠小说时,同样声称:"被我探访确得实的秘党历史,以及过去、现在的人物的大略状况,也着实不少。……倘经一位大小说家连缀在一起,著成一部洋洋洒洒的宏篇巨著,可以称为柔肠侠骨,可泣可歌,足有令人一看的价值。如今出自在下笔头,可怜我学术荒落,少读少做,故此行文布局,多呆笨得很。只得有一句记一句,不会渲染烘托,引人入胜,使全国爱看小说诸君,尽皆注意一顾。清夜扪心,非常内疚,有负这许多大好材料的。"①

后来有宫白羽《偷拳》将杨氏太极拳创始人杨露蝉及其学武经历拉入小说,再到梁羽生最得意的"忠于历史的武侠小说"② 《萍踪侠影》。更甚者则为金庸武侠作品,通篇建立在乾隆为陈世倌之子的历史假说基础上的《书剑恩仇录》,"不太像武侠小说,毋宁说是历史小说"③ 的《鹿鼎记》,以及在《碧血剑》之后所附录的《袁崇焕传》。而无论是黄易直接在现代世界与"秦朝"之间穿梭的《寻秦记》中的秦王嬴政,还是《书剑恩仇录》中的乾隆,《射雕英雄传》中的成吉思汗,以及《鹿鼎记》中的康熙,他们的共同特点是,都并不在真实的历史人物或事件上用力,"真实"的历史成为"江湖"大叙述夹缝中的"世界"。

征用现实实在"历史"知识,妙处在于,通过对"时间"节点以及当时历史大事件的锚定,让关于"当时"的全部历史都可以成为符号接受过程中的想象物,这个想象物在读者开始符号接受时,就可以活跃于对此"历史"节点有所了解的读者的想象之中。而在它的侠客谱系建构中,"江湖"虚构世界成为由各种虚构个体呈现的各种可能世界的集合,

---

① 姚民哀:《箬帽山王·本书开场的重要报告》,《红玫瑰》1930 年第 6 卷第 1 期。
② 尤今:《寓诗词歌赋于刀光剑影中:梁羽生及其武侠小说》,伟青书店 1980 年版。
③ 金庸:《鹿鼎记·后记》,生活·读书·新知三联书店 1994 年版。

无论人物即侠客的私人世界，还是作者或叙述者所表现的"文本实在世界"（textual actual world）其他可能状态，它们通过一定的因果条件勾连，在明确的"时间链"的推移中，多人物视角及直接引语方式，以及用力于对叙述时间的明晰化，同样都是为了加深江湖虚构世界客观纪实的印象。如同以下两种武侠小说中常用的叙述方法：

> 这部书将要叙入霍俊清的正传，就不能不且把鼻子李的历史略提一提。（《近代侠义英雄传》第 6 回）

> 如今暂不言曹、巴二人，在店里很焦急的等候齐四回来，且先将齐四的来头履历表白一番，看官们才不至看了纳闷。因为前几回书中，金陵齐四突然出面，并不曾把齐四的来历，交代一言半语，看官们必然要疑心是作者随手拈来的人物，其实不然。金陵齐四在这部游侠传中，很是个重要角色，前几回书因是曹仁辅的正传，所以不能交代齐四的履历。（《近代侠义英雄传》第 34 回）

前者为提前叙述，以维持时间的线性结构。后者为倒叙，在情节线索交叉时，一为所谓交代英雄的来历，避免"看官们必然要疑心是作者随手拈来的人物"，对"纪实性"进行声明；二为趁曹、巴二人"在店里很焦急的等候"的空当，表白他人的履历，是保证叙述时间的整饬性。虽然打破"历史"的自然时间顺序，但它的时间链条清晰，依然可以使叙述安妥在那个"纪实性"的"可能世界"。

如上所述，一靠征用现实世界的"历史"节点，从不肖生《江湖奇侠传》第 1 回"清初"的隐居山以及随后朱元璋十七世孙"朱复"之名与反清复明，到古龙《苍穹神剑》的康雍年间王位之争等时间元素等；二靠建立侠客谱系，既可使武侠小说情节沿着以某几位侠客为中心的单向"史实"发展，又使这条单向发展的情节线上容纳众多人物活动，以求"还原"错综复杂的"历史"，在"纪实"与虚构之间建立平衡。

以此种种，打着史传的旗号，向"写实"交纳离奇的故事，构成 20 世纪武侠小说一脉相承的隐性逻辑。

四　一个分裂的自我："求实"与虚妄的托词

总体而言，"求实"是 20 世纪武侠虚构一直的假想。而究其原因，需要将 20 世纪武侠小说，放归于中国文学的总体环境中，才能探知在幻想中"纪实"的幻觉，之所以能在 20 世纪武侠小说中一脉相承，既与武侠小说的文类地位有关，也与 20 世纪的文化大环境有关。

首先，在中国儒家文化哲学所决定的文类秩序中，史书为最高文类，小说叙述向来处于最底层。"史书是中国文化文类等级最高的叙述文类。'六经皆史'，按这说法，史书是中国文化的最高文本类型，即所谓'经典化文本'（canonized texts），接近许多文化中宗教典籍的地位。史书的绝对意义地位对中国文化的一切文化都产生压力。"① 于是，小说此类在中国文类等级中地位低的文类，往往被迫需要向"史"做超文类的模仿，"对某种高级文类的企慕最后成为这种文类中一种必要的表意范型，用以在这文化中取得存在的资格"②，武侠小说作为文类最底层的小说中的末流，更需要以"慕史"而获得生存空间。

其次，晚清开始的"新小说"运动，赋予小说以"新道德"以至"新人格"③ 的社会责任。对于武侠小说此种不叙述"当时"、"当地"的幻想文类而言，不得不选择变相地"求实"，而更加"慕史"。从平江不肖生到金庸、黄易等武侠作品中，选择以"传"、"记"等命名的，比例极大。

毋庸置疑，小说虚构的世界，总是实在世界、可能世界与不可能世界的交叉物，这使得武侠小说的江湖虚构世界，并非抽象的逻辑建构，而是能够被现象感知的某种空间与实体。早先的《儒林外史》以伪侠张铁臂以及凤四老爹（以侠客甘凤池为原型）、萧云仙等"现实"中不得志的侠客，解构明清侠义小说中的诗性叙事，显示了当侠客企图与现实并轨的时候，也就是侠客开始落落寡合于平庸人间的开始。这显示了侠客作为武侠小说中"侠"与"武"的承载主体，需要在虚构中，才能寻找到"拯救"的自

---

① 赵毅衡：《苦恼的叙述者》，北京十月文艺出版社 1994 年版，第 224 页。
② 同上。
③ 梁启超：《饮冰室合集》卷二，中华书局 1941 年版，第 58 页。

由。由此，武侠小说徘徊在虚构与"纪实"之间，征用实在世界的部分知识，以及建构使侠客"活过"的假象谱系，"求实补史"的旨趣与写实的现实性需求，给侠客的幻想虚构带来叙事矛盾。在"虚构"与"历史"两股相互冲突的力量之间，它必须努力寻求微妙的力学平衡。

而"虚构"赋予小说远高于"历史"的自由度，也在武侠小说叙述中发挥效力。尽管武侠小说总将时间锚定在中国的"现代"之前，但它们又都刻意与"现代"之前社会拉开距离，提供与实在世界的"历史"间离的可能世界。最关键处，即是将暴力权力"下放"至民间。它既与政治若即若离，免于"当时现实"式的统摄、服务于"一大僚"，又避开侠义公案小说"大概是叙述侠义之士，除盗平叛的事情，而中间每以名臣大官总领一切"①。彰显民间的个人英雄，组织私人社团，实行民间正义。此间，民间色彩上升，而家国意识淡化，与"庙堂"渐行渐远，文人武官、盗贼乞丐、和尚道士、皇亲贵族以至聂隐娘、红线、练霓裳等女中豪杰，都可以浪迹"江湖"世界作侠客。

总体来说，20世纪的武侠小说是避开"当时现实"的"伪历史小说"。由此，武侠小说总会在不经意间，就将自己推入了一个尴尬处境。

平江不肖生的《江湖奇侠传》在叙述完"张纹祥刺马"之后，就"不高兴再写延长写下去了"，不仅因为那个"取材大率事实"的昆仑与崆峒"两派的仇怨，直到现在还没有完全消释"，更由于"张纹祥刺马"这个真正有据可考的材料，与其虚构的昆仑、崆峒谱系不相容。

与此相类，朱贞木的《七杀碑》同样要在"历史"与"虚构"之间博弈。在其序中，有对本书"纪实"的详细解释：偶得的署名"花溪渔隐"的诗册中，《七杀碑》为其中所记载的明朝轶事十余则之一，讲述张献忠踞蜀时的七雄传奇，"其文分叙七雄事迹，诡奇可喜，杨展为七雄之魁，叙其生平及率义兵规复川南事尤详，谓杨展能识金银气，擅奇门五遁术，近于小说家言。然其叙述，均有所本，吴梅村《鹿樵纪闻》及彭遵泗《蜀碧》等书，所载杨展传中，亦有精五行遁术语，顾博雅之士，

① 鲁迅：《鲁迅全集》第9卷，人民文学出版社1981年版，第339页。

亦不免也，岂世真有此神奇之术欤？……余摭拾'花溪渔隐'所述，兼采各家笔乘，故老传闻，综合七雄事迹，演为说部，而删其怪诞不经者，并据'花溪渔隐'之说，以《七杀碑》名书，志其所由起。"① 对轶事"近于小说家言"的"神奇之术"表示疑问，代之以"删其怪诞不经者"的小说《七杀碑》，俨然要将其改编成一部历史小说。据此，有学者称：朱贞木的《七杀碑》使武侠小说历史化，是一次"学科的融合"②。但事实上，《七杀碑》为了不让写实的空间对虚拟的空间造成挤压，只将叙述控制在七雄之一杨展赴京回川时遭遇的一系列奇事，而根本没有涉及七雄"联袂奋臂，纵横川南，保全至众"，对抗张献忠的事迹。这使得其"序"中所言，或者是为小说虚构过甚而做出的平衡之语，或者是作者一厢情愿的"想象"。

此类情况，就如同俞樾改编清侠义公案小说《三侠五义》，"援据史传，订正俗说，改头换面，耳目一新"③，志在使"俗说"得以"收编"进入"史传"，却不过"别撰第一回"，之后就难以为继。而金庸等人的小说中，或者采用尾注，或者另作别传如《碧血剑》后附录《袁崇焕传》，都不过是企图将天马行空的虚构，不断拉回小说纪实性"史传传统"的或故弄玄虚，或无可奈何之举。可以说，这是武侠小说以"写实"的叙述方式为托词，支撑一个虚构的世界，必然会遭遇的窘态。

重实际而黜玄想，中国叙述艺术以"慕史"的方式，维持文化的意义等级。武侠小说既要在"纪实"中获得意义等级下的生存空间，又要在"虚构"中完成"侠"之拯救神话，"求实"与"虚构"往往彼此成为负担。而在小说叙述中，一方面对"求实"孜孜以求，一方面采取种种策略性搁置，使其成为虚构的一种托词。隐藏在武侠小说叙述背后的作者分裂的"自我"，使其总是在所谓的"纪实"与"虚构"中左冲右突。最终，以"诚实的记录"为名，武侠小说成为一个伟大的说谎者。

---

① 朱贞木：《七杀碑》，北方文艺出版社1988年版，第1页。
② 汤哲声：《大陆新武侠关键在于创新》，《西南师范大学学报》2005年第1期。
③ 俞樾：《七侠五义·序》，宝文堂书店1980年版，第4页。

幻想的倒退:武侠小说的演进逻辑

武侠小说的文体演进，同样有着自身的内驱力。这可从考察它虚构的可能世界即"江湖"的表意嬗变中可以明晰看出。

陈平原称："谈武侠小说，无论如何绕不开'江湖'。'江湖'与'侠客'，在读者心中早就连在一起……'江湖'属于'侠客'；或者反过来说，'侠客'只能生活在'江湖'之中。"[1] 中国 20 世纪武侠小说异于此前的侠客叙述之处，在于其自 1923 年向恺然的《江湖奇侠传》以来，开创性虚构了与"庙堂"无涉的、非政治权力的"江湖"。而活动于其中的侠客作为武侠小说的灵魂载体，更是边缘于历史记载与社会规定的非客观实体存在，表达着拒绝"规训"与自我抚慰式心理诉求的文学想象。在这里，"侠"与"江湖"的表意形式，不仅定位了武侠小说的文体特点，而且决定了武侠小说的文体演进。也就是说，在这些以"侠"为主导的"江湖"之指称的更新之下，隐藏着武侠小说符号表意的演进玄机。

一 武侠小说文体演进与格雷马斯符号方阵

武侠小说研究，通常从接受史角度将 20 世纪 80 年代金庸、梁羽生封笔及古龙辞世之后，指称为"后金庸"时代的开始。而从武侠小说自身的文体演进而言，"后金庸"时代的来临，应肇始于 20 世纪 70 年代初金庸《鹿鼎记》的横空出世之后。这个"终结"了金庸武侠的"鹿鼎记"

---

① 陈平原：《千古文人侠客梦》（增订本），北京大学出版社 2010 年版，第 116 页。

江湖，也在标示 20 世纪武侠"江湖"符号表意一个轮回的完成。

而这自然与其形式的自觉有关："武侠小说……具有操作过程中的重复化和标准化的特点，具体而言就是'侠'和'武'的既定观念。而金庸在《鹿鼎记》里对两种观念的传统都作了较为彻底的消解。"① 无论是这里的"消解"一词，还是常见的评语"反武侠"，在《鹿鼎记》江湖与业已"标准化"的武侠世界之间那种无法忽视的动向，还有一个较为中性的名称叫作"否定"，它同样还是整个 20 世纪武侠"江湖"嬗变的驱动力。需要提出的是，它与我们通常理解中的否定式前进，即黑格尔哲学所认为的事物发展一般规律有所不同。

黑格尔曾在《逻辑学》中以"正题—反题—合题"三段式格局，从思辨存在论到思辨本质论再到思辨概念论，演绎了其思辨逻辑学的内在逻辑。不仅构成黑格尔思辨哲学体系的主体部分，并且成为思辨哲学体系的二、三部分即自然哲学和精神哲学的"核心"②。黑格尔逻辑学中的"正—反—合"即通常所称"肯定—否定—否定之否定"，最终演变成的是"合"（肯定）。这个黑格尔哲学的阿基里斯脚后跟，对于事物发展过程的解析有其局限性，弗莱在其 1957 年的《批评的剖析》中对虚构作品发展趋势的判断即为一证。弗莱认为："欧洲的虚构作品在过去的一千五百年间，其重点一直沿着五项的顺序下移"③，神话是虚构作品起点，主人公在性质上和环境上都比其他人优越，从那以后就每况愈下。浪漫故事中神变成英雄，有不可思议的超凡的勇气和忍耐力；史诗和悲剧中主人公仍然具有权威和激情，但是其所作所为必须服从社会评判；到喜剧和现实主义，主人公有普遍人性而不比读者优越；之后的自我批评式讽刺和反讽，主人公在能力和智力上低劣已经容易让读者产生轻蔑。在这个主人公在性质和环境上均不断"下移"的过程中，并未看到螺旋上升式的肯定。

与此相类，从韦小宝式"大侠"所如鱼得水的"江湖"世界，对此

---

① 韩云波、何开丽：《再论金庸"反武侠"：终结还是开端》，《江汉论坛》2006 年第 12 期。

② ［德］黑格尔：《逻辑学》，杨一之译，商务印书馆 1977 年版。

③ ［加］诺思罗普·弗莱：《批评的剖析》，陈慧、袁宪军、吴伟仁译，百花文艺出版社 1998 年版，第 5 页。

前所形成的整个武侠世界的完全颠覆情形来看，黑格尔的"否定之否定（肯定）"方式对武侠小说的"侠"之"江湖"的演变，同样有其局限性。而提供多重否定方式的格雷马斯（Algirdas Julien Greimas，1917—1992）符号方阵（Semiotic Square）图式，将更适合作为理解武侠文体演进的分析工具。

符号方阵，又称格雷马斯矩阵（Greimasian Rectangle），立陶宛裔法籍符号学家格雷马斯首先提出。他在1966年出版《结构语义学》中第一次提出这个方阵图式，又在1970年的名著《论意义》中对这个矩阵图式进行改造①，此后此方阵广泛应用于逻辑学、语言学、文化研究等领域，符号学家赵毅衡曾在《叙述在否定中展开》将其应用于小说叙述研究并对其进一步修正，成为如下四项十元素格局：

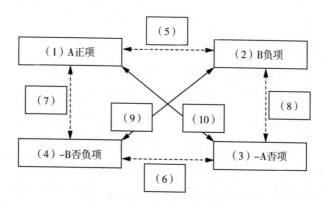

图1 修正后的格雷马斯符号方阵

原初的符号方阵提供了一个静态的多重否定方式，尽管格雷马斯以及格雷马斯派符号学家不认为符号方阵中从（5）到（10）各项连接均为否定，其中还包括（7）-BA否负正连接与（8）-AB否负连接的"互补关系"（complementariety）②。杰姆逊也曾在1972年的《语言的囚牢》一书中，认为这个方阵只是重申了黑格尔的"否定之否定"："此模

---

① ［立陶宛］格雷马斯：《论意义》上册，冯学俊译，百花文艺出版社2005年版，第142页。
② Winnifried Nöth, ed., *Handbook of Semiotics*, Bloomington and Indianapolis: Indiana University Press, 1990, p. 318.

式的发展，就成为对失落项的寻找……这失落项不是别的，就是否定之否定。"① 而十年后，他在《政治无意识》中对此观点进行了修订："让每一个项产生起逻辑否定，或'矛盾'"②，从而"开拓出实践真正的辩证否定的空间"③。

无独有偶，为了将这个静态方阵变成一个不断运动展开的过程，赵毅衡认为："这个方阵可显示一个不断藉否定进行构造的、无法封闭的过程：只要叙述向前推进，就必须保持开放的势态。这样理解，结构封闭的格雷马斯方阵，就成为'全否定'性的符号方阵。"④ 如此，不仅四项之间是否定的，甚至所有连接也都是否定的。它不仅取消了简单二元对立之间妥协的可能，而且通过在一个正项上的累加否定而延续递进变化，从（1）A 正项到（4）−B 否负项，每一项都被否定连接所包围，任何运动下一步必然是否定，事物能在运动中走向任何新的环节。在经过多次否定之后，从−B 项不可能再转回原来的起点，方阵无法走向肯定项而形成无限否定图式。

武侠小说的"江湖"的指称演变，便是在这种连续否定式的因果级差中展开。必须做出强调的是，在符号方阵中，双否定项−B 的作用至关重要。它既不承认肯定项 A，又不承认否定项−A 以及 A 与−A 的中间状态项 B，它提供一种超越二元对立的可能。在对三项的彻底否定之后，它就开始跃向新的符号表意形式，这也是任何一种表意方式必然出现的成熟化过程。由此，−B 项被格雷马斯本人称作"爆破项"（Explosive Term），杰姆逊则称这个双否定项"经常很神秘，开启了跃向新意义系统的可能"⑤。这对于武侠小说文体演进当下状态的理解非常关键，只有理解了符号方阵中的这个双否定项，才能理解何以金庸召唤出的韦小宝式

---

① Frederic Jameson, *The Prison House of Language: A Critical Account of Structuralism and Russian Formalism*, Princeton: Princeton University Press, 1972, pp. 166 – 167.

② ［美］杰姆逊：《政治无意识》，王逢振等译，中国社会科学出版社 1999 年版，第 240 页。

③ 同上书，第 38 页。

④ 赵毅衡：《叙述在否定中展开——四句破，符号方阵，〈黄金时代〉》，《中国比较文学》2008 年第 1 期。

⑤ Jameson, Frederic, *The Prison House of Language: A Critical Account of Structuralism and Russian Formalism*, Princeton: Princeton University Press, 1972, p. 39.

"侠"之"江湖"能够解构既成的武侠神话，以及相继在武侠世界引发一系列变革。

二　否定："江湖"演进的隐性逻辑

武侠小说构建的"江湖"与其灵魂载体"侠"的符号表意，概而言之，在20世纪中国经历了四个重要时期：以平江不肖生、还珠楼主的"剑仙"江湖为发端，到尽量缩短神功与人世距离的赵焕亭和郑证因等的"英雄"江湖，注重英雄多面性的宫白羽、王度庐等的"人"的江湖，延展至金庸、古龙的亦正亦邪式侠客江湖世界的出现，20世纪武侠小说"江湖"表意方式逐渐趋于圆熟，在四项依次"否定"之后，"江湖"中"侠"的崇高感逐步让位于怀疑论，与此同时，"侠"与"江湖"的符号意指也将逐步趋向于复杂化。

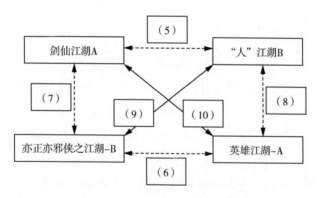

图2　武侠小说"江湖"符号表意的四体演进

"剑仙"江湖A项：江湖世界各个方面都被赋予意图或精神的时期。

叶洪生称："二十年代武侠作品，通常表现出'世外'、'人间'不分，'剑仙'、'侠客'混同的矛盾型态。"[①] 肇始自平江不肖生的《江湖奇侠传》，20世纪20年代的武侠小说的"江湖"中以奇幻仙侠为正格。《江湖奇侠传》在以俗世纠纷勾连江湖争锋的基础上述异志怪。智远和尚

---

　　① 叶洪生：《论剑——武侠小说谈艺录》，学林出版社1997年版，第34页。

养"八百罗汉"（金鱼）白日飞升；笑道人与哭道人斗法；酒侠以玉杯埋奸人、以琉璃球幻术感化红云老祖等，以及昆仑、崆峒、邛崃诸派门下弟子以飞剑、法宝等助阵解决现世问题，都有道仙意味。《蜀山剑侠传》的江湖世界则完全是俗世之外的"另一度时空"。天下一切"剑仙"、"邪派妖魔"皆可遨游太空、口吐白光、飞剑杀人，级别高的更可以煮海掀地、役山化兽。天外有天，地外有地，奇人剑侠不仅可以吸取各山灵气而修行武功，更可以成不死之身。可以说，这一时期的武侠即剑仙奇侠虽不是神仙或凡人，却是居于神、凡之间不凡的"超人"。而在这个被假设确定下来的"剑仙"江湖里，现实世界的自然规律完全被搁置，任何违反现实世界可能性行动，都必须并可以在另一套与现实完全相悖的机制中得到接受。

英雄江湖－A 项：非仙的侠客依然具有"高人一等"、独掌正义的精神，能惬意地获得邪不压正的安全感与幸福感，却必须受限于"江湖"环境的阶段。

缩小侠之江湖与人世的距离，进入武侠的"英雄"江湖的书写，在平江不肖生 1923 年的《近代侠义英雄传》中已见端倪。其后，赵焕亭、顾明道、姚民哀、郑证因一脉相承。《近代侠义英雄传》塑造的江湖中虽偶有异人法术，却是意图勾画活动于俗世的霍元甲或大刀王五等为国为民的大侠形象，展现近在眼前"事实"。文公直更在 1930 年《碧血丹心大侠传》的自序中提出："志欲昌明忠侠，挽颓唐之文艺，救民族之危亡，且正当世对武侠之谬解，更为民族英雄吐怨气。"到姚民哀、郑证因的"帮会技击"武侠，已经不涉猎神怪，这些质朴少文的江湖豪客、武林怪杰多在帮派内活动，以武功技击决胜江湖。这一时期的"英雄"之侠，仍比普通人更具有能力、权威和激情。在正邪界限分明的主导下，正派大侠们各负绝世武功，游戏风尘、独掌正义，却开始要服从于与现实世界相仿的自然规律。他们注重武术技击，使的也只是刀剑和暗器等非仙术的功夫，可以飞檐走壁，却再不能腾云驾雾。"绿林好汉"们开始尝试在"人间"行动。

"人"之江湖 B 项：侠客的特殊性滑向一般性，与芸芸众生共享人性，进入"江湖"的理性阶段。以宫白羽塑造的"凡人隐喻"和王度庐的"心灵悲剧"式侠客江湖为代表。

在宫白羽打造的"江湖"中，侠客大多有非英雄倾向，其代表作《十二金钱镖》即为力证。镖头胡孟刚被劫镖，要面对的不再是镖行较技讨镖，而是被官府羁押，以家产抵押及家属作人质才得以放出；陆嗣清要行侠仗义，却到处招灾惹祸；杨华因未婚妻柳研青不善女红而生嫌隙。王度庐设定的"江湖"中，侠客大多为争取"爱的权力"纠结于婉约细致情绪，而江湖恩怨易分、人世是非难断，大侠也终究要顺从命运的选择。不仅在小说中对此前侠客形象做出否定，宫白羽更在自传体随笔《话柄》中明确提出："一般的小说把他心爱的人物都写成圣人，把对手却陷入罪恶渊薮。于是设下批判：此为'正派'，彼为'反派'；我以为这不近人情……我愿意把小说中的人物，还他一个真面目，也跟我们平常人一样，好人也许做坏事，坏人也许做好事，等之，好人也还遭恶运，坏人也许得善终；你虽不平，却也无法，现实人生偏是这样。"[1] 于是，侠客行侠仗义、扶危济困，同时必须要面对"现实人生"的无奈，遵循普通人在自己的经验中可以发现的种种现实原则[2]。

亦正亦邪的侠之江湖-B项：这一时期侠客作为"正义化身"的理所当然感消失，"江湖"为"侠"提供的是对"侠"本身的怀疑，属于武侠神话的非理性阶段。以金庸和古龙小说的侠客之江湖为代表。

古龙"求新求变求突破"，以形式的变革预示对武侠精神的别样理解。他的小说相比于"江湖"中的正邪之争，更注重"侠客"内在的精神状态展示。这些侠客无不以自我独特的一套"侠义"标准，穿梭、游戏于正邪之间。"例不虚发"的小李飞刀李寻欢认为，一个人的身世并不

---

[1] 宫白羽：《话柄》，正华书局1939年版，第114—115页。

[2] 譬如在此时的侠客书写中，侠客们也开始有经济上的困扰。在王度庐《铁骑银瓶》中，柳穿鱼韩文佩与金刚跌赵华升是西派豪侠之一，但二人也不免为谋生而颠沛流离："十九年前……那时我跟金刚跌赵华升，我们分别之后又在西安府重聚，因为各人手里有点钱都花光了，不得不再找营生，我们在西安府保镖，又因为干那事儿发不了财，我们两人就凑了一点本钱，走青海去做买卖，不想又做赔了，我们都弄得少衣无饭，新年正月，才将过一场大雪，我们路过祁连山，想到甘肃去再设法谋生。"（第2回）

重要——人既不是狗，也不是马，不一定要"名种"的才好（《多情剑客
无情剑》），基本便能代表古龙对侠客身份、江湖风云的理解。1994 年生
活·读书·新知三联书店版的金庸武侠小说中，《倚天屠龙记》江湖世界
正邪的表面分野明显，实质却已模糊。明教教众行事乖张诡秘，多造杀
孽，被视为"魔教"，却不仅坚决抗元，更以一腔拯救众生的抱负积极追
求理想的世界前景："为善除恶，惟光明故，喜乐悲愁，皆归尘土。怜我
世人，忧患实多。"在这里，凭一种是非黑白很难断定其中正邪曲直。
《笑傲江湖》令狐冲学极邪武功吸星大法、追随魔教圣姑，种种行为被江
湖正派所不齿，却更使他时常怀疑与追问正与邪的区分标准及有效性。
此种疑问也曾经纠结过乔峰、杨过等侠客，及至在正与邪都吃得开的韦
小宝问世，此问题才不成为问题。这一时期的侠客，开始对"侠"之为
侠进行深层追问与认清，侠之"江湖神话"与现实世界的距离已被缩得
更短，是在最彻底地挑战业已成形的武侠世界。

至此，武侠的"江湖"世界符号表意已在否定式的四体演进中趋于
成熟。英雄江湖-A 项否定了剑仙江湖 A 项在生存环境上的优越性，"人"
的江湖 B 项否定了英雄江湖-A 项在生存质量上的优越性，而亦正亦邪的
侠之江湖-B 项则意图消解江湖的灵魂载体"侠"的生存根基——以"正
义"为名，进而从三个方向即侠客的生存环境、生存质量及生存根基彻
底颠覆了武侠"神话"。当侠客身在江湖，却对江湖之种种开始自我认清
与清算时，他既不可能回到"像神一样"的仙侠时期的任意而为，也无
力找回英雄时期的权威与激情，更无法依然游弋、沉溺于凡人的种种情
仇爱恨，武侠神话便再也回不到其原初的状态。这宣告了武侠神话作为
一个可"幻想代入"的符号载体，其表意在-B 项的"爆破"阶段，已
与武侠神话的原初意图似是而非。

三 "江湖"神话：一个幻想符号的跌落人间

《韩非子·五蠹》称："儒以文乱法，侠以武犯禁。"散落于社会各阶
层、游离于法律制度之外的"游侠"，是作为社会的破坏力量而存在的。
从这个意义上反观 20 世纪中国的武侠小说所建构的"江湖"，其半民间

半官方、与政治若即若离的气质，以及供三教九流以至女中豪杰作为社会的中坚力量"笑傲"其中作侠客的叙述安排，铸就了这个虚构的可能世界与现实世界相互叠合成分少、拟真程度低的幻想天性。而其以幻想（fantasy）小说的性质在 20 世纪中国大行其道的事实，预示了某种隐秘的文化动因。

陈平原称："武侠小说像其他大众文学形式一样，除了体现流行的审美趣味，更重要的是体现了大众的潜在欲望，故特别适合于从思想文化史角度进行透视。"[1] 事实上，对于武侠小说而言，它的"大众"更大程度上锁定的是社会青年男性。更具体地说，重在幻想中体现暴力权力民间化的武侠小说建构的秩序外"江湖"，以"武"之个体性能力支配他者、以"侠"之社会性能量使他者臣服，是个为中国青年男性提供自我抚慰与疗伤的幻想世界，通过它的"前现代"情景幻象，模糊与淡化对 20 世纪势在必行的现代化大潮无力参与的恐惧感。在此，"江湖"的言说方式，更像是在呈现一个"中国式"侠客对自我命名的不断寻觅与确定。

因此，在武侠"江湖"世界提供的"前现代"情景幻象中，武侠"神话"必须构筑超自然的力量以及人格魅力让接受者精神仰望，进而可以进行幻想性疗伤，而非以普通的人性观念让接受者生发共鸣，甚至提供更庸常的标准为其评判侠客的生存境况，以此拒绝角色代入式的自我抚慰。也就是说，"侠"的自我意识是不能在两个相反的位置间跳跃与游移的，或者说，是不适合被观察到对于"侠"自身存在基础的矛盾冲突的。唯有沉浸在"江湖"的有机整体的意识中，"侠"才能安身立命。也唯有如此，武侠小说作为能够发挥出欲望客体功能的实物，才能填补进 20 世纪中国青年男性在幻想中提供的欲望图示符号形式结构所开拓出的空间。反之，则欲望依然虚位以待，而武侠小说在符号的被选择与接受中，势必逐日走向凋敝。

这是 20 世纪武侠小说必须承受的符号使命，也注定了它在"否定"式前行之后际遇的必然性。弗莱对欧洲 1500 年的虚构作品进行剖析，以

---

[1]　陈平原：《陈平原小说史论集》下册，河北人民出版社 1997 年版，第 1455 页。

作品中主人公的水准作为分割作品类别从宗教的到世俗的甚至非理性阶段的主要标准，其依据是"在《诗学》的第二段，亚里斯多德谈到虚构作品（fiction）的种种区别，这些区别是由作品中人物的不同水准造成的。他说，在一些虚构作品中，人物比我们好，在另一些作品中，人物比我们坏，而还有些作品中的人物则与我们处于同一水平。这段话没有引起现代批评家们足够的注意，因为亚里斯多德强调好与坏的重要性似乎暗含着某种关于文学的狭隘的道德观念。然而亚里斯多德所用的'好'与'坏'这两个词是 spoudaios 和 phautos，它们还含有重与轻这样的比喻意义"。[1] 这为 20 世纪武侠小说文体演进中"江湖"符号表意的嬗变后果，提供思考的前路。

武侠小说的"江湖"世界，从 20 世纪 20 年代以"剑仙"为中心到 60 年代的淡化正邪分界、寻找"侠"之合理性的侠客为主导，其灵魂人物在精神上以及环境上逐渐从"超人"下移至凡人以至俗人。这一演变趋势，在 20 世纪 30—40 年代武侠大家宫白羽的书写坚持中已得到过明晰表述："今设事行文，以写实之法为之；体会物情，不尚炫奇"[2]，这也成为武侠神话在以小说叙述的形式展开中逐渐没落的原因写照。当武侠从"炫奇"向"写实"倾斜，意味着"江湖"的虚幻要还原至俗世的清晰，而侠客的天马行空必须开始逼近普通人的庸常。这与武侠在 20 世纪中国最重要的任务——以前现代的情景幻象"否定"无力参与的现代化大潮——显然相悖。

由此，延续至 20 世纪 70 年代初金庸"鹿鼎记"江湖的出现，武侠世界的情况已经更为糟糕。金庸曾避重就轻地解说《鹿鼎记》的出现，却也必须直面韦小宝对武侠世界的冲击："《鹿鼎记》和我以前的武侠小说完全不同，那是故意的。一个作者不应当总是重复自己的风格与形式，要尽可能地尝试一些新的创造。有些读者不满《鹿鼎记》，为了主角韦小

---

① ［加］诺思罗普·弗莱：《批评的剖析》，陈慧、袁宪军、吴伟仁译，百花文艺出版社 1998 年版，第 3 页。

② 宫白羽：《十二金钱镖·第三版序》，转引自袁良骏《鲁迅的七封信和武侠小说大家宫白羽》，《人大复印资料》2004 年第 4 期。

宝的品德，与一般的价值观念太过违反。武侠小说的读者习惯于将自己代入书中的英雄，然而韦小宝是不能代入的。在这方面，剥夺了某些读者的若干乐趣，我感到抱歉。"①考察金庸武侠"江湖"的发展脉络：在经历了神化拔高、占尽先机的陈家洛为主导的"书剑恩仇录"式江湖，20世纪50年代末"为国为民，侠之大者"郭靖为灵魂的"射雕英雄传"式江湖，60年代中期因民族认同产生身份认同危机的大侠乔峰与担当"复国"重任的偏狭小人慕容复纠结其中的"天龙八部"式江湖，金庸武侠在70年代初的"江湖"与"江山"双重场景中，收获了"豪士尽归隐，小宝称至尊"的"鹿鼎记"式江湖。此时，重新理解严家炎对金庸小说的评价："一场静悄悄的文学革命"②，将更为意味深长。

　　"不才"成为"至尊"，韦小宝式侠客至少在三个层面上消解了武侠的"神话"叙述：首先，韦小宝式侠客自觉切断了与既成的侠客部族的身份相似性。他只会三脚猫的功夫，常用石灰粉、"化尸水"等不入流甚至偏门器物制敌，且惯以"强中自有强中手"为借口而无心修习高手武功。其次，也决定了他必然跃出传统武侠世界中基于"侠"之观念的个体与整体的认同与相容。韦小宝有来自于民间戏曲中的关于"侠"的浅显认知，却自觉与不自觉中处处施以谎言、小伎俩而如鱼得水于"江湖"甚至是"庙堂"，同时又于"江湖"与"庙堂"之间，仁、义不能两全。最为重要的是，宣扬不轨于现实世界正义路径的"盗"的武侠江湖，是作为现实世界的"道"（各种自然的与人为的规则）的异项而存在，韦小宝却又以其"反侠"的行径成为"盗"的异项。他以背叛"盗之道"，走向了现实世界芸芸众生的普罗状态，还给大众一个"大众"集合形象。就这样，"鹿鼎记"江湖以一枚"伪（韦）侠"小宝的羽毛之轻，就击落了所有关于侠客及其"江湖"的幻想之重，既成为武侠丢失人格魅力的标记，又使武侠"江湖"作为一个幻想性表意符号，彻底跌落人间。随之引发的，便是武侠小说的潮退。

---

① 金庸：《鹿鼎记》第5册，生活·读书·新知三联书店1994年版，第1989页。
② 严家炎：《金庸小说论稿》，北京大学出版社2007年版，第172页。

四　武侠"神话"前景展望："江湖"新表意形式生成

20 世纪的武侠小说，在金庸之后便逐渐走向没落。金庸结束其作品的修订之后，古龙基本不再有好的作品面世，随后的温瑞安、黄易更未再得到比较强烈的社会接受。武侠小说的"江湖"符号表意，在经历了多重否定之后，已经无法重塑其原初的幻想表意意图。并且，如同在一击而碎之后，拼贴是一种徒劳，期待武侠"江湖"重新返回其"古典神话"式的幻想性书写，也纯属一种"宗教"式的热望。由此，链接式反应于仍有所希冀的受众对武侠小说在"金庸"之后的状态的难以认同与接受。"欲望的'自然'状态和忧郁一样，它不是任何实在物体，也没有任何实在物体能够填补它的结构性缺失"①，此时，如何重塑武侠所能提供的"幻想性"，便成为一个问题：它依赖于新的"江湖"符号表意形式的生成。

韩云波将大陆"新武侠"的文体探索主要区分为四个向度："回归古典、靠近玄幻、电玩动漫、灵智写作"②，无论是小椴在语言趣味上的修炼、沈璎璎向玄幻的推进，还是沧月对电玩动漫角色代入式叙述方式的吸取，张闻笙的融合灵智的书写，都是以文字叙述为依托的对"江湖"表意形式的积极探索。而更为直接的、新的"江湖"形式的呈现，将集中于武侠网游之中。这些武侠题材的角色扮演游戏（role-playing games），为年轻一代提供了"切身"的扮演武侠人物的机会。它们以精彩的创意、先进的引擎和高端的技术渲染提供比小说的文字叙述更强的带入感，使网游者在颠覆原有的武侠语境和接受方式中，重新获得幻想的快感。

"从纸媒文本、影视作品、网络文本到网络游戏，接受者的参与越来越多，越来越直接，表达形式的综合性越来越强，这也与文学在当下的基本走势一致。"③ 以此观之，网游作为一种全新的武侠文化的载体，在当下的流行，及或许在日后将掀起更大的浪潮，都是势所必至的。

---

① ［斯洛文尼亚］斯拉沃热·齐泽克：《幻想的瘟疫》，江苏人民出版社 2006 年版，第 98 页。
② 韩云波：《大陆新武侠与武侠小说的文体创新》，《西南师范大学学报》2004 年第 4 期。
③ 马睿：《网上江湖：数码时代的武侠文化》，《西南师范大学学报》2006 年第 5 期。

标出性与武侠小说的文体颠覆

——从《鹿鼎记》、《鲜血梅花》到《城邦暴力团》

　　1970 年金庸的《鹿鼎记》，正式开启了在武侠小说内部"反武侠"的序幕。绵延至 20 世纪 90 年代末以张大春《城邦暴力团》为代表的武侠"江湖"，企图在所谓"真实"与"虚构"的粗糙夹槟里，寻找一个更明白的说法，武侠小说已与此前业已成型的武侠格局明显相异。这场变革，正与它一向宣扬的"江湖"美学所发生的细微异位休戚相关。

　　"白日梦"的幻象存在，总是伴随着某种象征承诺。20 世纪中国汲汲于完成"现代化"建构的"现实"需求，武侠文体却在生存的合理性自证中，成为 20 世纪中国文学中影响最大的幻想（fantasy）体裁，一个最为独特的"白日梦"。从 20 世纪 20 年代平江不肖生《江湖奇侠传》开始，武侠小说就在非政治权力的"江湖"幻象中，实现了暴力权力民间化，这显然与当时的"现实"格格不入。然而也正因如此，武侠小说的这一套言说方式，为身怀抱负却无力参与"现代化"大潮的"中国式侠客"即社会中下层青年男性，提供了一个不断寻觅与确定命名以补足"现实"缺失的"象征承诺"。

　　如此，"江湖"以偏离于现实日常规范的异常甚至是疯狂的形式，成为对立于"现实"秩序的幻象存在，也成为武侠小说"象征承诺"的美学支撑。这是武侠小说在 20 世纪中国持续存在甚至一度繁荣的关键。同样，它也是之后武侠文体颠覆的关键：武侠小说的形式解构，便是始于"江湖"之"幻想"向"现实"的无限靠近乃至叠合。

一 "盗"的标出

武侠小说的独特气质，是它在道德架构上颂扬社会文化认同的"正必克邪"的正常美感，却在细节上表达强"盗"美学，即它以叙述被现实世界常态文化"标出"的异项美感而存在。

20 世纪 30 年代的音位学研究最早提出标出性（markedness）理论。布拉格学派的特鲁别兹科伊（Nikolai Trubetzkoy）发现，浊辅音因为发音器官多一项运动，它的使用频率明显低于其对立的清辅音。他在给雅各布森（Roman Jakobson）的信中提出"标出"的概念，指出"两个对立项中，只有一项被积极地标出"①。而雅各布森却敏感地意识到，标出性并不局限于语音、语法等，它会进入"美学与社会研究领域"②。

然而，由于标出性理论在语言学研究中没有被清晰地界定，它向边界模糊的文化研究的延伸，也始终未能形成一个成功的理论框架。2008年，赵毅衡提出一种关于"标出性的文化研究"的探索性模式：基于标出性指称的二元不对称模式，提出正项、中项、异项的三项模式。通过中项的运动，解释标出项与非标出项之间的动态变化。其中，"异项"对应于标出项；"正项"对应于标出项的对立项；中项则是异项和正项中间的项。中项并非中立，而是偏向于认同正项，和正项一起构成非标出项："非标出项因为被文化视为'正常'，才获得为中项代言的意义权力；反过来说也是对的：正是因为非标出项能为中项代言，才被认为是'正常'：中项偏边，是各种文化标出关系的最紧要问题。"③ 所以，中项与正项的结合并不牢不可破，异项也会积极地争取中间项，以争夺正项地位。一旦中项移向异项，正异关系便发生逆转，因此，"任何文化范畴的两元对立，都落在正项/异项/中项三个范畴之间的动力性关系中"。④

武侠小说的"江湖"，是为表达现实文化中的"异项"而存在。侠客

---

① Nikolai Trubetzkoy, *Letters and Notes*, The Hague：Mouton, 1975, p. 162.

② Roman Jakobson and Morris Halle, *Fundamentals of Language*, The Hague：Mouton, 1956, p. ix.

③ 赵毅衡：《符号学原理与推演》，南京大学出版社 2011 年版，第 291 页。

④ 同上书，第 292 页。

得民心却不见容于世，它与现实社会得以"正常"展开的平和、稳定的"道"，完全背道而驰。除了统治者绝不会承认自己的"上失其道"①，"没有个性"的文化中项也未必能认同现实中的血腥杀戮。所以侠客只能隐身于"江湖"，在价值架构上严格遵守惩恶扬善伸张正义的、充分伦理化的世界图景，却以艺术形式的细节表现"快意恩仇"的强"盗"美学："其行不轨于正义"、"以匹夫之细，窃杀生之权"。既随时准备"仗剑行侠"、一鸣天下知，又能得到文化中项的欣赏，使其能够"有拍案称快之乐，无废书长叹之时"。可以说，"可以济王法之穷，可以去人心之憾"（李景星《四史评论》），主要也是抚慰"身在曹营心在汉"的中项，以艺术的形式将"以武犯禁"，纳入文化中项能接受的符号意义范围，化解标出项颠覆文化常规的威胁。

值得强调的是，在现实社会的文化背景下，"道"之"正常"与"盗"之"非常"，二者一正一异，其中大量的中间状态，它们没有个性地处于"盗"与"道"之间，依靠对标出项"盗"的背离来表达自身，并随着环境的压力而处于不断地此消彼长的动态状态。武侠小说宣扬"异项"美感，所以"江湖"世界里的正项与异项，恰恰是现实社会文化正异项的翻转状态。"盗"以及被道德化的"法律"是被广泛认同之项，而庙堂秩序及中庸平和等"至道"则是不被认同的标出项，在二者之间的"无个性"项依靠向"盗"的靠拢来表达自己。因此，在"江湖"世界中，当中项开始向其异项靠拢时，其主导精神便会发生偏离，走向中项的平庸化甚至是其"犯禁"对象的现实秩序化。此时，武侠小说中继续存在的"侠以武犯禁"模式，会使它与以往既已形成的武侠"江湖"表意继续勾连；而小说内部对"盗"之认同的正异项翻转，又使其与成型的"江湖"美学拉开距离。后者对前者的矫正解读，便形成对此前武侠神话的颠覆状态。

从金庸《鹿鼎记》到张大春《城邦暴力团》，不仅都是利用中项对正项的偏离，来进行武侠"江湖"的似是而非的表意，而且后者相对前者

---

① 方以智《曼寓草·任论》称："上失其道，无以属民，故游侠之徒以任得民。"参见《浮山文集前编》卷五，《四库禁毁书丛刊》集部，北京出版社1997年版。

而言，更是一种对武侠文体的深入颠覆。

二 《鹿鼎记》：主题的颠覆

所谓"盗亦有道"。在武侠的"江湖"叙述中，相比于"武"的展示，"侠"之观念的表达更为重要。"江湖第一重的是仁义如天，第二还是笔舌两兼，第三才是武勇向前"①，是绝大部分武侠小说书写都会遵循的原则。但是关于"侠"之观念的总结，一直众说纷纭并且没有形成明确的理论界定。诸多立论所依据的，基本还是《史记》中关于"游侠"的勾勒："今游侠，其行虽不轨于正义，然其言必信，其行必果，已诺必诚，不爱其躯，赴士之困厄。既已存亡死生矣，而不矜其能，羞伐其德，盖亦有足多者焉。"②

"侠客"的形象随着时代的推移，在经历不同人生的作者笔下历经不断地演变。而关于"侠"之观念，在司马迁所规划的基本倾向上却没有发生大尺度调整。尤其在"江湖"与"庙堂"完全无涉的 20 世纪中国，它更是跳出阶层的限制，不局限于解决"士"的难题，而单纯成为一种精神风度与行为方式："江湖上各家各派各有其清规戒律，不过，'崇尚义气'这一点几无例外。江湖义气与朝廷王法一样，同为各自世界的最高规则。倘是混迹江湖，那么完全可以将江湖义气置于朝廷王法之上。将江湖义气作为道德化的'准法律'，是武侠小说家设计的理想社会图式。"③

然而这种"理想的社会图式"，无法羁绊《鹿鼎记》的韦小宝："对皇上讲究'忠心'，对朋友讲究'义气'，忠义不能两全之时，奴才只好缩头缩脑，在通吃岛上钓鱼了。"④ 因为，成长于妓院的韦小宝已深深懂得，以"市井"无赖习气穿梭于"江湖"和"庙堂"，便不必有"侠"之担当上的负担。这同时成为对"盗之道"的背叛。

---

① 平江不肖生：《江湖奇侠传》第 1 册，联经出版事业有限公司 1984 年版，第 119 页。

② 司马迁：《史记·游侠列传》，中华书局 1959 年版，第 3181 页。

③ 陈平原：《千古文人侠客梦》（增订本），北京大学出版社 2010 年版，第 133 页。

④ 金庸：《鹿鼎记》第 5 册，生活·读书·新知三联书店 1994 年版，第 385 页。

　　韦小宝带给"江湖"的，是世俗的普遍生活现象与凡人的共同生存境界。相比于"侠"安身立命于"江湖"的能量来自于人格的净化及至神圣化，驱动韦小宝前行的只是人性的、现实的甚至是生理本能的欲望。他在扬州妓院"丽春院"耳濡目染的财色交换经验，成为他日后行走"江湖"的性格底色，处处呈现一副"小奸小坏"的无赖相：好色说谎、阳奉阴违、吹嘘拍马、欺软怕硬。他所履行的"义"，适用范围"开阔"（天地会以及与之相对的清廷）而底线混沌，仅限于不该出卖朋友而非"必须不能"。在关涉自己人身安全的关键时刻，这种狭隘的"义"便明显靠不住：曾为安全逃出皇宫，暗算朋友多隆一刀；在自我说服挖宝藏并非出卖朋友之后，便满足天地会的要挟要去挖大清龙脉。

　　而正是这个市井小流氓，被"中项"选择而成为创造历史的"奇侠"：于"江湖"，他武功低微却成为天地会的香主、神龙教的白龙使，救过武功绝顶的天地会总舵主陈近南、"独臂神尼"九难；于"庙堂"，他几乎目不识丁，却与重臣名相称兄道弟，甚至受到顾炎武、黄宗羲等大儒的推崇，拟推他为皇帝；就连只是为了满足对美色的简单欲求，他都可以同时拥有七个风格不同的如花美眷。

　　与此同时，传统意义上的"侠"开始黯然失色：无论是人格高尚还是身怀绝技，大侠都无能为力于《鹿鼎记》的"江湖"现实，沦为遭际悲惨的配角。收下韦小宝做徒弟的陈近南，一直企图改造韦小宝学习江湖中英雄豪杰处世做人之道义，却被他所效忠的郑氏暗杀；神龙教主武功盖世，不过被韦小宝用一招不熟练的"狄青降龙"刺死在孤岛。

　　"江湖"任大侠"笑傲"，却并不排斥凡人叙述，至少侠客仗剑行侠的目的之一便是凡人们生活的安宁。逻辑上的悖论在于，韦小宝的"黑白通吃"，已经不单纯是一个让充满弱点的普通人获得实践"侠义"的可能性问题，而是一个以普通人性替代传统意义"侠"之观念成为江湖"至尊"的颠覆性问题。从韦小宝初入江湖，用"正派"人物所不屑的撒石灰等下三滥手法使茅十八几次得救，便暗示了在《鹿鼎记》式"江湖"中有强大生命力的，是"小流氓"的手段而非"大侠"之道义。于是，当凡人的生存境界成为"江湖"精神的主导之后，正项之"侠"便只能选择拒绝参与的回避。又或者，"英雄侠士尽归隐"与"不才小宝称至尊"成为一对互为因果的同谋，使"江湖"就此平庸。

而"不才至尊"韦小宝的存在，正是"江湖"中项选择了对武侠伦理的偏离，完成对既有武侠神话的主题性否定。

三　《鲜血梅花》：行侠模式的虚化

武侠小说是一种成熟的类型小说，有相对标准化的、可操作的惯性模式。众多学者曾从不同侧重点，对其进行过总结和论述的尝试①。陈平原自称，着力于开掘武侠小说"基本叙述语法蕴含的文化及文学意义"，构成了他"研究武侠小说的理论框架和操作程序"。在《作为一种小说类型的武侠小说》中，他"把武侠小说的基本叙事语法概括为'仗剑行侠'、'快意恩仇'、'笑傲江湖'和'浪迹天涯'；强调这四个陈述句在武侠小说中各有其特殊功能——'仗剑行侠'指向侠客的行侠手段，'快意恩仇'指向侠客的行侠主题，'笑傲江湖'指向侠客的行侠背景，'浪迹天涯'指向侠客的行侠过程"②，从四个角度总结了侠客"行侠"的基本模式。虽然武侠小说叙述语法会随着时间的推移而不断演进，但这四个角度大致能概括 20 世纪中国武侠小说，在不断演变背后的基本叙述模式。

不应忽略的是，在武侠小说叙述模式的背后，隐藏的是"正必克邪"的价值支撑。并且，它也是侠客"行侠"的基本驱动力。1989 年，余华正是以这种驱动力的缺席，委婉地虚化了武侠小说的叙述模式，完成了对武侠文体的解构。

他的短篇小说《鲜血梅花》叙述了一个貌似"武侠"的故事：梅花剑的正牌传人阮海阔遵从母亲遗命，行走江湖寻找杀父仇人。途中因缘际会帮忙完成了"胭脂女"和"黑针大侠"两位侠客的委托，多年后却

---

① 如丁永强曾概括新派武侠小说叙事的场面模式为：仇杀；流亡；拜师；练武；复出；艳遇；遇挫；再次拜师；情变；受伤；疗伤；得宝；扫清帮凶；大功告成；归隐。参见丁永强《新派武侠小说的叙事模式》，《艺术广角》1989 年第 6 期。

② 陈平原：《千古文人侠客梦》（增订本），北京大学出版社 2010 年版，第 174—175 页。

得知这二人已将自己的仇人杀死。遗憾的是，自己只起到了间接辅助的作用。而更为重要的是，从此自己再无仇可报了。即使是从这种简单勾连中，也不难看出："侠客"的形象与"侠"之观念并不是它的兴趣所在，反而是武侠的情节模式成为它戏仿的对象。以此，"仗剑行侠"、"快意恩仇"、"笑傲江湖"和"浪迹天涯"在内的"行侠"模式，统统在一种游戏和狡猾中成为虚弱的形式。

在它叙述的开始，是如此理所当然地踏入了武侠小说的常规操作模式：一代宗师阮进武在莫名的江湖恩怨中神秘被杀，十五年后，阮妻拿出丈夫留下的梅花剑嘱咐儿子寻访仇人并为其复仇，阮海阔从此走上复仇之路。随后却慢慢开始做起"甩手掌柜"式的偏离：

其一，"仗剑行侠"的形式，不能为"侠"壮胆，也未必能带来"行侠"的结果。"梅花剑"天下无敌，持剑的父辈宗师早死了，而"有关梅花剑的传说却经久不衰"①。但"梅花剑"在阮海阔手中的功用，仅仅是先后供知情人白雨潇、青云道长辨认出他的宗师之子的身份，以及使人忆起"阮进武二十年前在华山脚下的英姿"。相比而言，此剑现在的主人一直"虚弱不堪又茫然若失"，不仅没有父辈的"威武自信"，甚至缺乏侠客该有的气质。对复仇的认知是"他将去寻找自己如何去死"；而他留在"江湖"的功业，不过是向青云道长打听了两个消息，完成连"胭脂女"和"黑针大侠"自己可能都早已忘记了的委托。

其二，阮海阔从未"笑傲江湖"，且"浪迹天涯"于复仇目标的实现之前。"江湖"于他而言，是母亲告知复仇"上路的时候应该来到了"时，隐约呈现在眼前的"几条灰白的大道和几条翠得有些发黑的河流"。这也是他关于完成复仇大业的所有想象。于是，寻访的过程"漫游"逐渐取代了寻访的目的"复仇"，本该将"江湖"腥风血雨一番的名正言顺的理由，就这样成了被悬置的背景，或者一种可能性。并且这种可能性在他刚踏入"江湖"，"他感到自己跨出去的脚被晨风吹得飘飘悠悠"时，就已经有了清晰的暗示。

---

① 本文所引《鲜血梅花》诸文字，均出自余华《鲜血梅花》，新世界出版社1999年版，第1—21页。

其三也是最为关键的，仇恨的虚位使复仇没有相应的驱动力，"快意恩仇"成为虚妄的假想。即使在茅屋和母亲一起燃烧出"与红日一般的颜色"，他的杀父之恨也继续如"无比空虚的蓝色笼罩着他的视野"。因此，他不知不觉地随意漂流于"江湖"与渐渐偏离母亲的叮嘱。见到青云道长后，首先在阮海阔"内心清晰响起"的是别人可有可无的委托，然后母亲的声音"才在阮海阔内心浮现出来"；再次见到白雨潇时，他更没有即将复仇的快感和安慰，"依稀感到那种毫无目标的美妙漂泊行将结束"。

"江湖"对于这样的少年，从一开始就成了笑话。按照武侠小说叙述模式行动的"侠客"，当"行侠"的驱动力缺席时，叙述的模式越"一本正经"，就越成为以模式否定模式。原本凸显的地位，便逐渐沦为边界清晰而本身模糊的一团。那个叫阮海阔的少年，就是如此"吃力"地进行着虚化"行侠"模式的活动，消解了既有武侠的象征意义。

四 《城邦暴力团》：文类的破溃

20世纪武侠小说的"江湖"，直接割断了与生存世界的假性链接。"江湖"成为与现实世界极少叠合的可能世界，它以非近代的古典时空设定、非20世纪的冷兵器使用等等，刻意地拉开了与"当时"现实的距离。最重要的是，武侠小说能填补进20世纪中国中下层青年男性幻想中的欲望图示，是源于"江湖"建立在这些非现实形式之上的欲望功能，即实现个体英雄主义的暴力权力民间化诉求。这个被现实的"庙堂"标出的异项，在幻想的"江湖"中翻转成了正项美感，由此也反向塑形了武侠小说，使不名时代，罔顾历史，尽情幻设，成为20世纪武侠小说的共识与默契。如同研究者所言："武侠小说如果要写历史，必然是'戏说历史'，与其戏说，还不如从具体的历史中超脱出来，表现一种更为抽象的历史意识，亦即对民族传统文化的回顾与反思。"[①]

因此，当武侠小说虚构的可能世界向现实世界倾斜甚至深度叠合时，暴力权力不得不遵从同样的原则，转向"庙堂"认同的秩序或被其裹挟

---

① 吕进、韩云波：《金庸"反武侠"与武侠小说的文类命运》，《文艺研究》2002年第2期。

着前行，甚至逃遁而不得。特立独行的标出项滑向平庸，进而消解了武侠小说作为欲望补足物的存在价值。

有意味的是，一个世纪的武侠小说都在进行隐喻性"逃亡"，却在世纪末有了一次真枪实弹的武侠"江湖"大"逃亡"。台湾作家张大春创作于 1999—2000 年的《城邦暴力团》，他在题辞中说道："这是一个关于隐遁、逃亡、藏匿、流离的故事。"① 如何将自己从"光天化日之下"拯救出来，像老鼠一样躲到阴暗角落，是这个"武侠"故事全力解决的颠覆性想法。

众多论者对界定它为武侠小说还是历史小说难以取舍②，作者也声称："这个神奇的、异能的、充满暴力的世界——无论我们称之为江湖、武林或黑社会——之所以不为人知或鲜为人知，居然是因为它们过于真实的缘故。"③《城邦暴力团》以三条线索交错叙述：一是从"竹林七闲"七部著作中，拼凑出的清代民间传说中江湖会党的内部争斗；二是从 1937 年漕帮八千子弟参加抗战到其帮主"老爷子"（万砚方）暗中阻止"反攻大陆"计划而被暗杀的往事风雨；三是叙述人张大春为追寻历史线索而搜集材料的冒险与逃亡。必须特别指出的是，无论是哪条线索，都贯穿着符号化"老头子"的缺席的在场。形式上仿佛返回明清公案小说的终归统摄、服务于"一大僚"，实际情况却更为复杂。它不仅否定了英雄作为一个超自然力量化身的观念，更以"庙堂"的玩弄权术颠覆了"江湖"的暴力展示而产生的虚幻特性。

"江湖"笼罩在"庙堂"之下，暴力权力不仅没有"下放"至民间，"江湖"还被种种暴力权力挟持着前行。尽管江湖会党最后舍弃了集体斗争，转而依靠"被选中的""星主"的个人力量。遗憾的是，民间的、个

---

① 张大春：《城邦暴力团》（题辞），上海人民出版社 2011 年版。
② 倪匡非常推崇《城邦暴力团》，他的说辞非常有意味："他写到武侠小说的部分，是完全根据正宗武侠的小说手法来写。……《城邦暴力团》是非常成熟的，他以前的作品没这个风格的！"这等于说《城邦暴力团》"部分"是"武侠小说"，且整体是对武侠风格的革新，体现在"它是武侠小说嘛，它主要的情境，人物关系，全部纠缠在近代史上……你一定要接受他这种，又有幻想，又有现实"！陈思和也认为："作者用这样一部'江湖即现实'的小说，演出了庙堂与江湖之长达几十年的一部恩怨史或者血腥史，来重新书写本世纪以来的中华民族风雨史。"
③ 张大春：《城邦暴力团》（封底），上海人民出版社 2011 年版。

体英雄，自然的和超自然的优势所伴随的"令人不安"的优越感，在此已经全然消失。武林前辈告诫自己的弟子："习武之人，力敌数十百众，最喜逞英豪、斗意气，扬名立万，还洋洋自得，号称'侠道'。我有一子，便是受了书场戏台上那些朴刀杆棒故事的蛊毒，如今流落天涯，尚不知落个什么样的了局。"① 即使是《奇门遁甲术》占卜批文中暗示的"星主"孙小六，虽一身武艺，会的全是当行技艺里的神髓，却混迹在社会底层，遇事畏惧、退缩。他所有的才艺不过是为了"逃"，以及帮助叙述人张大春"逃"，逃离武林至尊、白道恐吓与光天化日之下救国救民的大计。

中国的侠客形象，虽然常常具有因正义感而产生的颠覆性，却一般不会卷入同法令和政权的斗争之中，甚至他们所破坏的从来不是正当与合法的管辖权力（其合法性自然是由"庙堂"制定的）。这种状况有助于达到武侠小说这种类型最大的目的：标出"监守自盗"以维护正义感和公正感，以及弱者可以得到一位保护人是天意使然的观点。在这样的优雅前提下，仔细辨认《城邦暴力团》中"江湖"与"庙堂"的是非恩怨，以及"英雄"的"狡兔死走狗烹"，如果此时一定要将其与既往的武侠小说传统勾连，那它也只能被视为是一部"逃离"乌托邦的幻想作品。

五　标出项异位与武侠小说的文体崩溃

符号表意形式有内在不可抗拒的演进逻辑："任何一种表意方式，不可避免走向自身的否定，因为形式本身是文化史的产物，随着形式程式的成熟，走向成熟，走向自我怀疑、自我解体。"② 20 世纪武侠小说"江湖"符号表意形式的颠覆性"否定"，在 20 世纪 70 年代金庸的《鹿鼎记》"反武侠"式江湖中启动，在 20 世纪末张大春的《城邦暴力团》"庙堂胁迫江湖"中深入。表面而论，它是武侠"江湖"表意形式，以何种方式开拓出新的"江湖"局面的问题。具体而言，它们更关系着在所

---

① 张大春：《城邦暴力团》，上海人民出版社 2011 年版，第 796 页。

② 赵毅衡：《符号学原理与推演》，南京大学出版社 2011 年版，第 220 页。

谓"真实"与"虚构"的粗糙夹槟里，武侠小说以何种方式找到以及为什么必须找到一个更明白的说法的问题。

金庸曾参与搭建武侠神话，最终以《鹿鼎记》解构武侠神话而封笔。韦小宝的平凡人性虽然以异位而消解传统意义上的"侠"，然而这样的解构远未彻底动摇"江湖"的幻想性。传统意义中的"侠客"陈近南和天地会群雄等虽"穷途末路"，却为韦小宝所敬重，"江湖"本该排斥的"庙堂"，恰恰又成为韦小宝代表这些侠客施展拳脚的场域。因此，韦小宝这个"庙堂"和"江湖"的中间物，他的胜利只能表明金庸对武侠神话颠覆态度的暧昧。

而真正将"江湖"的幻想性推向无路可退的，是张大春的操作。

《城邦暴力团》一开始就没打算"皮里阳秋"地将时空抛到与现实无涉的古典时空。他信奉"我们平凡生活着的这个世界，其实只不过是另一个神奇的、异能的、充满暴力的世界的倒影而已"。[1] 于是在他的叙述中，"侠客"武功再高也敌不过子弹和权术，"江湖"隐没于平凡的生活，且在"庙堂"的强势压力下几乎成为点缀。传统武侠小说的各种元素几乎完全消失，逸闻野史、迂回修辞以及跳跃的思维枝蔓，使"真实"与向壁虚构相互缠绕、界限模糊。这是一种对于武侠小说的故意为之，如同在此之前张大春对各种小说文体的挑战一样，他要通过"发明另类知识，冒犯公设禁忌"，包括正确知识、正统知识、主流知识、真实知识、道德、人伦、风俗、礼教、正义、政治、法律，一切卢梭为爱弥儿设下的藩篱和秩序[2]，对既有形态进行挑战、冲决和瓦解。

一切文类的颠覆，最终都是价值观的颠覆。20世纪的武侠小说为所有承受着现代化压力的中国中下层青年男性，提供精神的疗伤剂，拥有"高人一等"、独掌正义的优越感，与惬意地获得"邪不压正"的安全感与幸福感。这种"幻想"的特性源自"现实"的压迫。于是，当现实世界已经失去秩序感，幻想世界便难以苟安。"侠"也会庸庸碌碌、疲于奔命，"江湖"更是在被裹挟中难以自律与自足。那些被抛离出20世纪现

---

① 张大春：《城邦暴力团》，上海人民出版社2011年版，第726页。
② 张大春：《小说稗类》，广西师范大学出版社2010年版，第12—13页。

实中国中心的群体，最终又在幻想的世界里遭遇再一次的抛离，或者努力在"幻想"与"现实"两股相互冲突的力量间寻求微妙的力学平衡。

《城邦暴力团》在20世纪末对武侠的文类性颠覆，是根本性的，同时也是预料之中的。《城邦暴力团》被称为"武侠小说的拯救之作"①，可以肯定的是，在仍会继续下去的武侠文化中，还会出现下一个"拯救"者。而它被"江湖"中项所选择的"武侠"面孔，或许将会是一个更为未知的侧影。

---

① 《张大春与"类型小说救星"》，《北京日报》2011年2月25日。

重构与越界中的徐克式武侠诱惑

——对 3D 电影《智取威虎山》的一次细读

当徐克与革命英雄传奇《智取威虎山》相遇，即意味着一场好戏的即将上演。对于以武侠电影瞩目于世的香港导演徐克而言，《智取威虎山》与其他样板戏的不同，即在于"它有一种江湖和时代英雄的关系"①。而自 20 世纪 70 年代开始的翻拍意愿，直至 2014 年 3D 版《智取威虎山》的问世，40 余年的念念不忘又会使徐克如何利用这个文本的重构与越界，实现一种徐克式的武侠诱惑？

一 《智取威虎山》的翻拍：一种叙述模式的契合与延续

《智取威虎山》取材于曲波的长篇小说《林海雪原》。1958 年由上海京剧院集体改编演出，1966 年底被官方宣布为"革命样板戏"之一②，前后共历六个版本才发展为 1970 年 7 月的电影版剧本③，即徐克 20 世纪 70 年代在美国纽约时所看到的电影版本。

抛开历史背景不谈，无论是作为"十七年文学"的《林海雪原》，还是作为革命样板电影的《智取威虎山》，提供的都是黑白对决的标准故事

---

① 参见《一个香港导演是怎么理解革命样板戏〈智取威虎山〉的》，http://news. 163. com/14/1222/17/AE3B32T700014SEH. html，2015 年 1 月 27 日。

② 《贯彻执行毛主席文艺路线的光辉样板》，《人民日报》1966 年 12 月 26 日。

③ 《智取威虎山》的六个版本：1958 年上海京剧院版、1964 年汇演演出本、1964 年 10 月修订本（载《剧本》1964 年 12 月号）、1967 年《红旗》第 8 期版、1969 年《红旗》第 11 期版（1969 年 10 月演出本）以及 1971 年人民出版社版（1970 年 7 月演出本，也是电影版的剧本）。参见周夏奏《从现代戏到样板戏：〈智取威虎山〉与身体规训的演变》，《文艺研究》2011 年第 10 期。

模式：正派反派立场分明，故事斗智斗勇，最终正义战胜邪恶。

《林海雪原》虽直接来源于现实的革命斗争，却比一般的革命斗争小说更富有传奇性，这源于三个元素的相互碰撞：其一，新奇的自然环境。白山黑水、莽莽林海、奇峻险逸的石壁沟、鬼斧神工的奶头山，就像天然在等待一段故事的发生。其二，特殊的战斗情节。奇袭许大马棒、智取威虎山、绥芬草原大周旋和大战四方台等，与这些自然环境相调和，呈现出理想化的情节魅力。其三，集中的戏剧冲突，如何其芳所言："把几个主要人物都放在重大冲突和惊险情节中去表现，并且适度夸大了他们的行动"，"在这些人身上，就必然显出了传奇色彩"①。

析取于其中的革命样板电影《智取威虎山》，也由于《林海雪原》这个原始文本本身就具备的比同时代作品更丰富的传奇元素，而有着很强的艺术吸引力。并且，它以"传奇"为基调，更凭借1963年末江青正式接手后"三突出"原则的指导②，完全颠覆《林海雪原》中以杨子荣为首的五名战士兵不血刃，俘虏已成惊弓之鸟的二十余名土匪的"智取"原貌，使整出故事更像孤胆英雄杨子荣的独角戏③，在203所率领的小分队一筹莫展之时，凭借一己之勇气与智慧，兵不血刃活捉座山雕，收缴了整个威虎山匪帮。

这或许就是为徐克所看重的"一种江湖和时代英雄的关系"。胜利有赖于唯一"被选中的"、强有力的领导人的降临，样板电影《智取威虎山》的展开模式，包含了太多"典型的"武侠片或者功夫片的情节要素：比如，一个人为了维护被压迫人群的利益，同一个不公、暴虐的权力抗争；再比如，"这个人"，是舍弃集体斗争转而依靠"被选中的"、"这个人"个人力量的结果。这些在《罗宾汉历险记》（迈克尔·科蒂兹，1938）等早期美国西部片即有描述情节线，早已对徐克的《黄飞鸿》系

---

① 何其芳：《谈"林海雪原"》，《〈林海雪原〉评价》，作家出版社1958年版，第16页。

② "三突出"原则：在所有人物中突出正面人物，在正面人物中突出英雄人物，在英雄人物中突出主要英雄人物。

③ 即使是在细节上，为避免匪气太重，有损杨子荣的英雄形象，从传统说部里借来一个形象，将杨子荣起初穿的豹皮加大衣，改为后来的虎皮加大衣。参见王元化《论样板戏及其他》，《文汇报》1988年4月29日第4版。

列等诸多影片有所影响，并逐渐内化成为武侠片的标签模式。

于是，3D版《智取威虎山》让我们看到了徐克式翻拍的独特之处，即是他根本无意且无须对样板电影《智取威虎山》基本故事框架进行根本性重写：虽是原著故事的精简版，但杨子荣打虎上山、舌战栾平、会师百鸡宴等几幕经典戏全部保留；杨子荣与座山雕初次交锋的台词更是照搬了样板戏，脍炙人口的黑话切口"天王盖地虎，宝塔镇河妖"等，让张涵予演绎得亦正亦邪、荡气回肠。

与此同时，徐克也不忘发挥他的"天马行空"，依照原有故事而把善恶的鲜明色彩发挥到极致：座山雕与八大金刚的"邪"自此有了更为极致的呈现。座山雕虽阴狠狡诈，却酷爱二人转和"一个字"的口头禅；原本面目模糊的"八大金刚"也都每人一套个性化的造型、名字、兵器，甚至是口号，从老大的"能文能武，连蒙带唬"，到老八的"水浅王八多，遍地是大哥"，突出的是脱胎于武侠片的绿林色彩，也正是徐克所擅长的"江湖气息"。

而正义一方的传奇色彩也张扬得更为淋漓尽致。避开政治意识形态等严肃领域的讨论，杨子荣和203小分队不搞什么革命大义，他们就如同黑泽明的七武士一般，不过是一群保护村民鏖战土匪的快意侠客。杨子荣并不担负革命说教的功用，基本不穿军装（直到片尾闪回里才穿着军装）、大胡子、眼神犀利、满口黑话，他不过是"被选中"的"这一个"，拥有一个打入土匪窝中的卧底身份，一个有瑕疵却魅力无限的草莽式英雄。并且，这个"被选中"，不再是上级组织的委派，而是个人决定，一种更符合英雄主义的必然如是的"选中"。

可以说，3D版《智取威虎山》是红色经典所具有的单纯性，和武侠片风格的极致性，在徐克的手底下所实现的一次成功的对接。它使熟悉样板电影《智取威虎山》的受众，重温了一段来自特殊年代的英雄传奇；而熟悉徐克的受众，则在夹皮沟枪战、奇袭威虎山的徐式快速剪辑法，以及白衣飘飘的解放军战士们类似不问姓名出处的仗义侠士，摆脱地心引力飞梭于林海雪原中，感受出了徐克式的"武侠风骨"。

二 嵌套叙述结构：家族传奇中武侠想象的合法性与现代转换

3D 版《智取威虎山》除了拥有一贯的徐氏风格：卧底加封闭空间酷似《龙门客栈》系列，飞跃悬崖深夜突袭酷似《狄仁杰》系列，更为出色的是它的主题和内涵的现代转换和嫁接。一如 20 世纪 70 年代《蝶变》即探索武侠的现代出路，徐克在 3D 版《智取威虎山》中所采用的回顾家族史的嵌套叙述，将对于现代年轻人而言稍显异质性的红色历史转化为一段家族传奇，其实很有深意和独到价值。

在徐克的操作下，"古老"故事"智取威虎山"，嵌套于一个在美国留学的中国男青年对于家族传奇追忆的头尾两段，它从当下引出并结束于当下：一个叫作姜磊的男青年因在 KTV 中看到京剧《智取威虎山》的片段，勾起对自己祖辈的无尽追念，于是回到东北追寻祖辈的足迹，由此引出了"智取威虎山"的一段惊心动魄的故事。而影片的最后，也是这个男青年和他的祖辈栓子同桌吃 2015 年的年夜饭，一起追怀中国革命的历史记忆。

虽然许多返回历史的电影都会从现代展开叙事，比如《泰坦尼克号》、《太极旗飘扬》，但其现代戏份部分都承担情感导引或悬念设置的功能，而 3D 版《智取威虎山》这首尾两段的现代戏份与主线故事本身却有一种刻意割裂的痕迹，于是，在众多观影者看来，它都会带来诸如此类的疑问："硬在电影外层套了个微电影广告，还硬要搞到唐人街—硅谷什么的，只有站在美国爸爸的角度回想中国才是合法的吗？主体部分拍得还行，更突出了英雄但也没有忘记团队，行动的合法性更依赖于母子团圆，而失去更大的图景（新中国）。"[①] 事实上，它至少在两个方面有结构性的功用：

其一，个人化叙事赋予武侠想象以合法性。

《智取威虎山》脱胎于《林海雪原》，虽是一部革命传奇小说，却是

---

① 参见观影者 caesarphoenīx 评论：http：//movie. douban. com/people/caesarphoenix/collect？ sort = time&amp；start = 0&amp；filter = schedule&amp；mode = grid&amp；tags_ sort = count，2015 年 1 月 27 日。

曲波亲身经历的现实战争，有"现实"牵绊。而被称作"徐老怪"的徐克，向来以想象力奇绝、擅长处理怪力乱神与江湖情仇的类型题材闻名华语影坛。如何既不与原故事有割裂感，保持其原本的意识形态话语底线，又能最大限度地发挥徐克所擅长的快意恩仇，似乎真的没有比这种将其转化为一场个人化叙事与情感体验的方式，更出其不意又在情理之中的了。如此，剿匪的原因可以越过土改、国共斗争这些深层动因，而简化为保护老百姓的单纯动机；杨子荣的形象可以有更多的腾挪空间，不穿军装、爱唱酸曲、抽烟画画等都赋予他另类的浪漫情调；而更为重要的是，战争也随之转换为安全的动作场面，两百多号匪徒进攻仅有三十人守卫的夹皮沟可以无功而返，203 分队也能仅用一辆老爷坦克，轰掉座山雕的整个老巢。通过硅谷精英青年的个人化想象，英雄们摧枯拉朽和无可阻挡，洋溢着一种轻松欢快的革命浪漫主义。

其二，三重身份实现英雄传奇的现代转换。

承担叙述者角色的姜磊，拥有很清晰的三重身份：影片中"智取威虎山"的亲历者栓子的孙子，受美国文化影响的男青年，与革命英雄传奇历史既承接又隔膜的当代年轻人。

作为亲历者栓子的孙子，叙述者姜磊是"智取威虎山"事实与情感上的记录者，他保证了对此事件叙述的部分真实性，同时也使杨子荣的行为效果，落实到因此而活着的具体的个人身上。姜磊带着这样的记忆在全球化时代生活，对于他的认同，就是对于杨子荣的认同，这不失为一种高明的主旋律叙事手段。

作为受美国文化影响的男青年，叙述者姜磊在他的想象性叙述中，"智取威虎山"可以成为一场纯好莱坞式的、看似不合理但细节没毛病的惊险搏斗：威虎山是一个军火库，有坦克、飞机、大炮等，都可以有一个合理的解释；甚至于故事的结局，杨子荣和座山雕在一架正在滑翔但即将坠毁的飞机上决斗，也暗合好莱坞动作电影的经典模式。虽然夸张，却是与受好莱坞类型片观影训练的青年观众，更易对接的一种类型片的现代方式。

而影片在其结尾播放电视里的样板戏电影片段，也再次强调了这一点：如果说英雄人物浓妆艳抹的样板戏，是从这个故事派生出的一种类型片；那么杨子荣与座山雕在飞机上激烈搏斗视觉奇观百出的本片，也可以是这个故事派生出的另一种类型片，不过更现代而已。

在姜磊的三种身份中，更为关键的是作为与革命英雄传奇历史既承接又隔膜的当代年轻人身份。他不仅承担将原作中的集体主义精神与革命表达，转化成为当代观众更加理解和认同的个人记忆的重任，更要负责唤起当下主流观众的角色代入感。对于在多元文化下成长的当代年轻人而言，历史事件和历史人物过于沉重，历史时代背景下的故事是否具有代入感，人物是否具有共鸣感，才是更为关键的事情。通过他，影片可以呼应当下主流观众的需求，有效地与观众进行对话。

通过这个嵌套叙述，3D 版《智取威虎山》一边兼顾中老年受众皆很熟悉的杨子荣英雄传奇史实，一边又可以尽情发挥武侠想象，既获得酣畅淋漓的视觉冲击与快感，又能合情合理。

三 3D 版《智取威虎山》的成功：武侠幻想符号的传奇性及其持续生命力

弗莱在其《批评的解剖》中提出，虚构作品中始终存在着一种"传奇"模式，它是神话的变体，又是史诗和悲剧的前奏。其主角由神话中的神置换为英雄，有不可思议的超凡的勇气和忍耐力，却无须像史诗和悲剧中的主人公一样，所作所为必须服从社会评判。它讲述的是一个与人类经验关系更加密切的世界，形式上趋于程式，内容总是"朝着理想方向"，"那种永葆童真的品格，表现为对往昔的非常强烈的留恋，对时空中某种充满想象的黄金时代的执着追求"，"最接近如愿以偿的梦幻"，所以，"无论社会产生多么大的变化，传奇都会东山再起"①。

这种"传奇"模式，无论是在"十七年文学"《林海雪原》的革命英雄叙事中，还是在 3D 版《智取威虎山》的武侠想象中，都有不同程度的复现。它与我们所理解的中国民间武侠、传奇小说实际有着相同的特

---

① ［加］诺斯罗普·弗莱：《批评的解剖》，陈慧、袁宪军、吴伟仁译，百花文艺出版社2006 年版，第 268—269 页。

质，甚至在文学接受模式和接受心理层面，可以将它们视为某种统一体。诚如程光炜将《林海雪原》的阅读接受视为一场民间武侠阅读传统的胜利："《林海雪原》虽因对'历史事实'的修改受到批评，但它的文本结构、叙事方式、人物设计却明显发生了向中国民间武侠、传奇小说传统审美口味上的倾斜和仿制。读者关于《水浒传》、《三国演义》、《荡寇志》等古典小说的'阅读记忆'，与《林海雪原》之间发生了一种奇妙的叠合与认同。在作品文本的意义上，与其说是《林海雪原》的崇高革命精神征服了当代读者，毋宁说征服读者的还有它的英雄传奇。"①

可以说，"传奇"符号的共同特质是满足在幻想中伸张正义的人类共同需要，以及以幻想的姿态填补着社会发展的个人实现感，是对"实存之物"也就是对现实的反抗②。司马迁称："且缓急，人之所时有也。"（《史记·游侠列传》）即使科学理性高度发展的当代，各类"幻想"题材依然风靡全球。而武侠作为中国式"传奇"符号，在中国乃至世界的强大生命力，也主要源于它所提供的幻想特质。即使在抗战时期，华北地区沦陷多年，武侠小说还能因"精武救国"的曲线幻想③，在想象中以暴抗暴，获得成功；而金庸、古龙、梁羽生等作为历史文化断层处的填充物，悄然喂养出的人数众多的中国大陆青少年群④，当下持续在影视、动漫、网游等新媒介中享用这种幻想抚慰。

于是，3D版《智取威虎山》公映前，很多业内人士认为这部电影的目标观众是渴望怀旧的中老年观众，但事实证明，真正喜欢影片的大多是年轻观众。

---

① 程光炜：《〈林海雪原〉的现代传奇与写真》，《南开学报》2003年第6期。

② 方芳：《中国现代幻想文学叙述研究之构想》，《符号与传媒》2014年第1期。

③ 这一时期，北派武侠小说家的代表作纷纷出世，且拥有庞大的受众：还珠楼主续写《蜀山剑侠传》；宫白羽的成名作《十二金钱镖》写于1938年，随后陆续写作《联镖记》、《武林争雄记》、《偷拳》等；郑证因的《鹰爪王》写于1941年，之后还有"鹰爪王系列"；王度庐自1938年而后写有"鹤铁系列"（《鹤惊昆仑》、《宝剑金钗》、《剑气珠光》、《卧虎藏龙》、《铁骑银瓶》）。

④ 如孔庆东回忆称："我和其他同学向钱理群这位以严肃著称的导师推荐金庸。我们夸张地说，不读金庸就等于不懂得一半的中国文学。"参见孔庆东《与金庸狭路相逢》，《笑书神侠：北大醉侠遭遇金庸》，中国海关出版社2006年版，第3页。

有评论者即从观众心理的幻想性抚慰角度澄清此现象：杨子荣作为3D版《智取威虎山》的灵魂载体，从坐着火车、穿着便装、蓄着大胡子来到革命队伍里，到请求离队、留下书信要只身探虎穴，他的不守规矩乃至不守纪律，表达的是拒绝"规训"的气派。而且，他的"主动来到一个完全陌生且充满敌意的环境中，必须凭借个人的智慧和能力以弱胜强、反败为胜，甚至有时还要不择手段，完全是一副孤胆英雄的做派"，"处境跟很多即将或刚刚进入职场的'90后'观众十分类似，同样孤立无援、危机四伏，同样不得不自我激励、知难而上"①，于是，对革命英雄杨子荣的草莽式幻想，也更容易使其成为年轻受众日常生活的间歇物与填充物，打断他们在现实中的欲望进程，而且提供"真实"幻觉弥补其在现实中的欲望之不可得，提供自我抚慰式心理诉求的想象。

更何况徐克的《智取威虎山》的3D形式，把观看变成为人们实践性参与的影像互动活动，更能让受众在一个"逼真"的虚构世界中，以超越的体验获得自由。

四　小结

3D版《智取威虎山》使我们看到：一个说教意味浓重的剿匪故事，是如何被落实为一个邪魅英雄的江湖传奇的。它的成功，源于徐克对革命英雄传奇中"江湖和时代英雄的关系"的敏感洞察，以及对一个嵌套叙述结构的狡猾运用，更与武侠符号经久不衰的幻想抚慰功能有关。

---

① 《〈智取威虎山〉为何能称霸贺岁档？——卖座影片背后的观众心理学》，http：//cul. sohu. com/20150126/n408068371. shtml，2015 年 1 月 27 日。

一个有待重新介入的"江湖"符号

——重读刘若愚《中国之侠》

刘若愚与夏志清在美国人文学界素有"东夏西刘"之称。同为华裔学者，东海岸哥伦比亚大学的夏志清，曾给西海岸斯坦福大学的刘若愚这样一个定位：刘若愚不只是用英语讲述中国诗学的"语际批评家"（interlingual critic），他更想成为把中国传统诗学与 20 世纪欧美文学理论综合起来而自成一家之言的"语际理论家"（interlingual theorist）[①]。栖居于美国，这位"语际理论家"用英文对中国文学与诗学进行学术性讨论，共打造有专著八种：《中国诗学》（1962）、《中国之侠》（1967）、《李商隐的诗》（1969）、《北宋六大词家》（1974）、《中国文学理论》（1975）、《中国文学艺术精华》（1979）、《跨语际批评家：阐释中国诗歌》（1982），以及他去世后方得出版的《语言·悖论·诗学：一种中国观》（1988），旨在向西方读者推介中国传统文学与古代文论。而在此八部著述中，《中国之侠》（*The Chinese Knight-Errant*）与其他几部的诗歌或诗学研究专著相比，尤显特立独行。

此书问世于李小龙的 Chinese Kungfu 风行海外之前。在武侠被海外受众建构为中国文化象征符号，并成为中国对全世界影响最大的一个象征符号的当下，反观刘若愚推介中国之侠的先行一步，不得不叹服其学术眼光的前瞻性。然而，由于英文学术写作预设读者的特殊性，当此书转而进入中国读者的阅读视野时，对于它的接受，难免会出现一个无法回

---

① 詹杭伦：《刘若愚：融合中西诗学之路》，北京出版社 2005 年版，第 13 页。

避的尴尬处境。

自 20 世纪 80 年代以来，国内学界与欧美学界翻译活动频繁互动，汉语读者也自然而然被纳入刘若愚"语际理论"的读者群。比如这本 *The Chinese Knight-Errant*（1967）就在 1991 年由周清霖与唐发饶合译，以《中国之侠》之名由上海三联书店出版；1994 年又有罗立群的译本《中国游侠与西方骑士》，由中国和平出版社出版。如此一来，随着语言的文化转场及受众群体知识储备的变更，从向一无所知者做知识性推介，到向长期耳濡目染者做综合阐释，对于中华文明中的这个特殊的符号——"侠客"或"江湖"，刘若愚在《中国之侠》中所展开的"语际理论"式专业解析，似乎有所欠缺。

《中国之侠》综合研究了公元前 4 世纪至近代中国历史和文学虚构中的游侠形象。在方法论上，这与同样做过侠文化研究的余英时先生不谋而合："通过探源和溯流的研究方式，我们才能比较准确地划定'侠在整个文化系统中的位置'"①；在具体操作中，由于在中国历史上，除《史记》、《汉书》为侠客专门立传，自《后汉书》以降，"侠"之叙述已基本退出史家视野而转由文学来完成，故而，刘若愚特别声明："在探索过程中，我特别留心于历史事实如何演变为文学想象。"② 也就是说，从实事到虚构，《中国之侠》的研究将会观照两个重点：一是亚文化群体现实作为中的"中国之侠"；二是侠文化话语虚构中的"中国之侠"。

然而，刘若愚此书更多侧重于对诗歌、小说、戏剧等虚构艺术中侠客形象的梳理，关于"历史事实如何演变为文学想象"，似乎全然淡化为了一个背景。即使在最后一章"中西之侠的比较"中，对"中国之侠"之实体与符号指向的辨析，也并未带入一些更重要问题的思考，比如：

其一，在如此漫长的时段里，如果"中国之侠"不会停止其存在的话，它必须保留什么特性，又有哪些特性是可以改变的？这是一个具有时间性和关于必然性的问题。其二则关涉"中国之侠"在现实与虚构的转换间隙：何以在现实中国从未形成特定阶层、非社会支柱、作为社会

---

① 余英时：《现代儒学的回顾与展望》，生活·读书·新知三联书店 2004 年版，第 320 页。
② 刘若愚：《中国之侠·序》，周清霖、唐发饶译，上海三联书店 1991 年版，第 2 页。

破坏力量的侠客，却在文人虚构中占有了整个"江湖"呢？

事实上，两者都与"侠"作为亚文化群体与亚文体文本主要叙述对象所必须遵从的"秩序"有关。无论是虚构世界的文人想象，还是现实世界的私人社团民间正义暴力实践，都共同指向一个"盗"以及"盗亦有道"的符号世界。要理论分解这个既展示欲望和暴力又提供秩序和公平想象的"侠"之符号性质，就必须厘清这个"盗"与"盗亦有道"的符号秩序。这是关于"侠"的研究必须解决的问题。

先从"中国之侠"的译名说起。从"侠"到"knight-errant"，首先是个"皮尔士"（Peirce）意义上的符号行为，它与"侠"原意中隐而未发的符号性质有关，并最终指向上文提及的"盗"以及"盗亦有道"的符号秩序。

皮尔士的符号学核心思想即符号过程（semiosis）是推理的（inferential）；专名并非指示（index），而是通过思想或约定的结合体进行表达的符号（sign），它根据解释者的推断来进行指称。① 刘若愚将"游侠"英译为"knight-errant"，是在与"cavalier"、"adventurer"、"soldier of fortune"和"underworld stalwarts"等词比较后的结果。刘若愚认为其他诸词皆与中国之"侠"的思想或约定而成的认知不符："cavalier"除了"骑士"之外尚有"优雅的、高尚的"之意，译法太优雅，和"侠"无关；其他几种译法似乎又合有谋利的目的，而"中国之侠"是绝不因谋钱财的。而"knight-errant"虽前半部分为"骑士"，却"并不意味着他们与欧洲中世纪的'骑士'完全相同；他们究竟如何以及与西方骑士有何异同正是我想清楚说明的部分内容。同时，我要读者接受'knight-errant'这个词并不仅是为了方便而已，更为了逐字地充分地接近原意。"②

那么，那个需要逐字充分接近的"侠"的原意又是什么呢？即使同为侠义叙述，欧洲骑士（knight）在现实世界形成了一个特定的阶层，且是社会的支柱，更有宗教约束；而中国之侠（knight-errant）来自不同的

---

① ［美］R. J. 内尔森：《命名和指称：语词与对象的关联》，殷杰、尤翔译，上海科技教育出版社 2007 年版，第 33—36 页。
② 刘若愚：《中国之侠·序》，周清霖、唐发饶译，上海三联书店 1991 年版，第 2 页。

社会阶层，无任何宗教信仰，是社会的破坏力量①。也就是说，在现实中国始终没有形成叫作"侠"的稳定社会阶层或集团。"侠"的命名，事实上带有一种乌托邦冲动，它在中国的"历史"与"现实"、"真实"与"虚构"交错相关的寓言结构里，完成对现实世界或真实或假想的"批判"。而关于"侠"的虚构，便可视为一种姿势，是以想象中的善恶大对决对其在现实世界实在意义的一种"指向"，它以偏离于现实日常规范的异常甚至是疯狂的形式，成为对立于"现实世界"秩序的幻象存在。这个幻象存在持久不衰的生命力，源于它能够作为发挥出欲望客体功能的实物，填补进符号接受者在幻想中提供的欲望图示结构所开拓出的空间，以类似"狂欢"与"拯救"的一套言说方式，为身怀抱负却无力融入现实的"中国式侠客"，提供一个不断寻觅与确定命名以补足"现实"缺失的"象征承诺"。诚如刘若愚所做出的现象梳理：

> 晚唐时期藩镇割据，那时候写成的侠客小说就反映了读者和作者消灭留镇的愿望；南宋和元代，人民处于腐败政府和外族水深火热的统治之下，这时出现的梁山好汉的小说和戏剧表明人民满含希望于正义之士和爱国志士……19 世纪中国国力衰弱，此时写出的赞美体力和武艺的小说是贫弱民族一厢情愿的产物；当代生活过于紧张，因而描写飞仙剑侠的当代小说则提供了逃避现实的一种手段。②

而意识形态结构的内在冲突，正隐藏在"侠"幻象的物质性外表之下。并且，这个意识形态结构的内在冲突，如果被放入侠客们活动的"江湖"中，将更易于辨识。

在全力搜索"侠"在诗歌、小说、戏剧等虚构艺术中的形象书写之前，刘若愚的《中国之侠》探讨的是现实世界中游侠的来源与信念。"江湖"影响最大的两层意指，一是与现实世界日常生活大相径庭的幻想世界，一是融入现实世界日常环境中的秘密世界。在现实世界中，"江湖"

---

① 刘若愚：《中国之侠》，周清霖、唐发饶译，上海三联书店 1991 年版，第 193—208 页。
② 同上书，第 195 页。

是拥有类似符号秩序的"法外世界"。它以一种民间的善恶处理方式为主要表征，同承认现实社会的法律，以便于从偶尔的违法行为中寻找快感的行为不同，民间"江湖"直接将自己的交际原则升格为"准法律力量"：在至高无上的"王法"之外，另建作为准法律的"江湖义气"、"道上规矩"。正常社会秩序下的伦常纲纪以至各种清规戒律被抛开不顾，人类社会错综复杂的矛盾斗争被简化为正邪善恶之争，争斗的形式亦被还原为最原始的生死搏斗，决定斗争胜负的主要因素则是公道和正义。

此一意义上的"江湖"，尽管在现实世界中素来倍受压抑，然而其"规矩"却时常会成为中国社会底层的操作形式，仿佛主流社会的一个倒影，或一个幽灵。二者的关系，类似于齐泽克曾经的表述："现实的圆周只有通过不可思议的幽灵的补充才能够形成整体。"① 意义带来了"江湖"这种隐蔽的场域，它是一个巴赫金所说的与官方统治相对立、"作为'颠倒的世界'而建立"的"第二世界"②，时刻面临着被官方世界颠覆的危险，然而，"江湖"以公道为逻辑的符号秩序，在某种意义上却可以潜在地弥补"庙堂"与"草根"之间的沟壑。

比如，痴迷旧社会武林世界之人的张大春在小说《城邦暴力团》中，精彩塑造的那个现代社会里的地下武林，其中包括从"竹林七闲"七部著作中，拼凑出的清代民间传说中江湖会党的内部争斗；以及从1937年漕帮八千子弟参加抗战，到其帮主"老爷子"（万砚方）暗中阻止"反攻大陆"计划而被暗杀的往事风雨。张大春声称："这个神奇的、异能的、充满暴力的世界——无论我们称之为江湖、武林或黑社会——之所以不为人知或鲜为人知，居然是因为它们过于真实的缘故。"③

再比如，钟情于武行"规矩"的电影导演徐皓峰，不仅曾记录形意拳大师李仲轩④的口述家族故事，而且不断以电影作品向江湖"规矩"致敬。

---

① ［斯洛文尼亚］斯拉沃热·齐泽克：《图绘意识形态》，方杰译，南京大学出版社2002年版。
② ［苏］巴赫金：《巴赫金全集》第6卷，河北教育出版社1998年版，第13页。
③ 张大春：《城邦暴力团》（封底），上海人民出版社2011年版。
④ 《逝去的武林》中的李仲轩，一生遵守诺言不收弟子，晚年在北京为电器商店看门终了一生。

2015 年的《师父》，说的是军阀割据，社会动荡，国族衰弱，西洋科技，武行自封，逐渐没落的武行最后被耿良辰的硬骨头和脚行兄弟的侠义托起，拯救了中国人心目中的"武林"童话。而 2012 年的《箭士柳白猿》，对原著改编中保持武林和社会有机运转的组织，是一个叫"白猿系"刺客集团：自战国时代始，辽东深山里始终存在一个叫"白猿"的刺客组织，他们认为盛世靠道德，乱世则需刺客，信奉刺客对社会的调控作用，威慑"庙堂"之人不可为所欲为，以极端的手段维持社会平衡。于是，箭士柳白猿在火枪与大炮兴起时代，依然能以冷兵器弓箭奏起绝响，因为，以写实风格打捞中国逝去的武林的徐皓峰坚信：只要规矩不坏，江湖犹在。

源于这种对"侠"之符号秩序的向往，"中国之侠"占领"江湖"的绝对性表达在文学虚构中得以完成，并且能在现实世界的特定时刻、以特定模式、针对特定受众（尤其是中国社会中下层青年男性），而得以广泛传播以至历久弥新。江湖中人边缘的、非主流的疏散痕迹，既为江湖虚构提供了足够的想象空间，也为其提供批判现实的乌托邦冲动：它建造"建功立业"抱负以及对"自我"型塑的欲望空间，完善"侠"在"道"之善与"盗"之恶两套相互矛盾元语言的夹缝中的生存逻辑，最终以这种半民间半官方、与政治若即若离的绝对幻设，表达关于民族国家、个人身份与历史记忆的种种冲撞与和解。

由此看来，对于"侠"或"江湖"的研究，不仅可以观察传统侠文化乌托邦话语表述所制造出的不驯意义，与探询它在现实日常生活中所隐藏的或补足主流社会秩序缺失或可能撼动历史的能量，而且可以通过理解"中国之侠"盗亦有道的符号秩序，理解中国整个社会组织的表意符号系统。以此观之，《中国之侠》在"提供一个机会，借以讨论中国文明的某些方面和中国文学的某些类型"[①] 之余，或许还能以"语际理论"使中国之侠或"江湖"的讨论走得更远。

---

① ［美］刘若愚：《中国之侠·序》，周清霖、唐发饶译，上海三联书店 1991 年版，第 206 页。

下　篇

反讽者说

现代化语境、社会标出项位移与
叙述中的乡土中国变革

——解读贾平凹《秦腔》及其后三部长篇小说

　　贾平凹是位讲故事欲望很强的作家，从1992年《废都》对乡土文明无处遁逃命运的书写开始，他总是企图在古老故乡消失的同时甚至之前，以记忆中的故乡叙述复活或建构乡土中国图景，使其成为人人可以分享的世界。这种半守望半预言的姿态诉诸小说虚构，除了表现为对普通小人物的倾心，更多的则是对潜伏在日常生活内部反抗倾向的先知先觉。这也造就了贾平凹小说的悖论式存在：它既像个善说谎者，以虚构形成对当前历史的一种干扰与瓦解；却同时又恍惚是位诚实的记录者，在叙述中完成对历史进程的一种见证与充实，而正是后者使得诸多论者常常称贾平凹为传统乡土文明挽歌的吟唱者①。

　　然而，历史总是与喧哗与骚动一同前行。在贾平凹小说的记述与虚构中，事实上一直保留着一个追问，它在一如既往地关注行将衰败的民间文化的《秦腔》（2005）中得到延续，并在乡土与城市之间寻找妥协可能的《高兴》（2007）、反思人性的动荡及文化现代化的《古炉》（2011）、透视理想主义者在当下乡镇基层中的自救与完结的《带灯》（2013）等几部长篇小说中，从不同侧面反复击打：那使人们摧毁故乡并重建一切的是什么？

---

① 参见郜元宝《意识形态、民间文化与知识分子的世纪末余绪》（《贾平凹研究资料》，天津人民出版社2005年版）、刘志荣《缓慢的流水与惶恐的挽歌——关于贾平凹的〈秦腔〉》（《文学评论》2006年第2期）、贺仲明《犹豫而迷茫的乡土文化守望》（《南方文坛》2012年第4期）等文章。

或者，系列事件是如何转变为意味深长的社会共性的？

一　故乡记忆：现代化之锯与贾平凹的"奥德修斯之床"

　　隐含在贾平凹小说中那种关于故乡世界就要丧失的担忧，类似一个"奥德修斯之床"的具体象征，在不同于古希腊的 20 世纪中国，它时刻面临着现代化之锯的威胁。

　　"奥德修斯之床"这一意象在希腊神话中，是关于故乡的秘密记忆。奥德修斯离乡二十年期间，故乡伊塔卡被王后的求婚者们占据。当其即将踏上故土之时，更被女神雅典娜雾笼伊塔卡，企图阻挠奥德修斯的归乡之路。好在一个唯有奥德修斯与王后才知道的秘密，从未被洞察：即奥德修斯的床，"我自己建造的那张床，谁能搬得动啊，你是知道的，它是由生长在王宫附近的一株巨大的橄榄树的树桩作为那张床的立柱的。是我亲自去砍去了枝叶，用墙围住，并用木桩做立柱，然后用金、银、象牙等镶饰了它"。然而，即便如此，终回故乡的奥德修斯面对妻子"把床搬过来"的试探时，也不免迟疑："或者是有人/砍断橄榄树干，把它移动了地方？"①

　　对于贾平凹而言，是谁锯掉了他的"奥德修斯之床"的树桩，改变了他故乡的面貌呢？

　　20 世纪的历史伴随着现代化进程，摧毁一切，也重建一切。所以，自"五四"以降，针对经济—政治现代化一直存在着两种相互矛盾的乡土文化话语倾向：其一是积极支持的启蒙现代性话语，如鲁迅《故乡》所提供的"世上本没有路，走的人多了，也便成了路"式启蒙话语；其二是批判反思的理想主义田园牧歌话语。故乡记忆作为贾平凹的"奥德修斯之床"，以此对传统乡土文明的不断吟唱，便是贾平凹对经济—政治现代化反向解读的方式。某种程度而言，这是基于文化"传统主义"立场上的②，对于 20 世纪中国急欲经济、政治现代化的制动式反思。从早

---

　　① 　[古希腊] 荷马：《荷马史诗·奥德赛》，王焕生译，人民文学出版社 1997 年版，第 430 页。
　　② 　如有论者认为贾平凹的创作"骨子里透出的仍是传统文化的神韵，承传的是中国传统美学和艺术的精神"。参见叶永胜《悟道·体证——贾平凹的意象世界》，《江西师范大学学报》（哲学社会科学版）2003 年第 3 期。

期的《鸡窝洼人家》、《腊月·正月》中对乡村生活诗情画意的记忆，即可看出这种努力。

以此观之，尽管贾平凹在《秦腔·后记》中写道："树一块碑子，并不是在修一座祠堂，中国从来没有像今天这样渴望强大，人们从来没有像今天需要活得儒雅，我以清风街的故事为碑了，行将过去的棣花街，故乡啊，从此失去记忆。"① 然而，故乡虽失，但乡土认同感仍在，所谓"从此失去记忆"，恐怕一直是难以实现的愿望。事实上，《秦腔》之后的小说叙述中依然显示出：在以现代化进程满足"渴望强大"的现实，与故乡记忆所能赋予的乡土文化认同的虚构之间，是一场旷日持久的拉锯战。

《秦腔》（2005）关于乡村之叙述，与其之前的作品赋予乡土"不如归去"的恋恋不舍感情相比，已经开始引入某种犹疑与不确定的基调，对于社会文化之传统与现代的此消彼长，它呈现出一种"不知道"应该持肯定还是否定的态度。虽然，在 20 世纪 90 年代以来，清风街所代表的中国农村在经济一体化和乡村城镇化的驱使下所经历的艰难的现代化转型中，以夏天义为代表的传统农本价值观的失落，以及秦腔为表征的传统文化的衰颓，似乎势所难免；虽然，这部作品仍采用与此前作品大同小异的故事、相似的生活场景描写，以及在不同作品曾反复多次出现的细节②，强调乡村风俗与乡村日常生活之记忆；但是，诚如贾平凹自己对这场叙述的总结："充满了矛盾和痛苦，我不知道该赞颂现实还是诅咒现实，是为棣花街的父老乡亲庆幸还是为他们悲哀。"③

两年后的《高兴》（2007），转向关注离开故土向城市寻求活路的农民的命运，"我要写刘高兴和刘高兴一样的乡下进城群体，他们是如何走进城市的，他们如何在城市里安身生活，他们又是如何感受认知城市，

---

① 贾平凹：《秦腔·后记》，作家出版社 2005 年版。

② 参见张志忠的《贾平凹创作中的几个矛盾》（《当代作家评论》1999 年第 5 期）、李建军的《消极写作的典型文本——再评〈怀念狼〉兼评一种写作模式》（《南方文坛》2002 年第 4 期）等文章。

③ 贾平凹：《故乡啊，从此失去记忆——〈秦腔〉后记》，《收获》2005 年第 2 期。

他们有他们的命运，这个时代又赋予他们如何的命运感"。① 于是，"刘高兴湿漉漉地进来了"，在一心想得到西安城认同、做城市人的自我期盼下，加入了城市里的"破烂族群"。然而在城市与乡村的夹缝中，刘高兴对于身份与主体无法确立依然难掩焦虑："我已经认做自己是城里人了，但我的梦里，梦着的我为什么还依然走在清风镇的田埂上？"②

最新长篇《带灯》（2013）更是以"由城入乡"的反向视角，来掂量现代与传统的是与非。那个毕业后追随男友来到秦岭深处的樱镇镇政府工作的女大专生萤，以一个携带着文明气息的非乡下人的独特身份，进入了乡村。然而，这个企图在乡间的山风树谷中寻找安宁的理想主义者，却在芜杂的乡村现实中日渐消耗殆尽。比如，她终于认清自己的命运"就是佛桌边燃烧的红蜡，火焰向上，泪流向下"③；比如，她终于染上虱子，以她最介意的方式被乡村裹挟而无处逃遁。

以上诸种，无论是正面回应还是反向思考传统与现代间之纠葛，或许都表明故乡记忆带给贾平凹的，不仅是鲁迅《故乡》式的"为了忘却的纪念"④，更是乡土"传统主义"在现代化之锯隆隆声下的艰难抉择。

二 从《秦腔》到《带灯》：乡土中国社会文化标出项的位移

文学话语总是首先认识个人，继而认识社会与历史。在贾平凹长篇小说关于故乡变革之叙述中，有另一侧面一直未被关注，即乡村故乡中人的抉择。贾平凹长篇小说中对于乡村故乡的绝望，还表现在人民对基本事物的抛弃，对现代性的朴素喜悦和渴望至上，并终于成为遮蔽我们时代的主流。从《秦腔》、《高兴》、《古炉》到《带灯》的叙述，凸显的不仅是中国乡村正经历着生产方式、生活方式的历史转换，更重要的还

① 贾平凹：《高兴·后记》，作家出版社 2007 年版，第 440 页。
② 贾平凹：《高兴》，作家出版社 2007 年版，第 127 页。
③ 贾平凹：《带灯》，人民文学出版社 2013 年版，第 350 页。
④ 贾平凹、郜元宝：《关于〈秦腔〉和乡土文学的对谈》，《上海文学》2005 年第 7 期。

是这场转换与农民们思维方式、行为方式的彻底改变有关。它其实从另一角度解释了乡土中国的变迁：故乡是如何自动锯掉了那张床？

"是他们，也是我们，皆芸芸众生，像河里的泥沙顺流移走"①，贾平凹如是书写时，或许已意识到对于 20 世纪的中国而言，芸芸众生之"泥沙"与现代化之"河流"其实是合谋者。文化变迁是个复杂的历史过程，在现代化进程中，乡土文化精神的消耗，当然是迫于现代化的压力所致，却更是"顺流"而移的文化中项"芸芸众生"，自主向以城市文化为标志的现代化"文化正项"位移的结果。

而在贾平凹关于乡土中国之变革的叙述中，社会文化中项也确实一直在悄悄展现它的这种选择力量。根据 20 世纪 30 年代语言音位学研究发现，浊辅音因为发音器官多一项运动，而在使用频率上明显低于其对立的清辅音而标出（markedness）。这种"两个对立项中，只有一项被积极地标出"② 的二元对立的标出理论，延伸到"美学与社会研究领域"后，便以正项、中项、异项（标出项）的三项模式，改变了标出性指称的二元不对称模式。如此，通过中项的运动，可以解释标出项与非标出项之间的动态变化。其中，"异项"对应于标出项；"正项"对应于标出项的对立项；中项则是异项和正项中间的项。中项并非中立，而是偏向于认同正项，和正项一起构成非标出项："非标出项因为被文化视为正常，才获得为中项代言的意义权力；反过来说也是对的：正是因为非标出项能为中项代言，才被认为是正常：中项偏边，是各种文化标出关系的最紧要问题。"所以，中项与正项的结合并非牢不可破，异项也会积极地争取中间项，以争夺正项地位。一旦中项移向异项，正异关系便发生逆转，因此，"任何文化范畴的两元对立，都落在正项/异项/中项三个范畴之间的动力性关系中"。③

在 20 世纪现代化的快速发展中，尤其是 90 年代以来，中国走城市化道路似乎已成为一个不可逆转的历史进程。以其推进的方式而言，举国

---

① 贾平凹：《古炉》，人民文学出版社 2011 年版，第 604 页。

② Nikolai Trubetzkoy, *Letters and Notes*, The Hague：Mouton, 1975, p. 162.

③ 赵毅衡：《符号学原理与推演》，南京大学出版社 2011 年版，第 291、292 页。

城市化战略是以城市及其文化为社会正项标本实施的举措，传统乡村生活方式及文化思想逐渐被推向异项，承受以城市为标志的现代生活方式与文化思想的冲击。与此相关的是，相对于握有更多社会资源的"城里人"正项，农民在许多情况下也逐渐被推到异项地位，如同阿图罗·沃曼所指出的："我们在社会实践中所见到的现代性模型同现在及过去人们所说的欧洲中心主义有密切关系，这是一种以日本、西欧和美国作为参照的发展中心主义。在这种模型中，在以流行于社会实践中的发展及现代化概念所构成的未来前景中，已无农民的地位，农民已被排除在未来之外。这些模型仍然充满这样的观点：农民即将绝迹，现代化就意味着农民在全世界消失。"①

如果说，乡村与城市在 20 世纪 80 年代以前总体上是二元均衡社会结构形态的话，那么，此后的现代化进程则是快速的城市化。此时，社会三元模式中，城市及手握资源的城里人为正项，至今未融入现代化的乡村与其中固守传统乡村生产、生活模式者为异项，而那些已对农村状况犹豫与迷茫者——他们即是城市化甚至是现代化进程需要积极争取的社会中项的一部分。是这部分人对乡村的态度，赋予着乡村改变的可能。它也是对贾平凹困惑的解答："如果文革之火不是从中国社会的最底层点起，那中国社会的最底层却怎样使火一点就燃？"② 因为，"文革"带给中国社会底层的，是一个标出项积极位移的契机。

以《古炉》为例，对应三元模式的正项、异项（标出项）以及中项，如有论者之言："文革"前，古炉村"乡村伦理秩序的维护者支书、善人，要打倒一切伦常秩序的颠覆者夜霸槽、麻子黑、秃子金，对社会秩序既无维护之力又无颠覆之心的调和者狗尿苔、蚕婆"。③ 事实上，古炉村中项还包括行运、土根、长宽、灶火、护院老婆等更多"既无维护之

---

① ［墨西哥］阿图罗·沃曼：《农民与现代性》，《国际社会科学杂志》（中文版）1990 年第 1 期。

② 贾平凹：《古炉》，人民文学出版社 2011 年版，第 604 页。

③ 王童、杨剑龙：《"差序格局"打破后的"文革"悲剧——论贾平凹长篇小说〈古炉〉》，《当代作家评论》2012 年第 2 期。

力又无颠覆之心"的村民①。夜霸槽作为古炉村中的标出项，野心勃勃，竭力以"文革"为名，争取中项支持以期颠覆乡村秩序②："文革"之前，他不服从支书管理，"弃农从商"做补胎生意不上交提成，颠覆道德规范，为所欲为，此时乡村社会中项偏向正项："霸槽越是离支书远，他们越是会离支书近"③；"文革"中，他借"破四旧"打倒支书，挑战正项权威，此时乡村社会中项以不向正项靠拢表达了对标出项的支持："霸槽他们在古炉村里破四旧，竟然没有谁出来反对。……凡是运动一来，你就要眼儿亮着，顺着走，否则就得倒霉了。"④

"古炉村"社会中项的选择，从一个侧面说明了策动社会发生翻转性大变革的，更多时候并非中项的主观意图，而是受标出项夺取中项、挑战正项的强大压力所致。如果其目的达成，原有正项便必然"被动让位"。小说《高兴》的叙述始终在刘哈娃与刘高兴之间游走，虽然始终"想成为城里人"的刘高兴，始终处于城市社会组织结构之外，但刘哈娃进城即改名为刘高兴，就是以其社会身份的重新界定表达向城市正项的积极靠拢。《秦腔》中土地抛荒，与农业文明相联系的秦腔无人继承。清风街的农民忙着承包建筑工程、开饭店、外出打工，而老支书夏天义淤七里沟的计划，支持他的只有疯子引生、哑巴和一条狗。《带灯》中樱镇原书记元老海为保护樱镇山水，以命抗争高速公路从镇上通过，让樱镇

---

① 参考《古炉》一书中对村中人众的一番梳理（贾平凹：《古炉》，人民文学出版社2011年版，第183页）："支书说：天布，你给我说实话，咱古炉村会不会也乱？天布说：这话我说不准。要乱，能乱到哪儿去，咱扳指头一个一个人往过数么，开石家不和整天吵吵闹闹的，可他还没个能在村里闹事的本事。土根，有粮，长宽是外姓，虽然对朱姓的夜姓的不满，但他们都是手艺人，有意见也就是村干部大小没他们份，出外干活少缴些钱的事。秃子金灶火能踢能咬的，可没人承头，他们也是瞎狗乱叫几下就没劲了。迷糊提不上串，铁栓行运跟后护家又能咋？老顺那不用说，马勺磨子是有心计，但要说闹事还不至于。就是霸槽和麻子黑，他们上没父母，下没儿女，又在外边跑得多，是得留神着，要给他们多安排些事干，有事干了，出不了村，我想就不会有啥事。"

② 现代化的推进，使"利益"成为差序格局中决定人际关系亲疏的一个重要维度，原本紧紧地以血缘关系为核心的"差序格局"正在变得多元化、理性化，而农村人际关系理性化将对乡土社会格局产生重大影响。参见谢建社、牛喜霞《乡土中国社会"差序格局"新趋势》，《江西师范大学学报》（哲学社会科学版）2004年第1期。

③ 贾平凹：《古炉》，人民文学出版社2011年版，第117页。

④ 同上书，第219页。

山清水秀了许多年的同时，也因贫困而被樱镇人埋怨许多年。最终，樱镇依然被急火火要发展、要发财的乡里人，推进了携带着"矽肺病和环境污染"的现代化进程。

受现代化的大时代语境压力，社会文化的正项、中项、异项（标出项）会在一系列的力量角逐中达到相对的平衡，它使乡土中国经历一系列的变革，消耗掉属于乡土文明的诸多基本而朴素的记忆。于是，即使在最愿意做个说谎者的小说家笔下，也不得不面对一个现实："奥德修斯之床"，终于被床的拥有者们自主锯掉了。

三 《秦腔》之后：确立新的叙事伦理，或反思现代性的以退为进

毋庸置疑，诚如诸多研究者所发现的，《秦腔》是贾平凹关于故乡记忆叙述的转折。此后的几部小说开始寻找新的叙述故乡的角度：《高兴》（2007）在乡土与城市之间寻找妥协的可能性，《古炉》（2011）借"文革"反思人性的动荡及文化现代化，《带灯》（2013）以"由城入乡"的角度，透视理想主义者在当下乡镇基层中的自救与理想破灭。对于这一转变，贾平凹将其解释为避免故乡叙述与"当前现实"不符：

> 我的创作一直是写农村的，并且是写当前农村的，从《商州》系列到《浮躁》。农村的变化我比较熟悉，但这几年回去发现，变化太大了，按原来的写法已经没办法描绘，农村出现了特别萧条的景况，很凄惨，劳力走光了，剩下的全部是老弱病残。原来我们那个村子，我在的时候很有人气，民风民俗也特别醇厚，现在"气"散了，起码我记忆中的那个故乡的形状在现实中没有了，消亡了。农民离开土地，那和土地联系在一起的生活方式，将无法继续。解放以来，农村的那种基本形态也已经没有了。解放以来所形成的农村题材的写法，也不适合了。①

---

① 贾平凹、郜元宝：《关于〈秦腔〉和乡土文学的对谈》，《上海文学》2005 年第 7 期。

因现实中的乡村已不同于往日或记忆中的景象，故放弃关于故乡记忆的书写，对于文学创作而言，这一解释其实是牵强的。因为现实与虚构之间简易对立，是社会学知识系统的术语，对于文学文本而言，虚构与真实的实际情况并非如此判然有别。虚构文本自然不能割断与已知现实的联系，否则它便成为无人能解的"天书"。但是，反之又存在另一悖论，现实一旦被转化为文本，成为与众多其他事物密切相关的符号，它就超越了那个被摹写的原型，它虽然是一种客观存在，却不必分享客观事物的真实性。因此，文学文本存在的基础，是现实、虚构与想象三元合一。虚构化行为再造的现实是指向现实却又能超越现实自身的，"虚构将已知世界编码，把未知世界变成想象之物，而由想象与现实两者重新组合的世界，即是呈现给读者的一片新天地"[①]，所以，艾柯（Umberto Eco）认为符号的特点就是"可以用来说谎"[②]，后期转向文学人类学研究的沃尔夫冈·伊瑟尔（Wolfgang Iser）也指出：虚构化行为本质上是一场拆毁现实栅栏的越界[③]。

事实上，之所以放弃故有叙述故乡的方式，有另一更隐秘的原因，即应该如何重新思考现代性的问题：在长期的反思与否定现代性之后，文学应该何为？

贾平凹在写完《秦腔》后表态，对于乡村的急剧现代化，"充满了矛盾和痛苦，我不知道该赞颂现实还是诅咒现实，是为棣花街的父老乡亲庆幸还是为他们悲哀"。[④] 这种"我不知道"的态度为评论家谢有顺所激赏，并认为其"建立起了一种新的叙事伦理"，理由是："价值选择一清晰，作品的想象空间就会受到很大的限制。但贾平凹在面对这种选择时，他说'我不知道'，这个'不知道'才是一个作家面对现实时的诚实体会——世道人心本是宽广复杂、蕴藏着无穷可能性的，谁能保证

---

① ［德］沃尔夫冈·伊瑟尔：《虚构与想象——文学人类学疆界》，陈定家、汪正龙等译，吉林人民出版社 2011 年版，第 3—4 页。

② Umberto Eco, *A Theory of Semiotics*, Bloomington：Indiana University Press, 1976, p. 58.

③ ［德］沃尔夫冈·伊瑟尔：《虚构与想象——文学人类学疆界》，陈定家、汪正龙等译，吉林人民出版社 2011 年版。

④ 贾平凹：《故乡啊，从此失去记忆——〈秦腔〉后记》，《收获》2005 年第 2 期。

自己对它们都是知道的呢？"① 虽然谢有顺给出的理由一半有理一半无理：无理处，在于文学本就无须面对每一个世道中的人心，比如卢卡奇即认为现实主义小说可以对现实呈现一种超越细节局限的"总体性"把握②；而其有理，在于"不知道"确实是源于"面对现实时的诚实体会"。

眼前之故乡正裹挟于现代化进程中，与记忆中的故乡物是人非。"五四"以降所形成的启蒙现代性话语，视乡村文化为前现代遗存而否定之观点，从来不是贾平凹的文学追求。但依然以驾轻就熟的田园牧歌式故乡想象话语方式，反思政治、经济现代化现状，于贾平凹而言同样越来越成为一种负担。"不知道"的，是对于现代化的反思与否定之后，何为？

这是他在《秦腔》及之后的长篇小说中一再追问的问题："真的是在城市化，而农村能真正地消失吗？如果消失不了，那又该怎么办呢？"③"我们的文学虽然还在关注着叙写着现实和历史，又怎样才具有现代意识，人类意识呢？……正视和解决哪些问题时我们通往人类最先进方面的障碍？比如在民族的性情上，文化上，体制上，还是政治生态和自然生态环境上，行为习惯上，怎样不再卑怯和暴戾，怎样不再虚妄和阴暗，怎样才真正的公平和富裕，怎样能活得尊严和自在。"④

因此，此后长篇小说《高兴》、《古炉》、《带灯》分别从文化、体制、民族性情等诸方面，开始了对反思现代性之后的各种可能性的探讨之途。这除了是一场新的叙事伦理的确立，事实上也是一场反思现代性的以退为进。

20世纪中国的现代化正无可逆转地消耗掉关于故乡的记忆，它使人们记住"进步"的意义而淡忘故乡的细节，于是，通向故乡的道路只能由个人创造。而贾平凹期望能以其小说重建一个故乡的企图，其实仍在继续。

---

① 谢有顺：《尊灵魂，叹生命——贾平凹、〈秦腔〉及其写作伦理》，《当代作家评论》2005年第5期。
② ［匈牙利］卢卡奇：《历史与阶级意识》，杜章智、任立、燕宏远译，商务印书馆1996年版。
③ 贾平凹：《秦腔·后记》，作家出版社2005年版。
④ 贾平凹：《带灯》，人民文学出版社2013年版，第360页。

不肯愈合的文字与石头之死

——细读雷平阳诗集《出云南记》

　　1983 年开始写诗的雷平阳，2009 年出版《云南记》，时隔五年又出版《出云南记》。借用布尔迪厄（Pierre Bourdieu）的"场域"（champ）理论，命名是为了确立一个区分标志，它总会生产出在一个空间中的存在①。而由"云南记"走向"出云南记"，雷平阳是否在以这一对二元区隔的命名，暗示他的诗写在云南意识、非云南标记与普泛的生命书写之间，有着复杂而微妙的不肯愈合之处？

一　"入"与"出"：从《三个灵魂》说起

　　祖籍北方，生于云南昭通，这是雷平阳的亲缘简图。像大多数现代中国人一样，他将父辈的家乡与迁徙地，认领为自己的身份特征。多年来，雷平阳一直以"在场"的方式，用文字记录自己在云南的生活史和心灵史；但也有一些时候，他的诗带着不同的感触暴露出来，或亲证那些"在场"的心灵记录，或让它们难以为继。正是这些稍显陌生的诗，使得雷平阳的诗歌写作与云南之血脉相连，显现得并非不言自明。比如，在雷平阳写下的《三个灵魂》里，那"将"延伸往三个方向的"未来"，便在同一个时间向度上渲染着"现在"，它使生活之"当下"歪歪斜斜：

_____

　　① ［法］皮埃尔・布迪厄：《艺术的法则——文学场的生成和结构》，刘晖译，中央编译出版社 2001 年版，第 193 页。命名这个区分标志，"常常是用来标识与所有作品或生产者相关的最表面化的和最显而易见的属性。词语、流派或团体的名称、专有名词之所以会显得非常重要，那是因为他们构成了事物：这些区分的标志生产出在一个空间中的存在"。

　　第一个将被埋葬，厚厚的红土层中

　　紧贴着大地之心，静静地安息

　　第二个将继续留在家中

　　和儿孙们生活在一起

　　端坐于供桌上面的神龛，接受他们

　　祭奠和敬畏；第三个，将怀着

　　不死的乡愁，在祭司的指引下

　　带上鸡羊、银饰、美酒和大米

　　独自返回祖先居住的

　　遥远的北方故里①

　　每个人灵魂的亲证都依赖于他人，生命的意义在于彼此亲证。《三个灵魂》以灵魂的不同安妥处描摹眼前的生活与生存状态，它是一次以"将来"亲证"当下"，以"死"亲证"生"的想望。在这里，灵魂会散衍成三个分身，它们在不同的能收留它的地方，都极希望找到一份关于它们活过的证明。第一个分身作为在云南高地原生态的阳光、雨露、尘与风洗礼中的高原居民，终在生地云南的红土层中找到安息之所；第二个分身像每一个乡土中国的子民一样，逝于故土之后继续在故土的生活流中获得供奉；第三个分身则出奔向祖辈的生地"遥远的北方故里"，怀揣一份"不死的乡愁"，以一个带有过度充满希望的词语"返回"，化解由来已久的悲伤。

　　尽管诗文中，追随三个灵魂的三个将来时态的语词"将"，以时间的延后发生，使心中的希冀重话轻说，但它们也正表明，这三个灵魂将同一个"生"作为了俘获物，终究会撕扯开那隐藏在生命底里的、早已有之的不统一，只不过越慢越痛。

　　这种分裂感还呈现在雷平阳其他的若干诗中。再比如有一首诗《隐痛》，从漂泊和"流落异乡"开始，引述一个诗人在异族人佛堂里的一次

---

　　① 雷平阳：《出云南记》，北岳文艺出版社 2004 年版，第 216 页。

可能的"忏悔",和盘托出自己身世的苦楚:"教义被修订了一次又一次;族名/改来改去;地名,汉字夹着方言",命名的变动,带来生存合法性空间的动荡不安,举步何等的艰难:"我不是那个信手乱写/指鹿为马,意欲成为土司的刀笔吏/也不是沿着澜沧江,一路封官许愿的使节/睡了小国的公主,带走了酋长的珍玩/回到中土,便解甲归田/那我是谁呢?安南都护府里的/傀儡?张居正的线人?我真的说不出口"。是的,那么,"我"是谁呢?他的身份与存在的深度可疑,成了他的"隐痛"所在。但反讽在于,他不是那些被"叙述"的主体,他只是一个诗人,他因为"迷上了木瓜、芒果和月亮",而身份见疑:

> 一个走投无路的诗人
>
> 他来这儿,只是为了走走,结果他
>
> 迷上了木瓜、芒果和月亮①

　　这个身份见疑的诗人,他的"被叙述"与隐痛,在诗人雷平阳的体内应是感同身受的。多年来,关于写诗的雷平阳的界说,也呈现为多种:比如"云南诗人",比如"生于云南的诗人",比如"在云南写作的诗人"。这些不同的界定,使雷平阳与云南或近或远。而随着论说的深入,"云南"符号在雷平阳诗歌中越来越频繁的降临,已开始被视为使他的诗歌写作"从自我情绪与日常生活的奇妙纠结中解脱出来,变为一种地方志的考古学"。② 由不确定性滑向确定性,是史学而非文学的追求。无论从诗语还是从内涵来看,考古学都是诗歌的敌人。如果此论说成立,那么它对于雷平阳而言,无疑是一场形式与意义的双重危机。

　　然而雷平阳并不认为自己的写作有标志性或分水岭:"我以前写云南,现在也还在写云南。如果说以前热衷于对陌生的、诗意化的现象进行解读,那么现在我更愿意呈现'在场'的事物,并通过它们的世界,

---

① 雷平阳:《出云南记》,北岳文艺出版社2004年版,第104—105页。

② 傅元峰:《迷走南诏——雷平阳诗论》,《当代作家评论》2012年第1期。

达成我的美学观和我的使命感。"① 包括在《出云南记》的序言中，他也着重强调了此点："前一本诗集的名字是《云南记》，将这本取名《出云南记》，没有置身云南之外、获取另外空间的意思，我只是觉得选取的这些诗作，其场域和旨趣不应该圈限于云南，它们可以应对地域性之外的更多的虚无、丧乱和沉默。"② 那么，又是其诗中的哪部分意识、哪些细节及其断裂处，引发了论说的分歧？

> 我始终跑不出自己的生活
> 谁能跑出这落在地上的生活，我就
> 羡慕他；如果谁还能从埋在土里的生活中
> 跑出，我就会寂然一笑，满脸成灰
> 已经三十九岁了，我还在幻想着
> 假如有一天能登上一列陌生的火车
> 到不为人知的地方去③

　　这个始终想跑出自己的生活的诗人，他的心灵是否在不断地被某种尚未获得的完美意识所吸引，所以想象自己可以像暗室中的植物一样，向着墙外的阳光自然地生长。

　　而此本《出云南记》同时呈现了雷平阳早前和后来的诸多诗歌，它们同等地被视为"不应该圈限于云南"，那么，我们何不通过它来认真透视雷平阳的诗歌书写，在"入"与"出"之间所呈现的复杂而微妙的对话关系？

二　两个向度的逼迫：外在景观与内在现实

　　现代诗人都受他的时代和自己的经历压迫而写下诗歌，他们必须穿越令人窒息的、言语数不清的暗处。如同谢有顺所言：雷平阳以故乡、

---

① 雷平阳：《雷平阳诗歌及诗观》，《诗选刊》2012 年第 12 期。
② 雷平阳：《出云南记·自序》，北岳文艺出版社 2004 年版。
③ 同上书，第 88 页。

大地、亲人为写作的根据地，为他的诗歌写作确立起清晰的方向感①。而正是故乡、大地、亲人这三种同类事物，赋予了雷平阳外在与内在的双重逼迫，使他的诗歌总是在"当前"与"远处"之间充满一种精神紧张感。

> 我一直敬佩切斯拉夫·米沃什
> 不是因为他的诗篇
> 仅仅基于他一生都把自己
> 放在这个国家的外面
> 写出的诗篇，却是这个国家的碎片②

像一个"不在场"的在场者，以一种准确的文字见证支离破碎的人类生命，雷平阳从米沃什的诗篇中发掘出一种写作方式，一种他自己同样心仪的写作方式。他以这种方式观照他所生存现场的外在景观，并对与外在景观反向而驰而持续带来逼迫的内在现实进行开掘。

外在景观的压迫，来自现代化进程中故乡的物事皆非。"以前，大地才是中心/村庄和城市，一直是/山河的郊外"③，而20世纪的中国历史伴随着现代化进程，摧毁一切，也重建一切。雷平阳的"故乡、大地、亲人"同样裹挟其中："我想说，我爱这个村庄/可我涨红了双颊，却怎么也说不出口/它已经面目全非了，而且我的父亲/和母亲，也觉得我已是一个外人/像传说中的一种花，长到一尺高/花朵像玫瑰，长到三尺/花朵就成了猪脸，催促它渐变的/绝不是脚下有情有义的泥土"④。一切都疑点重重，却又是非难分：

> 自己走丢的人太多，被裹挟和押走

---

① 谢有顺：《一种有方向感的写作——关于雷平阳的诗歌》，《从密室到旷野：中国当代文学的精神转型》，海峡文艺出版社2011年版，第211—218页。
② 雷平阳：《出云南记》，北岳文艺出版社2004年版，第39页。
③ 同上书，第76页。
④ 雷平阳：《我的家乡已面目全非》，《青年文学》2004年第10期。

的人，也太多，谁都不知道

救赎他们，我们还有什么

多余的东西可以付出。我也是

一个来历不明的人，不知道自己

下落的人①

　　雷平阳在他来不及细看的外在景观的变迁中，俨然成了他的生地及行走多年的云南故乡的"一个外人"。于是，他选择以迟来的陌生眼光，重新打量这片故土。在他看来，每一个人都是一条河，从各自的生命中流过，而"大江东去。我仍然在白茫雪山下/耳朵贴着经幡，聆听滴水的声音"②。在外在景观的持续变动中，他既或写实或象征地执着记录属于这片土地的大河奔流③，又在云南之外的空间以及与当下截然不同的时间过往里，寻找伤痕累累的答案。然而，伤害是明显的："除了山对面的石佛/山脚下的流水/你还有八老：曰杲，曰皎/曰据/曰真，曰浑，曰贞，曰爽，曰满/……一千多年后，我偏居云南，隐藏于/日常生活的底部，除了红土/和秋风，身边八老：暴食，贪婪，懒惰/淫欲，傲慢，嫉妒，愤怒，推土机"④，但是，对于追问的回复，是微妙的："我小心翼翼/向她打听波兰人眼里的中国、乌鸦/和整个欧洲的寂静，假想中的真理/像掉进大海的一根绣花针"⑤。

　　到这里，事件远未结束。现代化的副产品是没有乡愁，但这个被故乡推远的"外人"，却在内心保存了太多的故乡记忆。它们成为一种内在现实，充溢着种种诗意生存以及被扩张的想象力。如此，这个迥异于当前外在景观的内在现实，内在地向他逼迫而来。这在他的《本能》一诗中有着隐晦的表达：

---

① 雷平阳：《出云南记》，北岳文艺出版社 2004 年版，第 21 页。

② 同上书，第 157 页。

③ 比如，《出云南记》便有《昭鲁大河记》、《江水流淌》、《河流之二》、《大江东去帖》诸诗。

④ 雷平阳：《题洛阳香山寺九老堂——致白居易》，《出云南记》，北岳文艺出版社 2004 年版，第 51 页。

⑤ 同上书，第 41 页。

沉默于云南的山水之间

不咆哮，不仇视，不期盼有一天

坐在太平洋上喝酒。那年春

过泰山侧，朝圣曲阜，我清洗了

喉里的鹦鹉，脑内的菩萨

胸中的雪山，不想，不说，不动

本能地呆若木鸡。最后，本能地跪下

匍匐时，我把耳朵贴在源头，听见了

大地的心跳，一个不死的人，出于本能

在下面，怀抱着雷霆……圣贤已逝，魂还在

出巡。云南虽然偏远，他亦频频

莅临，令我更加沉默、拘束、昏沉

唯傣历年，饮酒，泼水，狂欢

方才像他一次："暮春者，春服既成

冠者五六人，童子六七人

浴乎沂，风乎舞雩，咏而归。"①

　　"咏而归"，是孔子关于一种审美的和感性的生活状态的诗意表达。《论语·述而》篇记有"子曰：志于道，据于德，依于仁，游于艺"，孔子所述之"游"一字，将道德为先的生存方式充分诗意化。与此相类，一位英国旅游者在到非洲部落社会访问后回来说："不像英国制度，亦即一个人可以不用接触诗而度过一生，乌拉昂族制度用诗来作为舞蹈、婚嫁和种植农作物不可缺少的附属物——所有的乌拉昂人都参加这些集会，作为他们部落生活的一部分。"② 少数民族乌拉昂人的生活方式，可以说，正契合了孔夫子所兴会的"游于艺"的诗意生存原则。然而，即使是多元民族聚居地的云南，也已丧失了这种诗意的生存态度，"唯傣历年，饮酒，泼水，狂欢/方才像他一次"。

---

① 雷平阳：《出云南记》，北岳文艺出版社2004年版，第98页。
② ［美］休斯顿·史密斯：《人的宗教》，刘安云译，海南出版社2001年版，第398页。

与此相关者，还有感悟神圣事物显现能力的耗散以及幻想能力的衰微。鲁迅曾借用日本学者盐谷温的观点，解释华夏土地上神话、传说流传甚少的原因："一者华土之民，先居黄河流域，颇乏天惠，其生也勤，故重实际而黜玄想，不更能集古传以成大文。二者孔子出，以修身齐家治国平天下等实用为教，不欲言鬼神，太古荒唐之说，俱为儒者所不道，故其后不特无所光大，而又有散亡。"① 事实上，此二点也从实际与理念两个角度，对华土之民想象力之贫乏做了解释，但它或许未必能解读诸少数民族居住地的情况，前文明式生存样态往往赋予他们领悟神圣的敏锐感知能力、潜意识能量，以及廓大的想象力。

所以，这个多元民族聚居的故乡熟悉又陌生的"外人"，以如下诗句祭奠自己的衰微：

> 我的洞察力，已经衰微
> 想象力和表现力，也已经不能
> 与怒江边上的傈僳人相比
> 多年来，我极尽谦卑之能事
> 委身尘土，与草木称兄道弟
> 但谁都知道，我的内心装着千山万水②

所以，当言语的力量成为唯一保存下来的东西，他会喟叹都是哪些人的嘴与这个世界有关：

> 佤山的巫师，基诺山的
> 白腊泡，雪山上的天葬师……
> 当他们用汉语布道时，世界已死③

---

① 鲁迅：《鲁迅全集》第 8 卷，人民文学出版社 1963 年版，第 16 页。
② 雷平阳：《出云南记》，北岳文艺出版社 2004 年版，第 60 页。
③ 同上书，第 108 页。

为真实所伤，并寻找真实。内外交困的雷平阳，努力在外在景观与
内在现实的难以愈合处，如是书写着他的"在场"生活，以此向那些以
自己的言语和沉默寻找出路的人伸出手，毕竟，"这种文化与道德的作案
现场，显然已经不是我们这个时代的个案"①：

> 到底是怎样的一种命运，命令你
>
> 向后转，却又怎么也转不过身来
>
> 像颗铁针，一直存在于一柄刀刃里②

三 "石头"：穿过记忆的独一语言及其死亡

在早年的生长季节里，雷平阳的诗歌已经形成了一种石质纹路，它
们通常又柔弱，又坚硬③，像"体内的黑夜藏着的生锈的针"④，"像针尖
上的蜂蜜"⑤。这种书写风格，源自他对生存之大地的一种悲悯与悲愤的复
合情感。在《出云南记》中，他的书写依然交织着这种复合的情感，于是
也依然贯穿着这种写作风格。而让现实挪位进入文本的真实，非隐喻莫能
担其重任。于是，"石头"也依然成为其中反复出现的几个重要意象之一。

这里的问题是，从具体而微的石头到抽象冷峻的石，它们与雷平阳
的语词哲学实践到底是如何勾连在一起的？对一个诗人来说，现实与想
象、一种创造与另一种创造往往是不分时日与界限的。或许，这正是雷

---

① 雷平阳：《出云南记·序言》，北岳文艺出版社 2004 年版，第 1 页。

② 同上书，第 64 页。

③ 如傅元峰即称雷平阳"能将柔弱和攻讦有机整合在同一次抒情过程"。参见傅元峰《迷
走南诏——雷平阳诗论》，《当代作家评论》2012 年第 1 期。

④ "雨滴来时天已拂晓。最初一滴/先打屋檐，体内的黑夜藏着生锈的针/让我们跟着疼，
用绵绵的困顿与它比赛。/跟进的十滴，抱着钟声，叫醒了/临窗的树枝和纸片。我的睡眠因泪水/
而徘徊不前，我的身体因在异乡而飘飘欲仙。"参见雷平阳《出云南记》，北岳文艺出版社 2004
年版，第 67 页。

⑤ "我只爱我寄宿的云南，因为其他省/我都不爱；我只爱云南的昭通市/因为其他市我都
不爱；我只爱昭通市的土城乡/因为其他乡我都不爱……/我的爱狭隘、偏执，像针尖上的蜂蜜/
假如有一天我再不能继续下去/我会只爱我的亲人——这逐渐缩小的过程/耗尽了我的青春和悲
悯"。参见雷平阳《出云南记》，北岳文艺出版社 2004 年版，第 119 页。

平阳对"情感的表达方式略嫌单调、单一，面对故乡的用词大致雷同"①
的指认，一直保持沉默的原因之一。除此而外，语言的困境，从来都是
现实困境的必然结果。以"石头"为例，或许能够以此体验雷平阳的语
言困境与现实困境，他的抗争与妥协。

> 你用这种文字书写
>
> 人变成灰烬，诗则是一个鬼国大放悲声
>
> 今天我来造访，琵琶峰上游人如织
>
> 其中不乏酒醉客，也有小蛮和樊素
>
> 夹在他们中间，我小心翼翼
>
> 害怕脚下的一片片石块
>
> 翻身坐起，对着世间高声喊疼②

在雷平阳看来，那些诗人想要表达的，皆可由石头来言述，比如，生
命的沉重与孤独、坚守与力量，在岁月的脚步下，所流放出的遍地孤独。
作为一种命运，石头的孤立人格甚至是比人的生命更令人感动的东西。

首先，"石头"提供反讽的精神：

> 对不起这些石头和悬崖
>
> 虚度的时光难以数计，以为可以
>
> 隐姓埋名，却被我想象成
>
> 一座座纪念碑③

石头是这样一种物质，在其中，"非"并不会从"是"中分离出来，
在其中，沉默构成言语的媒质。也就是说，让石头不是石头，是对单纯

---

① 谢有顺：《一种有方向感的写作——关于雷平阳的诗歌》，《从密室到旷野：中国当代文学的精神转型》，海峡文艺出版社 2011 年版，第 217 页。

② 雷平阳：《出云南记》，北岳文艺出版社 2004 年版，第 52 页。

③ 同上书，第 30 页。

的物符号化的过程。石头没有提供诱惑，为它增添或减少一点什么的，是人的不安于"虚度时光"的狭隘自负与傲慢虚荣。并且，人终究会被自己想象中的符号"石头"所困。

其次，"石头"隐藏反抗的力量：

> 有许多天生的
> 致命之物，总是让我们束手无策
> 狮子的牙齿内有匕首，蛇的血液中
> 有毒箭，就连河床上滚圆的鹅卵石
> 内心也装着一把最古老的斧头①

现实的圆周，只有通过不可思议的幽灵的补充才能够形成整体。石之滚圆中的尖利，正显示从沉默的某处，它也会冒出另外的一种可能：作为一种引而不发的力量，唯其具有的摧毁性，才使世界的固有秩序发生危险。更为重要者在于，"石头"能提供反思的途径：

> 苜蓿花开了一次，又开一次
> 绝望的时候，他湿漉漉地，抱着一块石头
> 出现在土地庙的门前。是的，流水
> 冲走的石头，被他一一抱了回来
> 就像白云从漫无边际的天空
> 找回了秋风和大雁②

石头复归石头的位置，从时间里消失的意象在语言中重现，坚硬而多变的异物从词语的缝隙中挤进来，可以使已经模糊不清的生活，重新得到澄清。

"流水/冲走的石头，被他一一抱了回来"，执笔于诗的人们总在重复

---

① 雷平阳：《出云南记》，北岳文艺出版社 2004 年版，第 9 页。
② 同上书，第 131 页。

着西西弗斯的命运，推动诗歌的"巨石"向山顶滚去。雷平阳也曾总结自己为："石头的模样，泥巴的心肠，庄稼的品质。"① 但是，"凡有血气的，尽都如草"（《圣经·以赛亚书》，40：7），诗集《出云南记》的结尾，在"石头"意象中以潜移默化的方式接上了开头：

> 石头上有点空，石头上只写了
> 他的名字、生辰和忌日。②
>
> 博尚镇制作脸谱的大爷
> 杀象，制作象脸
> 杀虎，制作虎脸
> 他一直想杀人，但他已经老朽
> 白白地在心里藏着一堆刀斧③

以一生行走填满墓碑的企图之虚空，与杀人以制作人脸谱之希望终会落空同。它冥冥中是否暗示，雷平阳之写作将会慢慢趋于平和："像扛着一本石头的经书，我必须／扛着它。有一天，我扛不住了／我想，我也会放下"④。

四　小结

诗歌总是朝向某种东西的，或许朝向一种可用言语表达的现实，或许朝向某种姿态开放。在"当下"与"别处"的不肯愈合处，雷平阳以一种与生俱来的沉重，表达着生命的真实存在和体验，并企图将表层与内里的真理与现实融合起来，这使他的诗歌写作贯彻着一种复杂的精神紧张感，也呈现出令人惊异的血性与尊严。

---

① 祁鸿升、雷平阳：《云之南，雷之音：走近诗人雷平阳》，《绿风》2011 年第 1 期。
② 雷平阳：《出云南记》，北岳文艺出版社 2004 年版，第 236 页。
③ 同上书，第 1 页。
④ 雷平阳：《云南记》，长江文艺出版社 2009 年版。

符号失序与主体重构

——关于王安忆《匿名》,兼与皮兰德娄《已故的帕斯卡尔》比照解读

　　写作 30 余年的王安忆,向来以"严格的写实主义"自居。自 1986 年的首部长篇小说《六九届初中生》到 2011 年的《天香》,她一直展示的是自己最擅长的"绣花针"功夫:书写波澜不惊生活里的"绵里藏针",从小人物琐琐碎碎的日常生活细节中发掘生活美学。总体而言,多记叙而少议论与抒情。所以,对于 2016 年面世的小说《匿名》,她坦言:"以往的写作偏写实,是对客观事物的描绘,人物言行,故事走向,大多体现了小说本身的逻辑。《匿名》却试图阐释语言、教育、文明、时间这些抽象概念,跟以前不是一个路数的。这种复杂思辨的书写,又必须找到具象载体,对小说本身负荷提出了很大挑战,简直是一场冒险。"①

　　事实上,《匿名》在王安忆的小说系列中并非全然面目陌生:题材上,它讲述一个人从常态生活被绑架到非常态生活后的遭遇,其前身可以追溯到她 2005 年的小说《遍地枭雄》;情节节点上,故事发生的重要地点"林窟",在其 2012 年发表的短篇小说《林窟》和散文《括苍山,楠溪江》中已初见雏形;细节上,那些关于"九丈"中的纺织活动、养老院以及县城中发廊的描写,可以从此前的《天香》甚至《发廊的情话》、《骄傲的皮匠》中找到影子。所不同的是,王安忆惯常使用的那种绵密而具象的细针织法式叙述策略,以及与之相关的纷繁的生活表象和曲

---

　　① 《王安忆出版新作〈匿名〉坦言"我不是聪明作家,这次写得很苦"》,《凤凰文化》2015 年 12 月 28 日, http://culture.ifeng.com/a/20151228/46858455_0.shtml。

折的故事进程，在《匿名》中已然退居其次，取而代之的是以一种哲理思考式的"思辨书写"，对若干"模糊而巨大的一团"的本体性问题进行抽象切割。于是，这样的王安忆及其《匿名》，会给我们提供一次怎样的阅读"探险"，便成为一个值得拭目以观的话题。与此同时，整场阅读还将伴随或需要直面一个不能忽略的问题：王安忆如此"冒险"变革写作方式，目的何在？一切，或许皆需从一场关于"命名"的符号事故开始梳理。

一 一场符号事故：由"命名"触发的失序事件

从命名来看，这是一个"归去来兮"的故事。35万字的《匿名》，上部名"归去"，讲述一场阴差阳错的绑架案：一个按部就班生活的上海退休老人，为民营外贸公司返聘却被误会为卷钱跑路的老板"吴宝宝"，在经历了黑道绑架、审讯之后被抛入一个叫作"林窟"的大山之中。下部名为"来兮"，浓墨重彩地探索"一个文明人的重新进化"① 过程：这个被绑架后莫名失忆的老人，在远离城市文明及日常生活被迫中断之后，辗转于林窟、柴皮、九丈等蒙昧的"原始"天地间，一边借助其残存的文明记忆，一边逐渐唤醒其原始能力，一步步踏上重构主体的征途。最后，在归家的前一刻落入了水中，不知所踪。

这多少会使人记起意大利作家皮兰德娄（Luigi Pirandello）那个"死去活来"的故事。

皮兰德娄一百多年前的小说《已故的帕斯加尔》（1904），同样探讨了在"名"与"实"的错乱中，如何追寻自我、确立主体的问题。小说中那个叫马提亚·帕斯卡尔的男人，也叫过阿德里亚诺·梅伊斯，两次"死亡"又两次"复活"，最终恢复真身带着鲜花到自己的墓前祭扫。不同的是，《已故的帕斯加尔》的主人公马提亚·帕斯卡尔一次又一次地抛弃自己的"名"，是经过"思想"与体验之后的自觉拣择的结果：在赢得一笔赌款之后，他即借着被认作已自杀的错误事件，选择更名逃离那个他已厌倦的家庭；在新的名字下，苦恼于与所有可证明其身份的事实割

---

① 《王安忆长篇小说〈匿名〉挑战"人类文明进化史"》，《新浪读书》2015年1月9日，http：//book. sina. com. cn/news/b//1325784937. shtml。

裂而无法步入正常的生活，甚至是光明正大地恋爱，他最终选择恢复"真名"。而《匿名》的主人公虽同样由于一场错误，触发一种命名的错乱，却由于突然失忆而在非自觉的状态下①，截断了"他"之"自我"、"身份"以及"主体"之间的种种牵连。

既然《匿名》以类似于悬疑案件的形式展开，那么，小说解读也将从解疑开始。关于这个主人公"他"，将有以下问题需要追问：其一，他是谁？这在小说中首先是个命名问题。其二，为什么是他成为被"匿名"的人物？这与其自我与身份，以及二者之间的错乱有关。其三，为什么他会失忆？其四，为什么他终未能"归来"？

在《匿名》的叙述中，这几个问题皆与符号的失序有关。

首先，"他"是个"无名"或被"匿名"的人。关于"他"，最全面的信息来自小说后半部警官的一本文件夹："假如是你，当然，只是假如，警官强调，假如是你，你的名字就是——年轻人嘴里吐出三个字，这三个字似曾相识。一切，看见的，听见的，都似曾相识。假如是你，警官又一遍强调，你应该六十七岁，中专毕业，曾在禽蛋厂冷库做财务，后来，企业关停并转，调入联营单位，继续老本行，七年前办理退休，被一家民营物流公司聘用。"② 尽管他的人生履历简单清晰，尽管他被妻子杨莹瑛称为"外公"，被物业称为"爷叔"，被养老院的人称为"老新"，但他的名字却被刻意地模糊处理了，好像它本就无足轻重。

这使得第二个问题的答案，多少有了一点隐喻与反讽的意图。

一方面，事物一经命名，便会被点亮，据此获得与他物的区隔空间。反之，则与他物共享一个较为蒙昧的空间。由此从广义上看，"他"的被匿名，是否同时意味着这个进入二次进化的，可以是泛化的任何人。另一方面，当名被隐时，实反而会被格外关注。"他"引起我们注意的，便是被妻子杨莹瑛念念不忘与反复称许的"归类的爱好"："这是个什么人

---

① 参见王安忆《匿名》，人民文学出版社2016年版，第69页。"他的思想掉落下去，在这苍茫之中，要它们有何用呢？不都是些赘物吗？他不必要知道什么，于是就真不知道了。"

② 王安忆：《匿名》，人民文学出版社2016年版，第423页。

啊！不单是性格缘故，而是，几乎称得上天赋，将具体化为抽象。"①

诚如小说中所言："认真而论，这种归类的爱好，隐藏有哲学的天性。归类的前提是对事物属性的认识，加以判断，然后进行概括。"② 人类对世界的征服便是从识别、归类开始，通过赋予其符号秩序，最终编织出一个我们心目中的现实。而恰恰是这样一个最善于识别与归类，并有将具体化为抽象的天赋的人，最终"被挑选"落入"无名"的圈套。如此，是否先已具有了反讽的意味？

同时，正是这种善于识别与归类的天赋，诱使"他"在真名与假名的纠缠之间进入命名的失序。这是一场错误的绑架，却准确叩击了"名"与"实"的辩证关系。

"他"被误认为负债潜逃的公司老板"吴宝宝"，在整个绑架过程中，如果他坚持拒绝那个硬扣在自己身上的名字"吴宝宝"，或许他被放开，或许被撕票，那事件顶多朝着警匪或侦探故事方向发展。由于对事物之名与实的深入归类，他首先剥离出这个错名对他有利的属性："从他所受的礼遇，倘若这也称得上礼遇，他确实被当作了'吴宝宝'，因要与'吴宝宝'协商事务，公司里的事，唯有'吴宝宝'才做得主，所以手下留情。这么说来，他还不能否定自己是'吴宝宝'"③；随后，他开始利用这个错名中有利的属性、摒弃不利的属性，玩起一场文字游戏："据说吴宝宝欠账不还，对面人说。这就不晓得，他说。牌桌侧边呼地立起一条汉子，黑着脸：你不是吴宝宝！他一惊，自知说话有误：我是吴宝宝，但是不欠账。"④ 绑匪也不知"是吴宝宝好呢，还是不是吴宝宝好"？由此，"他"悬置于两个名所指向的两个身份之间，导致"他"既不能承担"吴宝宝"的欠账不还而被继续绑架、要挟的身份，也不能还原"他"是"他"自己，这使他最终被抛入大山深处难归，成为可能。

但是，对于"我是谁"这个通俗版哲学命题的追问，并非王安忆的

---

① 王安忆：《匿名》，人民文学出版社 2016 年版，第 25 页。
② 同上书，第 23 页。
③ 同上书，第 19—20 页。
④ 同上书，第 33 页。

目的："上半部家人寻找失踪者的情节虽然很多，但却都只是给下半部分抽象世界的存在做一个合理铺垫，只是这个铺垫有些长，容易让人产生错觉"，"我写得着急，但是没有办法，我在等待甩掉它的时机"。① 看来，如何以这个"命名混乱"的通俗绑架故事开场，进入下半部所展示的进行语言、时间、文明以及主体建构之间关系的多重思考，才是这场抽象思辨持续运转的目标所在。

二 百科全书式思辨书写与重构主体的努力

时间是一种具有弹性的物质，纤维很长，可伸可缩。钟点啊，格子啊，针面背后的齿轮啊，都是人为的计时工具，以赋予规律为原则，事实上，它可神秘了，哪是你摸得着猜得着的！现在，他，这个三个字名下的他，名字也是人为赋予，为的是区分这一个和那一个，这三个字处在时间最细最长的拉丝里，也就是说，漫长的瞬息，尽头啊，起头啊，都是人为的定义，人就是忙着到处命名，下定义，做规矩，称其为文明史。拉长的时间一下子弹回去，缩得极短，所以，总量上是不变的。②

类似此种"时间—人名—命名—文明史"的"衍散"、"触发"式表达，是《匿名》下部"来兮"的主要结构方式。它类似于水墨泅于宣纸，自行发散开：常常仅由一个物件、一个字词，甚或一个命名，就可以辐射为关于时间、空间、历史、记忆、文明等概念的思考，思绪奔涌、枝蔓横生，好似一部以小说形式写就的百科全书，情节沦为配角，倒是思辨式议论占了上风。故此有评论者称："王安忆的小说越来越抽象，几乎摆脱了文学故事的元素，与其说是讲述故事，还不如说是在议论故事。"③

---

① 《一场属于王安忆的抽象审美之旅》，《新京报》2016 年 1 月 9 日，http://tech.gmw.cn/newspaper/content_ 110657896_ 2. htm.
② 王安忆：《匿名》，人民文学出版社 2016 年版，第 433 页。
③ 陈思和：《多声部》，《文学报》2016 年 5 月 5 日第 18 版。

　　王安忆在直呈《匿名》的写作难处时，也透露其更宏大的写作理想，即重新发掘人类存在之微妙："如果我是物理学家，或者在物理上、考古上或者天体学上有很好的训练，也许就会很不一样。就拿天体而言，那么宏大、无边无际的空间里有我们的生存，我们又有那么复杂的自然结构、社会结构、政治结构、心理结构等等，在这方面，小说是一种非常限制的艺术。"①

　　正是源于此，尽管同样是以"名"之失为起点追寻自我、建构主体，《匿名》却与《已故的帕斯卡尔》踏上了不同的征途。

　　"关于文学，我还是得说我经常说的那句话：'该死的哥白尼'"，"哥白尼算是彻底毁灭了人类，无法挽救地毁灭。从他提出日心说开始，我们就逐渐意识到人类在浩瀚宇宙间其实是无足轻重的，甚至是不值一提……人如草芥，那个人的艰辛和困苦又还有什么好激动的呢？"② 理解了皮兰德娄在《已故的帕斯卡尔》中的这段与王安忆看法迥异的话，或许就理解了他何以将主人公命名为"帕斯卡尔"，以及何以要在反复抛弃自己的"名"之后追寻那个"自我"。

　　众所皆知，数理学家帕斯卡尔（Blaise Pascal）看重"思想"的力量，称"人是会思想的芦苇"，并有名言："人显然是为了思想而生的；这就是他的全部的尊严和他全部的优异；并且他全部的义务就是要像他所应该的那样去思想"，且进一步做过解释："思想的顺序则是从他自己以及从他的创造者和他的归宿而开始"，"可是世人都在思想着什么呢？……当国王，而并不想什么是做国王，什么是做人"。③ 看上去，好像是一个"我是谁？我从哪里来？我要去哪里？"的世纪追问的翻版。而《已故的帕斯卡尔》中，图书馆员帕斯卡尔的遭际正是他"思想"的结果：第一次抛弃他的"名"，他认为"我切断了之前所有的感情联系，变成了一个全新的人。我是我自己的主人，没有过去的束缚，只有一个

---

① 张滢莹：《王安忆：把我对世界的疑问写出来》，《文学报》2016 年 1 月 7 日第 2 版。
② ［意］L. 皮兰德娄：《已故的帕斯卡尔》，谢幕娟译，新星出版社 2013 年版，第 6—7 页。
③ ［法］皮莱士·帕斯卡尔：《思想录》，谢幕娟译，天津人民出版社 2014 年版，第 81—82 页。

全新的未来在等着我去选择"①；然而，当他与"真名"分离时，他也与这个"名"所具有的一切现实世界分离，如同身陷离心机，他与世界都偏离了原有轨道。也就是说，他以实践证明了，每一个人，都面临着自我矛盾与自我分裂，但"思想"的结果不过是孤独与无聊。被抛置在非真实的生活中，恰恰无法获得真实的"自我"。

而王安忆的《匿名》要探讨的恰恰是另一个方向，它呈现出一体两面性：通过一个人重新发现自我的二次成长，重新思考人类与语言、时空、历史、文明等抽象概念的关系；与通过人类与语言、时空、记忆、文明等之间的关系，重新建构人之主体性。

按照王安忆的构思，这是"螺旋形周期的二次进化"："新文明在前一种文明的痕迹中产生，是二次进化，有一个螺旋上升的破口。我让这个失踪的人就在这种文明的废墟上，重建新的文明认知。这个人是脱胎换骨的，是更高级的文明人。"②

所以，回答前面的第三个问题，这个主人公"他"之所以会瞬间失忆，是因为如此一来，他在被抛弃在大山的褶皱后，便理所当然跟随生物本能，生吃各种昆虫，也无须思考为什么必须继续活下去这种艰深的问题，而仅仅只需本能地活着；同时，他身上依然保留了文明的痕迹，可以击打石块取火，偶尔闪念出某些字词，与原来的文明世界对接，同时"触发"新认知。而他辗转生活过的几个地方——林窟、柴皮、九丈——都是曾经繁华过的村寨、小镇："东西背到林窟便停下，当地买卖，或以钱货交割，或以物易物……林窟就仿佛一锅沸水，火热蒸腾。"③

王安忆的用意，就是让这个被选中的"人"，在文明的废墟上重建新的文明认知：

"他"会意识到"我"的到来，这意味着主体自觉的开始："他反复说'我''我'的，仿佛在欢迎这新概念的诞生，进入一个新境界。"④

① ［意］L. 皮兰德娄：《已故的帕斯卡尔》，谢幕娟译，新星出版社2013年版，第87—88页。
② 《一场属于王安忆的抽象审美之旅》，《新京报》2016年1月9日，http://tech. gmw. cn/newspaper/2016－01/09/content_ 110657896_ 2. htm。
③ 王安忆：《匿名》，人民文学出版社2016年版，第133页。
④ 同上书，第76页。

"他"在语言系统中确立自己的位置。毕竟，语言之外不存在超历史的"自我"本真。如何使用语言，使用什么样的语言，即锚定了主体的历史位置："现在，老新的听觉被普通话激活……老新在喊喳中载上普通话，乱麻中扯出一条线，可不是盘山公路嘛！于是，混沌中就有了顺序。……现在有了语言，是普通话引领，他逐渐恢复自觉性。"①

"他"割断各种伴随他66年的文明世界赋予他的身份，却打开所有的感官，重新感知或融入世界："他听见小星唱歌呢，气流里的漩涡运动，到一赫到二万赫，再到无限量赫。"②

"他"戴着只有一只镜片的眼镜，一眼看向过去，一眼看向未来："无形中，有一个通道在闭合，同时，另一个通道悄然打开。那通道闭合多少，这通道就开多少，造物永远不会隔绝与存在的关系"③，于此，在苍茫的自然中，"他"越来越模糊于自己的来路，却渐次逼近他自身，逼近语言、文字、时空、记忆、历史等人类据以存在的原点：

> 他还是听不懂语音里的语义，经过几千年的共同经验而约定的语义，因他没有参与这共同经验，约定也没听的份，谁让他是老新呢！……漫漫山峦，亿万年前大约是海底，地壳变化，水退石出，每一个褶皱就是一个契约，从海底沉降开始；从最原始的生物，藻类开始……从圆口纲、软骨鱼纲、硬骨鱼纲、两栖纲、爬行纲、鸟纲，直到哺乳纲，然后灵长类出现……契约者褶皱、断块、侵蚀的间隙、岩浆冷却的芯子里，各自生长，成形。但是，在无数幽闭之上，有一个巨大的主宰，海水成了陆地，陆地成山峦，山峦成平原，平原变森林，森林变沧海，沧海变桑田，化整为零，又化零为整，就是由它主宰。它就是天地造化，统揽全局。因此，契约和契约之间，就潜藏秘密通道。这秘密通道，将隔阂后面的默契，最终联结成一大个，就是主宰。否则，你怎么解释，仿佛事先说好似的，一

---

① 王安忆：《匿名》，人民文学出版社2016年版，第276页。
② 同上书，第111页。
③ 同上书，第109页。

下子万物生长，人畜繁殖，遍地歌哭！①

如此这般，在以语言为线索，包罗物理学、生物学、哲学等的思辨中，"他"重建新的文明认知。与此同时，王安忆也以"他"——这个先是"三个字名字"，后叫"老新"的新文明进化者——为导游，引领阅读者重新找到我们在文明世界渐渐模糊的眼、耳、鼻、舌、身，以及重新发现与思考我们所生活着的这个世界。

三　已然"归去"，何以"来兮"：一个悬而不决的问题

主体重构之后，意欲何为？并且，在经历了诸多新的发现之后，这个"自觉者"又将如何与原有的世界相处？这是《匿名》最终需要面对的问题。

> 我在那个人（曾被误认为是帕斯卡尔的自杀者，引者注）的坟前放了一个花圈，并且时不时地会到他的坟头看看，好似躺在里面的就是我自己。也经常会有人从很远的地方来拜访我，有的时候在大门口碰到，就会有人问：
> "不过，请你说说，你究竟是谁？"
> 通常，我还耸耸肩，冲他眨眨眼，答：
> "这个，怎么说呢？我猜，我是已故的马提亚·帕斯卡尔！"②

《已故的帕斯卡尔》在两次"失名"后，为我们提供了这样的结局：帕斯卡尔恢复本名，从此这个七尺之躯的、因错名而无名的漂流物，终于重新被严密的社会系统认领，可以用姓名注册、医疗、谈一场光明正大的恋爱、登记结婚，享受"名"之网织就的一切现世安稳。自然，还可以偶尔在那块"荒诞的"墓碑前，凭吊那"失名"的荒诞过往。

---

① 王安忆：《匿名》，人民文学出版社 2016 年版，第 277—278 页。
② ［意］L. 皮兰德娄：《已故的帕斯卡尔》，谢幕娟译，新星出版社 2013 年版，第 261—262 页。

　　"名"之失，同样是《匿名》主人公久久不能返回文明世界的原因，也是他在文明的遗迹中进行新文明认知的契机所在。最终，他在众人帮助下认领他"三个字"的本名，事件看似终于要朝着大团圆的结局发展了。然而，他却在登上归家之舟筏、重返现代社会的节点上失足坠入江中：

　　　　经纬散开了，二维消失，只剩下一维，尽够他容身，他就是从那里来的，从速度里来。电车当当当响，行走在环线，还有火车的鸣笛，汽车引擎声，轮胎和混凝土路面摩擦，广播体操的音乐，眼保健操的音乐，多么喧哗，可又是寂静极了，静到都能听见鱼的吐泡声。他马上，马上就要听懂鱼语了，秘密马上就要揭晓。①

　　就这样，冲击耳膜的人世间万千种喧哗，最终归为寂静，他在最后一刻通晓时间、文明等的秘密，并带着这秘密遁入永恒时间中，"他"终未返回文明世界。

　　这种结局，无论是从小说上下部"归去""来兮"的命名指向来看，还是从小说行文中的诸多细节来考察，其实早已有暗示。

　　首先，小说的上、下部，以主人公在上海这个文明世界的一切身份痕迹的被消除为区隔："杨莹瑛决定，年后就向警署申报失踪人无下落，注销户籍，通告社保机构，冻结停发养老金。"② 这其实已表征了"归"与"来"，在方向上，都指向发掘新文明的旧文明遗迹处。所以，文明世界上海将注销可使他浮出水面的一切社会证明，而文明的遗迹处如林窟、九丈等将一点点接纳他，并重新建构他。

　　其次，小说行文中也一直潜行着对结局的"逃避"情绪。比如当"他"被置入自然中进化时，"这个睡在木匣子里的老娃娃，被扔在山的肚腹里，现在是睡着了，说不好就一径睡下去，睡进时间的永恒里，加入循环。可是，万一，万一醒来呢，等着他的是什么命运，还有没有可能退回原初？进化的结果如今都成累赘，熟食、织物、筑造、冶炼，还有玻璃吹

---

　　① 王安忆：《匿名》，人民文学出版社 2016 年版，第 447—448 页。
　　② 同上书，第 202 页。

制术，它们阻碍着退化的脚步，是退化不完全的尾巴"①；又如当养老院众人庆祝"他"归家之时，"眼前欢乐的场面使老新快活了些，当然，回家也是快活的，只是，只是终有点令人紧张，因为太过离奇了，为什么是他？老新将脑瘫儿扶到膝上，心里略微踏实，过去和将来都是不可测的，好在有现在"②，这些足见小说只准备面对"进化"事件之当下，而非未来。

从以上分析中也可窥测出，王安忆借《匿名》探究"那么宏大、无边无际的空间里有我们的生存，我们又有那么复杂的自然结构、社会结构、政治结构、心理结构等等"③，其方式是"封闭式"的：她像一个人类学者或符号学者一样，将小说打造成"人类学的试验场"④，"预设了前提，设置好参数，搭建了情境，全神贯注地观察记录实验对象的种种情况，做出猜测、判断"⑤。而这场实验的"封闭性"，是《匿名》的试验对象主人公"他"无法返回已经文明"过熟"的城市上海的重要原因，更确切地说，它让王安忆回避了皮兰德娄在《已故的帕斯卡尔》里直面过的一个重要问题：返回之后的主人公，会面临哪些属于社会系统的、文化的，甚至是自我的尴尬？

或许，适当的犹豫或适可而止是有益的。为了更好地感受已经流失的东西，以文字寻访被隐匿的偏远之地，对文明重新"进化"的一种可能及其动人故事进行描述，以上诸种，《匿名》的写作已经打下了基础。而关于主体建构、文明进化之多重可能性及其冲突的深入探讨，它给出的结局可能更具有某种暗示性：当主人公最终遁入逝者如斯的时间永恒中时，那不正如博尔赫斯曾说过的："我将燃烧，可那不过是件事情。我们将在永恒中继续讨论。"⑥

---

① 王安忆：《匿名》，人民文学出版社 2016 年版，第 108 页。
② 同上书，第 430 页。
③ 张滢莹：《王安忆：把我对世界的疑问写出来》，《文学报》2016 年 1 月 7 日第 2 版。
④ 《王安忆〈匿名〉：人类学的实验场》，《海南日报》2016 年 2 月 22 日。
⑤ 方岩：《多声部》，《文学报》2016 年 5 月 5 日第 18 版。
⑥ ［阿根廷］博尔赫斯：《永恒史》，谢幕娟译，上海译文出版社 2015 年版，第 152 页。

耳朵的转喻距离

——毕飞宇小说的抒情想象与现实还原

批评家们几乎都意识到了毕飞宇小说与当下生活越来越贴近，注意到他作品中独具个性的"现实感"①。从 20 世纪 90 年代初《孤岛》、《叙事》、《是谁在深夜说话》等对历史题材的寓言化处理，到随后《九层电梯》、《卖胡琴的乡下人》、《林红的假日》、《生活在天上》等都市题材小说对城市生存的无根化、欲望的冲撞与变形等"当下"主题的关注，及至 21 世纪《平原》、《推拿》等具有鲜明写实倾向的小说的问世，似乎都在表明毕飞宇正朝着"现实主义"的写作传统回归。然而，如果真有所谓的写作风格的显在分期，那么，"现实"一词于毕飞宇的全部小说写作究竟有何种意味，他又是在何种概念统筹下进行对"现实"的所谓疏离与"还原"？本文将从一个关于"耳朵"的疑惑开始，探讨毕飞宇小说在"现实介入"这一命题上的独特个性。

一 一个持久的虚构困惑：对"耳朵"的抒情想象与介入

对毕飞宇的阅读，始于耳朵。十二年前的一节大学《西方诗歌艺术鉴赏》课上，任课老师朗读了毕飞宇的短篇小说《因与果在风中》，我们

---

① 参见朱水涌《从现实"症结"介入现实——以王安忆、毕飞宇、阎连科近年创作为例》（《文学评论》2007 年第 6 期），宋文坛《现实主义："回避"的策略与"发现"的手段——毕飞宇小说解读》（《当代文坛》2007 年第 2 期），注政、晓华《价值的伸张与话语的秘密——论毕飞宇的〈推拿〉》（《百家评论》2012 年第 1 期）等等，皆对毕飞宇近期的小说写作越来越趋近现实主义进行了细致讨论。

得以在一场耳朵的阅读中想象毕飞宇。至于西方/毕飞宇，西方诗歌/毕
飞宇小说，这两对看似风马牛不相及的概念究竟有何关联，终究因其悬
而未决而有了某种隐秘的隐喻意义，并在此后的毕飞宇小说阅读中持续
诱导我们的想象。关于此问题，后文将做分辨，此处主要谈论一个关于
"耳朵"的虚构困惑。

《因与果在风中》讲述了和尚水印因尼姑棉桃而还俗与重新出家的故
事。在毕飞宇的小说家族中，这不过是又一个简单而又复杂的故事。简
单在于它呈现的不过是从"还俗僧人水印还俗后又做了俗人"，到"出家
俗人水印出家后重新做了和尚"的并不漫长的历程。复杂在于它涉及了
诸多问题，比如僧与俗，共同体与个人，性与道德，信仰与堕落，等等，
如果允许稍微解读溢出，其中，一块"洋皂"对"皂角"的征服，指向
的可能还包括一种深层的现代性困惑。而关于形式与意义的理析，是理
性的，后来的；耳朵的阅读是当下的，直觉的，它敏感于其中的一段细
节叙述：

> 水印望着小尼姑，夕阳正无限姣好地晃动在小尼姑的脑后。小
> 尼姑的光头顶部笼罩了一层弧状余晖，她的两只耳朵被夕阳弄得鲜
> 红剔透，看得见青色血管的精巧脉络。水印伸出手，情不自禁，用
> 指尖抚摸小尼姑的耳部轮廓。小尼姑僵在耳朵的触觉里，胸口起伏
> 又汹涌又罪过，眼里的棉花顿时成了大片的抽象绿色。[1]

困扰阅读者耳朵之想象的，是关于手与耳朵、耳朵与触觉这几个意
象之间的逻辑"距离"：那只伸出的"手"，何以就真的触向了那只"实
实在在"的耳朵，而非耳朵的光与影？何况"夕阳正无限姣好"，在"小
尼姑的光头顶部笼罩了一层弧状余晖"，为什么不能在小尼姑的两只耳朵
边制造"余晖"？这个动作是在忽略眼耳鼻舌身意的通感，还是在凸显六
根不清净者在僧与俗之间的行为悖论？或者说，"手"与"耳朵"的

---

① 毕飞宇：《因与果在风中》，《作家》1995 年第 5 期。

"距离",意味着"耳朵"这一意象,在和尚水印对尼姑棉桃的心理与"身体性"触动中,是一个工具性的媒介,也是诗性的能指自身;意即在动作的发送与接收之间,是一个抒情的逻辑,也是一种赤裸裸的实在介入。

可以说,这个关于"距离"的抒情逻辑的想象,从毕飞宇的小说整体写作风格来看,是并不出格的。

毕飞宇的小说修辞一直知道如何把握叙述与现实之间若即若离的距离。在被称为寓言写作的《孤岛》、《祖宗》、《叙事》、《楚水》、《充满瓷器的时代》、《是谁在深夜说话》等作品中,他像20世纪80年代后期和90年代早期的部分小说写作者一样,出于对历史理性信仰和语言理性信仰的背离和放弃,总在警惕中思考和表述文学与历史(现实、自我)的关联,如同其在《是谁在黑夜里说话》中以修复明代城墙而盈余出的明代的砖头反思历史的不确定性:"从理论上说,历史恢复了原样怎么也不该有盈余的。历史的遗留盈余固然让历史的完整变得巍峨阔大,气象森严,但细一想总免不了可疑与可怕,仿佛手臂砍断过后又伸出了一只手,眼睛瞎了之后另外睁开来一双眼睛。我望着这里历史遗留的砖头,它们在月光下像一群狐狸,充满了不确定性。"① 他也因此常常被称为"新历史主义代表作家之一"②。

而即使在他所自认叙述转向的《雨天的棉花糖》③ 之后,即他被宣称"回到'现实主义'"④ 之后,他写《青衣》的资本是《京剧知识一百问》⑤。关于写作小说《青衣》的缘由,毕飞宇的表述极有意味:"我想做一个尝试,写一个完全陌生的世界。我想完全通过想象的飞翔,通过一双翅膀,把我的感受还原成现实。"⑥ 也就是说,尽管《青衣》、"三

---

① 毕飞宇:《是谁在深夜说话》,春风文艺出版社2007年版,第47页。
② 艾春明、刘雨:《毕飞宇小说中的历史观的建构与解析》,《文艺争鸣》2014年第12期。
③ 毕飞宇:《写作〈雨天的棉花糖〉》,《扬子江评论》2010年第1期。
④ 宋文坛:《现实主义:"回避"的策略与"发现"的手段——毕飞宇小说解读》,《当代文坛》2007年第2期。
⑤ 毕飞宇:《结实的谎言》,《文学报》2002年2月21日。
⑥ 张均、毕飞宇:《通向"中国"的写作道路:毕飞宇访谈录》,《小说评论》2006年第2期。

玉"（《玉米》、《玉秀》、《玉秧》）、《蛐蛐蛐蛐》、《平原》这些作品里他对中国 20 世纪 70 年代以至当下的乡土、城镇、城市，及其因现代化而区分出的不同区域中的人们的日常生活、世俗情境，做出了精确的、绝对地、具体的展开，这些看似确凿地直抵本质的"现实"叙述，其实依然只是毕飞宇"想象"中的"感受"，与真正的"现实"是有距离的。

而矛盾似乎也正是自此中生发的。对"现实"的警惕，让毕飞宇赋予他所有的创作一个强势的叙述主体，它总是试图填充叙述与对象的距离，以矫正可能存在的解读误区。于是，与其他反思理性的"先锋"或"反讽"的小说书写，留下"空白"以打开小说虚构与现实的无限关涉性的形式逻辑不同，毕飞宇小说常常让那个强势的叙述主体，以一个议论或结论截断其中的无限性。

或者，通过对充满智性张力的世俗光景做出形而上的意义阐释，直接把持文本的意义。以我们正在讨论的《因与果在风中》为例。在描述了和尚水印与尼姑棉桃还俗后的世俗生活后，有这样一段哲理性探讨："这样的画面感动过所有路人，甚至包括许多行脚僧人与化缘尼姑。所有的路人都注意到了这样一个事实：佛性和佛光最终寄托给了男女风情与一只家养走兽。这句话换一个说法等于说，佛的产生即部落生成"，而又将尼姑棉桃出轨、死亡后和尚水印的重新出家，最终解释为："信仰沦丧者一旦找不到堕落的最后条件与借口，命运会安排他成为信仰的最后卫士。从这个意义上说，出家俗人水印出家后重新做了和尚，为正反两方面的人都预备了好条件与好借口。"[1] 对精神信仰与物质理性的两相不信任，在全文的故事铺展与情节设定中已被呈现，而它仍在不放心地一再向读者解释与强调。

或者，直接介入被叙述者代其"发言"，以看似客观的方式呈现文本表意意图。以《平原》为例。小说中，村里的泼皮头头佩全的侄子大棒子，和端方的弟弟网子玩耍而淹死。佩全要将大棒子的尸体抱到端方家里，端方拦在门口被打而并不还手。这时出现了一个声音，"帮助"读者

① 毕飞宇:《因与果在风中》,《作家》1995 年第 5 期。

想象如此叙述的内在逻辑："这样的时候端方是不会还手的，面前围着这么多的人，总得让人家看点什么。人就是这样，首先要有东西看，看完了，他们就成了最后的裁判。而这个裁判向来都是向着吃亏的一方的。端方现在最需要的就是这些裁判。还有佩全的打。被打得越惨，裁判就越是会向着他。这是统战的机会，不能失去。"①

整体性意义追求与具体的形式操作，在毕飞宇的小说中偶尔就会呈现出分叉的路向：一方面是对构成历史逻辑的现实与自我的疏离，一方面是放大自我对叙述话语与叙述对象距离的实在把控。而困惑的只是读者，如何让泾渭分明的特征殊途同归，小说作者毕飞宇其实一直就是清晰的。

二　耳朵的隐喻之维：盲视之眼下未被转化为"现实"的潜隐存在

到小说《推拿》，"耳朵"意象得到了一次更凸显，也更独立的展现。它赋予不可见者以可见性，在现实世界与盲视的断裂地带，把握和征服这个世界的不可见性。

《推拿》首次出版于 2008 年，围绕沙宗琪推拿中心的盲人推拿师的日常生活与爱情展开。在此书 2009 年的台版中，毕飞宇如是解说其写作用意：

> 一，中国处在一个经济腾飞的时期，这很好，但是，没有人再在意做人的尊严了。我注意到盲人的尊严是有力的，坚固的，所以，我要写出盲人的尊严，这对我们这个民族是有好处的。二，就我们的文学史来看，我们没有一部关于盲人的小说。以往的作品中，有过盲人的形象，但是，他们大多是作为一个"象征"出现的。我不希望我的盲人形象是象征的，我希望写出他们的日常。②

---

① 毕飞宇：《平原》，人民文学出版社 2012 年版，第 38 页。
② 《生活就是要对得起每一天——郑重推荐毕飞宇以及〈推拿〉》，《推拿》，九歌出版社 2009 年版，第 4 页。

　　毕飞宇小说的研究者张莉，曾将毕飞宇小说归入由鲁迅开创的书写"独异者"的中国现代文学传统："倾听独异者们的声音，写下了他们眼中的世界。鲁迅书写的是那些为正史所嘲笑与不屑的人群，以此，他瓦解了那看似坚固的'正史'与无坚不摧的现实，重构了中国文学的另一种记忆"，她表示在鲁迅所开创的这个写作传统中，毕飞宇是继沈从文、萧红、张爱玲、陈忠实、莫言、余华之后的"新成员"①。

　　如毕飞宇所着意说明的，《推拿》是对一群从未为文学史"正视"的盲人的首次关注，是对那些未在"凝视"中被转化为"现实"的潜隐存在的挖掘。如果按照张莉的归类进行想象性追溯，很容易便联想到鲁迅《野草》对"声音"的关注。被收入《野草》的《复仇（其二）》篇，从耶稣被钉杀的声音描写开始："丁丁地响，钉尖从掌心穿透，他们要钉杀他们的神之子了"；"丁丁地响，钉尖从脚背穿透，钉碎了一块骨"②，它使我们于一无所际中，于想象的听觉中，直面声音提供的死亡和撕裂；而在《秋夜》中，"我"听到夜半里那"吃吃"的笑声，"四围的空气都应和着笑"，"我即刻听出这声音就在我嘴里"③，这些不得不听的声音，撕开漆黑的缝隙，使我们于视觉盲视处准确抵达。

　　盲视之眼对未知的洞见，是一个看似充满悖论的认知。要想看到这个世界上更多的东西，必须事先刺瞎双眼，凝视才能探入躲避我们凝视的事物的缝隙，所以诗人感叹："最具视觉功夫的人竟然是个瞎子/如果荷马不是瞎子，那创造了荷马的人必是个瞎子"④。

　　关于盲视之眼与认识以及与未知的关系，20世纪的文论中也多有涉及。黑格尔对视觉与知识性的关联进行讨论：视觉不同于其他感官。属于认识性的感官，所谓认识性的感官，意指透过视觉人们可以自由地把握世界及其规律，所以，较之于片面局限的嗅觉、味觉或触觉，视觉是

　　① 张莉：《毕飞宇：作为"记忆"生产者的作家》，《中国现代文学研究丛刊》2012年第2期。
　　② 鲁迅：《鲁迅全集》第2卷，人民文学出版社2005年版，第178页。
　　③ 同上书，第167页。
　　④ 西川：《深浅——西川诗文录》，中国和平出版社2006年版，第111页。

自由的和认知性的①。齐泽克这样认识语音与图像之间的关系："我们必须排斥的是庸常的现实观：现实是原始性的，是完全被构成的，在现实中，视力和听力是和谐地相互补充的。其实，一旦我们进入符号性秩序，一道难以逾越的鸿沟就会永远把人的身体与'其'语言割裂开来。"② 而保罗·德曼从语言修辞的不可控以及德里达对能指移动的边界不可确定，讨论洞见与盲视的关系③；德里达更将"盲"视为对未知的"触摸"，他认为盲者在绘画中的出场都与某种罪恶、悔改有关，更与超越理性的信仰有关，与不可见的非知识有关，尤其与对未知的触摸有关④。

毕飞宇对盲眼之人的心路呈现也从"触摸"开始。这群盲眼按摩师们通过手触摸不可见的世界，并且使整个身体器官都变成触觉器官，无论是舌头、手，还是整个身体。他们的生存、怕和爱，都与"触摸"有关。比如，天生是个好按摩师的王大夫，"指头粗，巴掌厚，力量足，两只手虎虎的，穴位'搭'得又非常准，一旦'搭'到了，仿佛也没费什么力气，你就被他'拿住'了"⑤。比如，张宗琪对世界的怕在舌头的"触摸"中延续，"从第一次接吻的那一天就对接吻充满了恐惧"，"他其实是喜欢吻的，他的身体在告诉他，他想吻。他需要吻。他饿。可他就是怕。是他的嘴唇和舌头惧怕任何一个入侵他口腔的物质"⑥。比如，小马对嫂子小孔的爱情与身体想象，是在"睁开的指尖"认知妓女小蛮的身体中被具体化的："通过手掌与手指，小马在小蛮的身上发现了一个惊人的秘密——他终于懂得了什么叫'该有的都有，该没的都没'。这句话原来是夸奖女人，嫂子就拥有这样的至尊荣誉。小马的手专注了。他睁开自己的指尖，全神贯注地盯住了嫂子的胳膊，还有手，还有头发，还有脖子，还有腰，还有胸，还有胯，还有臀，还有腿。小马甚至都看到了嫂子的气

①　［德］黑格尔：《美学》第 3 卷上卷，人民文学出版社 1979 年版，第 331 页。

②　［斯洛文尼亚］齐泽克：《"我用眼睛听到了你的声音"，或看不见的主人》，《实在界的面庞》，季广茂译，中央编译出版社 2004 年版，第 135 页。

③　［美］保罗·德曼：《解构之图》，李自修译，中国社会科学出版社 1998 年版。

④　J. Jacques Derrida, *Memoirs of the Blind*：*The Self - Portrait and Other Ruins*，trans. Pascale - Anne Brault & Michael Naas，Chicago & London：University of Chicago Press，1993.

⑤　毕飞宇：《推拿》，人民文学出版社 2015 年版，第 9 页。

⑥　同上书，第 179 页。

味。这气味是包容的，覆盖的。他还看到了嫂子的呼吸。嫂子的呼吸是那样的特别，有时候似有似无，有时候却又劈头盖脸。她是嫂子。"①

这些被黑格尔认为是"片面局限的嗅觉、味觉或触觉"，在《推拿》中生机勃勃地凸显出来，使我们重新审视我们充分信任的"自由的和认知性的"的视觉，是否如同那个能将时间当成可以无限切割、组合的玩具的盲人小马所指认的："健全人其实都受控于他们的眼睛，他们永远也做不到与时间如影随形"②，而它引领我们所认知的世界，是否是"一个仅仅使自己坠落的洞"③。

而前述的那种整体性意义追求与具体形式操作相反相成的书写方式，同样被应用于《推拿》。他对盲人群体的书写近乎克制的叙述，空间被刻意限制在盲人社会的"内部"，外在世界被压缩成一个背景，毕飞宇小说中以往常见的关于社会、历史的大幅度铺展，在这里几乎是"缺席"的。可以说，在《推拿》中，毕飞宇似乎要以与以往不同的角度、逻辑与认知方法，看待他过去的认知所建构的"那个世界"，通过建构这样一个稍显封闭的小世界，全身心地触及这个世界，并打开另一个在视觉系统下被盲视的盲目世界。

有一点很直接，我从盲人的局限确认了我们的局限，这个"我们"就是我们这些健全的人。我们的目光究竟给我们带来了什么？积极一点说，在我们的生活当中，目光的作用是功过相当的。有时候，目光是我们的桥梁，有时候，目光是我们的阻隔。……人生最大的不幸就在于，我们其实生活在误解当中，这就是为什么我们的精神总是那么不安定。在《推拿》当中，几乎所有的一切都是错位的，这让我很伤怀。写完了《推拿》，我确信了一点，我们都是盲人。④

---

① 毕飞宇：《推拿》，人民文学出版社 2015 年版，第 224 页。

② 同上书，第 116 页。

③ 同上书，第 280 页。

④ 毕飞宇、胡殷红：《〈推拿〉的体温》，《上海文学》2008 年第 12 期。

或者说，毕飞宇是在《推拿》所建构的稍显封闭的小世界，与"现实"世界所保持的距离中，检视他的洞见与盲视。

三　唯心主义艺术家或朴素的现实主义者：毕飞宇的现实还原概念及原因探讨

进入新的世纪，书写与"现实"的距离问题，似乎一直为毕飞宇所关注。并且关于此问题，他在不同场合的表述中，经常呈现出看似矛盾的自我认定与书写追求。某些时候，他期望成为一个"朴素的""'现实主义'作家"："我注意到一些评论文章，我的头上有几顶'帽子'，一会儿是'60年代'，一会儿是'新生代'，一会儿是'晚生代'……老实说，我有点儿不识抬举，这些'帽子'和我一点关系都没有。我只是一个现实主义作家。我唯一的野心和愿望只不过是想看一看'现实主义'在我的身上会是什么样子。"[①] 而另一些时候，他又表示："我最大的心愿就是做一个唯心主义的艺术家。"[②] 是什么导致了表述如此混乱？又或者，如果这不是一种混乱，即在毕飞宇看来，朴素的现实主义作家和唯心主义的艺术家可以在小说的虚构中获得某种平衡，那么，它们共有的平台又是什么？

解答这个问题，需要从毕飞宇关于文学的"现实"或"真实"的认知开始：

> 我想强调的是，我比以往任何时候都渴望做一个"现实主义"作家——不是"典型"的那种，而是最朴素，"是这样"的那种。[③]
>
> 我理解的现实主义就两个词：关注和情怀。就我们受过现代派文学洗礼的作家来讲，重新回到恩格斯所谓的"现实主义"基本上不可能。……所以，拿传统的现实主义标准来衡量我的作品，我想我是不及格的。然而，意义也许就在这里。我指的关注是一种精神

---

① 毕飞宇：《沿途的秘密》，昆仑出版社2001年版，第45页。
② 毕飞宇、张莉：《人与人之间的温度在降低》，《文化纵横》2010年第1期。
③ 毕飞宇：《沿途的秘密》，昆仑出版社2001年版，第49页。

向度，对某一事物有所关注，坚决不让自己游移。福楼拜说过，要想使一个东西有意义，必须久久地盯着它。我以为，这才是现实主义的要义。简单地说，我所理解的"现实主义"，就是一颗"在一起"的心。别的都不重要。①

想象力绝对是不可或缺的，但是，观察力的价值就在于，它有助于你与这个世界建立这样一种关系：这个世界和你是切肤的，你并不游离；世界不只是你的想象物，它还是你必须正视的存在。这个基本事实修正了我对艺术的看法，当然也修正了我对小说的看法。②

我想完全通过想象的飞翔，通过一双翅膀，把我的感受还原成现实。③

综合而论，毕飞宇所认同的"朴素的"现实主义，"情怀"是它的更重要的层面，而非修辞；它通过想象与观察的合力完成，观察是"助"力，而想象"不可或缺"；操作逻辑则是将"感受还原成现实"，而非客观真实地再现社会现实。换种说法即是，这个"现实"，是外在世界的现实与内心感受的现实两者的间性交互。于是，对这个"现实"的"还原"，便既区别于传统认知中的"典型"的现实主义，也区别于完全的虚构。所以，毕飞宇也从显在的作者主体地位角度论说了他自己的"不合格"：

典型的现实主义应当有这样的阅读感受，在文本和读者之间，作者是完全退位的，读者直接面对的就是作者所描绘的那个世界，现实主义需要的是作者的谦卑，你不能太"显"自己。现代主义不一样，你是看得见作者的。

现代主义的意义也在这里，甚至可以这样说，作者是小说的第

---

① 张均、毕飞宇：《通向"中国"的写作道路：毕飞宇访谈录》，《小说评论》2006年第2期。
② 毕飞宇：《沿途的秘密》，昆仑出版社2001年版，第27页。
③ 张均、毕飞宇：《通向"中国"的写作道路：毕飞宇访谈录》，《小说评论》2006年第2期。

一主人公，他是绝对不会退位的，作品的主体性非常强。让作者退位，我的小说从来都不是这样的，我不愿意。从这个意义上说，虽然我一直在自说自话，说自己如何写实，其实，我从来也不是一个合格的现实主义作家。这个还是和阅读有关，我接触批判现实主义作品和现代主义作品差不多是在同时。①

20 世纪 60 年代法国理论家罗杰·加洛蒂的《论无边的现实主义》，讨论了现实主义的边界问题，他从绘画、诗歌、小说三个方面选取毕加索、圣琼·佩斯、卡夫卡的作品，分析证明现实主义的标准不是永恒不变的，它的内涵和外延应在不断地对话与吸收中不停地变换。艺术作品对现实的叙述，不是对外部现实的简单复制，也不是使其理想化或简单歪曲，它不仅是要反映外部现实，更应该关注心理现实，因为那些超越现实表象而揭示了现实深处本质的心理现实，终究将变成外部现实。而在罗杰·加洛蒂之前，卢卡奇更早地表达了相似的观点，他认为艺术的任务是忠实、真实地描写现实"整体"，这个"整体"是对社会—历史的总体性反映，它是主观与客观的统一，内心世界与外在世界的统一②。比如，对无法穷尽的"细节"的展现，便可以通过主观想象的出场，使文本超越语言细节的局限。并在其后，罗兰·巴特 1977 年 1 月 17 日在法兰西学院主持文学符号学讲座时也表示，文学不过是"以词来再现真实"的"企图"："从古代直到先锋派的探索，文学都努力再现某种事物。再现什么？恕我冒然断言：再现真实。但真实并不是可再现的，正是因为人们企图不间断地用词来再现真实，于是就有一个文学史。"③

也就是说，毕飞宇的现实主义观在 20 世纪并不是孤立存在的。依照这种现实主义观，即使是他的那些以强势主体矫正读者阅读的作品，虽

---

① 沈杏培、毕飞宇：《"介入的愿望会伴随我的一生"——与作家毕飞宇的文学访谈》，《文艺争鸣》2014 年第 2 期。

② ［匈牙利］卢卡奇：《历史与阶级意识》，杜章智、任立、燕宏远译，商务印书馆 1996 年版。

③ ［法］R. 巴特：《文学符号学》，《哲学译丛》1987 年第 5 期。

不是"合格"意义上的现实主义作品，但同样是对"现实"的还原。然而，既然无论是典型现实主义还是现代主义艺术作品，都是对"现实"的还原，那么，又何须一再申诉它的现实性呢？

或许回到文中一开始关于毕飞宇/西方的疑惑，就能体察其中真意了。在余华发表《一个记忆回来了》后，毕飞宇将20世纪80年代发端的先锋文学归纳为"西方的/失忆的"；而与之对应的，是"本土的/记忆的"，也即现实的。

> 上个世纪的八十年代，我们的文学经历过一个特别的时期，我们把那个时期的文学叫做"先锋文学"。先锋文学有两个最显著的特征，也就是历史虚构和现实虚构。这两个虚构又有一个共同的背景，那就是西方：既有西方的观念，也有西方的方法。无论是历史虚构还是现实虚构，和我们的本土关系其实都不大。换句话说，先锋小说是"失忆"的小说。
>
> 但是，文学的发展脉络说明了一件事，慢慢地，中国的作家似乎渴望脱离西方了，中国作家的眼睛睁开了，渴望看一看"我们自己"所走过的路。这是本土意识的回归，在这个前提下，余华说，"一个记忆回来了"。这个"回来"是针对"失忆"的，它改变了当代文学的走向，我们的文学有效地偏离了西方，越来越多地涉及我们的本土，我们的记忆里终于有了我们的瞳孔、脚后跟、脚尖。拥有瞳孔、脚后跟和脚尖的记忆和完全彻底地虚构，这里头有本质的区别。这也不是一两个作家的事，本土化和现实感，许多作家都在进行这样的努力。——记忆可靠不可靠是一回事，回来和不回来则是另外的一回事。①

也就是说，毕飞宇对"现实"的强调，更多的是出于对先锋写作的"本根剥丧，神气彷徨"②的反思，基于让写作偏离西方影响的渴望，而

---

① 毕飞宇：《记忆是不可靠的》，《文艺争鸣》2010年第1期。
② 鲁迅：《鲁迅杂文全集》，河南人民出版社1994年版，第998页。

重新审视并重建自己与当下生活的周围世界的关系。为了靠近"本土的"、记忆中的真实，毕飞宇再次以文学形式为切入口，在"现代主义/现实主义"的兼容中，重新出发。

四 小结

文学形式的发展有其规律。弗莱曾以欧洲 1500 年的虚构作品为例，探讨文学的演进逻辑。他认为"欧洲 1500 年的虚构作品重点一直在下移"①，起点是神话，主人公是神，从那以后就每况愈下。第一阶段是罗曼史，浪漫主义式再现性的，强调事物的同一性；第二阶段是悲剧，现实主义式还原性高模仿，强调事物的外在性；第三阶段是喜剧，自然主义式的综合性低模仿，强点事物的内在性；第四阶段，现代主义式的否定性。赵毅衡从修辞角度将此规律归纳为：隐喻（浪漫主义）、转喻（现实主义）、提喻（自然主义）、反讽（现代主义）②。反讽缘于意识到真实与伪装的区别，企图通过不断地否定来重新思考自我与世界的关系。而对于反讽之后的文学形式走向，弗莱乐观地认为会走向重新循环，但事实上，文学表意形式不可能原样回到开始，重新开始的总是另一种，它或许会既熟悉又陌生。

以反讽为特点的先锋写作，总是以一种风格替代另一种风格，展现逃避的技巧。而在近三十年中国先锋文学对政治—经济现代化的"离心式"反思③，终以否定一切的反讽为中心和秩序之后，"本根剥丧，神气彷徨"的困境，使中国当代文学又在重新思考如何"重返现实主义"的问题："我们'现在进行的记忆'必将对我们未来的写作产生重大的影响，我们今天生产出什么样的记忆，决定了我们明天的走向，这是一个重要的问题。"④

由"先锋"起步，毕飞宇的小说叙述，深谙现代主义的写作手法及

---

① ［加］诺思罗普·弗莱：《批评的剖析》，陈慧、袁宪军、吴伟仁译，百花文艺出版社 1998 年版，第 5 页。

② 赵毅衡：《符号学原理与推演》，南京大学出版社 2011 年版，第 218—219 页。

③ 尤红斌：《后现代主义与中国现代化》，《江西师范大学学报》2003 年第 5 期。

④ 毕飞宇：《记忆是不可靠的》，《文艺争鸣》2010 年第 1 期。

意义追寻，即使在其一再宣称要成为一个现实主义作者时，我们也能轻易地在其作品中捕捉到"现代主义"的痕迹。而他以"现代主义/现实主义"兼容的方式，对这个时代的驳杂与真实的勾勒与表达，不仅是在提供一个"现在进行的记忆"，也是在提供一种新的文学的表意形式。这在中国当代文学的形式思考与意义表达中，同样意义重大。

个体诗性论证与歧出的先锋诗写

——重估昌耀诗歌

对于诗人作品的当代评论，罕有平允的评价。昌耀其人其诗，自1988年骆一禾、叶橹等的推介开始，及至20世纪90年代至今一浪高过一浪的评论，均锁定于"英雄主义"、"悲剧精神"、"古语特征"等几个关键词的论述。这些有着丰富联系的含糊术语，最终都指向自唐代以来既已形成的关于边塞诗的阐释，它们在当代有另一命名即西部书写。然而，作为以诗歌切入生命、文化和历史本质层次，力求拯救、捍卫诗歌尊严的先行者和实践者，事实上，昌耀的名字和声誉应远远超过目前已影响深远的"西部神话"。他诗性的个体生命以及实验性的诗歌书写，充盈着被标出的自言自语、理性与疯狂以及巨大而高傲的绝望，以无限的否定姿态奠定了恒久的先锋精神。

一 "江湖远人"：一个标出与被标出的他者昌耀

"远人的江湖早就无家可归"（《江湖远人》），当昌耀写下这句诗时，或许他已意识到"江湖远人"将会是他一生的写照，一个充满意义的隐喻。从"左倾的青年学生"，到"右派"、"囚徒"、"美的崇拜者"及至晚期自嘲的"暧昧的社会主义分子"，昌耀其人其诗，似乎一直就是"标出"的他者。

1957年到1978年，长达22年以罹罪之身流徙于西部高原，昌耀及其诗歌的命运多舛同样导源于上述的"标出"。尽管昌耀诗写也是从"颂歌"开始，1953年他曾歌颂朝鲜人民军女战士："她们的歌声像阵阵猛敲的战鼓，/像原野上烈火的呼啸，/像鸭绿江水的奔泻，/也像暴风雨前的雷鸣"（《歌声》），但作为一个天生怀有"政治情结"① 的人，他的理想主义未必见容于当时之世。总题为《林中试笛》的两首短诗发表于1957年第8期的《青海湖》，"编者按"意思明确："这两首诗，反映出作者的恶毒性阴暗情绪，编辑部绝大多数同志认为它是毒草。"② 结合此后昌耀关于此事的自述，更可发现其中奥义："我是此间仅有的为一首写给社会主义新时代的赞歌——但对'反右'缄默——而接受了近二十二年惩处的人。"③ 定性为"毒草"，是因为"编辑部绝大多数同志"都持此观点。其中的逻辑还包括，写作"毒草"的人对"反右"的缄默，意味着自甘向"右"靠拢。此时，"毒草"定性的合法性，虽并非所有人表决的结果，但最终却成了"整体"的选择。

可以说，昌耀是在这一系列的人、物、事中，认出了他自己及他的诗歌的价值：以诗人的梦眼不合时宜的审时度势，成为他精神生活的实质与形式。直到1991年他仍持此观点："我以为自己对过去的种种——包括工厂及那一囚犯的微笑是淡忘了，其实不，既已残存下来的印象每每是以一种更顽强，更带自觉的精神重被记起。是一种痛苦。是一种信仰。是一种梦觉。是一种执着。"④

也可以说，他是在人类事务的被标出中，认出了诗人的真正力量。如同敬文东指出，昌耀是懂得缩小自己进入世界和人生的诗人，从对抗人造的苦难，到用感恩的姿态拥抱苦难，使昌耀从外观走向了灵视和内省。⑤ 这也是一种在特定时代依然进行异类追求的个体诗性生命本能。在随后半个世纪的诗歌创作中，昌耀在孤寂中对自然的一种源于心灵深处的依托，使他以仰视的目光看待一切，并在现实景观和虚构幻象之间的游离，成为一个异类存在的心灵独语者。

---

① 昌耀：《昌耀诗文总集·后记》，青海人民出版社2000年版。
② 昌耀：《昌耀诗文总集》，青海人民出版社2000年版，第417页。
③ 同上书，第418页。
④ 同上书，第534页。
⑤ 敬文东：《对一个口吃者的精神分析》，《南方文坛》2000年第4期。

　　而他一以贯之地对诗歌艺术纯正性的追求，与早前政治理想主义社会①和之后的资本市场化现实，皆是不合时宜的标出者。且从两个方向导致了殊途同归的结果：其一，"不与国人通"。此语出自同为西部作家的周涛。2000年周涛追忆昌耀时称："所谓昌耀，就是当今中国行吟在青海高原的屈原！这位命运的逐臣、艺术的孤立者同样不为人理解，区别在于屈原的忠心孤愤不为楚王解，昌耀的绝世诗篇不与国人通。"② 这里的"国人"与"楚王"相对，应是指普罗大众、芸芸众生。事实上，"诗人"从来就被视为人类文明的幸运儿，他们总是以超越性的人格张扬占有并享用世间的一切美好境界，诗人郑敏即言："诗人扮演的重要的角色，即站在最尖端的地方看人类"③；同时，他们又是一群与社会、他人，甚至与自我疏离的无家可归的苦行僧与局外人。于是所谓"不与国人通"，或许也就不足为奇。

　　其二，非先锋诗人的习惯性认知。2007年冬，唐晓渡、张清华编选《当代先锋诗二十年：谱系与典藏》，对于昌耀的终不能入选，二位编选者深表遗珠之恨。唐晓渡认为："他（昌耀）晚年的创作实验性很强，尤其是对文体界限的打破——不只是一般意义上打破散文与诗的界限，而是意识和语言方式交相融合的新突破"，不能入选只是因为"习惯上没有将他列入'先锋诗'，我们也就不得不尊重这个既成的说法"。④ 对昌耀诗写进行系统梳理便可发现，1955年至青海后，他的诗歌所具有的形而上意味的超越已完全拐离了当时的政治极端主义；1978年复出之后所具有的实验性质的书写意识和方式，同样不与时人同。而他所倾力构建的诗歌理想，更与转型社会的文学市场格格不入。

　　此间，这个"江湖远人"不能进入先锋，却又被格外提及，恰恰表

---

　　① 孟繁华在研究这一时期作家矛盾冲突时所说："事实证明，既要保持艺术的纯正性又要实现政治的实效性是一个无法完成、难以兑现的协作神话。"参见孟繁华《梦幻与宿命》，广东人民出版社1999年版。

　　② 周涛：《羞涩与庄严——昌耀百日祭》，昌耀诗歌资料馆，http://blog.sina.com.cn/s/blog_ 4e54912701000aj5.html。

　　③ 郑敏：《诗歌与哲学是近邻——结构—解构诗论》，北京大学出版社1999年版，第65页。

　　④ 唐晓渡：《与沉默对刺——当代诗歌对话访谈录》，北京大学出版社2012年版，第2页。

明其后期诗歌犹有可被重新解读的必要。

二　从当下到终极意义：昌耀诗歌持续的否定精神

湘人昌耀流徙到西北，在羁泊无依与前路茫茫之际，先前所拥有的关于世界与人生的认知，全然失效，此时尤其需要一种克服虚无主义，超出个人视野，重新回到"世界"中去的那种力量。诗歌对于昌耀而言，正是这种力量。

自 1953 年涉足诗歌，1957 年罹罪之后长达 10 年的岁月里依然写有《高车》、《踏着蚀洞斑驳的岩原》、《峨日朵雪峰之侧》等诗篇，1978 年复出后更写下长诗《大山的囚徒》、《慈航》、《山旅》、《雪。土伯特女人和她的男人及三个孩子之歌》等纪传体系列。在每一个时段，他都企图用一个以语言为材料的精神世界，与实际世界相匹配或相对抗。在对西部高原轮廓的有力叙说中，他的诗歌与其说是在表现什么，毋宁说是在隐藏什么、收起什么，就好像受伤的人当众收起他的隐痛一样。他把自己生命的一部分交给这个世界，而另一部分交给隐匿在世界背后的那些影子与脚步。李万庆在《内陆高迥——论昌耀诗歌的悲剧精神》一文中将其诗歌精神区分为 1986 年以前的传统悲剧精神与之后的"人本悲剧"精神两部分[1]，得到昌耀的认可与激赏。而隐藏在其悲剧认知中的，是一场关于生命的知识与文化的知识之间的对举，从对汲汲于经济现代化追求的当下社会的批判，到对生存的终极意义的反思追问，无不包含着恒久的否定与深刻的反思。

（一）对单向现代化追求的批判

如同知识分子的乌托邦想象难以在以政治话语为中心的社会实现，20 世纪 80 年代整个社会转向以经济话语为中心之后，市场经济的消费性倾向再次推翻了知识分子的话语权力，"平庸的生活趣味和价值取向正在悄悄确立，精神受到任意的奚落和调侃"[2]。诗人曾反复敲响《招魂之鼓》："自从人之成为人以来——饮血、饮泪、饮光、饮土、饮铁、饮风、

---

① 李万庆：《内陆高迥——论昌耀诗歌的悲剧精神》，《当代作家评论》1991 年第 1 期。
② 南帆：《当代文论与人文精神》，《当代作家评论》1995 年第 1 期。

饮露、饮男女、饮爱、饮善恶之果……"却"总也解不开千古的困扰",而"生的强音无可奈何"。而在长诗《燔祭》中,诗人面对的世界同样物欲横流:"京都前门/餐馆马赛克幕墙美国加州蒙古烤肉的烟缝如梦升起。停车坪遂罩在牧场的黄昏。/牛仔归迟。/每一滴落日浑如嘶声炸裂的热油脂。/每一粒尘器亮如时装辉煌的金拷钮。"此时,"环城河边蹲坐的狮面人"如同这个民族古老的"父亲",在"热油脂"、"金拷钮"中,"他如火照人的瞳孔透出疲惫",以及一种历史忧患。其中,诗人所"嫡承的痛楚",有对纯真的献祭精神的哀悼与对当下历史的深沉反思。

(二)对约定俗成形式的颠覆

符号学家格雷马斯(A. J. Greimas)"论意义"时,曾专门指出形式作为同位标记的重要性:"接收用某些而不是另一些意识形态背景来阐释文本,这只能说明文本拥有自身的阅读同位标记,是它们在限制其他读法的可能性。"① 如霍尔指出的那样,"我们凭我们带给它们的解释框架给各种人、物及事以意义。"如何表征各种事物——使用何种语词,根据何种叙述秩序,如何为之分类并且依附于特殊的概念,这一切均是意义生产的方式②。分行是诗歌约定俗成的形式特征,人们因为共享诗歌的形式特征而共享其表意秩序。而对形式的否定,最终指向的是其意义的构筑方式。

昌耀代表作《内陆高迥》一开始即将焦点定格于"一则垂立的身影。在河源"。随后向广阔的高原延伸,然后是对一个旅行者的特写,以174字的长句完成:

> 一个蓬头垢面的旅行者西行在旷远的公路,一只燎黑了的铝制饭锅倒扣在他的背囊,一根充作手杖的棍棒横抱在腰际。他的鬓角扎起。兔毛似的灰白有如霉变。他的颈弯前翘如牛负轭。他睁大的瞳仁也似因窒息而在喘息。我直觉他的饥渴也是我的饥渴。我直觉

---

① [立陶宛]格雷马斯:《论意义》下册,冯学俊、吴泓缈译,百花文艺出版社2005年版,第109页。

② [英]斯图尔特·霍尔编:《表征——文化表象与意指实践》,徐亮等译,商务印书馆2003年版,第1页。

组成他的肉体的一部分也曾是组成我的肉体的一部分。使他苦闷的原因也是使我同样苦闷的原因，而我感受到的欢乐却未必是他的欢乐。

类似于此的以散文式句法穿插于诗行的诗篇，在昌耀的后期创作中不在少数：《复仇》、《近在天堂的入口处》、《零语》、《火柴的多米诺骨牌游戏》、《街头流浪汉在落日余晖中遇挽车马队》、《地底如歌如哦三圣者》等等，不一而足。昌耀曾特别强调："我并不十分强调诗的分行（更勿论外在音津），也不认为诗定要分行，没有诗性的文字即便分行终难称作诗。相反，某些有意味的文字，即便不分行也未尝不配称作诗。诗之与否，我以心性去体味而不以貌取。"①

诗歌的分行、押韵到隐喻、象征以及各种形式模式，目的在于阻断常识对于世界的例行解释，将世界从庸常的意义之中拯救出来。既然无诗性文字仅因为分行程式而成为诗歌，那么对形式的颠覆，归根到底就可以成为对形式依附的价值观的颠覆。

（三）对意义及否定意义的双向反思

意义的组织成就了世界的完整表象，它全面分布在世界的每一关节，控制社会的运作，提供广大社会成员交往的文化空间。如果意义消失，世间万物便丧失了它们存在的理由，世界后退回史前荒漠，如同存在主义者曾经形容的那样，人们只能感到"恶心"和"荒谬"。

昌耀曾概叹"我们降生注定已是古人。一辈子仅是一天"（《眩惑》），人生自降生起便笼罩进传统强大的前文本中，开始便是结束，虽长路漫漫却不过是重复前人或重复自己，所谓的意义不过是人为生产出来聊以自慰的符号，且周而复始。这种情绪在他的另一首诗中更清晰地表达出来：

有一天你发现自己不复分辩梦与非梦的界限。

有一天你发现生死与否自己同样活着。

---

① 昌耀：《昌耀近作》，《人民文学》1998 年第 6 期。

　　有一天你发现所有的论辩都在捉着一个迷藏。

　　有一天你发现语言一经说出无异于自设陷阱。

　　有一天你发现道德箴言成了嵌银描金的玩具。

　　有一天你发现你的呐喊阒寂无声空作姿态。

　　有一天你发现你的担忧不幸言中万劫不复。

　　有一天你发现苦乐众生只证明一种精神存在。

　　有一天你发现千古人物原在一个平面演示一台共时的戏剧。

（《意义空白》1993）

　　然而，对话语境一旦开启，"空白"符号仍然包含了意味深长的表述。对意义的否定，其实暗含另一种意义的赋予。除了对崇高、价值、意义的反思，昌耀同样进行对反思的再次反思。如其所写："淘空，以亲善的名义，/以自我放纵的幻灭感……/当目击了精神与事实的荒原才惊悚于淘空的意义"（《淘空》1995），这里昌耀或许想要说的是，相比于因无意义而消极地淘空以返回荒原，或许人生还可以有别一种可能。

三　昌耀诗歌反讽中的人文价值坚守

　　中国现代诗自其发生起就带有先锋特性，辗转到20世纪80年代中期之后，崇高感渐渐消失，让位给怀疑论，是历史表意方式必然经历的成熟化过程。然而，反讽的破坏力在于，它以绝对的否定来消解意义、解构世界，与此同时，绝对的否定也就意味着意义可以人云亦云，如同政治哲学家罗蒂因为认知到语言无法穿透表象看到本质，社会性交流不可能达成"共识"，所以认为反讽才是现代社会最合适的文化状态①。如此一来，也便引发普遍的歧解，文化表意活动便无法进行下去②。德曼在死后才发表的论反讽的文章中警告说："绝对的反讽是疯狂的意识，本身就

---

　　① Richard Rorty, *Contigency, Irony and Solidarity*, United States, Cambridge: Cambridge University Press, 1989, p. 158.

　　② 赵毅衡：《反讽：表意形式的演化与新生》，《文艺研究》2011年第1期。

是意识的终结。"①

面对今日世界价值观的日渐分解，诗人们大多以反讽姿态自卫。有的诗人选择直接呈示凡夫俗子的真实而琐碎的生存姿态，则"在对平庸、琐屑的日常生活"的书写里，"透出个人日常生命的本真体验：生存的恐慌感"②；有的诗人则选择以"冷态抒情"面对庸常化生命，认为既然"命运如血液般流淌在我们的肉体"，又何必高蹈人生与生命的意义③。

昌耀的诗歌书写，自1993年之后逐渐聚焦于社会与历史主题，增强与社会语境的直面遭遇感，并同样以各种方式切入精神耗散的当下生存困境，以否定的反讽精神与时代问题进行对话与应答。然而相比于前者的消极颓丧，昌耀认为"疏离意义者，必被意义无情地疏离，/嘲讽崇高者，敢情是匹夫之勇再加狠琐之心"（《意义的求索》1995），在对意义的反思之后，毅然选择坚守于对意义的求索。

他以"东方唐·吉诃德"自许。一方面，自知在一个意义耗散的世界依然进行对于意义的坚守，无异于授人以笑柄的唐·吉诃德："东方，唐·吉诃德军团的阅兵式"，"东方游侠，满怀乌托邦的幻觉，以献身者自命"。另一方面，也正是这位荒唐可笑、永不服输的抒情主人公唐·吉诃德，对世俗命运进行着不屈不挠的对于命运的抗争："予人笑柄的族类，生生不息的种姓"，"以，心油燃起营火，盘膝打坐"，"我们知其不可而为之，累累若丧家之狗"。并且，这种东方游侠对世俗时代、嘲笑者的沉痛反击，无论是疯狂还是崇高均已无所谓，毕竟"风萧萧兮易水寒。背后就是易水"（《唐·吉诃德军团在前进》）。

可以说，在中国当代先锋派诗人中，昌耀是对文化意义的构筑形式极为敏感的诗人，也是对它表现出极强颠覆意图的诗人。这种意图，源

---

① Paul de Man，"The Concept of Irony"，*Blindness and Insight：Essays in the Rhetoric of Contemporary Criticism*，Minneapolis：University of Minnesota Press，1983.

② 邹贤尧：《中国当代文学发展史》，上海文艺出版社2002年版，第297页。

③ 陈旭光：《"第三代诗歌"与后现代主义》，周伦佑选编《褒渎中的第三朵语言花》，敦煌文艺出版社1994年版，第358页。

自昌耀的古典人文主义执着①；也正是这种批判以及批判后的坚守精神，使昌耀的诗歌能对当代中国文化的重建提供深思的课题。于反讽中获得抗争的力量，正是昌耀先锋诗写的独特之处。也因为这一切，他使我们看到了诗歌空间的无限丰富、广阔和辽远。

---

① 语出耿占春："在他仪式和仪典般的语言学景观中，是昌耀的古典人文主义的执着，和诗人所处的现代历史境遇，以及二者之间严酷的诗学的紧张。"参见耿占春《作为自传的昌耀诗歌——抒情作品的社会学分析》，《文学评论》2005 年第 3 期。

与孤独一起对刺

——罗智成诗歌论

　　罗智成作为当代台湾中生代的代表诗人，他为两岸汉语诗歌界所熟悉了解，已有不少年头。写诗之于罗智成，类似于他《梦中村落》中"那作着白日梦的男孩"，在故乡厚厚的积雪中，一直向"他可能的成年形象之一"①踽踽独行，皑皑白雪覆盖了他的脚印，最终将他深埋。这是一次从开始就注定了的无法返回的走来，它使弥漫在罗智成诗歌中的失落与失败的情绪，持续着漫长的岁月：比如自《光之书》（1979）开始，罗智成即持续展示的他在对混沌现世的无奈、批判，以及对精神乐园的向往中，"视梦想与神话为/无所遁逃的乡愁"②的执迷与纠结。这种心灵路径或许并不是他独辟的蹊径，而是所有企求精神生活者的共同道路，罗智成的不同，在于他总是与孤独一起，寻找修辞得以"撼动世界的动能"③，并期待能以此探寻通往追求真正自我者的天地。

一　"那急于否定孤独的/孤独的行径" 与现代诗的公共性

　　　　我们怀着自我边陲感

　　　　　　向他们复制　　靠近

　　　　就像由乡村往城市迁徙

---

①　罗智成：《梦中书房》，联合文学出版社有限公司 2002 年版，第 52—55 页。
②　罗智成：《梦中情人》，INK 印刻出版有限公司 2004 年版，第 112—113 页。
③　罗智成：《梦中书房·序言》，联合文学出版社有限公司 2002 年版，第 8 页。

　　由舞池往舞台推挤

　　虫蛾往灼热的光源

　　欢聚

　　那急于否定孤独的

　　孤独的行径 （《梦中情人·17》）①

　　诗人总是永远的孤独者。自20世纪70年代正式发表作品始，罗智成的诗歌就"紧拥"孤独。如他所言："我的童年"，春夏秋冬都是"孤独者的季节"②。孤独使罗智成的诗歌隐藏着某些难以言传的品质，但这不是他唯一的目的。无限的"否定"需要在无限的"靠近"中得以安妥，罗智成安抚孤独的方式，就是在人类的文化理想中为自己寻找值得靠近的人格类型。

　　比如，诗人在《倾斜之书》（1982）中经由《问聃》、《离骚》找到了老子、屈原，随后，他又在《掷地无声书》（1988）中与《齐天大圣》、《耶律阿保机》、《说书人柳敬亭》、《荀子》、《墨翟》、《庄子》、《李贺》等相遇。他自称："这些作品减轻了我在日益迫切的使命感上的负担，使我更接近人们对我的期待。"③ 成为人们期待中的罗智成，或许并不是一种自嘲，恰恰是一种欣喜，使他得以向其心仪的人格类型完成某种靠近。

　　罗智成为自己的文化理想致力模塑了两种心仪的人格类型：荀子与耶律阿保机。在这二者身上，他一下子就看到了自己，并让他们的心脏在自己的身体里跳动：有时，是狂放不羁的草原狼，"逆着风/把风跑出一个大窟窿"（《耶律阿保机》）④；有时，是冷峻开阔逻辑缜密的智者，"握紧知识/睁大眼睛/胸怀天明"（《荀子》）⑤。

　　诸如此类心灵的连接，使一个人的作品激发起另一个人的写作。罗智

---

① 罗智成：《梦中情人》，INK印刻出版有限公司2004年版，第52页。

② 罗智成：《黑色镶金》，联合文学出版社有限公司1999年版，第11—23页。

③ 罗智成：《掷地无声书·序言》，远流出版事业股份有限公司1988年版，第7页。

④ 同上书，第24页。

⑤ 同上书，第69—70页。

成对"诸子"的倾慕，更沉潜的企图是将这种心灵的连接上溯到更高的追求。这在他"诸子篇"各诗章中也早已表露无遗："沿着德行末落的方向/来到荒芜的井田中央"，问一问"在好恶与事物的变迁中有没有颠扑不移的云朵"（《问聃》）①；"让我们再把这个世界扳回来吧！"（《说书人柳敬亭》）②；甚至，"我将在流动的河水上/镶下我的话语"（《离骚》）③。以此观之，罗智成向古老文化回返追寻的，或许可以被称为一种常在的"道"，像所谓"易有三义"，简易、变易、不易，而最根本者是"不易"。

罗智成在工业文明甚至可以说提前进入后工业文明的台北写诗，他"对都市如何成为文明的坟场感到好奇"（《一九七九》）④。20世纪的中国，"物竞天择，适者生存"的进化观改变着国人的生活方式。比如，以经济建设为中心的"新丛林法则"以及商业主义、消费主义的盛行等等，它逐渐消解着传统中"不易"的部分："在大火现场/我们注视古老华夏的倾塌/观者如堵。"（《宝宝之书》）⑤

与此同时，对"政治—经济"现代化的"回跃"式解读，也成为现代诗人的一个公共的视角。在古老中国，传统诗教提供了"诗言志"或"诗可以兴，可以观，可以群，可以怨"等公共视角，尽管缘于某种特殊的历史语境，在现代化语境中成长的诗人普遍对"公共性"一词持有特殊的警惕性，然而不可否认，关于这场现代化汲汲追求的反思，形成了内在于现代诗的公共性。

"为一个彷徨的社会寻求文化理想"⑥，罗智成的诗写理想也展现出对这种公共性的回应。如他所自称："我所困处的岛屿，在几个不是顶重大的偶然元素的诱发之下，硬是脱离了历史与人性的正轨，而陷入分裂与文明的倒退……原先'文化理想'、'精致中国'的松散憧憬被桀厉、粗暴的言行惊醒，一时之间便要烟消云散——我不知道岛内其他人的感受，

---

① 罗智成：《倾斜之书》，时报文化出版事业有限公司1982年版，第87、92页。
② 罗智成：《掷地无声书》，远流出版事业股份有限公司1988年版，第56页。
③ 罗智成：《倾斜之书》，时报文化出版事业有限公司1982年版，第118页。
④ 同上书，第63页。
⑤ 罗智成：《宝宝之书》，联合文学出版社有限公司2012年版，第30页。
⑥ 罗智成：《掷地无声书·序言》，远流出版事业股份有限公司1988年版，第7页。

但我必须以文字来见证自己的感受。"① 或许他预知这一场回返式的靠近,不过是又一次"那急于否定孤独的孤独的行径",然而如同所有被内心引诱的探索者一样,他抱着三分疑惑、三分警惕、三分忧虑,外带一分执着的追问,开始了针对文化理想重建活动的逆水而上:"这是一段寂寞的历史/沿着喧闹的人文景观迸裂开来。/不合时宜的清醒,在喜宴中,必须蹑足而行……"(《87 年夏日写下而未及修改》)②

二 "像道路/紧守湮没的旧址"③:微宇宙与"奥德修斯之床"

在有关罗智成诗歌的论说和诠释里,有一个声音格外响亮,那就是罗智成是一个构筑自我"微宇宙"的高手。

比如,诗人林耀德曾尊罗智成为"微宇宙中的教皇"。他认为:"喜直觉、善隐喻的罗智成正是微宇宙中的教皇,他语言的惊人魅力,笼罩了许多八零年代诗人的视野,近乎纯粹的神秘主义,使得他在文字中坦露无撼的阴森个性,以及他牢牢掌握的形式,同时成为他诗思的本质。"④而早在若干年前,这种透露出敏锐洞察力的评介,就见诸另一诗人杨牧对于罗智成诗歌的指认之中:"罗智成构筑自我微宇宙的大量诗作显露了极鲜明的个人风格。"⑤

许多迹象表明,罗智成的诗歌语言及形式具有某种"纯粹性",他善于在对世界细节的直觉与隐喻把握中,实现自我微宇宙的构筑。尤其对于细节,罗智成常常表现出一种温情而一丝不苟的风度,从而捕捉住那些可以不断延伸甚至是捉摸不定的意象。

对自然世界细节的直觉把握,使他的诗歌常常舒展着某些灵活与亲近的品性:

---

① 罗智成:《梦中情人·后记》,INK 印刻出版有限公司 2004 年版,第 173 页。
② 罗智成:《掷地无声书》,远流出版事业股份有限公司 1988 年版,第 150 页。
③ 罗智成:《宝宝之书》,联合文学出版社有限公司 2012 年版,第 55 页。
④ 林耀德:《一九四九以后》,尔雅出版社 1986 年版,第 113—125 页。
⑤ 杨牧:《走向洛阳的路——罗智成诗集序》,罗智成《倾斜之书》,时报文化出版事业有限公司 1982 年版,第 2—13 页。

风是一种嗅觉，使得下午成为触觉

仰卧。使得屋檐恍惚。

云孕载

潮湿的光

有远处的雷声，在其上搬动桌椅

其后他探访我的听觉而恰好

我有事出去了……（《麻雀打断聆听》）①

在竹山有个美丽平静的下午

山边种有扶手瓜，软枝黄蝉

雷声在云

层的地板上游走

当天色渐暗而溪边款款一亮

是成群成群的野姜花（《一九七九》）②

到午夜

天空终于占领了整个出海口

和孩童的睡梦

剩下黑色的

岬角

是我亲昵的美神巨大的侧面

和栖藏羽翼的，胎生的树林（《河口之星·夜驰淡水》）③

　　空旷的景色和气候，统统在罗智成这里经历物化的过程，成为实实在在的可以触摸的美神的侧面，成为雷声游走下款款而来的野姜花。对罗智成来说，似乎不存在远不可及的事物，一切都是近在眼前，他赋予

---

① 罗智成：《光之书》，天下远见出版有限公司 2000 年版，第 104 页。
② 罗智成：《倾斜之书》，时报文化出版事业有限公司 1982 年版，第 63 页。
③ 同上书，第 140 页。

它们直截了当的亲切之感。

　而另外一些时候，对细节的直觉把握又使其诗歌发散出千钧一发的紧张感。比如：

　　　　在永恒强大的磁场下
　　　　钟表是不走的
　　　　但我们体内偷怀着
　　　　上紧的
　　　　发条
　　　　佯睡。
　　　　等待永恒过去的清晨
　　　　去探望
　　　　另些孵化开来的事实（《灯前之书》）①

　在暗夜与清晨之间等待，这是笼罩在高气压下的一晚，上紧的发条就像一只嘲讽的眼睛，隐藏着不安的激情。再如：

　　　　他们在城堡外搭筑陋巷
　　　　如墓石上的青藤，逐渐掩盖我们……
　　　　我们
　　　　举止静肃，步伐沉重
　　　　企图逃避整个时代的注意与敌意
　　　　甚至把旗帜挂
　　　　在远离的彗星上
　　　　甚至刷牙也不敢出声（《黑色笔记本五》）②

　"他们在城堡外搭筑陋巷"的行动，类似卡夫卡《城堡》中土地测量

---

① 罗智成：《倾斜之书》，时报文化出版事业有限公司1982年版，第16页。
② 同上书，第50页。

员 K 的到来，他使"我们"如同城堡中的村民们一样，在城堡的已有制度里出生、成长，并将制度的一切不合理当成合理，如今终于恐惧与不安起来。

贪婪地倾听被造物的感叹和窥看事物的深渊，构成了罗智成诗歌的一体两面。他在谈这些事物时，是在自然世界的廓大与都市文明的狭窄之间，创造丰富的说话态度，表达对一切事物充满无常性忧郁的氛围。

如同他儿时一样，长大后写诗的罗智成，还是会在所有人把眼睛紧闭上时，将眼睛睁大，注视着窗外的所有细节①。他对自然世界细节的亲近与温情，同时也隐藏着某种对凝滞的城市文明的逃避。这些细节，如同一棵大树的树根一样被埋藏在泥土之中，以其隐秘的方式喂养着那些茁壮成长中的枝叶。同时，如同罗智成的喟叹："恒久的流浪／使我们成为自己的家乡"（《光年 3 章·前瞻》）②。罗智成诗歌的细节书写，也暗含着这样的返乡的试探与努力：他希望能借此返回那个"生活世界"（胡塞尔语）或"亲在之在"（海德格尔语），因为它们已为政治、经济现代化追求所遮蔽与遗忘得太久。

或者可以说，以对细节的直觉与隐喻，重建人与世界、自我的联系，是罗智成在敏锐怀疑政治与经济现代化解构梦中家园之时，以温情重新喂养那些被现代化砍伐的"奥德修斯之床"的枝叶的努力："这是何等壮丽的心慌／去目击自己卑微的生命／参与着生物演化的／迟缓艰难／不论成败悲喜／你的每一步都在／实现永远不属于你的／希望"（《梦中情人》）③。

三 "歪斜的词句"与不肯愈合的文字

诗，对于罗智成而言，"犹如一种'生活方式'"④。而在机械复制时代的当下，诗歌暴露在这从未有过的卑微感之中，一无遮拦，也正因此

---

① 参见《梦中村落》一诗："我总是／顶着低压的彤云／沿着清冷的街道／去窥看一扇扇窗内金黄的灯光／那作着白日梦的男孩，我相信／有时也从温暖、金黄的室内／朝窗外张望"（罗智成：《梦中书房》，联合文学出版社有限公司 2002 年版，第 55 页）。

② 罗智成：《掷地无声书》，远流出版事业股份有限公司 1988 年版，第 103 页。

③ 罗智成：《梦中情人》，INK 印刻出版有限公司 2004 年版，第 6—7 页。

④ 罗智成：《光之书》，天下远见出版股份有限公司 2000 年版，第 1 页。

而充满裸露的神秘感。在这种落差中，罗智成怀着他关于生活的意念走向语言，寻找现实，并惊诧于这现实。在诗之现实与生活之现实之间，罗智成在自己语言的牵引下，穿越于一个个矛盾的境地。

对"边界"的肯定，是罗智成拼命保持住虚构与现实分隔状态的首选方式。比如，他肯定地写下："我的书房是/我的文明的边界/在室外/各式媒体犹在茹毛饮血/部落犹在草创文字/在室内/我以二十六种语言/纵横于各种光怪陆离的作品中/包括四种鸟语、四种猿猴语和两种鲸豚的方言"①。但对这种"边界"的有效性，他同时又不自觉地怀疑："一个从不曾作用过的边界：在生活与童话之间、记忆与想象之间、过去与现在、充沛的感受与未成形的孤独……"② 因为对于诗来说，现实并非某种确凿无疑和已经给定的东西，而是处在疑问中的某种东西，是要打上问号的东西。同样的疑问也会呈现于诗的内部：诗本身只要是真实的，就会注意到自己的开端里包藏着的可疑性。

于是，这种对"边界"的迟疑，又常常进驻罗智成诗歌的内部。比如这首《87年夏日写下而未及修改》③：

> 他们的声量真大……………………………………
> 你听得见我说话吗……………………………………
> 这座城池需要……………………………………
> 我说这座城市此刻需要一对……………………
> 慈爱注视的目光……………………………………
> ……………………………………………………
> 但，你确定这是我们的城市……………………

无言的"……"构成言语的媒质。"……"里是无数语言的间歇，搁置，还是沉默？"但"被放置在诗行的前端处，像一口张开的嘴。它让人

---

① 罗智成：《梦中书房》，联合文学出版社有限公司 2002 年版，第 29 页。
② 同上书，第 21—22 页。
③ 罗智成：《掷地无声书》，远流出版事业股份有限公司 1988 年版，第 150—151 页。

的视野变得比任何时候都更危险。

> 我们向前急驶
> 并隐隐然感觉到年轻时期被教导去期盼的理想世界
> 似乎愈来愈不可能被人们认真想去实现了。

　　诗之开始，"稀落的雨点/在急驶的车窗/像不存在的猫却留下了脚印"，以雨点使猫之不存在与"脚印"之实实在在得以无限拉近；诗之结尾，以虚拟语气收束，"隐隐然"与"似乎"提供一种可疑性：在理想与现实的是与非之间，"实现"的动作越搁置，"非"就越不会从"是"中分离出来，理想世界便离现实越远。

　　诸如此类，虚构与现实之间"边界"的难以捉摸以及难以愈合，贯穿在罗智成的所有诗歌中。就像十年后罗智成创作的另一首诗，带有充满希冀的一个标题"梦中村落"①。里面有这样的句子：

> 现实世界里
> 梦中村落只能在
> 过期的廉价耶诞卡上
> 扮演偏僻又
> 拒绝融解的冬季
> 但我仍一再虚拟
> 那几可乱真的归乡的悲喜

　　梦中故乡在现实中，被强行终止生命时间，只能面目全非地"扮演"；这道休止符唯有在虚构中，才能被重新唤醒。而又恰恰是"虚拟"中的觉醒，再次赋予"现实"中的沉睡以意义。如同接下来即将出现的"时间中的孩子"，在过去与将来之间，相互俘虏：

---

　　①　罗智成：《梦中书房》，联合文学出版社有限公司2002年版，第54页。

我总是

顶着低压的彤云

沿着清冷的街道

去窥看一扇扇窗内金黄的灯光

那作着白日梦的男孩，我相信

有时也从温暖、金黄的室内

朝窗外张望

但他看不到我

外头太暗

何况我只是

他可能的成年形象之一

踽踽独行，在他长大后

便深埋内心的

雪地里

在这里，在某种返家的途中，时间中的孩子：我与自己未来的可能性之一相遇。幻影般的成长成了时间的核心，他们站在时间的两头，像两头时刻等待却又在猝不及防中相遇的小兽，警惕地保持着距离，互相嗅着对方的气味，陌生又熟悉。在这个现实与虚构的不断回望之间，呈现的是成长的缓慢与困难，但它并非是一个势所必然的康复过程。"我"作为成长之一种可能，是现实之一种；而对于那"作着白日梦的男孩"而言，又何尝不是虚构之一种："他不停添加我本来/不以为属于我的事物/我也渐渐透过他来/看见我所/不曾是我的自己"。①

时间中的孩子，这个隐喻作为崩溃与重生的双重存在，它是生死并存、亦生亦死的现实。时间的"窗口"即是认清自己的"边界"，就像罗智成在语言中寻找现实的"边界"一样：他所企图在诗中寻找与实现的现实，虽为生活之现实所伤，却不得不朝向生活之现实："我不曾在/诗

---

① 罗智成：《梦中情人》，INK 印刻出版有限公司 2004 年版，第 71 页。

里与诗外预期/以文字去背叛/深深陷住我的/那躁郁的时代"①。于是，抵达终点或重新返回起点的方法，唯有通过所谓"不合时宜的清醒"②，通过所谓"在不适当的时地/盲目飞舞啊你/歪斜的词句"③，实现对诗之现实与生活之现实双向打开。罗智成仍在以自己的言语和沉默做着寻找的努力。

四 "几乎不存在的/命定的读者"：拒绝被解释的独语者

作为语言的一种表现形式，诗歌基本上也是一种对话形式，极可能成为瓶子中的字条。扔出瓶子的人，并非总是怀着那么大的希望，但毕竟还是希望在某个地方，某个时刻，瓶子会冲上海岸，也可能会冲上核心地区。这个意义上的诗歌，也处在前进途中：它们是有所企图的——它或者朝向一种可用语言表达的现实，或者朝向某位可直呼其名的"你"。但是，现代诗总是充满坚决彻底的独白的冲动，于是，是否需要通过诗歌寻找到一个倾听的"你"，便成为一个悖论性难题。

罗智成的大量诗作，呈现出一种个人性、内向性、倾诉体的特征，甚至在《梦中情人》、《宝宝之书》等诗集中更伸延为自说自话与自问自答。那么，究竟是一个什么样的内心，造就了罗智成的写作？

罗智成常常在他的诗作中表达一种"相遇"的困境。比如，困境发生在他与这个当下世界的相遇中，对现代化进程的反思，使他认为自己："像一个努力要被粗心的文明校对出来的错字"④。除此之外，困境还发生在他的诗歌与读者的相遇中。如这首《93 淫雨：致永不消逝的"最后读者"》⑤，谁是注意到这一场春雨、一个城市的雪季、整个亚热带的风景与垃圾的人？诗人深知"只有我和两天后/在潮湿的露店读到这首诗的读者甲"，但"我们"之间的关系极为微妙，它既亲密又疏离：

① 罗智成：《梦中情人》，INK 印刻出版有限公司 2004 年版，第 31 页。
② 罗智成：《掷地无声书》，远流出版事业股份有限公司 1988 年版，第 150 页。
③ 同上书，第 78 页。
④ 罗智成：《黑色镶金》，联合文学出版社有限公司 1999 年版，第 44 页。
⑤ 罗智成：《梦中书房》，联合文学出版社有限公司 2002 年版，第 10—11 页。

我们，我和读者甲，我们彼此之间的疏离

在于

我们并不晓得我们始终并肩列席

并在枯涩的眼底蕴藏着对彼此的期待

两天后读者甲在潮湿的露店

读到这首诗，并短暂

被其中的讯息吸引

但他一直不知道作者甲曾和他相遇

在文明的每个险恶的时辰里……

一方面，罗智成表示："有了完美的聆听者，我们自然也会有说不完的/完美经验"①，偶尔他希冀着某种体贴的聆听："在文字的两端，不管是读是写的那一端，是不是总有人，总在一些时候，我们彼此贴听着自己？"② 但无奈的是，"我像被文明掷入/大海的瓶中书/带着自己无从开启的/讯息或体悟/佯装寻找/几乎不存在的/命定的读者"③。最终，他不得不发出一股强烈的呐喊："当美好质地与/感受质地的眼光/永久失传/我们任由多种遗憾/在内心中相互/噬咬为虫"④（《梦中情人·43》）。

但另一方面，矛盾在于对于罗智成而言，读者也只能是他诗歌城堡的外来者："当有人欣赏你的作品/很可能他误解了/很可能你对自己经验的发掘/还没有深到只有自己理解的程度"。他总在一边提防着读者，一边又向他们尽力做着表达，这使得罗智成诗歌叙述的核心，就像卡夫卡的"城堡"拒绝 K 一样拒绝着他的读者，使他们只能待在城堡的边缘，因为"他们在城堡外搭筑陋巷/如墓石上的青藤，逐渐掩盖我们"（《黑色笔记本·5》）。

同样，困境还呈现在他与自己的相遇之中。"我"总是"我"的第一

---

① 罗智成：《宝宝之书》，联合文学出版社有限公司 2012 年版，第 1 页。
② 罗智成：《黑色镶金》，联合文学出版社有限公司 1999 年版，第 111 页。
③ 罗智成：《梦中情人》，INK 印刻出版有限公司 2004 年版，第 28 页。
④ 同上书，第 123 页。

个读者，但是在文字的虚构与更坚实的现实中，"我"同样是一个矛盾的存在："我得像'我'一样的站出来，被赋予特质、特征和期待。而在更坚实的现实之前，这一切仍都是令人索然的。"① 于是，存在的意义，尤其是在抽象的虚构与残酷的现实之间的比照中，被悬置起来。

罗智成要传达的全部消息，或许找不到理想的受众来承接。最终，他只能宣称："我们/是隐隐然和每个既成的解释相排斥的/因为，我们从不是、不能、也永不愿被既成的解释/解释成那个样子/我们比任何一'解释'庞大得多"（《黑色镶金》）。这是一种高傲的退守，更是一种无奈的以退为进。于是，他终于把自己变成一只悲壮的"独语"的漂流瓶，始终在等待一个能真正明白瓶中书的捡拾者。

五 小结

真正的诗人，都有另一个名字叫作孤独者，他们的孤独体现在必须如此：对现世、对自己、对可能的观察者或称阅读者，能够分享的不过是彼此不确定的肉体，以及一个戏剧化的共同困境。在"喧哗与骚动"与历史的一起前行中，诗人除了在能阻止呼吸，却又开通由此岸通向彼岸的语词的河水里，以"语词的意义"来躲避这难予解释的世界之外，难道还有其他的途径？

罗智成也正是借由这些"语词的意义"，通过向古老文化精神的回返与对现世细节的深沉把握，逃逸出现实与自我两个向度的逼迫，从而独立于世。并最终，"让世界/得以美满地/在我们体内进行"②。

---

① 罗智成：《梦中书房》，联合文学出版社有限公司2002年版，第116页。
② 同上书，第41页。

我们的故事，与一种不死的渴望有关

——关于沈奇《胭脂》的叙述指向

没有一首诗是个人的行为，它必定是个人对公众的回应，即使是诗歌已被视为边缘的今天。

一

以诗评家身份行走于当代诗坛的沈奇，近年重返创作，意欲恢复他旧有的诗人身份。这其中，以《天生丽质》为总题的实验诗作先后在《诗探索》、《创世纪》（台湾）、《星河》、《诗选刊》（下半月）、《星星》等刊发表后，引起多方面关注，《诗探索》2009 年第一辑"作品卷"更以"探索与发现"栏目中的"槛内谈诗"专栏实行推介，并附赵毅衡、杨匡汉、吴思敬、谢有顺、柏桦等名家点评。

如沈奇所言："《天生丽质》是本于'古典理想之现代重构'理念的一次具有开创性的诗歌文本实验"[①]，这对追随新诗潮三十多年的诗评家来说，自然依旧包含他的诗学追求或说理想。在当下"叙事"和"口语"狂欢的现代汉诗写作中，与那些要解决如何一波三折、如何香艳四溢、如何通俗易懂甚至简单肤浅的诗歌写作相比，沈奇企图达到的是以现代人的眼光，去寻找那些在橡皮擦痕下的有着永恒意境之美的古典言语的影子，并让那些相互漠视和对立的文言与现代汉语，在现代语感与形式的转换中，获得新的生命。这无疑是企图打通古典与现代的一次身体力

[①]　沈奇：《天生丽质》，文化艺术出版社 2012 年版。

行的实践，在经历了多年的理论提倡之后，沈奇开始自己整装上阵。

而在这一系列探索作品中，笔者更感兴趣的是诗人以对女性生命关注为基点的几首诗，从小女孩的"身儿轻/心思重"（《青衫》），到待嫁小姑的"收不拢的小心思/熟一半/生一半"（《小满》），尤其是一首十二行的《胭脂》，重新唤起了我们关于女人的美与这个世界的深沉关系的思考，它又一次提醒我们：美，作为一种不死的渴望，女人的故事，从来也没有逃开过它的追捕。

这首《胭脂》，四节十二行以起承转合的方式展开。第一节就横空出世，做出一个精心策划的姿态，以此来吸引读者。

> 焉知不是一种雪意

仿佛小说界曾经风靡一时的"许多年以后"式的半途而"兴"的启动方式，奠定这一次文学相遇的基础。而"焉知"这个与诗歌标题读音一致的像似符号，一开始就逼近了或者说早已在眺望故事的核心了。它带着反问意味虎视眈眈着它所在句子的位置，所暴露出的诗的深远打算，瞬间覆盖住那个是疑问，是感叹，是提醒读者注意的短期行为——抹在女人脸上的胭脂，确乎是一种雪意。

> 深
> 浅
> 浓
> 淡
> 以及，卸妆后的那一指
> 薄寒……

深的、浅的、浓的、淡的，不管是空蒙着淡上，还是潋滟着浓抹，都不过是一种种不同的状态以及一道道规格不一的程序，相同的结果在于它们统统都要遮住脸，形成一层薄如蝉翼的脂粉面纱，在似有若无中满足观赏者对美的占有的不费吹灰之力。而所有这些关于美的想象以竖排的形式展开，在诗人这里只是为那接下来的"卸妆"的一瞬间积聚力量。诗人说，"以及，卸妆后的那一指/薄寒……"在对前面的"胭脂是一种雪意"做出具体回应的同时，又裹挟着切肤之痛的寒意破空而来。而一个重大的转折也随即而来——

> 揽镜自问——
> 假如，真有一杯长生酒
> 喝　还是不喝？

多年来，作为一个"他者"身份的女人，"揽镜"必定是最驾轻就熟的动作，然而我们的诗人似乎并不意图再现一个关于女人的"凄凄惨惨戚戚"的悲剧，在它所给定的世界里，故事似乎将从这里开始反转，因为女人已在开始"揽镜自问"。这个主体性自我发现的暗示，对于女人来说，是一件多么伟大的举动。然而看见镜子里的自己，还仅仅是寻找到自我所可能有的一种暗示，而不是一件完成了的事实。"假如真有一杯长生酒/喝　还是不喝？"——女人如是问，问题便裹挟着女人的宿命穿过镜子的屏障，向外伸展。而当她们做着喝与不喝长生酒的自我审视与抉择时，压力也随着社会的灼灼目光扑面而来：包括与根深蒂固的社会价值观和谐的诱惑的声音，以及被其裹挟且纠缠不休的渴望自我回归的声音。内外交困的女人何以自处？

> 凤仙花开过五月
> 可以睡了

"可以"是一个总结性的词语，似乎在对某个正在进行的思考过程作一个结论。这是一个假象性的时刻，它企图闭合所有遐想与追问的最后缝隙。然而，这一闭合的事件又将其召回到它目前正在撤退的历史的空白之中。

人生岁月如东流之水，或毁屋摧堤，或翻鱼睬舟，总要改变些什么，伤感也是无计可施的慰藉。而对于女人来说，不管是长生，还是不老，都不能解决最切身的问题。因为，即使在某一时刻，懂得追问"她的痛苦并不比别人更痛苦，她的叫喊也并不比旁人更让人听见。/谁曾经是我/谁是我的一天，一个秋天的日子/谁是我的一个春天和几个春天/谁？曾经是我。"（陆忆敏《美国妇女杂志》）而在下一时刻，她依然不得不选择退守。与其醒着做梦，就此放下然后安然入睡其实是最好的安排。

是的，或许诗人想说的正是这个。

二

一首《胭脂》，从悬念开始，全诗的动作系于一个一气呵成的自我寻找的行为，或者有些人会将它理解为一首在结尾处解构结局的诗。

当年郑愁予写"我打江南走过/那等在季节里的容颜如莲花的开落//我达达的马蹄是美丽的错误/我不是归人，是个过客……"（《错误》）曾在后记中表示：传统闺怨诗多由男作者拟女性心态摹写，现代诗人应从男性位置来处理。以谁的角度来写女人的故事，固然能够提供不一样的诗性想象，而更重要的是诗歌要能够对一种诗性想象进行反思性思考。只有当物体或欲望从遮蔽中展现出来时，真理才会相随出现，毕竟，我们不惮于爱美，我们只是恐惧那必须被塑造、被规约与被赏玩的美。

而诗歌与那个燃烧不息的关于美的渴望之间的瓜葛，需要追溯到几千年前的古希腊。诗人荷马在他的《荷马史诗》里为人间创造了第一位绝世美女海伦，这多少满足了这位盲眼诗人对于美的想象，但是世界却从此不得安宁。在赫拉、雅典娜及阿芙罗狄忒三人争夺不和女神埃里斯抛出的那个"给最美丽的女神"的金苹果时，特洛伊国英俊的王子帕里斯作了这个世界上很多男人都会做的裁决，抛却赫拉和雅典娜所许诺的至高无上的权力和最聪明的头脑，选择阿芙罗狄忒的承诺——得到世上最漂亮的女人海伦做妻子。没有这场选美比赛，《荷马史诗》会不会是另外一番景象呢。在感叹海伦美的能量的同时，重提阿喀琉斯在特洛伊城外叫嚣时的那番说辞，或许也别有意味。这位希腊的大英雄说：

"我——没看见吗？长得何等高大、英武……然而，就连我也逃不脱死和强有力的命运的迫胁。"因为长得高大、英武，阿喀琉斯就相信自己本应有逃脱命运胁迫的权利，这或许也只在《荷马史诗》的时代才会有，那时候大概还没有将"美"与"善"分离，类似于我国将"美"解释为"美与善同义"的《说文解字》时代，由此，便不难理解为什么古希腊人觉得为海伦打仗理所当然：为美而战便是为善而战，为善而战便是为正义而战。于是，当海伦出现在被战火烧得焦头烂额、满腹牢骚的特洛伊国元老们的会议场时，这些尊贵的老人瞬间便忘却了埋怨，因为"没有人会责备特洛伊人和希腊人为这个女人进行了长久的痛苦的战争，她真像一位不朽的女神啊！"（《荷马史诗·伊利亚特》）

海伦的绝世美貌如此理所当然地驱动了千艘战舰，尽管由于大诗人荷马的吝啬，我们甚至从未正面看到或者说来不及看清这张脸。更由于我们没有如荷马一般超凡的想象力，海伦便真的只属于遥远的古希腊了。毕竟，在我们的故事里，自楚汉之争里虞姬别霸王之后，正面的大英雄是很少近女色的。吴宇森拍《赤壁》让曹操为小乔倾覆千军万马，灵感可能依然引发自那"铜雀春深锁二乔"的属于男人的热望，这无疑又是一个"冲冠一怒为红颜"的故事，可是这个一代超世之杰在人们的视野里也被长久定格为奸雄。唐明皇与杨贵妃、顺治与董鄂妃，不爱江山爱美人在别人的眼里便成了"红颜祸水"式谴责，虽然多少还包裹着点羡慕。最张扬的应该算是水浒里的好汉们了，基本是靠杀女人起家的，更别说会为了美人而不管不顾地杀将过去了。

而历史的讽喻在于，古希腊的第一位大诗人——男性的荷马，创造了文学史上第一个女性美的化身海伦，而这位绝世美女在诱惑了众人之后，又转身俘虏了诗神，自此，诗人便成为"美人"不知疲倦的代言人。美人也曾在中国的历史里兜兜转转，并与诗词结下了不解之缘。如果说，屈原依《诗》取兴，善鸟香草配忠贞、灵修美人譬于君的"惟草木之零落兮，恐美人之迟暮"（《离骚》），"结微情以陈词兮，矫以遗夫美人"（《楚辞·九章·抽思》），及此一脉的司马相如的《美人赋歌》、《琴歌二首（凤求凰）》，张衡的《同声歌》，仅仅是士子们委婉曲折的

"美人香草"式政治譬喻，那么，从"手如柔荑，肤如凝脂，领如蝤蛴，齿如瓠犀，螓首蛾眉。巧笑倩兮，美目盼兮"（《诗经·硕人》）的所谓硕人开始，到南北朝的宫体诗过渡，再到当前的以精神突围为旨归的下半身诗歌创作，诗人们对女人之美的从精神转向肉体的不遗余力地移情式追捧，使女人从未逃开被编码置换成各类可摘可折可供赏玩的符号的命运。

三

历史为女人遗留下拙劣的关于"花"的隐喻，她们被编码置换成各类可摘可折可供赏玩的物化符号，承载着男性的激情、幻想以及破灭，同样也承担着女性历史的伤痛和重负。所谓花开一季，烦恼一生，等待不过是一场"娇花巧笑久寂寞，娃馆苎萝空处所"（白居易《霓裳羽衣歌》）式的虚构迷惘。

20 世纪 40 年代，女性主义的先驱波伏娃在其《第二性》中有这样的描述："理想的女人总是最确切地体现了'别人'的人，一旦剥掉由诗意、美和爱情编织的面纱，女性受压抑的性质就暴露出来了。"① 如果说，波伏娃自此发现了女人不是主体，而是他者（The other）的真实处境，那么，赵毅衡在其《文化符号研究中的"标出性"》一文中，对女人如何成为"他者"给出了更详细地解释："现代社会，女性的刻意装扮，巨大的百货公司大部分是女人用品，时装业靠在女性妆饰上不断花样翻新而变成庞大产业……文明究竟如何'加工'女人的？是文明给女人以标出符号，从而'加工'成具有标出性的异项。文明当然也'加工'男人，即是并不给予那么多风格性标出符号，于是男人成为'社会中心'的正项。因为文化把这种关系自然化了，女性作为'文化的人'就不能不化妆。"②

尽管笔者对文中所指出的"需要女性标出的，不仅是男人，而是整个文化，包括女性自己"尚存一定的疑义，因为将女人加工成异项的文

---

① ［法］波伏娃：《第二性》，桑竹影、南珊译，湖南文艺出版社 1986 年版，第 25 页。
② 赵毅衡：《文化符号学研究中的"标出性"》，《文艺理论研究》2008 年第 3 期。

化依然是男人主导的文化，女人生活在以男性眼光为标准的文化中，也不可避免地会以男性眼光为镜子来反观自己，而女性在镜中看到的那个真容难辨的影像，可能是一个虚构的自我，也可能是一个理想的男性，她所面对的是一个由多重影像叠加的"理想"对话者。在此前提下讨论作为异项的女人究竟是主体性的参与，还是分裂地作为某种身份的参与，比破解鸡生蛋还是蛋生鸡的千古迷津还难，但是这段话却也清晰地诠释出了女人的需要打扮，绝对与由男人主导着的文化正项的需求有关，在男人被塑造成"向天空他追求最美的星辰／向地上他向往所有的欲望"（歌德《少年维特之烦恼》）的社会中心的情境中，女人们便都太容易轻率地接受她们自以为已目睹的某种结局；或颓废于结局，或一厢情愿地把结局误读成安慰，自此之后，便理所当然"自伯之东，首如飞蓬，岂无膏沐，谁适为容"（《诗经·卫风·伯兮》）。

　　在女性主义的呼喊一片甚嚣尘上中，某时候，中国的女性主义者们也开始学着以身体的绽放进行命运的突围了。她们信奉埃莱娜·西苏，认为："这身体曾经被从她身上收缴去，而且更糟糕的是这身体曾经被变成供陈列的神秘怪异的病态或死亡的陌生形象，这身体常常成了她的讨厌的同伴，成了她被压制的原因和场所。身体被压制的同时，呼吸和言论也就被抑制了。"①

　　既然做不成能够自得其乐的艺术家，不如以文字怒放自己的身体，她们以为自此可以放逐所有此前的关于女人的物化想象。"唯一的勇气诞生于沮丧／最后的胆量诞生于死亡／要么就放弃一切要么就占有一切"（唐亚平《黑色沼泽》）。既然有了对生存现状的迷惑与不信任，为了响应内心召唤的某种真实，在把带着脂粉面纱的时光交给白天之后，女人选择以黑的夜来自我拯救或者逃避。

　　情况可能类似于拜伦的《黑夜》中所描述的："黑夜，黑夜，黑夜！我不要白天的羁绊再把我的明天束缚。"翟永明在《女人》中写道："白昼曾是我身上的一部分／现在被取走了"，"我目睹了世界／我创造黑夜使

――――――――――

① 张京媛主编：《当代女性主义文学批评》，北京大学出版社1992年版，第193页。

人类幸免于难"。而唐亚平的《黑色沙漠》组诗全部围绕"黑色"主题展开，从黑色漩涡到洞穴，女人以浓重的黑暗浸泡着自己，且与黑夜里的动物相互依存："梦里有土拨鼠"，"我和它如此亲近/它满载黑夜，满载忧迷"（翟永明《土拨鼠》），"我必须接受乌鸦的命运和你/你背后的阴影张开翅膀，带来黑夜"（萨玛《乌鸦的翅膀》），与黑夜的此种联盟，深藏着女诗人对自我生存的某种认同。

然而，女性的身体从未曾自主，当她以文字书写来寻找自我时，也只是成为一种语言论述，一种观念、记号甚至是一种建制。并且，"物色相召，人谁获安"（刘勰《文心雕龙·物色》），即使是选择以黑色的夜对抗红色胭脂的规约，女人们依然逃不脱美的追逐。唐亚平《黑夜》的主角虽是一个玩世不恭的女性，却也总是试图用自己的美貌征服世界。但问题在于，是个尤物又能怎样？这种生命中的薄寒，早于卸妆的那一刻便存在于女人的指尖了，只是在卸妆的刹那更清晰地刺痛了女人——君子可以不器，女人何以必须为尤物？在一阵身体的狂欢之后，她们终究还是"要在没人的田野里/披散开柔弱的发辫/插满紫色的小花/让你看/我还爱美/我还是个女人"（小君《我要这样》），原来如此或者原来并非如此，哪种选择更值得，或更虚妄？

"永远期待结束但你们隐忍不语/一点灵犀使我倾心注视黑夜的方向/整个冬天我都在小声地问，并莫测地/微笑，谁能告诉我：完成之后又怎样？"（翟永明《女人》）是的，即使是与黑夜达成默契，之后又能怎样？正如有谁能用胭脂写自己的名字，它们终究会因时间的流逝而消散，谁也逃不脱自己，即使是在不用抹胭脂的黑夜，女人注定必须独自承担生命中挥之不去的薄寒。

四

"一个人在审美上绝对地需要一个他人，需要他人的观照、记忆、集中和整合的功能性"①，巴赫金以此推敲审美活动中的作者与主人公的关

---

① ［苏］巴赫金：《巴赫金全集》第 1 卷，河北教育出版社 1998 年版，第 133 页。

系。有意味的是，伍尔芙对男人与女人之间关系的描述亦与此有几分相似："多少世纪以来，女性都是作为一面镜子，映照出两倍于正常大小的男人形象，具有神奇和美妙的作用——如果（女性）开始讲真话，镜子里的形象就缩小，那么，男性的合理性就成问题——镜子的视点至为重要，因为它担负着维持生命的责任；它刺激着神经系统，如果把它拿开，男人就会死，好像吸毒鬼不能享受他的可卡因。"① 女人在审美上所对应的他人，无论是男性，是虚构的自我，还是由多重影像叠加的"理想"对话者，当镜子里那个属于女人的自我开始出现时，所有的中心想象都可在一瞬间溃散成碎片，随风而逝。

毕竟，所有生物都有原生的冲动，抗拒或躲避对自己身体的伤害及死亡的威胁，即使如同狄兰·托马斯一样高调地唱着《死亡也一统不了天下》，却终究越发让人感觉到死亡的神秘所引发的恐惧。而对女人而言，从古老的《诗经》用"桑之未落，其叶沃若"、"桑之落矣，其黄而陨"（《诗经·卫风·氓》）来比拟少女青春的华美与年老后的色衰爱弛，到现代女性的"独身女人没有好名声/只是因为她不再年轻"（伊蕾《独身女人的卧室·小小聚会》），与对死亡的承担相比，女人比男人多面对的另一个黑暗更具威胁性：因衰老而被遗忘。希腊神话里忘记请求不老的青春却拥有不死生命的西比尔，镌刻在艾略特《荒原》中的形象是："孩子们问她：西比尔，你要什么？她回答道：我要死。"而伍尔芙为我们讲述的那个获得永生的奥兰多，必须兑现的诺言是："勿褪色，勿憔悴，勿衰老"（伍尔芙《奥兰多》），即使是那人世间最美的女人海伦，也终有一天会对着镜子哀叹：为什么会再一次被带走。

并且，海伦之美只能因诗歌而不朽，她随时都在等待着下一个诗人。遥远的荷马创造了遥远的海伦，这位古希腊文明的新娘之后又嫁给了以浮士德为化身的歌德。"美啊，请停留片刻！"（歌德《浮士德》）在海伦面前，谁不会如此感叹呢？只可惜海伦不过是一个遥远的幻梦，她留下面纱与斗篷化作云彩供浮士德返回他的故乡，而现代

---

① 张京媛主编：《当代女性主义文学批评》，北京大学出版社 1992 年版，第 289 页。

女性亦可参考沈奇《胭脂》的提示："凤仙花开过五月/可以睡了"，卸下脂粉面纱，安然地进入梦乡，此后再不必做那个醒着做梦的人。

对于身陷胭脂中的女人们来说，这个结果还不会太差，至少我们不必目睹美人在物化赏玩中甚至是遗忘中慢慢老去。

谁在窥视历史，谁在贩卖时辰

——洁尘《锦瑟无端》中的时间错觉设置

引论：时间是叙述永恒的主题

现代小说正是通过对叙述时间的变形，突破传统小说叙述的线性状态及时间秩序的单向度，构建出小说的网状结构。在加西亚·马尔克斯写下"多年以后，奥雷连诺上校站在行刑队面前，准会想起父亲带他去参观冰块的那个遥远的下午"（《百年孤独》）之前，晚唐诗人李商隐写下了"此情可待成追忆，只是当时已惘然"（《锦瑟》）。以十四字立足当下，既瞭望将来又回溯过往，这种辽阔的时间意识，使之后与"锦瑟"有关的作品总会在时间的思考上有所斩获，便不难理解了。20 世纪 90 年代，格非便在其小说《锦瑟》中演绎了不同时空、不同身份的冯子存的四次死亡，生存的轮回使叙述不停地从结局回到原点形成叙述的追忆型循环结构，抵达关于时间的思考和诘问。相比于实验小说主将格非"理所当然"地多向度探索，洁尘 2009 年面世的长篇小说《锦瑟无端》对时间的追问要内敛很多。

洁尘的作品，无论是其随笔还是小说，都习惯从日常生活出发，再返回到日常生活之中。对于物质的具体的生活，她既非新写实主义"零度书写"式的贴得很近直至疲乏，也非高蹈着无限抽象升华几近虚空，在这两者之间的游移使她的作品大多呈现出安静与细腻的特质，并以此抵达对快速浮躁的现代生活摩挲后的别样穿透力。而在其《锦瑟无端》中，一向被认为关注日常生活、以"低调踏实的世俗意味"① 赢得众多青睐的洁尘,也尝试着在世俗里玩点花样了。离婚的中年女人林采薇因一部小成本电影唤起内心关于表弟卢小桐的记忆,并且在现实中与神似于表弟的这部电影导演陆一鹤相识相伴,其中也牵扯出陆一鹤与其"男友"的一段情感往事。朦胧的姐弟之恋,暧昧的兄弟情感,多年后的重拾旧时记忆,这便是《锦瑟无端》所叙述的故事。较其此前的小说《酒红冰蓝》与《中毒》,《锦瑟无端》同样以日常的世俗生活为叙述基础,但它以有着多重符号指涉的"锦瑟无端"命名,通过与其同名的一部电影及两部小说推衍展开关于林采薇与陆一鹤的过去及当下生活。叙述时间不断处于"当时"与"当下"的双向转换,且从不同角度对"当时"进行反复玩味,呈现出对事件以及事件所藏身的时间的执迷,以及一种企图将逝去的时间召回人间的渴望,也显示出洁尘建立在现代世俗生活之上的、关于时间的深层思考。这都与其小说中新的叙述方式的引入以及引入得"小心翼翼"有关。

一 功能符号的"元叙述"成分所建构的叙述时间的不同指向

叙述学家杰拉尔德·普林斯在其新版的《叙述学辞典》中对"元叙述"(metanarrative)概念做出如下解释:"元叙述:关于叙述;描述叙述。叙述把(一个)叙述当作其主题之一这就构成了元叙述。具体地说,一个叙述指向自己以及那些构成叙述、交流的成分,讨论自己、自反指涉的叙述,叫作元叙述。更具体地说,一个叙述中明确地指向叙述指涉的符码或下一级符码的段落或单元叫作元叙述,它们构成了元叙述符号。"② 他指出"元叙述"一词的两个指向:作为功能符号的"元叙述"成分与作为一个完整叙述文本的"元叙述"即元小说(metafiction)。虽然二者都具有"元语言"固有的反身指涉(self-reflexivity)属性,但

---

① 刘敏:《疼痛,在传统与现代之间——洁尘随笔审美特性论》,《当代文坛》2008 年第6 期。

② Gerald Prince, *Dictionary of Narratology*, Lincoln & London:University of Nebraska Press, 2003, p. 51.

"元小说"走得更远，它主要通过将故事及其建构过程的并置、模糊叙述层界限等手法，将反身叙述指向故事的虚构性以及叙述的不可靠性，以打破封闭的指涉关系，拒绝认同任何一种意义上的真实性和权威性。如马原的那部非常有名的实验小说《虚构》，开头即说道："我就是那个叫马原的汉人，我写小说。"接着一方面反复申明"我的故事"是"天马行空地瞎想一气再没有比我更没用的人了"，另一方面又"老实"地交代文本故事来源于自己老婆听一个医生讲的发生在麻风病医院的事情。也就是说小说的叙述过程是一方面利用各种材料不断地制造真实，另一方面又不断地对真实性进行摧毁和消解。与其相比，"元叙述"成分的使用，其符号功能虽然包含叙述者对故事与叙述方式的反身叙述，但主要目的依然在于建构故事的真实性和叙述者的权威性。洁尘的此篇小说便是以对"元叙述"成分的使用，在一定程度的反身叙述中，既保全故事的真实性，进行日常的世俗书写，又以"元叙述"成分的介入变形叙述时间，彰显对时间的思考。

《锦瑟无端》在小说叙述过程中毫不隐藏一个叙述层对另一个叙述层的建构。在以林采薇为视角的小说第一章结尾处写道："她把这部电影延展成自己的一部记录。她不敢说这是她的作品，因为这个故事根本就不是她的。她只是记录着，随着一次次的观看，它不停地在电脑上修改着记录。每看一次电影修改一次，每修改一次，这个故事就似乎离电影本身越来越远。它膨胀着，不可思议地细节化着。而每一处细节的丰富，就像一个岔路的产生，又一次偏离电影本身。……或者说，是林采薇内心的那个世界，在这个世界里，林采薇用自己的方式自己的角度来揣度这个故事。"① 随后的第二章即转入林采薇以宋词为叙述者的小说。在第十四章转入以唐诗为视角人物的陆一鹤的小说之前，以陆一鹤为视角的第十三章同样采取了这种方法："那给你看我的小说好不好？这小说没写完的。电影是根据这小说拍的，但很多内容并没有拍进去。但是，如果要想了解一下唐诗的话，可以看看这小说。"② 这使小说呈现两个分层非

---

① 洁尘：《锦瑟无端》，人民文学出版社 2009 年版，第 7 页。
② 同上书，第 153 页。

常清晰的叙述层,但总体说来,也仅仅停留在对作为功能符号的"元叙述"成分的运用阶段。分野的两个叙述层各自依然在时间上呈现相对明朗的因果链,以及可以被清晰梳理的情节提要。主叙述层讲述离婚的中年女人林采薇与陆一鹤因电影《锦瑟无端》在日常生活中的纠葛。两个并列的次叙述层分别以"宋词"和"唐诗"的角度讲述宋词与佟敏、唐诗(卢小桐)以及佟敏与唐诗之间的情感纠葛。分层叙述并未将故事叙述成玄而又玄的一系列碎片,成为完全"反身指涉"、拒绝意义认同的元小说。

这与作家倾心于有秩序的世俗生活有关,也隐藏着作者以此彰显建立在日常生活之上的思考时间的企图。如同小说所言:"从陆一鹤搬到对面,两人开始交往之后,弟弟小桐以及佟敏这个人终于完全叠合在一起,然后与陆一鹤这个人分离开来了。在林采薇的感觉里,这是一种前世今生的意义。"① 小说的主叙述层主要呈现林采薇与陆一鹤"今生"的故事,以第一章林采薇与陆一鹤的相遇为叙述时间的起点,直至林采薇跟随陆一鹤回老家,讲述的是属于二人"当下"的故事。而林采薇以宋词为叙述者的小说"是林采薇内心的那个世界"②,叙述的是林采薇过去生活的一部分,陆一鹤以唐诗为视角的小说同样如此,"压住他们的都是精神上的东西,是那些回忆,那些因为消失了也就更加分明的回忆"③。这样两个建构与被建构、控制与被控制的叙述层的交叉前进,便使叙述时间在属于"前世"的当时与属于"今生"的当下之间交替跟进,构成了同一条道路上两条向不同方向延展的路径。这边由林采薇站开向陆一鹤站,那边由宋词站开向唐诗(卢小桐)站,一条回溯过去,一条指向当下甚至是将来。

所谓"古今如梦,何曾梦觉?但有旧欢新怨。异时对、黄楼夜景,为余浩叹"(苏轼《永遇乐·明月如霜》),"去年今日此门中,人面桃花相映红。人面不知何处去,桃花依旧笑春风"(崔护《题都城南庄》),

---

① 洁尘:《锦瑟无端》,人民文学出版社 2009 年版,第 204 页。
② 同上书,第 7 页。
③ 同上书,第 150 页。

叙述既然能迅速占有可以篡夺现在的将来，也自然可以被能篡夺现在的过去所占有。小说《锦瑟无端》表面上让时间中断流动，从多年以后开始，实质的目的则是为了返回到多年以前，说这是一本关于记忆的书，一点也不为过。张爱玲曾称："人是生活于一个时代里的，可是这时代却在影子似地沉没下去，人觉得自己是被抛弃了。为要证实自己的存在，抓住一点真实的，最基本的东西，不能不求助于古老的记忆，人类在一切时代之中生活过的记忆，这远比瞭望将来要更明晰、亲切。"① 在张爱玲看来，"真实的，最基本的东西"存在于"古老的记忆"，因为属于当下的"这时代"在沉没，这隐藏着张爱玲放弃"大历史"书写的原因，或许也是洁尘坚持世俗书写的原因，只不过洁尘更温和。总体说来，小说《锦瑟无端》的节奏是回忆的速度，旋律温和地跳跃，叙述"当时"的次叙述层虽然受叙述"当下"的主叙述层控制，其篇幅却几乎占了整个小说的四分之三，将已惘然的"当时"以三倍于"当下"的篇幅时间展开，不管是三分钱、四分钱、五分钱的冰糕，还是四毛钱的一球冰淇淋②，都是一个时代能留下的印记。作者在这里虚构的只是两三个人的历史，而试图唤起的是更多人关于过去的记忆。

二　互文符号所建构的复调性叙述时序

洁尘是善于书写"灵魂上的双胞胎"（《中毒》）的，就像她在《锦瑟无端》中总是强调版本一样。2002 年的《酒红冰蓝》是一个叫何丹的女人和一个叫夏城南的男人之间情感纠葛的十五年。2003 年的《中毒》里，何丹终于要与夏城南结婚了，夏城南与夏城南"灵魂上的双胞胎"——那个没有名字的"他"，又要在两个女人的单恋故事里重新上场了。尽管洁尘声称：《中毒》"这部小说将《酒红冰蓝》做了一次延续。这种延续更多的是时间上的，而不是故事本身。这是另外一个故事了，也是另外一个视角了"③，但其中也存在着不可否认的统一，表明洁尘在

① 张爱玲：《张爱玲文集》第 4 卷，安徽文艺出版社 1992 年版，第 174 页。
② 洁尘：《锦瑟无端》，人民文学出版社 2009 年版，第 52 页。
③ 洁尘：《中毒·后记》，春风文艺出版社 2003 年版。

用两部小说完成对同一群人前后故事的叙述。不同的是，这部《锦瑟无端》却尝试着以一部小说完成不同版本故事的叙述，抵达时间的延续与跌宕。

《锦瑟无端》以三部同名作品推衍林采薇与陆一鹤"当时"与"当下"的情感纠葛。主叙述层以林采薇和陆一鹤的视角展开，次叙述层从"宋词"和"唐诗"的角度讲述，既以女人的眼光又换位以男人的眼光，视角的不同恍如故事也不同。此外，从不同的视角展示故事，使小说以及其中所穿插的三部同名作品共享人称符号，这些符号在小说的不同叙述层重复出现，如那个永远活在别人记忆里的"卢小桐"，在陆一鹤的小说《锦瑟无端》中，"就像有两个人，一个是嬉皮笑脸的唐诗，另一个是唐诗身体里的名叫卢小桐的安静忧伤的小男孩"[①]；林采薇的小说《锦瑟无端》中，"两岁之前的唐诗叫卢小桐，他出生在梧桐密植的城北"[②]；主叙述层，在林采薇看来陆一鹤是卢小桐也是唐诗，"或者说，林采薇面对的是唐诗。应该说，面前的陆一鹤，更像是很多年前消失了的那个人"[③]；对陆一鹤而言，电影中死去的唐诗是卢小桐也是仍然活着的陆一鹤，"陆一鹤自己这么多年来也陷入了佟敏这个角色之中。……陆一鹤把自己扮演成他……让他活着，看着事实上的自己的那个人死去"。[④]

巴赫金借用音乐术语"复调"一词来概括陀思妥耶夫斯基创作的形式特征，他在《陀思妥耶夫斯基诗学问题》中叙述陀思妥耶夫斯基的长篇小说，是由众多各自独立而不相融合的声音和意识组成了"复调"，不仅表现在众多性格和命运不同的人物角色之间，也反映在多条故事线索之间，它们如同"复调"音乐一样没有主旋律和伴声的区别，各个部分赖以存在的基础便是"对话"。正是在对巴赫金的"对话性"、"复声部"的观念进行推演的基础上，法国符号学家朱丽娅·克里斯蒂娃提出了

---

① 洁尘：《锦瑟无端》，人民文学出版社 2009 年版，第 182 页。
② 同上书，第 21 页。
③ 同上书，第 76 页。
④ 同上书，第 147 页。

"互文性"概念，强调："任何文本都好象一幅引语的马赛克镶嵌画，任何文本都是其他文本之吸收与转化。"①

希利斯·米勒在《小说与重复》中指出，小说的"重复"主要呈现为同一文本中细微处词语、修辞格等的重复，事件或场景的重复，以及文本与其他作品在主题、动机、人物、事件、场景上的重复②。而第三种重复进入"互文性"（intertextuality）领域。小说《锦瑟无端》中陆一鹤的电影《锦瑟无端》，改编自以自己的故事为题材的小说《锦瑟无端》，电影之后又被林采薇揣度延展为小说《锦瑟无端》。这种叙述模式虽然有点类似于福克纳的短篇小说《公道》使用小说结构的"套盒术"，一个孩子叙述他听爷爷庄园的佣人山姆·法泽斯孩童时代从他的父亲的朋友赫尔曼·巴斯克特那里听来的关于他的父亲和他的母亲等人的故事。但《锦瑟无端》从未承认林采薇的故事就是陆一鹤的故事，相同符号代码的"书中之书"模式，使其在内部完成了多部作品之间的互文，不同指称的同一符号可以彼此利用，每个前文本都为后文本贡献代码，相同的符号代码使不同的文本之间相互嵌入、彼此牵连，可以相互吸收与转化，从此文本到彼文本共同形成一个从历时态和共时态两个维度向文本不断生成的、潜力无限的开放网络。与此同时，《锦瑟无端》中同一符号在不同叙述层及不同叙述者的故事中的反复出现，除了米兰·昆德拉所称的语义学上的重要性："如果人们重复一个词，那是因为这个词重要，因为人们想在一段、一页的空间中让它的音响和意义再三地回荡"③，同时，它们还在符号指称上形成互文效果。人称符号佟敏、唐诗、乔虹以及上述的卢小桐，他们既是小说故事的人物，又重复出现在小说的"书中之书"里，人称符号在能指上的趋于一致，使其可以在不同版本的故事中做四通八达的指称与勾连，符号版本的差别只在于叙述的角度与媒介不同。也就是说，这些共享的人称符号在四

---

① 赵毅衡：《文学符号学》，中国文联出版公司1990年版，第253页。
② ［美］希利斯·米勒：《小说与重复：七部英国小说》，王宏图译，天津人民出版社2008年版。
③ ［捷克］米兰·昆德拉：《被背叛的遗嘱》，余中先译，上海译文出版社2003年版，第119页。

部同名作品中的扮演同一类型故事的相同类型的角色，"重复"游走，虽从不保证这是同一故事，但共享事件的重要情节，成为表现"许多年前"情感纠葛的《锦瑟无端》的白描或影射，提高人物的根据性的同时，降低叙述时间的根据性，也拒绝了叙述时间的单线条，进入复调性叙述时序，使符号及其携带意义所指涉的林采薇、陆一鹤、宋词与唐诗的时间——那个已惘然的"当时"与追忆中的"当下"——在叙述中进行对话。

三　《锦瑟无端》叙述时间的符号意指

符号学认为，符号过程有三条悖论，第一即为符号在场，意指阙如。也就是说，正是因为意义缺乏，才需要符号出场。

吉登斯在《现代性的后果》中指出："在前现代社会，空间和地点总是一致的……在现代性条件下，地点逐渐变得捉摸不定：即是说，场所完全被远离它们的社会影响所穿透并据其建构而成。"① 吉登斯将这种转变称为"空间的虚化"，其根本原因其实是时间的虚化。机械复制时代里，符号也以一种不可思议的速度进入生产、复制、消费与再生产，并以此构成了整个社会生活。为了体验瞬间快感，本雅明让"闲逛者"以投身巴黎的拱廊街的方式获得"惊颤"，而米兰·昆德拉则关注"出神"，他认为："速度是出神的形式，这是技术革命送给人的礼物"②，"什么是出神？……在心醉神迷的状态中，激情达到了顶点。与此同时，它也就达到了它的否定（它的遗忘）。……出神是与现时瞬间绝对地视为同一，是对过去与未来的彻底遗忘"。③ 在速度被当作技术统治下的社会的最高价值尺度时，它在本质上也就成为一种遗忘的机制，在醉心于"现在"瞬间时，便可以将过去和未来弃之不顾，由于记忆和传统的消失，个人的时间连续体呈现出一种破碎的状态。当时间的连续性降至最低点，生

---

① ［英］安东尼·吉登斯：《现代性的后果》，田禾译，译林出版社2000年版，第16页。
② ［捷克］米兰·昆德拉：《慢》，马振骋译，上海译文出版社2003年版，第2页。
③ ［捷克］米兰·昆德拉：《被背叛的遗嘱》，余中先译，上海译文出版社2003年版，第89—90页。

命体验也被快速消耗。

速度改变了人们的生活状态，也顺便改变了叙述的节奏。当信息密度加大、时间标记符号如手机飞速更新时，哪怕内在的经验时间没有加速，但是所知与所忆加速，叙述也不得不加速。与此同时，"时间"也成为现代小说的重要情节素（motif），它已不仅仅是传统写实小说中的作为故事或事件的秩序标记，更多的是作为叙述的方法论活动，呈现关于"时间"的某种哲学意蕴的探索。在这里，更快地叙述与更慢地叙述都以叙述时间的变形来角力，如保尔·利科所指出的："很清楚，不连贯结构适合危险和冒险时间，更连贯的线性结构适合以成长和变化为主体的教育小说；而被跳跃、提前和回顾打乱中断的年代顺序，总之一个蓄意多维的塑形，更适合一个被剥夺了一切飞跃能力和内聚力的时间景象。"①

在小说《锦瑟无端》中，故事被相对地固定在某一个空间，等待着结果慢慢降临，而叙述时间却在变形，用来建构现代世俗生活之上的关于时间的想象。它以功能符号"元叙述"成分使叙述时间在指向当下甚至是将来与回溯过去之间交替前进，又以共享符号的方式在小说内部完成互文，降低叙述时间的根据性，使不同叙述者的当时与当下进行对话。朦胧的姐弟之恋，暧昧的兄弟情感，多年后的重拾旧时记忆，一个再简单不过的故事却在多重独特叙述方式的安排下，翻来覆去地前行，使故事以多倍的时间展开而显得绵长，这种对事件以及事件所藏身的时间的执迷，隐藏着作者将逝去的时间召回人间的渴望。按照海德格尔的观点，回忆是关于过去的历史性的重演，在这种重演中有一种明确的承传关系，即当下此在对过去此在的种种可能性的承传："这种回到自身的、承传自身的决心就变成一种流传下来的生存可能性的重演了。这种重演就是明确的承传，亦即回到曾在此的此在的种种可能性中去。""重演一种曾在的可能性而承传自身，却不是为再一次实现曾在此的此在而开展它。重演可能的东西并不是重新带来'过去之事'，也不是把'当前'反过来联

---

① ［英］保尔·利科：《虚构叙事中时间的塑形》，王文融译，生活·读书·新知三联书店2003年版，第139页。

结于'被越过的事'。"

"重演是从下了决心的自身筹划发源的；这样的重演并不听从'过去之事'的劝诱，并不只是要让'过去之事'作为一度现实的东西重返。重演毋宁说是与曾在此的生存的可能性对答。"① 也就是说，洁尘将已惘然的"当时"以三倍的篇幅与处于回忆中的当下对接，不断地打断故事的线性模式，也非仅仅让过去重现于当下以获得立体交叉的组合结构，而是以多角度切换，让那个深藏在每个人"内心"的曾在此的生存与当下此在进行对话，还原现代化中被飞速增长的符号挤压的属于个体的庞大内心，如普鲁斯特在《追忆似水年华》结尾处写到的："在空间中为他们保留的位置是那么狭隘，相反，他们却占有一个无线延续的位置，因为他们像潜入似水年华的巨人，同时触及间隔甚远的几个时代，而在时代与时代之间被安置上了那么多的日子——那就是在时间之中。"② 以记忆过去复原时间的连续性及重获个体的内在体验，以此得到关于生存的快感，若以洁尘的叙述方式来表达，或许便是：时间呼啦啦延展过去，如果每个人都能感受到它的窄如手掌又宽若大地，想想将是何等"有味道"的事情。

四　小结

好的小说家都是操作时间的高手，并以对时间的操作来延展自己的内心。《锦瑟无端》中，洁尘一以贯之的关于世俗生活的细腻与安静的叙述格调依然得到很好的继承与凝聚，与此同时，她以对功能符号"元叙述"成分与互文符号的熟练操作，使叙述在现代世俗生活中不断地回望过去与放大内心，以此寻找隐匿的甚至是消失的历史感。并且，对于洁尘而言，新的叙述技巧的介入只是她呈现对生存体认的更多元与更深入的姿态，这并不妨碍其继续在"低调踏实的世俗意味"中获得简单的快乐与认同，如同她在小说中对生存世界的分割："一个世界是动态的、世

---

① ［德］海德格尔：《存在与时间》，陈嘉映等译，生活·读书·新知三联书店1999年版，第436—437页。
② ［法］普鲁斯特：《追忆似水年华·重现的时光》，译林出版社1991年版，第350页。

俗化的，或者说也是简易的同时也是快乐的。……另一个世界是静态的、精神化的，复杂的同时又是忧郁的，当然也是深邃的。"① 这或许正是洁尘的聪明之处。

---

① 洁尘：《锦瑟无端》，人民文学出版社 2009 年版，第 230 页。

蝙蝠的阴影

——谳论吴迎君《阴阳界：胡金铨的电影世界》

胡金铨是 20 世纪以武侠电影赢得世界范围声誉的少数导演之一。皮特·伊斯特（Peter Rist）称："胡金铨在世界电影史上能否被称作'伟大的导演'尚存某些争议，但他毫无疑问是武侠电影至关重要的创新者。"[1] 事实上，这个判断还稍嫌保守。可以说，在其影片问世半个世纪之后的今天，胡金铨武侠电影的美学品格与艺术个性，仍然无人超越。

这是胡金铨电影作品诸讨论总是将"胡金铨的电影"和"胡金铨的武侠电影"混用的主要诱因，随之成为第一本较全面研究胡金铨的学术专著《阴阳界——胡金铨的电影世界》（以下简称《阴阳界》）企图矫正的解读误区。然而，即使在《阴阳界》反复申说"正是由于胡金铨的'电影作者'品格，才使其能通过武侠电影成为'武侠电影作者'，而非相反"[2] 的同时，他其实也并不准备回避一个问题：武侠符号于胡金铨究竟意味着什么？

写作《六个寻找作者的剧中人》的皮兰德娄还有一个题为"蝙蝠"的短篇小说。写的是一只来自现实世界的蝙蝠闯入舞台剧，因这"偶然的不相干的因素的闯入，给艺术虚构带来的强烈的奇妙力量"[3]，成为不

---

[1] Peter Rist, "King Hu: Experimental, Narrative Filmmaker", Darrell William Davis, Ru-Shou Robert Chen, eds., *Cinema Taiwan: Politics, Popularity and State of the Arts*, New York: Routledge, 2007, p. 161.

[2] 吴迎君：《阴阳界——胡金铨的电影世界》，复旦大学出版社 2011 年版。

[3] ［意］皮兰德娄：《蝙蝠》，《皮兰德娄精选集》，吕同六等译，山东文艺出版社 2002 年版，第 102 页。

可缺少的戏剧元素的一个意外。对于这个不速之客，小说虚构保留了四种态度：其一，害怕蝙蝠的女演员小加斯蒂娜认为，既然艺术要创造现实，那么现实世界蝙蝠的闯入也就可以带来剧本的改动；其二，剧本作者佩雷斯认为这个提议无异于毁了他的作品，因为那只蝙蝠，是自己钻进了演戏的舞台，却不是钻进他的剧本里；其三，当首演舞台上，那只蝙蝠对准女演员小加斯蒂娜冲过去并将其吓晕时，这逼真的晕厥，让沸腾的观众以为剧情就是这样的；其四，无论是首演前还是首演后，剧院团长都一再拒绝捣毁那个蝙蝠窝。这里面"蝙蝠"的符号意义在于：它如同现实世界投在虚构世界中的阴影，是永远没有办法消除的。那只来自现实的蝙蝠，更是现实世界中不受控制、无法改变的那一部分。而它带给虚构世界的冲击，同时是无法预知的。

所以，《阴阳界》用力地抓住了那个词："中间"，一个"位于'古代'和'现代'的'中间'，即位于'现代隐喻的古典叙述'和'古典故事的现代寓言'的'中间'"①。因为"武侠电影类型尽管是胡金铨的'自由'选择，却也是他处在多重钳制之间，如政治管制规训、经济投资诱逼、社会舆论曲解等束缚的创作夹缝中，不得不作出的'自由'选择"。② 也就是说，对于现实世界这只"蝙蝠"的阴影，胡金铨选择了一条"隐喻"式的路径，要以隐喻式的武侠视觉符号潜入"幻觉"与"真实"的连接空间。并且，武侠符号于胡金铨，不是一个修辞手段意义上的隐喻，而是取代某一观念真实浮现在他面前的替代形象。既不甘心沉溺于完全的虚构幻想，又完成对现实世界的一种无法靠岸的悬置的"中间"意义诉求，提供给胡金铨这个"武侠"隐喻，也迫使这个武侠隐喻同时处理它与现实世界以及虚构世界的关系，借以表达他那种不立于某种立场而消解立场的不透明方式。

在此基础上，胡金铨武侠电影得以展开"一个人际关系、身份、面孔急剧转变"的乱世明朝叙事，传达"侠"之精神与"禅"之精神的他救与自救秘响旁通的精神图景，同时提供出政治空间、文化想象上的

---

① 吴迎君：《阴阳界——胡金铨的电影世界》，复旦大学出版社 2011 年版，第 312 页。
② 同上书，第 310 页。

"中间世界"、"中间性"、"中间者"体验，成为解读自身的"密码"。吴迎君将其归纳为胡金铨电影的"影像三原色"，即美学、家国和人性的基本内涵："电影技巧至上"背后的文化救亡情结；"乱世明朝图景"背后的幽深家国情怀；世俗性信念到超越性信仰的人性追寻。以及"在电影美学（审美性）、家国意识（中国性）、存在困境（人性）的三种价值中，胡金铨没有选择一种压倒另一种，既不以美学至上对抗意识形态，不以普世存在困境取消中国语境，也不以民族认同放逐普世存在价值"。①

　　然而，正如胡金铨武侠电影提供的"侠"之他救的允诺，往往置于"禅"之自救的消解观中。当人们共同怀着同样迫切的心情和同样的想象力来认识这个"武侠"的允诺时，《阴阳界》却独独能理解就在胡金铨似乎正要向我们提出允诺时，他同时需要取消它。唯有如此，才能"最终揭示在多重价值观念之间'去立场化的立场'的普遍有效性，'中间形而上学'的普遍有效性"。② 这也将是《阴阳界》提供给胡金铨电影后来研究者的，最有洞见的发现。

　　返回武侠符号于胡金铨的意义追寻，我们将发现，他的武侠视觉符号—语义场，以"中间"立场伪装问题而避免逃避问题，表达了武侠隐喻有着比"时事"事实更强的韧度。我们无法假设没有遭遇"武侠"符号的胡金铨，我们看到的是，胡金铨所获得的掌声，不正是多亏了那只自现实世界闯入的蝙蝠吗？

---

① 吴迎君：《阴阳界——胡金铨的电影世界》，复旦大学出版社 2011 年版，第 278 页。
② 同上书，第 343 页。

欲说是，先说否

——关于董迎春的《走向反讽叙事》

厘清历史的愿望，也许永远只是一种企图。但每一次谨慎而智性的解析，未必不能视为一次倾尽全力的靠近。

《走向反讽叙事》讨论的是 20 世纪 80 年代的现代诗歌（从早期"今天派"到"第三代诗歌运动"，或从"朦胧诗"到"后朦胧诗"），面对着的却是 80 年代以及之前与之后的现代中国社会。它所企图做到的，是以符号学的话语转义理论，对人们早已关心过的一些诗学问题重新进行分析、认识与回答，进而完成对中国新时期以文化反思政治与经济的持续否定精神历程的追溯。

崔卫平曾以 20 世纪 80 年代在中国上演过的电影《靡菲斯特》（Mephisto）讨论《艺术家的抉择》。片中若干经典镜头都指向"抉择"这一主题，比如老眼昏花、打盹走神的老博士浮士德，面对允诺要带他去"大世界走一遭"的魔鬼靡菲斯特时问："你是谁?""我是否定的精神！我是促使事物变化的车轮。"魔鬼答道。崔卫平将这个自称"否定精神"的魔鬼，解读为某种"时代精神"，即在新时代中有所作为的精神①。在中国，"80 年代"往往与"百废待兴"一词相联系，在曾经的废与将要的兴之起承转合间，是一代人的脆弱、激情、理想气质以及批判精神。然而之后呢? 同时作为一个诗人，《走向反讽叙事》的作者董迎春或许已本能地理解到，曾经使众多读者感动并占据他们梦境的先锋派的做法，

---

① 崔卫平:《正义之前》，新星出版社 2005 年版，第 24 页。

今日也许已成为横在艺术与消遣性之间的栅栏。以此考量，要以某个时段的文学状态为一个整体场域，探测现代中国的某种意识形态编码及进入消费社会之前的某些符号化机制，似乎真的没有比20世纪80年代更为有效的了。

于是，如同所有被内心引诱的探索者一样，董迎春抱着三分疑惑，三分警惕，三分忧虑，外带一分执着的追问，开始了针对80年代诗歌活动的逆水而上。所谓"隐喻是再现的，强调事物的同一性；转喻是还原的，强调事物的外在性；提喻是综合的，强调事物的内在性；而反讽是否定的，在肯定的层面上证实被否定的东西，或相反"[1]，借用新历史主义代表人物海登·怀特的话语转义理论这把利器，《走向反讽叙事》考察了80年代诗歌的"情节编织"、"论证模式"以及最终揭示的"意识形态意蕴"，并进而发掘80年代诗歌解构与建构话语转义背后普遍存在的"文化现代性"焦虑。[2]

无疑，"反讽"一词是此书的关键。厘清其指称，或许可理解《走向反讽叙事》的旨归所在。

先说"反讽"与诗歌的关系。反讽作为一种修辞，所言非所示是其最显著的特征。进入20世纪，它被新批评与存在主义赋予新的生命。布鲁克斯将"反讽"定义为"语境对于一个陈述语的明显歪曲"；同时，他又认为"诗篇中从来不包含抽象的陈述语。那就是说，诗篇中的任何'陈述语'都得承担语境的压力，它的意义都得受语境的修饰"。[3] 布鲁克斯的意思应该是说，"反讽"是所有诗篇的特点。

以此理解"走向反讽"，或许能够说明80年代对诗歌形式之抉择的必然性。20世纪中国随着资本主义价值的输入，开始了现代化的起飞。然而，对于社会生产活动，经济与文化有其各自的符号解读机制。因此，

---

① ［美］海登·怀特：《后现代历史叙事学·序》，陈永国、张万娟译，中国社会科学出版社2003年版，第8页。

② 董迎春：《走向反讽叙事——20世纪80年代诗歌的符号学研究》，苏州大学出版社2013年版，第5、235、20—21、171页，序诗。

③ ［美］克利安思·布鲁克斯：《反讽——一种结构原则》，赵毅衡编《新批评文集》，百花文艺出版社2001年版，第112、379—381页。

对于单线条强调经济现代化的20世纪80年代之前及之后，文化反思势在必行，而诗歌形式无疑有着天然的"反讽"优势。

不可避免的是，文化在反思经济、政治现代性的同时，文化现代性是否同样有其困境。诚如写作《论美术的现状》的法国重要艺评家让·克莱尔（Jean Clair），他向"先锋"发难时所指控的："先锋"所基于的"进步论"，同样会将西方艺术引入空洞穷竭的境地。

相对于新批评指认反讽是文本内语境对诗歌陈述的挤压，另一种理解则更强调文本外现实语境对文学文本的挤压。在促使"反讽"概念由古典意义向现代意义转型的克尔凯郭尔而言，"反讽"不仅是一种言语的形式，它也是一种精神或存在的艺术，一种个性的特征。他认为，反讽的引入和使用标志着主体性的觉醒，"反讽是主体性的一个表征"，它使"主体感到逍遥自在、现象不得对主体有任何实在性。在反讽之中，主体一步步往后退，否认任何现象具有实在性，以便拯救他自己，也就是说，以便超脱万物，保持自己的独立"；此外，反讽是"无限的、绝对的否定性"，"反讽是道路；它不是真理，而是道路"，所谓"苏格拉底与基督的相似之处恰恰在于其不相似之处"，相似在于二者都是行动的"受难者"而非思辨者，个体在绝对的否定中才能走向肯定。①

中国20世纪80年代的诗歌活动，从北岛政治隐喻写作，到于坚拒绝隐喻以解构宏大叙事的转喻写作，及至伊沙的反讽狂欢化，反讽无疑是"朦胧诗"以来的诗歌写作中最为重要的话语策略。它既反叛意识形态立场（朦胧诗），也颠覆社会既有价值体系（第三代诗中的"口语写作"一派）。然而也如同董迎春所言：20世纪80年代的"反讽转义的语言并未真正进入语言转折，仅在文化意识与社会价值这些场面纠结。"②

如此所带来的后果之一，即是将现代诗歌引入空洞穷竭的境地："对80年代诗歌话语的深层分析，使我们重新认识到80年代诗歌话语解构背

---

① ［丹麦］克尔凯郭尔：《论反讽概念》，汤晨溪译，中国社会科学出版社2005年版，第221、284、1页。

② 董迎春：《走向反讽叙事——20世纪80年代诗歌的符号学研究》，苏州大学出版社2013年版，第235页。

后，也隐含着对文化现代性的忧患意识。80 年代诗歌研究是对文化的研究，并最终指向对意义的思考。18 世纪以来，西方现代性的不断发展也暴露了西方现代文艺背后所渗透的虚无主义。走向反讽叙事的当代诗歌话语背后，也呈现了虚无主义这股思潮。"①

从以上两个角度分疏"反讽"，就是从两条路径理解"走向反讽"：一种昭示文化现代化与诗歌绾接之必要，一种确认持续反讽而否定而虚无之必然。

尽管董迎春自己也意识到，海登·怀特所区分的隐喻、转喻、提喻、反讽"话语转义"，并非线性地推进整个 80 年代的诗歌；事实上每一次隐喻中，都包含有隐喻、转喻、提喻、反讽的修辞演进循环，如同"撇开 80 年代这一个整体，转喻变成了'第三代诗'的主体认知思维。但是通过考察发现，转喻作为一种修辞表达策略在不同的诗歌话语中均有所使用"。② 正因此间的纠葛，他在《走向反讽叙事》第二章《石头的转义：语言论（上）》果断使历史秩序变得清晰之后，又在下一章《80 年代诗歌"走向反讽"：语言论（下）》中勇敢直面历史的暧昧，为难平衡处均是为走过 80 年代、在虚无主义思潮中沉浸过久的现代诗歌，寻找"反讽之后"的归路。

"遗忘的，犹如回响!?"③《走向反讽叙事·序诗》中的这句自问自答，或许才是此书最好的注脚。毕竟，整个诡论的世界，唯有洞知其奥秘的人，才能抓住它。在贺拉斯声称"无论风暴将我带到什么岸边，我都将以主人的身份上岸"之后，卡夫卡接着说"无论我转向何方，总有黑浪迎面打来"，弥漫在诗歌乃至文学、文化中的失落和失败的情绪，持续以反讽形式进行着皮里阳秋的否定。而"反讽"的进无可进之处，某种更简单的东西，终归是要回环发话的。

---

① 董迎春：《走向反讽叙事——20 世纪 80 年代诗歌的符号学研究》，苏州大学出版社 2013 年版，第 20—21 页。
② 同上书，第 171 页。
③ 同上书，第 1 页。